Ralf Isau
Messias

PIPER

Zu diesem Buch

Ein Blitz erhellt die Duiske Abbey. Plötzlich fehlt die Jesusfigur am Kruzifix. Auf dem Boden liegt ein nackter Mann mit blutenden Wundmalen. Er spricht nur hebräisch und nennt sich Jeschua. Das »Wunder von Graiguenamanagh« versetzt das irische Städtchen in helle Aufregung. Dann finden auch noch zwei stadtbekannte Kriminelle auf bizarre Weise den Tod. Hat das Jüngste Gericht begonnen? Die Kirche gerät unter Zugzwang, denn der vom Kreuz Gestiegene verkündet unangenehme Wahrheiten. Der vatikanische Sonderermittler Hester McAteer wird entsandt und stößt in seiner alten Heimat auf Misstrauen, Angst und Intrigen. Und er begegnet seiner großen Liebe, die er einst für die Kirche verlassen hat. Als sich die mysteriösen Vorfälle häufen, gerät das fest gefügte Weltbild des erklärten Skeptikers ins Wanken. Was, wenn Jeschua gar kein Betrüger ist?

Ralf Isau, 1956 in Berlin geboren, arbeitete lange als Informatiker. In seinen Romanen entwirft der mehrfach preisgekrönte Autor detailreiche Welten und gilt als großer Erzähler der Spannungsliteratur. Seine Romane werden in fünfzehn Sprachen übersetzt. Zuletzt erschienen bei Piper die Thriller »Die Dunklen«, »Der Mann, der nichts vergessen konnte« und »Messias«. Ralf Isau lebt mit seiner Frau bei Stuttgart.
Weiteres zum Autor: www.isau.de

Ralf Isau

MESSIAS

Thriller

Piper München Zürich

Entdecke die Welt der Piper Fantasy:

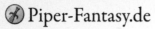
Piper-Fantasy.de

Von Ralf Isau liegen bei Piper vor:
Die Dunklen
Der Mann, der nichts vergessen konnte
Messias
Die zerbrochene Welt

Ungekürzte Taschenbuchausgabe
1. Auflage März 2011
2. Auflage April 2011
© 2009 Piper Verlag GmbH, München
Umschlagkonzeption: semper smile, München
Umschlaggestaltung: Guter Punkt, München | www.guter-punkt.de
Umschlagabbildung: Andrea Barth unter Verwendung
von Motiven von shutterstock
Autorenfoto: Victor S. Brigola
Satz: Filmsatz Schröter, München
Druck und Bindung: CPI – Clausen & Bosse, Leck
Printed in Germany   ISBN 978-3-492-26777-9

Tu erst das Notwendige,
dann das Mögliche,
und plötzlich schaffst du das Unmögliche.

Franz von Assisi

For Philip and Mary

Prolog

Gráig na Manach, County Kilkenny, Irland, 1460

Gemessen an den streng asketischen Ordensregeln der Zisterzienser war der junge Aidan kein mustergültiger Mönch.
Doch manchmal ändert gerade die Unzulänglichkeit den Lauf
der Welt. Auf Aidan O'Ryan traf dies zweifellos zu.

Der Zweiundzwanzigjährige war ein notorischer Träumer.
Schon als kleiner Junge hatte er den einst glanzvollen Namen
seiner Familie neu aufpolieren wollen. Schließlich war er ein
direkter Nachkomme von Dermod O'Ryan, dem Prinzen von
Idrone. Aidan wollte sich durch Edelmut ins Gedächtnis der
Menschheit einschreiben. Sein großes Vorbild war, nein, nicht
Jesus Christus, sondern Robin Hood.

Die hochfahrenden Pläne des jungen Mönchs standen in
krassem Gegensatz zu seinen Erfolgsaussichten. Er stammte
aus dem unbedeutendsten Zweig des O'Ryan-Clans und war
als jüngster von sechs Brüdern der unbedeutendste Sohn seines Vaters. Um einem hässlichen Erbstreit vorzubeugen, hatte
der den Nachzügler im Alter von achtzehn Jahren nach *Gráig
na Manach* geschickt; der irisch-gälische Name des Dorfes
bedeutet »Landsitz der Mönche«. Irrigerweise hielt das Fami-
lienoberhaupt die dortige Duiske Abbey für geeignet, um seinem Jüngsten die Flausen auszutreiben.

Im Verlauf von Postulat und Noviziat hatte Aidan einiges Geschick darin erworben, die täglichen Pflichten mit geringstmöglichem Aufwand zu erledigen. Dadurch konnte er sich im dicht gestaffelten Tagesablauf aus Stundengebeten, Lesungen und harter Arbeit immer wieder kleine Freiräume schaffen, die er zum Träumen, zum Lesen und zum Bogenschießen nutzte. So geschah es auch an jenem stürmischen Frühlingsnachmittag des Jahres 1460, als er vor den Klostermauern eine Vogelscheuche mit Pfeilen spickte.

Er gab sich alle Mühe, dabei eine gute Figur zu machen. Immerhin hatte der Herrgott ihn mit dem Körper eines Recken gesegnet. Sobald er sich allerdings bewegte, sah er nur noch wie ein hochgeschossener, linkischer Junge aus, der auf Kriegsfuß mit seinen langen Gliedmaßen und einem zu schweren Knochenbau stand. Leider gestattete ihm die Ordensregel auch nicht, diese körperlichen Nachteile zu kaschieren. Das Schermesser der Tonsur richtete auf seinem Kopf jede Woche einen Kahlschlag von der Größe eines Handtellers an, wenn es die Haut unter dem nachwachsenden rotblonden Haarflaum abschabte. Und mit dem schlichten Habit der Zisterzienser ließ sich auch kein Staat machen. Das weite, knöchellange Obergewand aus grauweißer, ungefärbter Wolle und der schwarze, Brust und Rücken bedeckende Überwurf wirkten eher besänftigend als abschreckend.

Um die Rolle des Rächers von Witwen und Waisen überzeugend zu verkörpern, musste er schon sein ganzes schauspielerisches Talent aufwenden. Aidans Publikum bestand aus einem einzigen Zuschauer, einem blonden Strubbelkopf von ungefähr vier Jahren. Der Knabe stand nur einen Steinwurf entfernt am Ufer des Barrow und schielte immer wieder verstohlen zu dem Klosterbruder herüber. Aidan tat so, als bemerke er den Knirps nicht. Er hatte sich für seine Schieß-

übungen wohlweislich das Geviert zwischen dem Refekto-
rium und den Latrinen auserkoren, weil der Platz an drei Seiten von Mauern umgeben war und somit hinreichend Schutz
bot, sollte der ein oder andere Pfeil danebengehen – ein nicht
eben unwahrscheinlicher Fall.

Als Scharfschütze war der junge Mönch nämlich ebenfalls
durchaus untalentiert. Von Robin Hoods legendärer Treff-
sicherheit lagen seine Zielkünste so weit entfernt wie Irland
von Indien. Zwei von drei Schüssen hatten den Lumpenmann
verfehlt. Für den nächsten nahm sich Aidan besonders viel
Zeit. »Fahr zur Hölle, Schurke!«, knurrte er zwischen zusammengebissenen Zähnen hindurch. »Ich werde jetzt dein
Herz durchbohren.«

Unvermittelt hörte er ein Kichern.

Seine Augen schielten nach rechts und gewahrten ein Mädchen, das am Flussufer entlang in Richtung Brücke schlenderte. Gerade zerzauste es dem neugierigen Blondschopf im
Vorbeigehen das Haar. Der Kleine neigte sich unwillig zur
Seite.

Um sich keine Blöße zu geben, hielt Aidan den Lang-
bogen weiter gespannt, doch sein Kopf und zunehmend auch
der Oberkörper wandten sich der vorbeiziehenden Hübschen
zu. Je länger er sie anstarrte, desto mehr geriet sein Herz ins
Stolpern.

Was für eine Anmut und Grazie, was für ein wunderbares
Geschöpf! Sie konnte kaum achtzehn sein, aber sie verfügte
über jene Ausstrahlung, die schon Eva besessen haben musste,
als sie Adam die verbotene Frucht aufschwatzte. Aidan hätte
der Evastochter dort auf dem Weg alles abgenommen. Ihr
bezauberndes Lächeln, der kecke Blick, die Rundung ihrer
vorgeschobenen Hüfte, welche den von zarter Hand gehalte-
nen Weidenkorb stützte, ihr braunes, unter einer Haube her-

vorquellendes Haar – das alles machte sie für den Tagträumer über die Maßen begehrenswert. Er stellte sich vor, wie er sich mit ihr im Heu wälzte, wie er ihren Körper bis in die geheimsten Winkel erkundete. Was würde er dafür geben, sie lieben zu dürfen, ein Leben lang!

Plötzlich merkte er, wie ihm die Sehne aus den Fingern glitt. Es war wie in einem Traum, in dem man ein Unglück kommen sieht, es aber nicht mehr abwenden kann. Der Pfeil zischte davon. Ehe sein Blick ihm folgen konnte, hörte er einen schrillen Schrei, der ihm bis ins Mark drang.

Auf dem Uferweg brach der kleine Junge zusammen und blieb reglos liegen. Aus seiner Brust ragte Aidans Pfeil.

»Tom!«, rief das Mädchen entsetzt. Es ließ den Weidenkorb fallen, rannte den Weg zurück und wiederholte immer und immer wieder den Namen. Aber der Knabe antwortete nicht. Bei ihm angekommen, warf es sich über ihn. »Tom! Hörst du mich, Tom? Ich bin's, Lissy! Bitte sag doch was!«

Dem Todesschützen war der Schreck in die Glieder gefahren. Anstatt Hilfe zu holen, starrte er nur fassungslos auf den leblosen Körper in den Armen des Mädchens.

Zwei Mönche eilten herbei. Einer kniete sich neben den Knaben, der andere sprach mit der weinenden Lissy. Sie deutete anklagend auf Aidan und rief: »Der da war's. Er hat meinen Bruder umgebracht. Du *Mörder*! Ich verfluche dich! Möge deine schwarze Seele niemals Frieden finden.«

Die Vesper hatte Aidan wie in Trance an sich vorüberziehen lassen, kein Ton war über seine Lippen gekommen. Abt Roy Conlon hatte, weil nach der Regel des heiligen Benedikts nichts den Gottesdiensten vorgezogen werden durfte, das Verhör des Totschlägers auf die Stunde nach dem Abendgebet gelegt. Um jeglichen Vorwurf der Vertuschung im Keime zu

ersticken, war der ganze Konvent im Kapitelsaal zusammengekommen. Auch die Eltern des kleinen Tom und seine
Schwester Lissy – eigentlich hieß sie Elisabeth – hatte der Klostervorsteher in die Abtei gebeten. Aidan glaubte, ihm müsse
das Herz in der Brust zerspringen, als er die Bitterkeit im Blick
ebenjenes Mädchens gewahrte, mit dem er sich einen seligen
Moment lang in Liebe vereint gesehen hatte.

Der Abt dankte allen Anwesenden für ihr Kommen und
sprach Toms Angehörigen sein Mitgefühl aus. Anschließend
ließ er Lissy den Hergang des Vorfalls schildern. Sie brach in
Tränen aus und wiederholte im Wesentlichen, was sie schon
am Nachmittag gesagt hatte: Aidan habe ihrem Bruder einfach ins Herz geschossen. Er sei ein Mörder.

Danach erteilte Abt Conlon dem Beschuldigten das Wort.
Stammelnd beschrieb er das Geschehen so, wie er es sah, nämlich als Verkettung unglücklicher Umstände.

Zur Überraschung aller rief der Abt danach Bruder Rob
auf. Dieser hatte das Ereignis vom Fenster des Refektoriums
aus beobachtet und bestätigte Aidans Aussage.

Hierauf wandte sich der weißhäuptige Klostervorsteher
wieder dem Mädchen zu. In ruhigem, eindringlichem Ton
sagte er: »Es bekümmert mich, meine Tochter, wenn ich sehe,
wie viel Zorn und Trauer in dir wohnt. Wer könnte dir das ver-
denken? Doch wappne deinen Verstand gegen das Blendwerk
solcher Gefühle. Gehe in dich und sinne gut nach. Vermagst
du vor Gott zu bezeugen, dass Bruder Aidan *vorsätzlich* auf
den kleinen Tom geschossen hat?«

Lissy hatte sich von ihrem Platz erhoben und hielt die Hand
ihrer Mutter. Schluchzend senkte sie den Blick und schüttelte
den Kopf.

»Hat er dich angesehen, während der Pfeil sich löste?«,
hakte der Vorsteher nach.

– 13 –

Sie nickte.

Der Abt gestattete ihr, sich wieder zu setzen, und während er sich dem Todesschützen zuwandte, wich der mitfühlende Ausdruck aus seinem Gesicht. »Erhebe dich, Bruder Aidan.«

Der junge Mönch fuhr vom Stuhl hoch.

»Wiewohl du kein Mörder bist«, erklärte der Klostervorsteher, »wird deine Bluttat auf ewig den Namen der Duiske Abbey beflecken.« Er deutete auf Elisabeth. »Du hast die Brunst zu diesem Mädchen in dir entbrennen und dich zu einem wollüstigen Werkzeug des Teufels machen lassen. Der Satan mag den Pfeil gelenkt haben, der ein unschuldiges Kind tötete, doch du hast für ihn den Bogen gespannt. Dadurch ist Blutschuld über dich gekommen.« Der Abt seufzte. Mit einem Mal wirkte er sehr müde. »Weil es trotz allem ein unseliges Geschick war und du ohne Arg bist, wird das Monasterium dich nach Ablauf deiner zeitlichen Profess nicht verstoßen. Hier kannst du für den Rest deines Lebens Sühne leisten. Aber wie du mit Gott ins Reine kommst, das musst du allein herausfinden.«

Mit dem Komplet, dem Nachtgebet, war im Kloster das »Große Stillschweigen« angebrochen. Bis zum nächsten Stundengebet um zwei Uhr morgens würde keiner der sechsunddreißig Mönche und fünfzig Laienbrüder auch nur ein Wort sprechen. Es schien, als hätten die frommen Männer das schreckliche Geschehen des Tages im Himmel abgeladen, damit kein unruhevoller Gedanke ihren knapp bemessenen Schlaf schmälern konnte.

Aidan beneidete sie um ihre Dickfelligkeit. Er teilte sich das Dormitorium mit neunundvierzig Konversen, Ordensmitgliedern ohne klerikale Weihen – eine eigene Zelle gestand Abt Conlon nur den Brüdern zu, die ihre lebenslangen Gelübde bereits abgelegt und sich damit fest an die Abtei gebunden hatten. Der Blick des von seinem Gewissen Gegeißelten wanderte unablässig durch den lang gezogenen Raum, verweilte mal beim Fenster gegenüber, wo gerade der Mond erschien, mal auf dem Schemel neben seiner Pritsche, dann wieder streifte er durchs Dunkel des Schlafsaals. Irgendwann schlief Aidan darüber ein, ohne es zu merken. Im Traum erkundete er weiter die Umgebung. Er glaubte, der Gehörnte lauere in den Schatten, um die gerade erhaschte Mönchsseele nicht wieder entwischen zu lassen.

Mit einem Mal erstrahlte der Saal in hellem Licht.

Erschrocken fuhr Aidan vom Lager hoch und hielt hektisch Ausschau nach einem lodernden Höllenschlund, der ihn zu verschlingen drohte. Unbegreiflicherweise schliefen und schnarchten die anderen Brüder seelenruhig weiter. Als sein Blick zum Fußende der eigenen Pritsche zurückkehrte, zuckte er zusammen, weil ungefähr zwei Ellen über seinen Zehenspitzen ein Engel schwebte. Dessen Antlitz strahlte wie die Sonne, und er war in gleißendes Leinen gehüllt. Hinter seinem Rücken ragten Flügel hervor, weiß und schön wie die Schwingen eines großen Schwans.

»Aidan!«, rief mit einer donnernden Stimme, die so Ehrfurcht gebietend war wie das Tosen der See. Merkwürdigerweise ließen sich die Klosterbrüder auch davon nicht stören.

Umso beeindruckter war der Angesprochene. Kerzengerade saß er auf der Pritsche und zitterte am ganzen Leib. Weil es ihm die Sprache verschlagen hatte, kam der göttliche Bote ohne Umschweife zur Sache.

»Der Himmel ist deinetwegen von Gram erfüllt. Bist du dir überhaupt gewahr, dass für unseren Vater *jedes* Leben heilig ist? Keine Kreatur darf leichtfertig getötet werden, schon gar nicht ein Mensch.«

Auch darauf wusste Aidan nichts zu erwidern.

»Was du getan hast, ist mehr als ein bedauerliches Missgeschick«, machte ihm der Engel klar. »Menschen mögen im Tod des Knabens nur ein schreckliches Unglück sehen, weil sie nicht wie der Allmächtige in dein Herz blicken können. Stolz hat dich dazu bewogen, an der Waffe zu üben, um mit deinen Schießkünsten vor anderen zu glänzen. Und beim Anblick des Mädchens gabst du dich hemmungslos deinen unkeuschen Gedanken hin. Das ist der wahre Grund, weshalb du deine Beherrschung verloren und den tödlichen Pfeil losgelassen hast. Und darum sollst du verflucht sein, Aidan. Mit einem Kainsmal auf der Stirn wirst du bis zum Grabe ein Geächteter und Heimatloser sein, ein Hungernder und Frierender, ein Aussätziger – von den Menschen gehasst und gemieden.«

Ein solch hartes Urteil hatte der junge Mönch nicht erwartet. Feuer und Schwefel vom Himmel hätte er akzeptiert, auch die zeitweilige Verbannung ins Fegefeuer wäre für ihn ein angemessenes Strafmaß gewesen – aber sein ganzes Leben als Ausgestoßener zu verbringen? Er schüttelte verzweifelt den Kopf und bettelte um Gnade.

»Warum sollte der Allmächtige dir Barmherzigkeit erweisen?«, donnerte der Engel.

»Weil …« Aidan warf einen bangen Blick zu den Nachbarbetten. Seine Mitbrüder schlummerten wie in Abrahams Schoß. »Weil mein Vater mich gegen meinen Willen zu den Weißen Mönchen geschickt hat. Ich bin unglücklich hier.«

Der Engel musterte ihn mit unbewegter Miene. »Das gibt dir noch lange nicht das Recht, kleine Kinder zu töten.«

»Ja, das weiß ich«, knirschte Aidan. »Ich wollte nur …« Er schüttelte hilflos den Kopf.

»Was?«, bohrte der Engel nach.

Aidan seufzte. »Mich reut meine Tat. So sehr, dass ich ohne

Zögern sterben würde, könnte ich dadurch den kleinen Tom wieder lebendig machen.«

Der Engel nickte verständnisvoll. »Einsicht und Reue sind gut. Aber damit sie dir etwas nützen, müssen entsprechende Taten folgen.«

»Was soll ich machen, damit Ihr den Fluch von mir nehmt?«

»Das zu tun, liegt ohnehin nicht in meiner Macht. Ich kann ihn nur einstweilen ruhen lassen. In dir schlummert etwas Besonderes, Aidan. Damit vermagst du dich selbst von deiner Schuld zu befreien. Warte!« Der Himmelsbote hielt unversehens eine Schreibfeder und ein Blatt in den Händen, warf schwungvoll ein paar Zeichen aufs Pergament und zeigte sie dem jungen Mönch.

Staunend las Aidan die Zahl, die in goldener Tinte auf dem Bogen prangte.

100

»Zur Sühne sollst du einhundert Wunder wirken«, erklärte der Engel. »Einhundert Mal wirst du Hoffnung geben, wo es nach Menschenermessen keine Hoffnung mehr gibt.«

»Einhundert Wunder? Bin ich Jesus?«, japste Aidan.

»Nein, du bist nicht einmal Robin Hood«, versetzte der Engel. »Aber du wirst die nötige Kraft empfangen, um deine Schuld abzutragen.«

»Und wenn es weniger als einhundert Wunder sind?«, fragte Aidan. Vielleicht konnte er die Buße ja herunterhandeln.

»Dann musst du die Restschuld an einen deiner Nachkommen weitergeben, damit er sie für dich zahlt. Und sollte auch dieser sie nicht gänzlich tilgen, dann geht sie auf die nächste Generation über. Wenn aber nur einer dein Vermächtnis ab-

– 17 –

lehnt, wird der Fluch ihn und seine ganze Nachkommenschaft treffen.«

Er halte diese Erbfolgeregelung für problematisch, erklärte Aidan dem Himmelsboten, weil er demnächst die heilige Profess abzulegen gedenke, die ja mit einem Keuschheitsgelübde verbunden sei.

»Wage nicht, dem heiligen Geist gegenüber ein falsches Spiel zu treiben«, warnte ihn der Engel streng. »Heute Nachmittag hat dein Herz dich verraten. Es sehnt sich nach einem Weib.«

»Aber der Zölibat verbietet mir zu heiraten«, beharrte Aidan.

»Dann sieh zu, dass du deine Schuld abträgst, ehe deine letzte Stunde gekommen ist.« Mit dieser Antwort verschwand der himmlische Bote durch die Decke, das Dormitorium versank wieder in Dunkelheit und Aidan erwachte.

Eine Weile wagte er nicht sich zu rühren. Starr lauschte er dem Schnarchen der Brüder und rollte die Augen nach allen Seiten, um den Schlafsaal nach überirdischen Erscheinungen abzusuchen. Doch alles war wie immer.

Allmählich schlug sein Herz wieder ruhiger. Ist nur ein Albtraum gewesen, beruhigte er sich, ein Zerrbild deiner Schuldgefühle. Plötzlich fiel sein Blick auf den Schemel neben der Pritsche. Der Mond hatte einen Schleier fahlen Lichts darüber ausgebreitet. Auf dem Hocker lag ein Pergamentbogen.

Aidans Puls begann erneut zu rasen. Mit zitternden Fingern angelte er sich das Blatt und hielt es dicht unter seinen Augen ins Mondlicht. Es war fast leer.

Bis auf die drei goldenen Ziffern von des Engels Hand.

1.

Graiguenamanagh, County Kilkenny, Irland,
9. April 2009, 16.05 Uhr Ortszeit

Den kräftigen Schlägen war nicht anzuhören, dass der Hammer von einem Einhundertdreijährigen geschwungen wurde. Energischer als jede Strafpredigt hallten sie durchs Kirchenschiff. Doch der alte Seamus wusste, was er tat. Er hatte in der Duiske Abbey schon viele Kirchenbänke repariert. An diesem Gründonnerstag bedurfte die erste Reihe rechts, unmittelbar vor dem Podium mit dem Hochaltar, seiner fachkundigen Aufmerksamkeit.

Vor über fünfundvierzig Jahren hatte Seamus Whelan in Graiguenamanagh ein zweites Leben begonnen. Anfangs als Totengräber, doch inzwischen kümmerte er sich in der Duiske Abbey um alles, was wackelte, quietschte, leckte oder sonst wie den Ablauf der Messe stören könnte. Er war so etwas wie der gute Geist dieser einst größten Zisterzienserkirche Irlands.

Heinrich VIII. hatte das dazugehörige Kloster 1536 aufgelöst und das stolze gotische Gotteshaus dem Verfall preisgegeben. Zu Beginn des 19. Jahrhunderts waren die Ruinen teilweise wiederaufgebaut worden, die Abbey erhielt ihre ursprüngliche Form eines lateinischen Kreuzes zurück. Der achteckige Vierungsturm war allerdings ebenso dem Rotstift zum Opfer

– 19 –

gefallen wie die zwei Seitenschiffe – nur im nordöstlichen Abschnitt, zur Überdachung des Hauptportals, stand noch ein Rest davon. Bei der letzten Restaurierung zwischen 1974 und 1980 hatte Seamus hier sogar selbst mit Hand angelegt, als einen Meter fünfzig unterhalb des neuen Fußbodens ein Teil der Fliesen aus dem 13. Jahrhundert freigelegt worden waren. Irgendwann hatte der Schafhirte Paddy Prendergast dem munteren Alten seinen langen, oben gebogenen Stab geschenkt und spätestens seit dieser Zeit nannten ihn die Leute den Moses von Graig.

Graig – sprich *Gräg* – ist die von den Einheimischen bevorzugte Kurzform von Graiguenamanagh. Dieser Name, der bei Besuchern ohne irische Sprachkenntnisse schon zu Abszessen an Zunge und Kehlkopf geführt haben soll, geht einem bei richtiger Sortierung der Konsonanten und Vokale ganz leicht über die Lippen. Wer *Grägnämanah* sagen kann, gehört nicht zu der genannten Risikogruppe.

Allein Whelans unglaubliche Vitalität betrachteten viele als ein Wunder. Manchen war er deshalb sogar unheimlich. Gemessen an seiner körperlichen Verfassung, sprach eigentlich nichts dagegen, dass er mit seinem biblischen Vorbild gleichzog. Moses wurde, wie es im Deuteronomium Kapitel 34, Vers 7, hieß, einhundertzwanzig Jahre alt, und »sein Auge war noch nicht getrübt, seine Frische war noch nicht geschwunden«. Abgesehen von einer latenten Kurzsichtigkeit traf das Gleiche auch auf Seamus Whelan zu. Sein kupferfarbenes Haar ließ er sich zugegebenermaßen regelmäßig färben, doch die meisten seiner Zähne kamen noch nicht aus dem Ersatzteillager. Er war nach wie vor groß und stattlich, etwas schlanker zwar als früher, aber das wertete seine äußere Erscheinung eher auf. Wollte jemand die These aufstellen, dass Älterwerden nichts Schlimmes ist, dann wäre Seamus der lebende Beweis dafür, ein Muster an Rüstigkeit, der Referenzsenior schlechthin.

Er hämmerte immer noch, als unvermittelt hinter ihm jemand sagte: »In dreieinhalb Stunden beginnt die Messe zum Abendmahl des Herrn. Danke fürs schnelle Kommen.« Die Stimme war ihm vertraut. Sie schnarrte immer leicht um das tiefe F herum, ganz ähnlich wie das asthmatische Harmonium, das im Südflügel bei der Orgel stand. Seamus verzichtete darauf, vom letzten Nagel aufzublicken. Es lohnte die Mühe nicht. Solange er Pater Joseph *Pompom* O'Bannon kannte, hatte dessen Äußeres sich kaum verändert – nur ein paar Runzeln und Altersflecken waren jüngst hinzugekommen.

Der Gemeindepfarrer verdankte seinen merkwürdigen Spitznamen einer schwarzen Perücke, die so unberechenbar wie die Bommel einer Pudelmütze auf seinem Kopf zu tanzen pflegte. Er war ein untersetzter Mann von knapp einem Meter siebzig mit knolliger Nase, rot geäderten Wangen und verschmitzten braunen Augen. Ob der Kürze seines Halses geriet das Doppelkinn ständig mit dem Kollar, dem steifen Priesterkragen, in Konflikt, was man Letzterem gewöhnlich auch ansah.

»Du weißt doch, ich bin immer für dich da«, antwortete Seamus und ließ den Hammer auf den Nagel knallen.

»Ja, auf dich war immer Verlass«, sagte O'Bannon und seine Stimme klang plötzlich melancholisch.

Seamus blickte nun doch von dem finalen Nagel auf, um seinen alten Weggefährten zu mustern. Dessen Perücke war in gefährliche Schieflage geraten. »Alles in Ordnung mit dir, Joe?« Er hatte den Pfarrer von Graig nie *Vater* genannt, was nicht allein an ihrem Altersunterschied von immerhin sechsundzwanzig Jahren lag.

»Ist es dir schon aufgefallen?« Der Priester deutete mit dem Kopf zum Altarpodest in der Vierung, dem Schnittpunkt von Lang- und Querschiff. Dort, drei Stufen über dem Niveau des Bodens, stand ein übermannsgroßer Metallständer mit einem Kreuz obenauf.

Irgendwie hatte Seamus das Gefühl, da weiche ihm jemand aus. Ohne den Blick von O'Bannons Gesicht zu nehmen, nickte er. »Du hast das Silberkreuz von Captain Casey aus dem Tresor geholt. Gibt es einen besonderen Anlass dafür?«

Der Priester zog einen Mundwinkel hoch. »Jetzt tu nicht so scheinheilig. Den kennst du ganz genau. Ich bin Ostern 1959 nach Graig gekommen. Zur feierlichen Passionslesung morgen um drei begehe ich mein fünfzigjähriges Jubiläum.«

Seamus trieb den letzten Nagel bis zum Kopf ins Holz und brummte: »Vielleicht schaue ich später im Pub vorbei. Ich bin sicher, Mick wird dir zu Ehren eine Runde ausgeben.«

O'Bannon schüttelte den Kopf. »Du bist ein unverbesserlicher alter Knochen. Ich würde mich freuen, dich heute Abend oder morgen zum Gottesdienst zu sehen.«

»Schon recht«, antwortete Seamus, was ungefähr so viel bedeutete wie: Darauf kannst du lange warten.

Der Pater deutete auf das ungefähr fünfzig Zentimeter hohe Silberkreuz. »Dir ist doch klar, wie kostbar unser Schatz ist? Schließ gut die Tür hinter dir zu.«

Seamus nickte und machte sich daran, sein Werkzeug in eine Henkelkiste aus Holz zu räumen. Er wusste, dass O'Bannon sich mit leisem Seufzen abwenden und mit noch leiseren Schritten über den braunen Nadelfilzteppich durch den Mittelgang des Langschiffes davonschleichen würde. Dann aber – Seamus hob gerade den langen Hirtenstab vom Boden auf – geschah etwas, mit dem er nicht gerechnet hatte.

Zuerst vernahm er nur ein Rauschen, so als sei der Wind

durchs Hauptportal gefahren. Alle Fenster und Türen waren
jedoch geschlossen. Das Geräusch schwoll binnen weniger
Sekunden zu einem Furcht einflößenden Brausen an, das die
ganze Kirche erfüllte. Am westlichen Ende des Langschiffes
läutete die Glocke, so wild, als treibe ein übernatürlicher
Sturm mit ihr sein ungestümes Spiel. Und doch wehte nicht
das kleinste Lüftchen im Gotteshaus. Seamus blickte erschrocken zum dunklen Gebälk des offenen Dachstuhls auf, konnte
dort aber wegen seiner leichten Fehlsichtigkeit nichts Auffälliges bemerken.

Plötzlich wurde er von einem gleißenden Licht umstrahlt.

Geblendet von dem sonnenhellen Schein ließ er den Stab
fallen, riss zum Schutz seiner Augen den Arm hoch und sank,
völlig überwältigt und fast taub von dem Tosen, auf die Knie.
Er zitterte am ganzen Leib. In seinem langen Leben waren
Seamus Whelan schon viele wundersame Dinge widerfahren,
aber nie zuvor hatte er dabei solche Angst verspürt.

Mit einem Mal brach Stille über ihn herein. Auch das rosa-
rote Strahlen hinter den geschlossenen Augenlidern war wie
weggewischt. Der jähe Wechsel ließ ihn unwillkürlich zusam-
menfahren.

Vorsichtig lugte er hinter dem Arm hervor. Das Erste, was
er sah, war der neben ihn hingefallene Stab. Er griff danach,
stellte ihn auf und zog sich daran hoch. Als er sich zum Altar
umdrehte, durchfuhr ihn ein neuerlicher Schrecken.

Vor dem Podium lag bäuchlings ein nackter Hüne. Der
Mann regte sich nicht, er sah aus wie tot. Sein muskulöser
Körperbau glich dem eines Schwimmolympioniken, doch die
Haltung – wenngleich sie durchaus zum Butterflystil passte –
ließ anderes erahnten: Die Beine waren lang ausgestreckt, die
Arme im rechten Winkel vom Körper abgespreizt. Auf diese
Weise brachten Anwärter auf die Priesterweihe ihre Demut

und Hingabe zum Ausdruck. Es war die Stellung des Gekreuzigten.

Und tatsächlich lag neben dem schwarzen Haarschopf des
Toten eine Dornenkrone. An seinen Händen und Füßen sah
Seamus blutende Wunden. Unwillkürlich wanderte sein Blick
erst zu dem großen, hölzernen, ziemlich modern gestalteten
Kruzifix hinter dem Hochaltar und dann weiter nach links zu
dem kleineren auf dem Ständer. Seamus lief ein Schauer über
den Rücken.

Die Jesusfigur an dem Silberkreuz fehlte.

Und von den kleinen Nägeln, die immer noch in den Balken steckten, tropfte Blut herab.

Der Alte hatte schon mancherlei Unerklärliches erlebt und
auch den Trubel, den solche Phänomene jedes Mal auslösten.
Deshalb verspürte er das überwältigende Bedürfnis, sich aus
dem Staub zu machen. Nach Massenaufläufen und Aufmerksamkeit stand ihm nun wirklich nicht der Sinn. Er wollte seine
letzten Tage in Frieden verbringen und nicht als Reinkarnation von Johannes dem Täufer, als Wegbereiter des wiedergekommenen Heilands. Seine knorrige Rechte umfasste entschlossen den Hirtenstab. *Bloß weg hier!*, schrillte es in seinem
Kopf, während er sich dem Ausgang zuwandte ...

Unvermittelt vernahm er von dort ein Geräusch. *Joe!* Er
hatte den Pfarrer in der Aufregung ganz vergessen. O'Bannon
stand unter dem ersten der drei Spitzbögen, hinter denen das
rudimentäre Seitenschiff lag. Ohne sich noch einmal zu dem
Toten umzudrehen, lief Seamus auf ihn zu.

Beim Durchqueren des Mittelgangs bewegte sich der Moses
von Graig in etwa so schnell wie sein biblisches Vorbild bei der
Flucht aus Ägypten. Als ihm seine eingeschränkte Sehschärfe
endlich ein klares Bild des Gemeindepfarrers zeigte, bemerkte
er dessen erstaunten Gesichtsausdruck. O'Bannons Augen

und Mund waren weit geöffnet. »Hast du es noch mitbekommen?«, fragte Seamus im Näherkommen.

Der Priester nickte so hektisch, als würde er unter Schüttelkrämpfen leiden. »E-Er hat geschwebt. Mit meinen beiden Augen habe ich's genau verfolgt. Der Herr schwebte vom Kreuz herab ...«

Unvermittelt hallte ein Stöhnen durch die Kirche, das O'Bannon verstummen und Seamus zum Altar herumfahren ließ. Sprachlos starrten sie den Toten an.

Der gar nicht tot war. Oder wieder lebendig? Jedenfalls hatte der nackte Mann sich auf seinen blutigen Händen hochgestemmt und ächzte: »*Aizerwai!*«

»Was sagt er?«, hauchte O'Bannon.

»Er hat um Hilfe gerufen«, antwortete Seamus fassungslos und fügte rasch hinzu: »Auf Hebräisch.«

2.

Rom, Italien,
9. April 2009, 19.32 Uhr Ortszeit

Die Ewige Stadt glühte im Licht der Abendsonne. Von der Engelsburg im Norden, über das Pantheon im Osten, bis zum Viktor-Emanuel-Denkmal und dem Kapitolshügel hatte sie ihre ganze Pracht vor Robert Brannock ausgebreitet. Der irische Medienmogul ließ sich gerne um diese Zeit auf den Monte Gianicolo chauffieren, um die Dächer Roms wie einen roten Teppich vor sich ausgerollt zu sehen. Wenn er seinen Blick von hier oben über die Baumkronen der Platanen, Steineichen und Lorbeerbäume hinweg zur anderen Seite des Tiber hinüberwandern ließ, kam er sich vor wie ein Feldherr, dem das Herz der Welt zu Füßen lag.

An diesem Abend hätte der Chef der BMC, der Brannock Media Corporation, den Anstieg zur Piazzale Giuseppe Garibaldi sogar ohne Limousine bewältigen können. Der Fünfundsiebzigjährige war am Vormittag von Dublin aus mit seinem Privatjet nach Rom gekommen, um mit Andrea Filippo Sarto über ein gemeinsames Projekt zu sprechen. Die Villa des italienischen Multimillionärs und Veranstalters von Megaevents lag nur ein paar Hundert Meter Luftlinie entfernt am Südwesthang des *Ianiculum,* wie man den legendenumwobenen Hügel in der Antike genannt hatte.

Brannock war ein Genussmensch, und so sog er die laue Luft ein, um im betörenden Duftcocktail des Frühlings zu schwelgen. Dabei spähte er über das Kapitol und die Krone des Kolosseums hinweg. Gerade erhaschte sein Blick dahinter die Heiligenstatuen auf der Basilika von San Giovanni in Laterano, als er plötzlich ein Vibrieren auf der linken Brust spürte. Einen Moment lang ließ er noch seiner hedonistischen Ader freien Lauf und gab sich ganz der anregenden Massagewirkung des Mobiltelefons hin. Nach drei oder vier Streicheleinheiten griff er in die Innentasche seines maßgeschneiderten Glenchecksakkos und zog das Handy hervor.

»Ja?«

»Francis hier«, meldete sich eine Stimme mit slawischem Akzent. »In Graiguenamanagh ist gerade der Sohn Gottes vom Himmel herabgestiegen.«

Brannock lächelte zufrieden. »Das nenne ich mal eine Story! Vielen Dank, mein Freund. Das BMC-Kamerateam wird in Kürze vor Ort sein und darüber berichten.«

3.

Kilkenny, County Kilkenny, Irland,
9. April 2009, 18.54 Uhr Ortszeit

Der Gemeindepfarrer von Graiguenamanagh konnte über das Maß der Stille in dem Krankenzimmer nur Vermutungen anstellen, da es hinter einer Glasscheibe lag. Auf dieser spiegelten sich die Kontrollanzeigen des Geräts zur Überwachung der lebenswichtigen Körperfunktionen. Falls der Apparat irgendwelche Geräusche machte, so störte es Mr X nicht. Er schlief so ruhig, als sei die Duiske Abbey nur ein Ort aus seinen dunkelsten Träumen.

Mr X!, schnaubte O'Bannon in Gedanken und schüttelte in stiller Entrüstung den Kopf. Dieses Etikett – anders konnte man es nicht nennen – hatte irgendein Witzbold von Arzt auf das Krankenblatt geschrieben, das nun am Fußende des Unbekannten stak. Es war wohl nicht nur als Synonym für den Patienten ohne Namen gedacht, sondern als spöttische Anspielung auf den Heiland – im englischen Sprachraum wird die Silbe *Christ* allgemein durch ein X abgekürzt.

Nachdem der Notarztwagen Mr X im St Luke's General Hospital von Kilkenny eingeliefert hatte, war er sofort an Händen und Füßen operiert worden. Jeden Moment konnte er aus der Narkose erwachen. Er habe eine gute Konstitution, die Einstiche von der Dornenkrone am Kopf seien nur ober-

– 28 –

flächlich und die übrigen Wunden hätten ebenfalls schlimmer
ausgesehen, als sie tatsächlich waren, hatte der Chirurg dem
Priester nach einem ausführlichen Diskurs über die ärztliche
Schweigepflicht streng vertraulich mitgeteilt. Und dann sagte
der Operateur etwas Sonderbares:

»Es handelt sich um keine frischen Wundmale. Oder anders
ausgedrückt: Die Durchstoßung seiner Gliedmaßen ist nicht
neu, sondern alte Läsionen sind wieder aufgebrochen. Wenn
keine unerwarteten Komplikationen auftreten, wird er sich
schnell erholen. Morgen früh wissen wir mehr. Für die Kar-
freitagsprozession müssen Sie sich allerdings einen anderen
Jesus-Darsteller suchen.«

Jesus-Darsteller?, empörte sich O'Bannon und raufte sich
ob der respektlosen Titulierung das Haar; dabei riss er sich fast
die Perücke vom Kopf. Hätten diese Ignoranten doch nur den
ergreifenden Moment in der Kirche erlebt: das Brausen, das
Licht, das Blut ... »Heute Nachmittag, in der Abbey«, murmelte er ergriffen. »Erst sein Hilferuf und dann die anderen
Worte ... Der alte Seamus meint, er habe hebräisch gesprochen.«

»Ich kann Ihnen versichern, es *ist* Hebräisch gewesen. Zweitausend Jahre altes Hebräisch«, sagte zu seiner Linken eine
volltönende Stimme mit einem harten Akzent, der wie ein
Direktimport vom Balkan klang.

Der Priester wandte sich dem neben ihm stehenden Mann
zu. Er trug den braunen Habit eines Franziskanermönchs
und war ein vollbärtiger Riese Ende vierzig mit aschblon-
dem Haar, breiter Stirn und fast schon unangenehm hellblauen Augen. Allein seine physische Präsenz weckte in
O'Bannon stets die Vorstellung von einer Naturgewalt, die
man nicht bezwingen, sondern mit der man sich nur arran-
gieren konnte. »Ehrlich gesagt irritiert mich das ein wenig. Ich

bin bis heute der Meinung gewesen, Jesus habe aramäisch gesprochen.«

»Fragen Sie einmal Ihre Schäflein in der Gemeinde, ob sie genauso denken. Die meisten werden Ihnen antworten, die Muttersprache des Heilands sei Hebräisch gewesen.«

»Das sind nur Laien.«

»Verstehe. Und Sie als geweihter Priester besitzen den Schlüssel zur letztgültigen Erkenntnis. Wem verdanken Sie eigentlich die Erleuchtung? Haben Sie etwa eine Schallplatte von der Bergpredigt?«

»Sie brauchen nicht gleich zynisch zu werden, Bruder Francis. Die maßgeblichen Gelehrten sagen, das Aramäische habe in Jesu Tagen das Hebräische völlig verdrängt ...«

»Maßgeblich sind immer die Leute, die einem sagen, was man hören will. Widersprüche werden ausgefiltert«, fiel der Franziskaner O'Bannon abschätzig ins Wort. »Kennen Sie William Chomsky?«

»Er war Hebraist.«

»Ein ziemlich angesehener sogar. Einer, der es für sehr viel wahrscheinlicher hielt, dass die Juden im Palästina vor zweitausend Jahren ein zweisprachiges Volk waren. Zwar konnten seiner Ansicht nach viele auch Aramäisch sprechen, aber das Hebräische habe immer noch den Vorzug genossen. Die gebildeten Juden dürften außerdem des Griechischen und Lateinischen mächtig gewesen sein.«

Der Gemeindepfarrer von Graiguenamanagh nickte lahm. »Vielleicht ist es ja nicht das Schlechteste, wenn dieser Mann die Theologen, Exegeten und Sprachwissenschaftler in ihre Grenzen verweist.«

»Ich verspreche Ihnen, das einfache Kirchenvolk wird ihn lieben. An Millionen von Kruzifixen prangen die Buchstaben INRI für ...«

»... *Iesus Nazarenus Rex Iudaeorum* oder ›Jesus von Nazareth, König der Juden‹. Das ist allerdings lateinisch, Bruder Francis, und nicht hebräisch.«

»Richtig. Laut dem 19. Kapitel des Johannesevangeliums ließ Pontius Pilatus die Worte aber auch in griechischer und – nicht aramäischer, sondern – *hebräischer* Sprache über dem Haupt Christi anbringen. Die Juden hatten den römischen Statthalter gezwungen, einen Unschuldigen hinzurichten, und mit der spöttischen Inschrift hat er's ihnen heimgezahlt. Die Wirkung der Retourkutsche wäre völlig verpufft, wenn Hebräisch lediglich eine nur Priestern und Schriftgelehrten vertraute Sakralsprache gewesen wäre.«

O'Bannon blickte wieder durch die Scheibe ins Krankenzimmer. »Er sieht so ... echt aus! Es könnte tatsächlich der Heiland sein, Francis.«

Der nickte nur.

»Hoffentlich ist der Ärmste bald übern Berg.«

»Wir können gerne morgen früh noch einmal nach ihm sehen – bevor der große Trubel beginnt.«

»Wenn ich bis dahin schon wieder aus Carlow zurück bin, gerne.«

»Hat Bischof Begg Sie zum Rapport zitiert?«

»Noch nicht. Sobald wir hier raus sind, rufe ich ihn an.«

»Jetzt erst? Warum haben Sie das nicht schon während der Notoperation getan?«

»Ich wollte sichergehen, ihm die Nachricht vom *lebenden* Messias mitteilen zu können. Ohne Zweifel wird er mich danach sofort einbestellen.«

»Schicken Sie doch mich als Ihren Vertreter nach Carlow. Sie haben auch so schon genug um die Ohren, wenn Sie morgen noch die zwei Karfreitagsgottesdienste bewältigen wollen.«

»Die Passionslesung muss ich wohl ohnehin absagen. Sie ist auf drei Uhr angesetzt. Ich denke nicht, dass die Spurensicherung der Polizei uns schon so bald wieder in die Kirche lässt.«

»Lassen Sie das nur meine Sorge sein. Ich spreche mit dem Bischof. Er wird seinen Einfluss geltend machen.«

»Wenn Sie das für mich tun könnten«, sagte O'Bannon dankbar. Sein Blick wanderte wieder durch das Fenster zu dem Mann im Bett. »Die Duiske Abbey dürfte tief in seiner Schuld stehen. Heute ist die Messe zwar ausgefallen, aber ich kann mir schon gut vorstellen, wie bald Scharen von Gläubigen nach Graig pilgern, um den Ort der Wiederkunft Christi mit eigenen Augen zu sehen.«

»Das ist so sicher wie das Amen in der Kirche. Verlassen Sie sich auf mich.«

O'Bannon seufzte. »Wissen Sie was, Bruder Francis? Mir kommt das Ganze tatsächlich wie ein Wunder vor.«

Die wulstigen Lippen des Franziskaners verzogen sich zu einem Lächeln, das jedoch nicht die Augen erreichte. »Was heißt hier, *wie* ein Wunder? Es *ist* eines. Und ich habe das Gefühl, es wird nicht das einzige bleiben.«

4.

Kilkenny, County Kilkenny, Irland,
9. April 2009, 18.58 Uhr Ortszeit

Das Dunkel hätte vollkommener nicht sein können. Keinen Gedanken duldete es, keinen Traum, nur den todgleichen Schlaf. Als es sich nun zurückzog, war es für den Erwachenden wie eine zweite Geburt.

Das neue Leben stellte sich ihm zunächst akustisch vor: durch einen regelmäßigen, kurzen Piepton. Der vom Fachpersonal des St Luke's General Hospital als *Mr X* etikettierte Patient wunderte sich. Er konnte sich nur an Tiere erinnern, die sich der Welt mit vergleichbaren Lauten mitteilten. Aber nie hatte er irgendwelchen Kreaturen gelauscht, die einen so strengen Takt einhielten. *Vielleicht eine neue Schöpfung?*, überlegte er.

Mr X schlug die Augen auf und war ein weiteres Mal verblüfft.

Das Piepen kam aus einer teils blauen, teils metallisch glänzenden Kiste mit einem vielfarbigen Lichterspiel auf der Vorderseite. Vielleicht konnte das darin eingesperrte Tier ihn sehen und fürchtete sich, denn seine klagenden Fieplaute waren jetzt öfter zu hören. Mr X tat so, als beachte er es nicht, und ließ seinen Blick durch das Gemach schweifen, in dem er lag.

Der Raum wirkte seltsam glatt, sauber wie geleckt und alles in allem sehr fremd. An der Wand gegenüber sah Mr X ein Fenster. Es hatte einen Vorhang, der allerdings so klar wie Tautropfen war. Würden sich nicht die bunten Lichter der glänzenden Kiste darin spiegeln, hätte der Erwachte ihn überhaupt nicht bemerkt.

Hinter der Abtrennung standen zwei Männer und unterhielten sich angeregt miteinander. Den linken mit dem seltsam schiefen Haaransatz hatte er schon einmal gesehen. Er war, abgesehen vom zerdrückten weißen Stehkragen, schwarz gekleidet, glatt rasiert und ziemlich betagt. Das Gesicht des rechten dagegen kam ihm völlig unbekannt vor. Er trug einen Vollbart und ein braunes Gewand mit einem Strick als Gürtel. Mr X wandte sich der näheren Umgebung zu.

Seine Hände wie auch die Füße waren in weiße Binden gewickelt, und am übrigen Körper hingen allerlei dünne bunte Schnüre oder Schläuche. Sie erinnerten ihn unweigerlich an lange Würmer, deren Köpfe bereits tief in seinem Fleisch steckten. Er fand diese Vorstellung einigermaßen beängstigend, und je mehr sie ihn in Unruhe versetzte, desto schneller piepte das Tier im glänzenden Kasten. »Vater, hilf mir!«, rief er verzweifelt. Sein ganzer Leib zitterte.

Eine schwarzhaarige Frau in fremdländischer schneeweißer Tracht eilte herbei und sprach in beruhigendem Ton auf ihn ein. Kurz darauf gesellte sich ein Mann hinzu, ebenfalls in Weiß, und unterstützte sie in ihrem sicher gut gemeinten Bemühen. Leider konnte Mr X nichts verstehen und das versetzte ihn immer mehr in Panik. Der armen Kreatur im glänzenden Kasten ging es wohl ähnlich, so aufgeregt piepte sie.

»Wo bin ich? Warum habt ihr mich gebunden?«, rief er und bäumte sich gegen die bunten Schnüre auf. Hektisch sprudelte er Worte hervor, die aber außer ihm offenbar niemand

– 34 –

verstand. Die Frau mit dem dunklen Haar versuchte ihn sanft in die Kissen zurückzudrücken, während der Mann mit einer kleinen, blitzenden Nadel herumhantierte, die am Ende einer Art Phiole angebracht war. Mr X fürchtete schon, er solle mit dem Dorn ein weiteres Mal durchbohrt werden, doch der Mann stach nur – wie befremdlich! – in eine der Schnüre.

»*I am Maria. What is your name?*«, sprach die Frau mit sanfter Stimme auf den verängstigten Patienten ein.

Maria? Das war auch der Name seiner Mutter! Er beruhigte sich etwas. Wollte die Fremde vielleicht wissen, wie er hieß …?

Mit einem Mal verspürte Mr X eine große Müdigkeit. Während sein Körper immer schwerer wurde, sah er verschwommen, wie der Dorn aus der Schnur gezogen wurde. Schon zerrte der Schlaf erneut an seinem Bewusstsein, wollte es wieder in die dunklen Tiefen reißen. Doch bevor er sich dem kleinen Bruder des Todes ergab, musste er der schneeweißen Maria wenigstens sagen, wer er war. Mit schwerer Zunge murmelte er seinen Namen.

»Jeschua.«

5.

Carlow, County Carlow, Irland,
9. April 2009, 19.22 Uhr Ortszeit

Wenn es in der katholischen Kirche etwas gibt, das abgebrühte Routine provoziert, dann sind es Wundermeldungen. Überschwänglichkeit gilt in diesem Kontext als verpönt. Über Jahrhunderte hinweg hat der Kirchenapparat zur Handhabung angeblicher Machtkundgebungen Gottes ein ausgeklügeltes System entwickelt.

Das Prozedere sieht zunächst vor, das Objekt des mutmaßlichen Wunders aus dem Verkehr zu ziehen, vorgeblich, um es in Sicherheit zu bringen, aber auch, weil der unvermeidliche Wundertourismus nicht gern gesehen wird. Anschließend unterzieht man es einer gründlichen Untersuchung. Darüber können Jahrzehnte vergehen. Wenn es sich bei dem Objekt um eine Person handelt, gilt im Prinzip das Gleiche, jedoch ist die Prozedur nötigenfalls mit den landesüblichen Gesetzen zur Freiheitsberaubung zu harmonisieren.

Die offizielle Anzeige der mirakulösen Vorgänge in Graiguenamanagh ging zunächst vorschriftsmäßig am Sitz des Bischofs von Kildare und Leighlin ein. Mit übernatürlichen Erscheinungen war man hier bestens vertraut, da es zu den üblichen Pflichten der Diözesanverwaltung gehörte, die im Amtsgebiet aktenkundig gewordenen Wunder auf Stichhal-

– 36 –

tigkeit zu überprüfen. Entsprechende Meldungen – manchmal sogar mehrere am Tag – wurden ohne jede Aufgeregtheit bearbeitet. Allerdings hatte bisher noch nie ein Gemeindepfarrer die *Wiederkunft Christi* angezeigt. Bruder Michael Shortall, der Sekretär des Bischofs, informierte sofort den Chef.

Eunan Begg, der oberste Seelenhirte der Diözese, zündete sich zunächst eine Zigarette an. Das tat er immer, wenn ihm etwas gegen den Strich ging. Er war trotz seiner fast achtzig Jahre ein passionierter Kettenraucher und wirkte dabei kerngesund. Somit gehörte er zu jener ominösen Minderheit, die von anderen Kettenrauchern immer als Musterbeispiel für die Harmlosigkeit ihres Lasters beschworen wurde. Böse Zungen unterstellten Begg in diesem Zusammenhang Vernebelungstaktik. Hinter dem blauen Dunst wolle er nur seine körperlichen Unzulänglichkeiten verbergen, behaupteten sie. Derlei Gerüchte beruhten in neun von zehn Fällen auf Neid. Zwar sah der kleinwüchsige Bischof tatsächlich aus wie ein alternder Napoleon Bonaparte auf einem ungeschmeichelten Porträt – nur mit roten Haaren –, doch er besaß auch mindestens so viel Selbstbewusstsein wie einst der französische Kaiser.

Der Anruf von Bruder Michael ereilte ihn in seinem Büro im ersten Stock des Bischofspalastes, einem wuchtigen, grauen, mit Marienstatuen dekorierten Doppelgiebelbau in der Carlower Dublin Road. Dort, direkt hinter dem Balkon mit dem schneeweißen Eisengeländer, lehnte er sich nun in seinem Sessel zurück, den Telefonhörer immer noch am Ohr, füllte seine Lunge mit etwa vier Litern des Gemischs aus Luft, Teer und Nikotin, das er zum Nachdenken so dringend benötigte, und machte sich an eine Kurzanalyse der Wundermeldung. Seine berufsbedingte Grundeinstellung dazu war Argwohn.

Während des Theologiestudiums hatte er sich zuletzt eingehend mit der Parusie – der Wiederkunft Christi beim Jüngsten Gericht – beschäftigt, ihr danach aber keinen nennenswerten Stellenwert mehr beigemessen. Und er verspürte auch keinen Drang, daran etwas zu ändern. Seine Erinnerungen an die Wunderhysterie des Jahres 1985 waren noch sehr lebendig. Damals hatten Berichte von levitierenden Statuen die Bistümer Irlands in Atem gehalten. Und jetzt das! Nicht eine frei schwebende, sondern gleich eine fleischgewordene Jesusfigur war in Graiguenamanagh aufgetaucht, war einfach vom Kreuz gestiegen und hatte mit ihrem Blut den Teppichboden in der Duiske Abbey versaut.

Alles in Bischof Begg schrie: *Blasphemie!*

»Dieser falsche Messias gehört ins Gefängnis gesteckt und der Schlüssel weggeworfen«, wetterte er in die Sprechmuschel.

»Der Verletzte liegt derzeit im St Luke's Hospital von Kilkenny auf der Intensivstation, von wo aus mich auch Pater O'Bannon angerufen hat«, erklärte sein Sekretär ungerührt. Obwohl erst zweiunddreißig Jahre jung, war Bruder Michael ziemlich abgeklärt. Den scharfen Tonfall seines Vorgesetzten steckte er anstandslos weg.

»Er soll bewacht werden. Verunglimpfung religiöser Symbole ist strafbar. Das schlägt doch dem Fass den Boden aus!«

»Ich werde sofort die Polizei des Countys darüber in Kenntnis setzen, dass Seine Exzellenz der Hochwürdigste Herr Bischof eine Inverwahrungnahme des Gekreuzigten wünscht.«

»Ersetzen Sie den *Gekreuzigten* durch die Formulierung *mutmaßlicher Betrüger*«, knurrte Begg. Er zog zwar durchaus die althergebrachten Titel den modernen, eher laxen Anredeformen vor – niemand wagte es, ihn unaufgefordert bei seinem Kosenamen »James« anzusprechen –, aber in Momenten wie diesen verspürte er große Lust, seinen Sekretär für dessen geschraubte Ausdrucksweise zu erwürgen.

»Ganz wie Sie belieben. Ist das alles, Exzellenz?«

»Nein. Ich will das geplünderte Kreuz und die Dornenkrone hier bei mir haben. Sofort! Am besten, Bruder Joseph bringt sie persönlich vorbei. Dann kann er mir auch gleich erzählen, wie er den falschen Jesus entdeckt hat.«

In der Leitung herrschte Stille.

»Bruder Michael? Sind Sie noch da?«

»Ja, Exzellenz … Ich fürchte, da habe ich mich irgendwie missverständlich ausgedrückt. Pater O'Bannon hat den nackten Mann mit den Wundmalen nicht allein gefunden. Eigentlich ist er sogar erst dem Hausmeister vor die Füße gefallen, als der gerade eine Kirchenbank …«

»Wem?«

»Genau genommen ist Mr Whelan kein richtiger Hausmeister …«

»Whelan?«, keuchte der Bischof und sog rasch an seiner Zigarette. »Reden wir etwa von *Seamus Whelan*, dem Moses von Graig?«

»Mir liegen keine Informationen darüber vor, wie dieser Mann noch genannt wird. Doch Pater O'Bannon sagte etwas anderes, das ich zuerst nicht glauben wollte. Ich hatte mehrmals nachgefragt, aber er bestand darauf, dass dieser Mann einhundertdrei Jahre alt sei.«

Begg merkte, wie ihm das Blut aus dem Gesicht wich. Ausgerechnet Whelan! Nach einem weiteren Zug an der Zigarette hatte er sich wieder in der Gewalt und gab eine neue Order aus. »Verschieben Sie das Telefonat mit der Polizei, Bruder Michael, und rufen Sie stattdessen Rom an. Um *diese* Angelegenheit aus der Welt zu schaffen, gibt es nur einen.«

»Ich nehme an, Sie reden von unserem irischen Wunder-macher im Vatikan, von Ihrem Freund Hester McAteer?«

»Ganz genau. Er soll sofort ins nächste Flugzeug steigen und herkommen.«

6.

Vatikanstadt, Vatikan,
9. April 2009, 22.04 Uhr Ortszeit

Es war die Ruhe vor dem Sturm, die Ebbe vor der alljährlichen Springflut von Gläubigen, die schon bald auf den blumengeschmückten Petersplatz strömen würden, um mit dem Papst die nachmittägliche Karfreitagsmesse zu feiern. Stiller noch als zwischen den Kolonnaden Berninis war es in den umliegenden Büros der Kurie. Im Palazzo del Sant'Uffizio dagegen herrschte Krisenstimmung. Dem Hausherrn sah man dies allerdings nicht an.

Angelo Vincent Kardinal Avelada, seines Zeichens Präfekt der Glaubenskongregation, bog in seinem geräumigen, nur von einer Leselampe spärlich beleuchteten Arbeitszimmer mit großer Sorgfalt eine Büroklammer auseinander und schickte sich an, daraus ein Kreuz zu formen. Eine stattliche Anzahl bereits fertiggestellter Drahtkruzifixe lag vor ihm in Reih und Glied auf dem spiegelnden Mahagonischreibtisch. Entfernt erinnerte das Bild an einen Heldenfriedhof für im Dienst gefallene Kurienbeamte. Avelada schätzte derlei schlichte manuelle Betätigungen als wirksame Methode, sich innerlich zu zentrieren, was er unter den gegebenen Umständen auch dringend nötig hatte. Während sich Gedanken und Draht in völliger Harmonie seinem Willen beugten, informierte er den

– 41 –

Gast auf der anderen Seite des Schreibtisches über die Gründe des Amtshilfeersuchens.

Bei dem etwas brummigen Besucher handelte es sich um den Päpstlichen Ehrenkaplan Monsignore Hester McAteer. Der gebürtige Ire arbeitete für die »Kongregation für Selig- und Heiligsprechungsprozesse«. Wie der Name schon vermuten lässt, obliegt dieser katholischen Institution die Prüfung von Voraussetzungen für Selig- oder Heiligsprechungen.

Man sollte sich vergegenwärtigen, möchte man McAteers Aufgabenbereich verstehen, dass in diesem kirchenrechtlich genau festgelegten Verfahren Wunder ein K.-o.-Kriterium sind. Wessen Anhängerschaft das Konterfei ihres Favoriten auch in tausend Jahren noch auf einer Ikone wissen will, sollte diesbezüglich stichhaltige Beweise vorlegen können. Hat der Betreffende einen Toten auferweckt, einen Sterbenskranken geheilt oder Ägypten mit zehn Plagen überzogen? Dann ist er schon so gut wie selig. Soll ihm auch das Heiligenzertifikat ausgestellt werden, ist mindestens ein weiteres Wunder nachzuweisen.

Da solcherlei Machttaten spärlich gesät sind, wurden die Kandidaten zu allen Zeiten mit vielerlei Tricks geschönt. McAteer war Experte auf dem Gebiet. Er kannte sämtliche Betrügereien, mit denen sich Scharlatane im Laufe der Kirchengeschichte als Wundertäter ausgegeben hatten. In der Kongregation amtete er gewöhnlich als *Promotor Fidei* – als Glaubensanwalt. Da er und seine Kollegen in den Anerkennungsprozessen oft das Zünglein an der Waage waren, nannten manche sie die »Wundermacher« und McAteer im Besonderen »den schärfsten Kettenhund Seiner Heiligkeit« oder schlicht den »Bullterrier«.

»Ich habe Sie wieder einmal wegen Ihres besonderen Rufs als unbestechlicher, scharfsinniger und durch keinen

Hokuspokus zu beeindruckender Wunderexperte von unserer Schwesterkongregation ausgeliehen«, erklärte der Kardinal, während das Drahtkreuz unter seinen schlanken Fingern Gestalt annahm. »Aber auch weil Ihre irischen Wurzeln in diesem Fall sehr nützlich sein dürften.«

McAteer beugte sich auf dem Stuhl vor, was dieser mit einem klagenden Knarzen quittierte. Der Mittfünfziger war alles andere als ein Leichtgewicht: einhundertzehn Kilo schwer und gut einen Meter achtzig groß, dazu der muskulöse Hals, die riesigen Hände sowie die raspelkurzen rotblonden Haare. Sollte die Schweizergarde je eine Meuterei anzetteln, wäre er die erste Wahl, um sie im Alleingang zurückzuschlagen. Seine wasserblauen, im Vergleich zum runden Gesicht ziemlich kleinen Augen fixierten den Kardinal, wie sie es sonst nur bei potenziellen Betrügern taten. »Was, bitte schön, Eminenz, hat meine Abstammung damit zu tun?«, fragte er in jenem typischen tiefen, leicht knurrenden Tonfall, dem er maßgeblich die Verleihung des hündischen Spitznamens verdankte.

»Es geht«, sagte Avelada und legte dabei behutsam seine neueste Kreation zu den anderen Kreuzen, »um das Wunder von Graiguenamanagh.«

Die grimmigen Gesichtszüge des Wundermachers entgleisten. »Sagten Sie Graiguenamanagh?«

Der Kardinal lächelte. Seine gutmütige Erscheinung war die eines schwerfälligen Großvaters mit lichtem, weißem Haar und riesigen Ohren, weshalb er oft unterschätzt wurde. Umso mehr bereitete es ihm eine diebische Freude, den gefürchteten Bullterrier derart aus der Fassung gebracht zu haben. »Ganz richtig, mein Guter. Gestern Nachmittag ist in der Duiske Abbey ...« Ein zartes Klopfen an der himmelstürmenden Tür des Arbeitszimmers ließ Avelada innehalten. Er lehnte sich mit unwilliger Miene zurück und rief: »Ja?«

Die Tür öffnete sich und ein spärlich behaarter Kopf erschien. Er gehörte dem persönlichen Sekretär des Kardinalpräfekten. »Entschuldigen Sie die Störung, aber Signor Brannock rief eben an. Er sagte, er werde jeden Moment eintreffen. Soll ich …?«

»Natürlich sollen Sie«, schnitt ihm Avelada ungeduldig das Wort ab. »Bringen Sie ihn rein, Bruder Marco, sobald er hier ist.«

Der Kopf nickte, verschwand und die Tür schloss sich wieder.

»Ich nehme an, Sie kennen Robert Brannock?«, fragte Avelada, während er sich ein weiteres Mal über den erstaunten Gesichtsausdruck seines Gegenübers freute. Ohne die Antwort abzuwarten, nahm er ein neues Kruzifix in Angriff.

»Wie man auch andere prominente Leute kennt, die einem auf Empfängen oder sonstigen offiziellen Anlässen alle Jubeljahre über den Weg laufen«, erwiderte McAteer. »Mit fünfundsiebzig leitet er sein Unternehmen immer noch selbst. Er besitzt in Irland so viele Zeitungen, Sender und andere Medienfirmen wie die EU-Kartellbehörde erlaubt und man erzählt sich, er sei auf Einkaufstour durch den Kontinent, um sein Imperium für den globalen Wettbewerb zu rüsten.« Und er ist schwul, fügte er in Gedanken hinzu, aber dieses Thema wollte er gegenüber dem Präfekten der Glaubenskongregation nicht weiter vertiefen.

»Ihr breit gefächertes Wissen kann ich nur bewundern. Mir wurde Mr Brannock übrigens vor sechs Jahren vorgestellt. 16. Oktober 2003. Erinnern Sie sich?«

»Das silberne Pontifikatsjubiläum von Johannes Paul II.«, antwortete McAteer wie aus der Pistole geschossen.

»Richtig. Brannock hatte gerade die irischen Sende- und Publikationsrechte für das Ereignis erworben. Ich persönlich

fand das von Andrea Sarto ausgerichtete Spektakel ja etwas …
oversized, wie man bei Ihnen zu Hause wohl sagt, aber dem
Heiligen Vater hat es trotz oder gerade wegen seiner Krankheit
eher genützt als geschadet.«

»Er war eben ein Medienprofi. Bis zuletzt. Apropos Medien – ist es ein Zufall, dass Robert Brannock gerade jetzt hier
aufkreuzt, oder haben Sie ihn extra zu dieser Besprechung eingeladen?«

»Mr Brannock und seine Leute sind von der schnellen
Truppe, wie es so schön heißt. Sie waren mit die Ersten am Ort
des angeblichen Wunders. Und er hat mich persönlich darüber informiert, ehe überhaupt die zuständige Diözese sich
bei uns meldete. Derzeit weiß vermutlich niemand so viel
über die Geschehnisse in Graiguenamanagh wie der BMC-
Mitarbeiterstab.«

»Ich würde Sie bei der Aufklärung des Falls gerne unter-
stützen«, sagte von der Tür her eine wohlklingende Stimme,
die einem Operntenor gut zu Gesicht gestanden hätte.
Sogleich wandte sich die Aufmerksamkeit der beiden Geistlichen ihm zu. Brannock grinste. »Wenn man vom Teufel
spricht …«

»O bitte, Signor!«, rief Avelada und warf die Hände in die
Höhe. »Man macht über den Fürsten der Finsternis keine
Scherze. Nicht in diesem Haus. Aber treten Sie doch näher.
Wir haben Sie tatsächlich schon erwartet.«

»Bitte sehen Sie mir meine Flapsigkeit nach, Eminenz. In
meiner Branche … Ihr Sekretär hatte übrigens angeklopft,
bevor er die Tür öffnete.«

»Ja, ja. Im Haus scherzt man, wenn Bruder Marco dereinst
an der Himmelspforte stehe, lasse ihn keiner hinein, weil er
sich nicht bemerkbar machen könne. Und nun Schluss mit
den Entschuldigungen. Kommen Sie nur herein.«

Robert Brannock betrat das Büro. Sein Alter sah man ihm nicht an. Von Gebrechlichkeit keine Spur. Vielmehr bewegte er sich so elegant wie ein Tänzer auf den wuchtigen Schreibtisch zu. Er war etwa so groß wie McAteer, aber deutlich schlanker und mit welligem, braunem Haar gesegnet. Seinen taillierten schwarzen Maßanzug trug er mit der Nonchalance eines Fotomodells. Und das schmal geschnittene Gesicht hätte trotz der leichten Hakennase genauso gut in einen Katalog für Designermode gepasst – einen für Senioren versteht sich. Es wirkte so frisch wie das eines gut erhaltenen Endfünfzigers, hatte sogar etwas Knabenhaftes; vor allem durch den fast immer lächelnden Mund und die großen dunklen Augen weckte es bei den meisten Menschen auf Anhieb Sympathie.

Nachdem Brannock den Ring des Kardinals geküsst und die obligatorische Frage nach dem Getränkewunsch abschlägig beschieden hatte, nahmen alle Platz. McAteer wollte endlich dem neben ihm sitzenden Landsmann auf den Zahn fühlen.

»Worum geht es eigentlich bei diesem Wunder von Graiguenamanagh, Mr Brannock?«

»Kennen Sie Seamus Whelan?«, kam Avelada der Antwort des Medienmoguls zuvor. Die Frage war an McAteer gerichtet, der sichtlich erschrak.

»Ich weiß nicht, ob *kennen* der richtige Ausdruck ist«, knurrte er.

»Zumindest scheint der Name Ihnen nicht ganz fremd zu sein«, deutete der Präfekt die ausweichende Antwort. Er warf einen verdrossenen Blick auf sein neuestes Kruzifix, legte es zu den anderen auf den Schreibtisch und griff nach einer weiteren Büroklammer. »Ausgerechnet vor diesem Greis soll der Herr vom Kreuz gestiegen sein, ja, sich vor ihm förmlich in den Staub geworfen haben.« Der Kardinal schilderte den Vorfall im Telegrammstil, gestaltete unterdessen eine weitere Skulptur und resümierte, ein Skandal bahne sich an, weil besagter Seamus Whelan nach den Maßstäben der Kirche alles andere als ein frommer Diener Gottes sei.

»Was Sie nicht sagen!«, brummte McAteer.

Avelada nickte gewichtig. »Whelan war früher Priester, ein Bruder der Ordensgemeinschaft der Spiritaner. Angeblich hat er sogar eine Anzahl von Wunderheilungen vollbracht. Inzwischen ist er über hundert Jahre alt. Sie nennen ihn den Moses von Graig, weil er mit einem Hirtenstab herumläuft und immer wieder im Mittelpunkt seltsamer Phänomene gestanden haben soll. Die Leute verehren ihn.«

McAteer schnaubte. »Klingt doch fast nach einem Kandidaten für einen neuen irischen Heiligen.« Sein Einwurf troff vor Zynismus.

»Eher nicht. Whelans langes Leben ist voller Höhen und Tiefen. Letztere haben dem Klerus nicht gerade zum Ruhme gereicht.« Avelada erwartete eine Reaktion von seinem bärbeißigen Glaubensbruder, vielleicht fragend hochgezogene Augenbrauen, doch der Bullterrier verzog keine Miene. Um die beiden Iren auf der anderen Seite des Schreibtisches an seiner Empörung Anteil nehmen zu lassen, gewährte er ihnen einen exemplarischen Einblick ins Sündenregister des Alten.

Seamus Whelan habe mit dem exkommunizierten Erzbischof Marcel Lefebvre sympathisiert. Obendrein verdankten ihm zwei uneheliche Kinder das Leben, und er betrete die Duiske Abbey schon seit Jahrzehnten ausschließlich mit Hammer oder Säge oder anderen Werkzeugen zur Verrichtung profaner Arbeiten, aber nie zur Beichte, geschweige denn zum Gottesdienst. Eine derartige Vita sei für einen Heiligen natürlich völlig inakzeptabel.

McAteer nickte zustimmend. »Innerlich ist er zur heiligen

Mutter Kirche schon kurz nach dem Tod seines Erstgeborenen auf Distanz gegangen – er war Fremdenlegionär und ist 1954 in Vietnam gefallen. Als dann 1963 die Geliebte des alten Hurenbocks starb, hat er die Abkehr auch äußerlich vollzogen.«

»Mäßigen Sie sich, mein Freund. Ich denke, Sie kennen den Mann nicht«, sagte Avelada überrascht.

»Lefebvre kenne ich auch nicht, weiß aber trotzdem, dass er während des Zweiten Vatikanischen Konzils zum Beraterstab des Heiligen Vaters gehörte. Und Seamus Whelan war sein Privatsekretär. Ausgerechnet am 4. Dezember 1963, als das Konzil *Sacrosanctum Concilium* verabschieden wollte,« – McAteer sah Brannock an – »das ist die neue Konstitution über die Liturgie,« – und wandte sich wieder dem Kardinal zu – »da lässt er alles stehen und liegen und reist zur Beerdigung der Mutter seiner Kinder.«

Avelada teilte McAteers Verachtung für diesen in jeder Beziehung unheiligen Mann. Mit zum Himmel gewandten Blick klagte er: »Warum sollte sich Gott ausgerechnet einem solchen Menschen durch ein Wunder offenbaren?«

»Ich kann mich noch gut an die schwebenden Madonnen Mitte der Achtzigerjahre erinnern«, bemerkte Brannock. »Die haben sich auch nicht immer die Frömmsten der Frommen für ihre Auftritte ausgesucht.«

McAteer nickte grimmig. »In Irland ticken die Uhren anders als sonst wo. Nicht nur für Katholiken gehören Wunder dort zum täglichen Leben.«

»Ich«, betonte Avelada, »kann nur für die Gläubigen sprechen, die zum Heiligen Vater aufblicken, und die werden sich fragen, wieso sich das höchste Wesen ausgerechnet einem so rebellischen Greis wie Seamus Whelan durch ein derartiges Wunder offenbart. Unsere Schäfchen werden der Mutter Kirche Versäumnisse vorwerfen. Sie werden das angebliche Wunder als einen Rüffel von ganz oben ansehen, nach der Devise: Seht her. Das ist ein rechter Mann nach meinem Herzen. Ihn habe ich ausgewählt, um die Wiederkunft meines Sohnes zu bezeugen.«

»Die erste Zeugin für Jesu Auferstehung war eine Frau. Selbst Petrus hatte das nicht fassen können«, gab McAteer zu bedenken.

Und Brannock haute in dieselbe Kerbe. »Pater Pio ist von der Kirchenführung anfangs auch nicht gerade geliebt worden, Eminenz. Ich sehe da manche Parallele zwischen ihm und dem Moses von Graig. Seamus Whelan soll Menschen geheilt, Ereignisse vorausgesehen und Gegenstände zum Schweben gebracht haben. Früher hat der Vatikan seine Verdienste um die heilige Mutter Kirche ja durchaus zu schätzen gewusst, bis er ...«

»Das ist jetzt nicht hilfreich«, fiel ihm Avelada ins Wort.

»Dann sagen Sie mir, wie ich Ihnen nützlich sein kann«, konterte der Medienmogul.

Der Kardinal schmunzelte. »Ich wüsste da schon etwas. Vorhin am Telefon sagten Sie doch, Sie seien mit Ihrem Privatjet nach Rom gekommen.«

Brannock nickte.

»Zu Ostern dürfte es fast unmöglich sein, kurzfristig einen Linienflug nach Dublin zu bekommen. Wären Sie so freundlich, auf dem Rückweg einen Sonderbeauftragten des Heiligen Vaters mitzunehmen, damit er unverzüglich mit den Ermittlungen in dieser leidigen Sache beginnen kann?«

»Gerne.«

Avelada rieb sich die Hände. Allmählich gewann er die Zuversicht, das Problem in den Griff zu bekommen. »Gut. Dann möchte ich gerne noch mit Monsignore McAteer einige Dinge unter vier Augen besprechen. Würde es Ihnen etwas ausmachen …?« Er ließ aus Gründen der Höflichkeit den Rest des Rauswurfs unausgesprochen.

Brannock fuhr von seinem Stuhl hoch. »Ja, natürlich. Rufen Sie mich einfach an, Eminenz. Ich helfe, wo ich kann.«

Nachdem der Präfekt den Gast verabschiedet hatte, wandte er sich wieder McAteer zu. »Diese unangenehme Sache darf auf keinen Fall außer Kontrolle geraten. Ich möchte, dass *Sie* sich ihr persönlich annehmen. Fliegen Sie nach Irland und bereinigen Sie die Angelegenheit schnell und schmerzlos.«

McAteers Miene war wie versteinert. »Das Ergebnis der Untersuchung steht doch von vornherein fest. Erstens darf das Wunder nicht anerkannt werden. Zweitens hat es gar kein unerklärliches Phänomen gegeben. Und drittens ist Seamus Whelan ein Betrüger. Wozu brauchen Sie dann noch mich?«

»Ich denke, das wissen Sie besser als ich.« Avelada schürzte die Lippen. »Vielleicht ist der Alte ja Opfer einer okkulten Sekte geworden. So etwas kommt leider immer wieder vor.«

Im Gesicht des Iren war nach wie vor noch keine Regung zu erkennen. »Da wäre nur noch eine Sache. Nach geltendem Recht hat Rom sich nicht in die Untersuchungen des zuständigen Bischofs einzumischen.«

»Sehr richtig. Deshalb arbeiten Sie offiziell als Berater für die theologische Untersuchungskommission des Bischofs von Kildare und Leighlin.« Avelada schob die Drahtkreuze auf seinem Tisch zu einem ansehnlichen Häuflein zusammen, griff sich nach sorgfältigem Abwägen ein Exemplar heraus und betrachtete es mit finsterer Miene. »Das leere Kruzifix in der Duiske Abbey könnte für uns zu einem Albtraum werden. Denken Sie nur an die Häme, mit der man den Heiligen Vater überschüttete, nachdem er im Januar die Exkommunikation von vier Bischöfen der Priesterbruderschaft des heiligen Pius X. zurückgenommen hat. Und alles nur, weil er einen von Lefebvres Anhängern falsch einschätzte.«

»Sie meinen Richard Williamson? Bei allem Respekt, aber der Vergleich hinkt, Eminenz. Dieser Piusbruder macht seit Jahren durch antisemitische und gegen den Islam gerichtete Hetztiraden von sich reden. Sie können Seamus Whelan kaum mit solchen Leuten in einen Topf werfen. Er hat sich von Lefevbre getrennt, lange bevor der die Priesterbruderschaft St. Pius X. gründete.«

»Das wissen Sie und ich. Aber die Medien scheren sich wenig um Wahrheit und Seelenheil. Sie gieren nach hohen Auflagen und Einschaltquoten. Nichts käme ihnen gelegener, als das von ihnen erfolgreich etablierte Schreckgespenst der Piusbruderschaft erneut als Keule gegen uns zu schwingen. Je mehr Menschen an das angebliche Wunder von Graiguena-managh glauben, desto größer das Interesse, wenn sich eine annähernd glaubhafte Verbindung zwischen diesem soge-nannten Moses und Lefevbres rechten Priesterbrüdern kons-truieren ließe. Der Heilige Vater ist bei dem jüngsten Eklat so eben mit einem blauen Auge davongekommen, aber ein neuer Skandal könnte sein Amt und sein Ansehen irreparabel be-schädigen. Ich halte Sie für den Besten, um uns davor zu bewahren. Sehen Sie das genauso?«

Offenbar *wollte* McAteer darauf nichts erwidern. Sein Blick schweifte nur zu den aufgetürmten Drahtkreuzen, die jetzt nicht mehr wie ein Heldenfriedhof, sondern wie das Modell eines Scheiterhaufens aussahen.

Um das beklemmende Schweigen zu beenden, streckte ihm der Präfekt das zuvor ausgewählte Miniaturkreuz entgegen und sagte in beschwörendem Ton: »Der Vorfall darf kein Poli-tikum werden. Deshalb habe ich dafür gesorgt – übrigens mit beifälliger Zustimmung des Bischofs –, dass Sie bei der Besetzung seiner Kommission vorrangig berücksichtigt werden: Sie, mein Guter, werden die Ermittlungen ganz offiziell leiten.«

McAteer sah alles andere als begeistert aus, doch er beugte sich vor und nahm das Drahtkruzifix aus der Hand des Kardinals entgegen.

7.

Außerhalb von Graiguenamanagh, County Kilkenny, Irland,
10. April 2009, 0.01 Uhr Ortszeit

Die Geisterstunde hatte Raghnall Judge nie jenen wohligen
Schauer beschert, der Unerschrockene zu Gruselgeschichten
greifen lässt. Ihn hätte solche Lektüre eher umgebracht. Wenn
die Zeit das Niemandsland zwischen Vergangenem und
Zukünftigem durchschritt, rührte sich seine abergläubische
Natur.

Judge selbst hätte aus dieser Feststellung lieber das Wenn
und das Aber herausgestrichen und sich als gläubigen Frei-
denker beschrieben. Zwar stellte er die Existenz Gottes nicht
infrage, ließ ihn aber einen guten Mann sein. Warum sollte
sich auch der Schöpfer für einen Tramp interessieren? Wäre es
anders, so Judges feste Überzeugung, hätte er in den letzten
Tagen Feuer vom Himmel regnen lassen müssen, um ihn, den
bösen kleinen Landstreicher, für seine Freveltaten zu bestra-
fen. Doch nichts dergleichen geschah. Oder war der Arm des
Allvaters schlichtweg zu kurz für disziplinarische Maßnahmen?

»Das wird's wohl sein«, brummte Judge, weniger aus innerer Überzeugung als zur Betäubung des eigenen Unbehagens.
In dieser Nacht war es besonders schlimm. Vielleicht hätte er
doch besser die Finger vom Opferstock der Duiske Abbey las-

– 53 –

sen sollen. Verdammter Reflex! Dabei hatte ihn der Mönch so fürstlich belohnt. Für die paar Cent extra und den abgeschabten Hosenknopf aus dem Spendenkasten der ewigen Verdammnis anheimzufallen, lohnte nun wirklich nicht.

Bange blickte er zum westlichen Horizont. Das Wetterleuchten dort kam ihm vor wie der Widerschein der Hölle. Vielleicht hatten die da unten gerade einen Tag der offenen Tür, damit der Lumpenrichter sich schon einmal den zukünftigen Altersruhesitz ansehen konnte – seinen Spitznamen verdankte Raghnall Judge einer Verballhornung der englischen Wörter *rag* und *judge*.

Er hatte Graiguenamanagh kurz vor Mitternacht auf der Whitehall in nordöstlicher Richtung verlassen. Eben waren links von ihm, halb von Bäumen verdeckt, die gelben Lichter eines Gehöfts oder Landhauses vorübergezogen. Judge zog sich noch tiefer in die Schatten zurück. Glücklicherweise verkehrten auf der schmalen Straße nach Knockbodaly zu dieser unheiligen Zeit nur Füchse, Ratten und Strolche. Rechts von ihm erstreckte sich ein Waldstück. Dahinter floss der Barrow. Noch ein oder zwei Meilen und dann war er in Sicherheit.

Judge gönnte sich, gewissermaßen als Vorschuss auf die bevorstehenden Tage der Sorglosigkeit, ein erstes Aufatmen. Für Vagabunden wie ihn gehörte das Sich-aus-dem-Staubmachen zum Überlebenskonzept. Zuerst wurde ein Ort gemolken, dann folgte die Luftveränderung. Und hier, auf dem Landsitz der Mönche, hatte er eine Menge abgesahnt!

Der tröstliche Gedanke wurde jäh aus seinem Kopf herausgebrannt, als er in der Ferne einen unheimlichen Blitz sah. Er bekreuzigte sich, zum ersten Mal seit Jahrzehnten. Die Lichterscheinung kam ihm wie ein göttliches Zeichen vor, einem drohenden Zeigefinger gleich, der ausnahmsweise nicht in die

Höhe, sondern steil nach unten gestreckt war. Nie zuvor hatte Judge einen lotrechten Blitz gesehen, noch dazu *violett*. Der verkümmerte Katholik in ihm entsann sich dunkel der liturgischen Farben: Violett stand für Umkehr und Buße.

»Heilige Maria!«, entfuhr es ihm. Die spontane Anrufung der Muttergottes war ein Ausdruck seiner Hoffnung auf ihren mäßigenden Einfluss beim Richter des Himmels und der Erde. Trotzdem wollte er sich allein darauf nicht verlassen – seine Schritte wurden schneller.

Gleich darauf zuckte wieder ein violetter Lichtfinger aus den Wolken und wenig später ein drittes Mal. Er bewegte sich auf Judge zu, so als stöbere der Allmächtige im Gelände herum, um arme Sünder aufzuscheuchen. Bei dem Lumpenrichter jedenfalls gelang ihm dies. Der Vagabund bekam es mit der Angst zu tun und rannte die Straße entlang.

Nach etwa einhundert Metern erreichte er eine Baumgruppe. Im Schutz des dichten Laubs kam er taumelnd zum Stehen, stützte seine Hände auf die Knie und keuchte wie eine asthmatische Dampflok. In den letzten fünfzig Jahren hatte er hart daran gearbeitet, seinen Körper in Alkohol zu konservieren, musste sich jetzt aber die Nutzlosigkeit dieses Unterfangens eingestehen. Ihm war schwindlig und zum Erbrechen übel. Mit verschwommenem Blick spähte er durch das Blattwerk nach draußen.

Der violette Lichtspeer hatte aufgehört herumzustochern.

Judge atmete auf. Warum war er eigentlich so gerannt? Plagte ihn etwa ein schlechtes Gewissen? Unsinn. So etwas kannte er nicht. Schon vor Jahren hatte es sich bei ihm abgeschliffen. Und Justitia war blind. Sie konnte ihn nicht sehen.

Langsam – damit die Seitenstiche ihm nicht den Atem raubten – setzte er sich wieder in Bewegung. Ab und zu ließen ihn flackernde Lichter zusammenzucken. Es war aber nur das

Wetterleuchten. Die Baumwipfel erzitterten mit hellem Rascheln unter einer starken Brise. Da zog wohl ein ordentliches Gewitter auf. Für die Jahreszeit ziemlich merkwürdig, dachte Judge. Vielleicht sollte er sich einen sicheren Unterstand suchen. Er lief wieder schneller.

Als er den Schutz der Bäume verließ, zuckte neben der Straße, nur wenige Schritte hinter ihm, wieder der Lichtfinger herab. Judge hörte einen zischenden Laut und erschauerte.

»Heilige Maria, steh mir bei!«, hauchte er und ergriff die Flucht. Kopflos rannte er nach Norden, anstatt in die Deckung der Wipfel zurückzukehren.

Der feurige Speer nahm die Verfolgung auf.

Es war ein ungleiches Rennen. Judge geriet schon nach wenigen Metern ins Stolpern, konnte sich noch drei, vier Schritte weit auf den Beinen halten und brach kraftlos zusammen. Seine Lunge pfiff wie ein Dudelsack. Ihm war klar, dass er die Geduld des Himmels zu oft und zu lange ausgereizt hatte. Der Arm Gottes war also doch nicht zu kurz. Wie ein flammendes Schwert zischte er heran …

… und mitten durch Raghnall Judge hindurch.

Ein blendender Blitz stanzte das Schlafzimmerfenster aus der Dunkelheit. Unmittelbar darauf wackelte das ganze Haus unter einem ohrenbetäubenden Donnerschlag. Jim Prendergast setzte sich im Bett auf. Er stellte sich ein Gewitter immer als irdischen Widerhall eines Krieges zwischen guten und bösen Mächten im unsichtbaren Bereich vor. Das Aufgebot an himmlischer Artillerie erschien ihm ungewöhnlich für die Jahreszeit. Momentan zog die Front genau über Graig hinweg. Er machte sich Sorgen um seine Herde.

Jim Prendergast war Schäfer wie schon sein Vater Paddy und wie etliche andere Generationen von Prendergasts davor.

Mit seinen erst achtunddreißig Jahren sah er sich allerdings als eine für das 21. Jahrhundert fit gemachte Variante des Traditionsmodells, als *Shepherd Reloaded* gewissermaßen, als Hirte 2.0. Im Gegensatz zu seinen Vorfahren verbrachte er nicht mehr den Großteil seiner Zeit bei der Herde, sondern pendelte mit dem Motorrad zwischen den Weiden und seinem Haus drei Kilometer südlich von Graiguenamanagh. In Nächten wie diesen forderte der Zugewinn an Bequemlichkeit jedoch seinen Tribut.

Die Leuchtanzeige der Digitaluhr auf dem Nachttisch zeigte die Ziffernfolge 3:15 an. Seufzend schob er die Beine unter der Decke hervor und erhob sich – sehr behutsam, damit die Sprungfedern nicht quietschten – aus dem Bett. Peggy, seine Frau, merkte nichts davon. Trotz der himmlischen Großoffensive schlief sie wie eine Tote.

Wenige Minuten später verließ Jim in Regenkleidung und Gummistiefeln das Haus. Draußen goss es in Strömen. Einen richtigen Iren stört das wenig. Sein Vater pflegte immer zu sagen: »Regen ist gut für die Gesichtsfarbe.« Jim war trotz aller Modernität ein in jeder Hinsicht wetterfester Bursche, fast eins neunzig groß und breit gebaut, durch Unbilden jedweder Art kaum zu beeindrucken. Peggy nannte ihn »mein Fels in der Brandung«. Das gefiel ihm.

Er pfiff nach *Bid dem Hund* – genau so hieß die Promenadenmischung. Der Rüde war ein Perfektionist, wenn es ums Hüten von Schafen ging, und ein Feigling, sobald es draußen blitzte und donnerte. Erst nach der zweiten Aufforderung kam er mit hängendem Kopf und Schwanz angetippelt. Jim hievte ihn in den Kasten auf dem Gepäckständer des Motorrades.

Bei strömendem Regen fuhren der Hirte und sein Hund durch die Nacht. Dem Intelligenteren der beiden war durchaus bewusst, dass der Aufenthalt im Freien bei solchem Wetter lebensgefährlich sein konnte. Jim bildete sich ein, er müsse nur schnell genug fahren, um nicht die Aufmerksamkeit der überirdischen Kanoniere auf sich zu lenken.

Nach wenigen Minuten erreichten sie die Weide, ungefähr sechs Kilometer südlich von Graiguenamanagh. Sie grenzte unmittelbar an das Areal von St. Mullins, einer mittelalterlichen Abtei, von der nur noch Ruinen übrig waren. Jim stellte sein Zweirad im Windschatten einer halb verfallenen Feldsteinmauer ab.

Das Zentrum des Unwetters war bereits weitergezogen, aber immer noch erhellten Blitze den Himmel. In ihrem grellen Schein konnte der Hirte etliche Schafe sehen. Auf der offenen Weide war es ihnen wohl zu ungemütlich geworden, denn eine ganze Anzahl Tiere lagerte in den Ruinen. Ein Dach über der Wolle gab es zwar auch dort nicht, aber wenigstens fanden sie hinreichenden Schutz vor den heftigen Böen.

Jim pustete sich die Regentropfen von der Nase, die trotz der Kapuze sein Gesicht benetzt hatten, nahm die lichtstarke Handlampe aus der Satteltasche und leuchtete damit in den ummauerten Friedhof. Er stöhnte. Sogar zwischen den Grabtafeln und Hochkreuzen hatten die Tiere Deckung gesucht; dicht beieinander kauerten sie in einer Ecke des Areals. Die Pforte zum Gottesacker stand offen. Seine Schafe waren zwar schlauer, als ihnen allgemein zugetraut wurde, aber das kam ihm nun doch merkwürdig vor.

Er schüttelte schicksalsergeben den Kopf. Ein paar Schafskötel in alten Gemäuern waren nicht weiter schlimm, aber auf einem 1300 Jahre alten Zömeterium hörte für manche kulturbeflissene Zeitgenossen der Spaß auf. Es würde ihm nichts anderes übrig bleiben, als den Totenacker umgehend zu räumen.

– 58 –

»Komm, es gibt Arbeit«, sagte er zu Bid dem Hund und patschte durch den schlammigen Boden zur Pforte.

Der Rüde folgte Jim auf den Friedhof, dann aber verkroch er sich mit einem Mal winselnd zwischen seinen Beinen.

»Was ist denn mit dir?«

Bid der Hund sah seinen Herrn von unten herauf an, als wolle er sagen: Ich springe für dich durch brennende Reifen, aber bitte erspare mir *das*.

Schlagartig hörte der Regen auf – in dieser Gegend das Normalste der Welt.

»Hast du Angst vor den Toten?«, fragte Jim. Er wartete die Antwort nicht ab, sondern packte Bid den Hund am Halsband, zerrte ihn zwischen den ersten Kreuzen hindurch und befahl: »Treib sie alle raus!«

Weil Bid der Hund weiter so tat, als könne er seine Schützlinge nicht von den Grabsteinen unterscheiden, leuchtete Jim mit der Lampe zum nächsten Tier und sagte: »So sieht ein Schaf aus. Los jetzt …!«

Er verstummte jäh, weil sein Lichtkegel gerade etwas gestreift hatte, das weder Stein noch Tier war. Ehe er die Lampe wieder neu ausrichten konnte, erhellte ein Wetterleuchten den Himmel und Jim erschauerte.

Vor einem der Hochkreuze ragte ein Mensch aus der Erde. Bis unter die Brust steckte er im Grab.

Endlich hatte der Lichtstrahl von Jims Handlampe den unheimlichen Fund aufgestöbert und kam darauf zur Ruhe. Augenscheinlich handelte es sich um einen hageren Mann. Ganz festlegen wollte sich der Hirte da nicht, weil er nur den Rücken des Unbekannten sah. Dessen dunkle Haare jedenfalls waren ziemlich kurz und die auf den Boden gestützten Hände auffallend bleich. War der Fremde im Grab eingebrochen?

Hatte er sich nicht mehr allein daraus befreien können? Das sollte sich feststellen lassen.

»Sir?«

Der Eingesunkene reagierte nicht.

»Alles okay mit Ihnen, Sir?«, wiederholte Jim, obwohl er dies im selben Moment für eine ziemlich absurde Frage hielt.

Keine Antwort.

Bid der Hund winselte einmal mehr, als sein Herr sich wieder in Bewegung setzte, direkt auf den stillen Menschen zu. Mit gesenktem Kopf folgte er dem Hirten. Dem fiel unterdessen eine weitere Merkwürdigkeit auf: Das Gras rings um den Fremden war verkohlt. Jim beugte sich vor und tippte ihm auf die Schulter.

»Sir?«

Die leise Berührung reichte aus, um den Unbekannten aus dem Gleichgewicht zu bringen. Er kippte vornüber.

Eine Welle von Übelkeit durchwogte Jim. Er hatte sich auf das Schlimmste gefasst gemacht, aber dabei zu wenig Phantasie bewiesen. Wie befürchtet war der Fremde tot. Da gab es überhaupt keinen Zweifel. Er hatte nämlich nicht im aufgeweichten Erdreich festgesteckt, sondern war offensichtlich vom Blitz in zwei Hälften zerrissen oder wie mit dem Schneidbrenner zerteilt worden.

Als hätte ihn der Zorn des Himmels niedergestreckt.

Jim wandte sich von dem grausigen Fund ab und entleerte seinen Magen.

Eine Weile war er zu benommen, um seine Umgebung wahrzunehmen. Er verspürte nur den überwältigenden Drang, sich in eine Seegurke zu verwandeln. Die konnten sich bei Gefahr umstülpen, ihr Innerstes nach außen kehren – angefangen hatte er damit ja schon.

Als das Würgen nachließ und Bid der Hund sich mit einem

Nasenstupser an der Wade seines Herrn in Erinnerung brachte, wagte Jim einen weiteren Blick zur Fundstelle der halbierten Leiche. Sofort überkam ihn wieder der Brechreiz. Rasch richtete er den Lichtkegel der Handlampe auf eine andere Stelle.

Nach einigen tiefen Atemzügen machte er sich an die systematische Durchsuchung des Friedhofs. Nur mit Blicken, versteht sich. Er hatte keine Lust über ein paar herrenlose Beine zu stolpern. Außerdem wurde in Kriminalfilmen stets ausdrücklich davor gewarnt, einen Tatort mit falschen Spuren zu kontaminieren.

Die visuelle Erkundung des Terrains verlief ergebnislos. Von der unteren Hälfte des Toten fehlte jede Spur. Jim griff in die Hosentasche, holte sein Handy heraus und wählte die Notrufnummer der Polizei.

8.

Kilkenny, County Kilkenny, Irland,
10. April 2009, 4.03 Uhr Ortszeit

Beim ersten Klingeln des Telefons reagierte Thomas Managhan gar nicht. Das zweite ließ den obersten Polizisten des
Countys wenigstens den Kopf vom Kissen heben und ein
bedrohliches Knurren ausstoßen. Erst beim dritten Läuten
schob sich seine Hand unter der Bettdecke hervor, sondierte
den Nachttisch, fegte das Headset des Mobiltelefons herunter,
klaubte es wieder vom Teppich auf und klinkte es in sein rech-
tes Ohr ein.

»Hier ist Managhan, der Chef der Gardaí, und wenn Sie ein
Spaßvogel sind, der andere Leute gerne zu nachtschlafender
Zeit stört, dann wird Ihr Humor bald hinter Zuchthausmau-
ern verrotten.«

»Äh ... Sergeant Langford am Apparat, Sir. Eddie Langford
von der Garda-Station in Graiguenamanagh«, sagte eine
junge, leicht näselnde Männerstimme. »Entschuldigen Sie die
Störung, Sir, aber bei uns gehen seit Mitternacht lauter bizarre
Anzeigen ein. Leider nicht von Witzbolden. Die Meldungen
sind inzwischen bestätigt. Im Osten, Westen, Norden und
zuletzt im Süden von Graig sind vier makabre Funde gemacht
worden.«

»Unfall, Totschlag, Mord ...?«, murmelte Managhan.

– 62 –

»Sieht eher wie eine Strafe Gottes aus.«

»Eine …?« Der Polizeichef schwang die Beine aus dem Bett. »Haben Sie nicht gelernt, was ein qualifizierter Rapport ist, Sergeant Langford? Drücken Sie sich gefälligst verständlich aus.«

»Verzeihung, Sir. Wir haben Tote gefunden. Vier Fundstellen. Zwei Leichen.«

»Wollen Sie sich über mich lustig machen?«

»Das liegt mir fern, Sir. Nicht um diese Zeit.«

Managhan war mit seinen siebenunddreißig Jahren der jüngste Polizeichef, den das County jemals gehabt hatte, soll heißen, er brachte durchaus Verständnis für die etwas salopperen Umgangsformen des Chat-Room-Zeitalters auf, doch wenn es um seinen Schönheitsschlaf ging, konnte er stocksauer werden. Gewöhnlich wussten das seine Leute. »Letzte Chance, Sergeant. Wenn Sie nicht demnächst als Fremdenführer im Kilmainham-Gefängnis arbeiten wollen, reden Sie endlich Klartext.«

»Die Toten sind beide halbiert worden, Sir – wie vom Blitz in der Mitte durchtrennt. Je eine Hälfte fand sich am gegenüberliegenden Ende des Ortes. Wenn man die Fundstellen auf der Karte mit dem Lineal verbindet, ergibt sich ein lateinisches Kreuz. Im Schnittpunkt der Balken liegt die Duiske Abbey, wo am Nachmittag das Wunder geschehen ist.«

9.

Rom, Italien,
10. April 2009, 11.10 Uhr Ortszeit

Wenn es irgendeinen Airport auf der Welt gibt, auf dem ein rennender Mönch niemanden interessiert, dann ist es der *Leonardo da Vinci*-Flughafen von Rom. Hier eilen täglich so viele Ordensschwestern und -brüder, so viele Priester und hohe kirchliche Würdenträger durch die Hallen und Gänge, dass einen manchmal das Gefühl beschleicht, sie gehörten zum Flughafenpersonal. Dies mag erklären, wieso keiner dem jungen Mann in schwarzem Habit mit Ledergürtel, großem Schulterkragen und Kapuze Platz machte, während er sich durchs Gewühl kämpfte.

»Monsignore McAteer«, rief der Augustinermönch unvermittelt. Er hatte am Eingang der VIP-Lounge endlich den Mann gefunden, nach dem er suchte.

Hester war in diesem ausschließlich wichtigen oder zumindest zahlungskräftigen Personen vorbehaltenen Bereich mit Robert Brannock verabredet. Als er seinen Namen aus der allgemeinen Lärmmelange des Abflugbereichs heraushörte, drehte er sich um. Nach kurzem Abgleich etlicher stressgeplagter Gesichter mit seinem Erinnerungsspeicher entdeckte er ein vertrautes Muster.

Bei dem spurtstarken Ordensbruder handelte es sich um

– 64 –

seinen Assistenten, Fra Vittorio Mazio. Hester hielt große Stücke auf den energiegeladenen, intelligenten Mann, sah sich manchmal sogar selbst in ihm, als jungen idealistischen Streiter für die Sache Gottes. Er war ungefähr im gleichen Alter gewesen – siebenundzwanzig Jahre, um genau zu sein –, als er im Frühling 1981 für die Kongregation zu arbeiten begonnen hatte. Außerdem war auch Vittorios Großvater, ein Padre namens Giacomo Lo Bello aus Genzano di Roma, einmal schwach geworden und hatte damit für den Erhalt einer Blutlinie gesorgt, die nach den strengen Kirchengesetzen hätte aussterben müssen. Der aufgeweckte, willensstarke und couragierte Vittorio würde nicht existieren, wenn Padre Lo Bello sich an den Zölibat gehalten hätte.

»Vittorio, habe ich etwas vergessen?«, begrüßte Hester seinen Mitarbeiter. Im Privaten behandelte er ihn wie den eigenen Sohn.

»Nicht Sie, sondern ich«, antwortete der Mönch keuchend. Er reichte seinem Vorgesetzten einen kleinen, runden Kompass, kaum größer, jedoch ungleich kunstvoller gearbeitet als der billige Tand, den Kinder gewöhnlich in Wundertüten und Kaugummiautomaten fanden. Auf dem hart vergoldeten, mit Saphirglas wasserdicht versiegelten Gehäuse blitzten die Reflexe der Deckenbeleuchtung. »Den haben Sie auf Ihrem Schreibtisch liegen lassen, Monsignore. Ich hätte Sie gleich danach fragen sollen. Sie reisen doch nie ohne Ihren Talisman.«

Der Päpstliche Ehrenkaplan ließ das nautische Kleinod schnell in seiner Pranke verschwinden und brummte: »Hältst du mich tatsächlich für so abergläubisch, dass ich einen Glücksbringer brauche?«

Vittorio lächelte selbstbewusst. »Natürlich nicht. Ein Wundermacher benötigt nur ab und zu ein Instrument zur Bestimmung der Himmelsrichtung.«

Hesters strenge Miene wurde milder. Er steckte die Navigationshilfe in die Brusttasche seines schwarzen Anzugs und lächelte säuerlich. »Danke für die Mühe. Obwohl ich mich nun ja nicht mehr verlaufen kann, solltest du trotzdem immer dein Handy bereithalten.«

»Ich denke, der Bischof von Kildare und Leighlin will Ihnen alle nötigen Ressourcen zur Verfügung stellen.«

»Das hat mir Kardinal Avelada versprochen. Aber du kennst mich, Vittorio. Ich behalte stets gerne einen Trumpf in der Hinterhand. Und gerade in diesem Fall werde ich daran nichts ändern.«

Obwohl der Businessjet um 12.02 Uhr Ortszeit butterweich aufgesetzt hatte, blickte der vatikanische Sonderermittler mürrisch auf das vorbeiziehende Gewirr aus Flugzeugen und Servicefahrzeugen auf der regennassen Piste des Dublin Airport hinaus. Jetzt war er also wieder in seiner Heimat. Unfreiwillig.

Hester McAteer mochte es nicht, wenn man über ihn verfügte, ohne ihn vorher zu fragen. Er war von Kardinal Avelada und Bischof Begg regelrecht überrumpelt worden. In diesem besonderen Fall hatte er seinen Unmut heruntergeschluckt. In Graig gab es noch ein paar unerledigte Dinge ganz privater Natur, die ihm seit Jahren auf der Seele lagen. Er hatte sich immer davor gescheut, sich seiner Vergangenheit zu stellen. Die erzwungene Reise würde ihm die Chance bieten, endlich reinen Tisch zu machen.

»Sie sehen so bärbeißig aus. Waren Sie mit dem Flug nicht zufrieden?«, fragte Robert Brannock unvermittelt. Er hatte in den letzten dreißig Minuten pausenlos telefoniert.

Hester riss sich vom Anblick eines Tankfahrzeugs los, um den BMC-Chef auf der anderen Seite des kleinen Tisches anzusehen. »Ich habe mich schon vor langer Zeit mit dem Gesicht abgefunden, das Gott mir gegeben hat.«

»Bitte verzeihen Sie, wenn ich Ihnen zu nahe getreten bin.«

»Ist schon in Ordnung«, sagte Hester und zwang sich zu einem Lächeln. Er wollte nicht undankbar erscheinen. »Was glauben Sie, wie oft ich schon mit meiner Catcherfigur in den engen Sitzen der Economy-Class stecken geblieben bin! Dagegen sind diese Sessel hier das reinste Elysium. Ihr ganzer Jet ist allererste Klasse. Ich weiß Ihre Großzügigkeit sehr zu schätzen, Mr Brannock ...«

»Bob«, erinnerte ihn dieser. Im Laufe des Fluges und eines angeregten Gesprächs über das Wunder von Graiguenamanagh hatten die beiden sich darauf geeinigt, die Förmlichkeiten beiseite zu lassen.

Hester nickte. »Danke, Bob.«

»Ehe wir uns verabschieden, lassen Sie mich Ihnen noch eines sagen. Als der Kardinal mich bat, einen Sonderbeauftragten des Heiligen Vaters mit nach Irland zu nehmen, sah ich mich schon in Gesellschaft so eines Federfuchsers, der vor lauter Vorschriften die Wahrheit nicht sieht. Als – so hoffe ich – guter Katholik bin ich heilfroh, dass die Glaubenskongregation *Sie* mit dieser heiklen Aufgabe betraut hat. Man sagt, Sie seien der Beste.«

»Kommt drauf an, worin.«

»Der beste Wundermacher. Die beste Spürnase. Es heißt, Sie seien so eine Art James Bond in Sachen Glaubenskriminalität und Kirchenspionage.«

»Das ist reichlich übertrieben. Erstens gibt es in der Kongregation noch eine Reihe anderer mindestens ebenso fähiger Köpfe und zweitens ist meine Wirkung auf Frauen ungleich geringer als die von 007. Außerdem steht mir in Rom ein sehr tüchtiger junger Assistent zur Verfügung. Gute Ergebnisse sind meist das Resultat guter Teamarbeit.«

»Den Satz muss ich mir unbedingt merken. Er könnte von mir stammen. Trotzdem, Ihre Bescheidenheit spricht für Sie, Hester. Ich bleibe dabei, Sie genießen einen tadellosen Ruf als aufrechter, unbestechlicher und äußerst scharfsinniger Realist.«

Schmeicheleien waren dem Bullterrier immer unangenehm, vor allem, wenn sie so dick aufgetragen wurden. Er zog eine Grimasse. »Manchmal *zu* realistisch für den Geschmack meiner Vorgesetzten. Ihnen gefällt zwar meine Methodik, nicht aber, wie ich über die Wunder Gottes denke. Ich glaube nämlich, dass der Allmächtige dieses Kapitel mit dem Tod des letzten Apostels geschlossen hat. Seitdem leben wir in der Ära von Lug und Trug. Was den Leuten während der letzten tausendneunhundert Jahre als Wunder verkauft wurde, lässt sich in zwei Rubriken einteilen: Schwindeleien, die ich entlarven kann, und solche, vor denen ich kapitulieren muss.«

»Dann bin ich gespannt, wie Sie die Vorgänge der vergangenen Nacht erklären werden.«

»Sprechen wir noch über dasselbe Ereignis? Nach meiner Kenntnis ist der angebliche Messias gestern Nachmittag kurz nach vier aufgetaucht.«

»Das ist richtig. Aber wie ich eben durch mein Büro in Kilkenny erfahren habe, gab es seitdem im Umkreis von Graiguenamanagh zwei weitere mysteriöse Vorfälle: Ein Landstreicher, der im Verdacht steht, den Opferstock der örtlichen Pfarrkirche ausgeraubt zu haben, sowie ein als Casanova verschriener Reporter namens Brian Daly wurden tot aufgefunden. Nach derzeitigem Kenntnisstand sind sie von irgendeiner feurigen Kraft halbiert und ihre versengten Leichenteile hübsch um das Städtchen herum verteilt worden. In der Bevölkerung verbreitet sich bereits das Gerücht von einem himmlischen Strafgericht, weil die beiden Getöteten als notorische Sünder bekannt gewesen sind.«

»Klingt für mich nach einem gewaltigen Bühnenzauber«, brummte Hester.

Brannock lächelte. »Ich dachte mir schon, dass Sie etwas in der Art sagen würden. Allerdings lässt sich ein solcher Hokuspokus kaum ohne eine aufwendige Maschinerie veranstalten. Und die hinterlässt normalerweise Spuren. Merkwürdigerweise konnte die Polizei aber bisher nichts dergleichen entdecken. Es hat letzte Nacht in Graiguenamanagh geregnet und die Erde wurde aufgeweicht. Demzufolge müsste es Abdrücke geben, wenn jemand die beiden Männer mit viel technischem Aufwand umgebracht und ihre sterblichen Überreste verteilt hätte. Stattdessen sieht es so aus, als seien übernatürliche Mächte im Spiel gewesen.«

Der Jet hatte seine Parkposition erreicht.

Hester verzog das Gesicht. »Der Himmel hat sicher Besseres zu tun, als ein paar arme Sünder zu tranchieren.«

»Das klingt für mich nach purem Zynismus. Nichts für ungut, aber für einen Mann Gottes machen Sie auf mich einen ziemlich desillusionierten Eindruck. Ist diese Haltung eine Folge der vorhin erwähnten Fehlschläge?«

»Unter anderem.«

Die Triebwerke wurden endgültig ausgeschaltet und fuhren hörbar herunter.

»Ich habe über Sie gelesen, Sie übernähmen in den Selig- und Heiligsprechungsprozessen oft die Rolle des *Advocatus Diaboli* – des Anwalts des Teufels –, und manche enttäuschte Anhänger eines von Ihnen entzauberten Kandidaten hätten Sie wegen Ihrer Unerbittlichkeit schon als *Adlatus Diaboli* – als Gehilfen des Teufels – beschimpft. Ist das wahr?«

»Ja. Ich betrachte das als Kompliment.«

Die persönliche Flugbegleiterin des Medienmoguls erschien und schenkte den beiden Männern ein vollendetes Lächeln. »Sobald Sie es möchten, können Sie aussteigen, Mr Brannock.«

Er lächelte zurück und bedankte sich.

»Darf ich Sie auch etwas fragen, Bob?«, erkundigte sich Hester.

»Nur zu.«

»Was versprechen *Sie* sich von diesem Wunder von Graiguenamanagh?«

Brannock machte mit der Rechten eine nonchalante Geste. »Wie ich bereits erwähnte, sehe ich mich als leidlich guter Katholik. Ich wünsche mir, dass die Menschen wieder mehr an Gott glauben.«

»Und was ist mit den Auflagen Ihrer Zeitungen und den Einschaltquoten Ihrer Sender?«

»Die sollen natürlich ordentlich davon profitieren.« Der BMC-Chef breitete die Arme aus. »Die Verbindung von Geschäft und Glauben ist so alt wie die Religion.«

»Sie reden geradeheraus, das gefällt mir. Ich hatte erwartet, Sie würden mir jetzt etwas von der selbstlosen Verteidigung der Wahrheit erzählen.«

Brannock grinste. »Das spare ich mir für später auf. Wie kommen Sie übrigens nach Graiguenamanagh? Kann ich Ihnen eine Limousine zur Verfügung stellen?«

»Vielen Dank, aber das wird nicht nötig sein. Kardinal Avelada versicherte mir, der Bischof habe für alles gesorgt.«

Nach der Einreisekontrolle entdeckte Hester beim Betreten der Flughafenempfangshalle einen etwa dreißigjährigen Mann im schwarzen Anzug mit dem Kollar eines Geistlichen, der

schon auf ihn wartete. Er hielt ein sauber in Plastik eingepack-
tes Schild hoch, auf dem groß und fett der vatikanische Sonderbeauftragte begrüßt wurde:

Welcome
Msgr. H. McAteer

Fehlt nur noch der Zusatz »Spezialagent Seiner Heiligkeit
zur Entlarvung der Wunderfälscher von Graiguenamanagh«,
dachte Hester mürrisch. Wie ein Stürmer im Eishockey vor
dem Bodycheck lief er auf den Abholer zu, rempelte ihn dann
aber doch nicht um, sondern presste nur zwischen den Zähnen hervor: »Nehmen Sie das Schild runter! Oder soll gleich
ganz Irland wissen, dass ich angekommen bin?«

Der Angeschnauzte wirkte einen Moment erschrocken,
setzte die Empfehlung dann aber in die Tat um. Mit einem
leicht instabilen Lächeln sagte er: »Sie müssen Monsignore
Hester McAteer sein.«

»Wie haben Sie das erraten?«

»Bischof Begg empfahl mir, nach einem Knurrhahn Ausschau zu halten, der wie ein Wrestler gebaut sei.«

Hesters Laune sackte unter den Gefrierpunkt. Erst war er zu
dieser Reise genötigt worden, dann musste er sich von Brannock Bärbeißigkeit unterstellen lassen, und jetzt bezeichnete
ihn dieser Grünschnabel als Knurrhahn. Er wollte gerade zu
einer nicht unbedingt humorvollen Erwiderung anheben, als
sein Gegenüber ihm die Hand entgegenstreckte, ein sonniges
Lächeln auf die Lippen zauberte und in schwärmerischstem
Ton sagte: »Ich bewundere Sie schon seit Langem, Monsignore. Ihre Methoden sind so ... unkonventionell. Und trotzdem effizient. Ich bin übrigens Bruder Kevin. Kevin O'Connor, falls Ihnen der Name etwas sagt.«

»Während meines Noviziats in Kilshane habe ich einen Diakon namens Dermot O'Connor kennengelernt.«

Bruder Kevin nickte eifrig. »Das war mein Vater.«

»War?«

»Er wurde 1985 von einer levitierenden Madonna erschlagen. Sie hat es nicht mehr zurück auf ihr Podest geschafft und ist ihm auf den Kopf gefallen.«

»Sie machen Scherze.«

»Leider nicht. Es hat viel Unruhe deswegen gegeben. Viele hielten es für einen Fluch.«

»Ich würde eher auf eine technische Panne bei einer stümperhaften Betrügerei tippen.«

Bruder Kevin entrang sich einen Seufzer und nickte.

»Tut mir sehr leid, die Sache mit Ihrem Vater, meine ich.«

»Ich war damals erst vier und kann mich nicht mehr an ihn erinnern. Aber in seinen Unterlagen habe ich ein Gruppenbild gefunden. Größtenteils Novizen. Es wurde Weihnachten 1977 aufgenommen. Warten Sie!« Beflissen förderte er aus der Seitentasche seiner Jacke einen weißen Briefumschlag zutage, zog eine postkartengroße Fotografie heraus, hielt sie Hester hin und tippte auf das Gesicht eines athletisch gebauten, ernsten jungen Mannes. »Das sind doch Sie, oder?«

Hester stellte seinen Hartschalenkoffer ab, nahm die leicht verknickte, schon ziemlich ausgeblichene Farbaufnahme und betrachtete sie. Das Bild zeigte sechzehn junge Männer in einem Speisesaal, dazu der Prinzipal, einige ältere Lehrer und andere Mitarbeiter des Priesterseminars. Es war wie ein Blick in einen Zauberspiegel, der lange Vergangenes sichtbar machte und zugleich gründlich Verdrängtes wieder ins Bewusstsein rief.

»Sie können das Foto behalten. Ich schenke es Ihnen«, sagte Bruder Kevin.

Hester war nicht mehr in der Stimmung, den Griesgram zu geben. Die Geste des jungen Mannes hatte ihn innerlich bewegt, ja, aufgewühlt. Der Bursche schien ganz patent zu sein. »Danke für das Erinnerungsstück. Ich werde es in Ehren halten. Und nehmen Sie's mir nicht übel, wenn ich eben etwas … knurrig gewesen bin. Mir geht zurzeit viel durch den Kopf, da bin ich nicht immer …«

»Sie brauchen sich nicht zu entschuldigen, Monsignore McAteer«, unterbrach ihn Bruder Kevin lächelnd, griff mit einem zwanglosen »Ich darf doch?« nach dem Koffer und fügte, als kein Widerspruch kam, hinzu: »An Ihrer Stelle wäre ich vermutlich längst das reinste Nervenbündel.«

Hester konnte sich in Anbetracht der Wortwahl Bruder Kevins ein Schmunzeln nicht verkneifen. Die beiden waren sich äußerlich in etwa so ähnlich wie ein Brauereipferd und ein Traber. Der junge Geistliche sah für einen der Keuschheit verpflichteten Mann fast schon *zu* gut aus. Als er sich für den Zölibat entschieden hatte, mussten seine Verehrerinnen reihenweise in Ohnmacht gefallen sein.

Er war schlank, mittelgroß, blond und blauäugig. Seine Bewegungen wirkten mühelos, selbst beim Anheben des schweren Gepäckstücks, und so präzise wie bei einem Kampfpiloten. Ohne den steifen Priesterkragen, aber mit dunkler Sonnenbrille hätte man ihn eher für einen der *Men in Black* halten können. Seine markanten Gesichtszüge waren von jener Ausdrucksstärke, die antike Bildhauer sofort zu Hammer und Meißel hätte greifen lassen, um sie in Marmor zu bannen.

»Wieso lächeln Sie, Monsignore?«, fragte der Adonis im Priesterrock.

»Ich habe nur gerade versucht, Sie mir als Kettenhund Seiner Heiligkeit vorzustellen. Das Monsignore können Sie übrigens weglassen. Mr McAteer genügt vollauf.«

»Dann sagen Sie aber bitte Kevin zu mir.« Damit deutete er zum Ausgang. »Jetzt sollten wir uns aber auf den Weg machen. Der Bischof erwartet Sie bereits. Er hat mir extra seine Limousine überlassen, damit es dem Sonderbeauftragten des Heiligen Vaters an nichts fehlt. Bitte kommen Sie.«

Kurz darauf saß Hester in den weichen, beigefarbenen Ledersitzen eines schwarzen Daimler und ließ sich von Kevin durch den Stau auf der M50 um Dublin herumchauffieren. Wegen des dichten Mittagsverkehrs hatten die beiden ausreichend Gelegenheit, sich zu beschnuppern.

Kevin O'Connors klerikale Laufbahn ging, wie er ganz unbefangen berichtete, auf das Betreiben seiner Mutter zurück, die aus ihm das hatte machen wollen, was sein Vater nicht mehr werden konnte. Nun gehörte er der »Missionsgesellschaft vom Heiligen Geist unter dem Schutz des Unbefleckten Herzens Mariens« an, war also wie viele irische Geistliche ein Spiritaner. Auch Hester hatte einst in dieser Ordensgemeinschaft seine Weihen empfangen.

Im Gespräch erwies sich Kevin als eloquent – ohne dass seine Beredsamkeit aufdringlich wirkte –, als intelligent und in kirchlichen sowie weltlichen Fragen gut informiert. Er prahlte aber nicht mit seinem Wissen, sondern war eher ein bescheidener, angenehmer Charakter und, wie er durchblicken ließ, ein Pragmatiker. In seiner Grundhaltung sei er zwar konservativ, hielt aber manchmal unkonventionelle Methoden für die bessere Wahl, um dem Ruhme Gottes zu dienen. Damit funkten er und Hester auf derselben Wellenlänge.

Nach etwa anderthalbstündiger Fahrt trafen sie in Carlow ein. Es regnete in Strömen. Kurz hinter der Railway Road bog der Wagen links in die Einfahrt zum Bischofspalast ein. Den Rundbogen des steinernen Tors füllte ein schmiedeeisernes

Gitter mit der Jahreszahl 1792 aus. Dahinter lag ein asphaltierter Platz mit einer begrünten Mittelinsel, ein von Rosenrabatten gesäumter Rasen. Durch die nasse Windschutzscheibe wirkte der Bischofspalast noch trostloser als er wegen des grauen Verputzes ohnehin schon war. Im Garten, links von dem Gebäude, stand auf einer künstlichen Anhöhe eine überlebensgroße Marienstatue.

Der Daimler hielt zwischen den beiden Giebelfronten vor einer Treppe. Der Mittelteil des Gebäudes war nur drei Fenster breit, mehr ein Palästchen denn ein Palast. Kevin nahm seine Rolle ernst. Er sprang aus dem Wagen, lief um die Motorhaube herum und riss den linken Schlag auf.

»Danke, aber das hätte ich auch noch selbst geschafft«, brummte Hester.

»Soll ich einen Regenschirm …?«

»Seit wann benutzen Iren Schirme?« Hester stieg aus und lief zu dem fast schon bescheiden anmutenden Eingang, der wie die Tür eines mittelprächtigen Herrenhauses aussah: grün lackiert mit einer schneeweißen Holzumrandung, in der sich Glasfüllungen befanden.

Ehe er und Kevin die vier Stufen überwunden hatten, erschien im Türrahmen ein schwarz gewandeter, dürrer, kleiner Ordensbruder, nicht viel älter als Hesters Chauffeur, der für antike Bildhauer aber eher keine Inspiration gewesen wäre. Sein dunkelbraunes Haar wuchs nur auf der hinteren Hälfte der Schädelkuppel, die Nase glich von vorne betrachtet dem türkischen Halbmond und das spitze Kinn einem hellenistischen Rammsporn zum Versenken feindlicher Schiffe. Vermutlich litt er zudem unter einer Wirbelsäulenanomalie, weil er sich seltsam geduckt hielt. Einzig seine listig funkelnden dunklen Augen gaben zu der Vermutung Anlass, dass sich hinter dem grotesken Äußeren ein wacher Geist verbarg.

»Das ist Bruder Michael, der Sekretär des Bischofs«, stellte Kevin ihn vor.

»Ich bin Bruder Michael Shortall«, präzisierte dieser, als sei die Ergänzung wichtig, um ihn von dem gleichnamigen Erzengel zu unterscheiden. »Herzlich willkommen, Monsignore McAteer. Der Bischof erwartet Sie bereits sehnlichst. Bitte folgen Sie mir.«

Ohne weitere Umschweife wurde der vatikanische Sonderbeauftragte in die großzügige, vor Marmor strotzende Empfangshalle geführt, deren beherrschendes Element eine zweiflüglige, geschwungene Treppe war. Bruder Michael wählte den rechten Aufgang. Oben angekommen, klopfte er an die nächstliegende Tür und öffnete sie. Ein Schwall blauen Dunstes nebelte ihn sofort ein. Er meldete Hester und Kevin dem Oberhirten der Diözese von Kildare und Leighlin.

»Nur herein mit ihnen«, scholl die Stimme seines Chefs aus dem Raum.

Bruder Michael führte die Gäste ins Arbeitszimmer.

»Hester, kommen Sie, kommen Sie. Und Sie natürlich auch, Bruder Kevin«, rief Begg. Er thronte an seinem Schreibtisch und rauchte. Seinen Stuhl hatte er stets sehr hoch eingestellt, um Besuchern weniger klein zu erscheinen. Für Hester verzichtete er jedoch auf diese Eitelkeiten. Er nahm die Füße von der Auflage, die ihm trotz des Hochstandes ein bequemes Sitzen erlaubte, rutschte auf den Teppich herab und eilte dem Glaubensbruder entgegen. Die zwei kannten sich seit Jahren von zahlreichen Begegnungen. Der vierundzwanzig Jahre jüngere Wundermacher genoss das Vorrecht, den Bischof – selbstverständlich nur im privaten Rahmen – mit seinem Kosenamen anreden zu dürfen.

»Vielleicht können Sie mir ein paar Leuchtzeichen geben, James, damit ich den Weg finde«, scherzte Hester im Hinblick auf die verqualmte Luft im Raum. Er kannte Eunan James Begg als erzkonservativen Streiter für die katholische Sache, aber auch als wankelmütigen Egomanen mit einem übersteigerten Hang zur Selbstdarstellung. Um sich trotz seiner bonapartischen Kürze imposant in Szene setzen zu können, hatte er sich für seine Kathedrale einen extra prunkvollen Thron schreinern lassen, der mit seinem turmartigen Überbau selbst wie eine gotische Kirche anmutete. Es hieß, seine Diözese sei hoch verschuldet.

Er begrüßte die Gäste vor dem Schreibtisch. Hester beugte das Knie und küsste den Bischofsring. Er wusste, dass Begg auf derlei Förmlichkeiten Wert legte. Mit einem Seitenblick auf Beggs übervollen Aschenbecher sagte er: »Sie sollten Ihren Zigarettenkonsum einschränken, James.«

Der machte eine wegwerfende Geste. »Sie wissen doch: Räucherware hält sich länger. Setzen wir uns.« Er deutete auf einen rechteckigen Tisch mit Stühlen.

Nachdem alle Platz genommen hatten, zündete sich Begg eine Zigarette an und klagte dem Abgesandten des Vatikans sein Leid, während Bruder Michael mitschrieb. Die Medien hätten offenbar schneller als die Polizei von der Sache Wind bekommen. In Graiguenamanagh träfen stündlich neue Schaulustige und Gläubige ein, die den Ort der Wiederkunft Christi sehen wollten und nach weiteren Wundern lechzten. Andere belagerten das St Luke's Hospital in Kilkenny, wohin der junge Mann mit den Wundmalen des Gekreuzigten gebracht worden sei.

»Ich bin mit dem Chef der Brannock Media Corporation nach Dublin geflogen«, bemerkte Hester. »Seine Leute waren tatsächlich mit die Ersten vor Ort.«

»Mit Robert ... Robert Brannock?«, wunderte sich Begg.

Hester nickte. »Er wurde nicht müde mir zu erklären, was

– 77 –

für ein guter Katholik er sei und hat uns seine Unterstützung angeboten. Ich finde allerdings, wir sollten davon nur Gebrauch machen, wenn es nicht anders geht. Natürlich wittert er eine lukrative Medienkampagne. Wer wie er so lange in einem Haifischbecken überlebt hat, ist längst selbst ein großer Hai geworden.«

»Das sehe ich genauso«, sagte Begg mit düsterer Miene. »Glücklicherweise sind das leere Kreuz und die Dornenkrone hier in der Diözese unter Verschluss.«

Hester horchte auf. »Mir wurde bisher nur von dem Kreuz berichtet.«

»Der Dornenreif ist dem Unbekannten – sie nennen ihn inzwischen übrigens Mr X – vom Haupt gerutscht. An den Stacheln befinden sich frische Blutspuren, genauso wie an den Nägeln des Silberkreuzes.«

»Hat die Polizei Proben genommen?«

»Davon gehe ich aus. Aber ich habe die Einmischung der Behörden auf schnellstem Wege unterbunden, auch wenn es den Spurensicherern von der Polizei nicht gefallen hat. Hier handelt es sich um eine Angelegenheit der Kirche, nicht um ein x-beliebiges öffentliches Ärgernis. Die Beweisstücke sind in der Duiske Abbey verblieben, bis ich sie letzte Nacht herbringen ließ.«

»Dürfte ich sie sehen?«

»Sicher. Bruder Michael?« Begg gab seinem Sekretär einen Wink, der ihn dienstfertig aufspringen und aus dem Raum eilen ließ.

Wenig später kehrte er mit den mirakulösen Gegenständen zurück. Er trug jetzt weiße Baumwollhandschuhe wie das Personal im Vatikanischen Geheimarchiv. Sehr behutsam setzte er die Beweisstücke auf dem Besprechungstisch ab. Zu Hesters Befremden lag die Dornenkrone in einer Bodhran, einer irischen Trommel. Sein fragender Blick ließ Bischof Begg die Lippen kräuseln.

»Das Schlaginstrument war wohl Pater O'Bannons Einfall – in Ermangelung eines Tabletts oder anderen Behältnisses. Wir haben nichts verändert.«

Hester nickte. »Gut. Dabei sollte es auch bleiben. Berühren Sie diese Gegenstände niemals mit bloßer Haut. Abgesehen von Ihren Fingerabdrücken könnte Ihre DNA das Untersuchungsergebnis verfälschen. Verstauen Sie am besten alles in einem sterilen Kunststoffbehälter.« Und mit einem Seitenblick auf Shortalls Handschuhe fügte er hinzu: »Statt Stoff benutzen Sie lieber Latex, wie der Onkel Doktor, wenn er Ihnen die Prostata abtastet.«

Der Sekretär wirkte peinlich berührt. Begg und Kevin schmunzelten. Hester bat Ersteren, den Glimmstängel auszumachen. Danach schmunzelte der Bischof nicht mehr.

Die nächsten Minuten verwendete der vatikanische Sonderermittler auf die Begutachtung der Gegenstände. Zunächst nahm er die Dornenkrone in Augenschein. Weil er kein Botaniker war, hätte er nicht mit Bestimmtheit sagen können, ob der aus stacheligen Zweigen geflochtene Kranz von einem einheimischen Gewächs stammte, aber er tippte wegen der auffällig langen Dornen eher auf eine Pflanze aus einer wärmeren Vegetationszone. Dort, wo sie nach innen gerichtet waren, wiesen sie dunkelrote Spuren von geronnenem Blut auf. Sein erster Eindruck war, dass sich da jemand wirklich Mühe gegeben hatte.

Dieses Gefühl steigerte sich zu Beklemmung, als er sich das Kruzifix vornahm. Es war ein barockes Schmuckstück von ungefähr fünfzig Zentimetern Höhe. Über dem viereckigen Standfuß und an den Enden des Längs- und Querarmes hatte es verschnörkelte Verzierungen aus getriebenem Silber; vom

Kreuzpunkt gingen Strahlen aus. Am oberen Balken hing ein schräges Banner mit den Buchstaben INRI für das lateinische *Iesus Nazarenus Rex Iudaeorum* – Jesus von Nazareth, König der Juden. Aber da war kein Jesus mehr. Nur noch die kleinen blutigen Nägel wiesen darauf hin, dass einmal eine Figur an dem Silberkreuz gehangen hatte.

Um es nicht berühren zu müssen, ging Hester um den Tisch herum. Ein Schauer lief ihm über den Rücken als er die ziselierte Inschrift auf der Rückseite las; der Kreuzform folgend hatte der Künstler sie ins Silber graviert.

The

GIFT

of

Captain James Casey to the Chapel of Graigue

1775

»Man könnte glauben, es sei echt«, flüsterte Hester. Zuletzt hatte er das Kruzifix als kleiner Junge gesehen. Der Gravur nach handelte es sich um ein Geschenk von Captain James Casey. Als dieser in der zweiten Hälfte des 18. Jahrhunderts Schiffbruch erlitten hatte, gelobte er Gott im Gebet, der Kapelle von Graig im Falle seiner Rettung ein großzügiges Dankopfer darzubringen. Er überlebte und hielt sein Versprechen.

»Das war auch mein erster Eindruck«, sagte der Bischof.

Hester ging wieder auf die andere Seite, zog seinen Kolbenfüller aus der Innentasche des Jacketts und deutete damit auf die blutigen Nägel. »Die könnten entfernt und später wieder hineingesteckt worden sein, nachdem die Betrüger die Figur abgenommen hatten.«

Begg nickte. »Allerdings meint Pater O'Bannon, das strahlende Licht, das die Duiske erfüllt und ihn geblendet habe, sei nach ein paar Sekunden bereits wieder verschwunden.«

»Bestätigt Seamus Whelan diese Aussage?«

»Der ist samt Hirtenstab aus der Kirche geflohen und hat sich seitdem nicht wieder blicken lassen.«

»Einfach weggelaufen? Das sieht dem Alten ähnlich«, murmelte Hester.

»Wie bitte? Ich habe Sie nicht verstanden.«

Er schüttelte unwillig den Kopf. »Nichts.« Mit dem Federhalter auf die Beweisstücke deutend, sagte er: »Eine wissenschaftliche Analyse wird den Betrug schnell ans Tageslicht bringen. Die Metallurgie ist heute so weit, sogar die Mine zu bestimmen, aus der das Silber stammt und vermutlich auch den Zeitpunkt, zu dem das Kruzifix angefertigt wurde. Wenn es sich um eine Fälschung handelt, was ich fast vermute, dann kriegen wir das heraus. Ähnlich verhält es sich bei der Dornenkrone. Ich schreibe Ihnen die Adressen zweier Labore in Deutschland auf, die auf dem Gebiet führend sind.«

»Mir wäre es lieber, wir würden die Beweisstücke nicht außer Landes ...«

»Wollen Sie die Wahrheit herausfinden, James, oder Politik machen?«, fuhr Hester dem Bischof in die Parade. »Wir haben es hier mit einem Profi zu tun, so viel kann ich Ihnen jetzt schon verraten. Möglicherweise kennt er die einschlägigen Institute in Irland und versucht, die Analyseergebnisse in seinem Sinne zu manipulieren. Bei einem neutralen Institut im Ausland wird ihm das schwerfallen.«

Begg nickte ergeben. »Na schön. Ich leite alles Nötige in die Wege.« Hektisch zündete er sich eine Zigarette an. Hester bedachte ihn dafür mit einem strafenden Blick, der allerdings geflissentlich ignoriert wurde.

»Sie werden es nicht bereuen«, brummte er. »Die Deutschen fahren ihr ganzes Waffenarsenal auf: Röntgenstrahlen, Ultraschall, Isotopentrennung und was sonst noch zur Wahrheitsfindung nötig ist. Eine DNA-Untersuchung des Blutes könnte ebenfalls nützlich sein. Lassen Sie bitte auch entsprechende Proben von Pater O'Bannon und Seamus Whelan beischaffen. Vielleicht zeigt ein Abgleich ja, dass des einen oder anderen ›blutige Finger‹ im Spiel waren. Die Zeugenbefragungen in Graig werde ich persönlich leiten.«

Der Bischof saugte nervös am Mundstück seiner Zigarette. »Tun Sie, was immer nötig ist. Ich will nicht, dass die Historiker später schreiben, Eunan Begg habe die Kirche durch Untätigkeit in den Abgrund gerissen. Der Vorfall in der Duiske Abbey könnte zu einem Desaster für die ganze Christenheit werden.«

»Ich bin überzeugt, der Betrug lässt sich schnell aufklären.«

Begg stieß wie ein zorniger Drache den Rauch durch die Nasenlöcher aus. »Ja, weil es für Sie keine wahren Wunder gibt. Deshalb habe ich Sie ja auch angefordert. Und natürlich, weil sich dieser Schmierenkomödiant ausgerechnet Seamus Whelan als Kronzeugen für die Parusie des Herrn ausgesucht hat, einen angeblichen Heiler und Propheten, der, als wäre das nicht schon Sprengstoff genug, auch noch dem Rebellen Lefevbre nahestand. Ich mag mir die gehässigen Kommentare unserer Kritiker lieber nicht vorstellen, sollten wir diesen Mr X nicht rasch und zweifelsfrei überführen!«

Hester sah die Lage weniger düster. »Dann hieße es für die Gläubigen Jesus gegen die Kirche. Die Buchmacher dürften dem Außenseiter diesmal wohl die größeren Gewinnchancen einräumen.«

»So weit dürfen wir es nicht kommen lassen. Wir müssen an diesem falschen Messias ein Exempel statuieren. Wer die Symbole der Kirche verunglimpft, der gehört entweder hinter Gitter oder in die Klapsmühle – als Vorbereitung auf die Hölle.«

Shortall warf eine entsprechende Notiz auf seinen Stenoblock.

Kevin räusperte sich.

Begg sah ihn mürrisch an. »Möchten Sie etwas sagen, Bruder?«

»Wenn Sie gestatten, Exzellenz?«

»Nur zu.«

»Als Pilatus die Juden fragte, ob er Barabbas oder Jesus freilassen solle, skandierte das Volk: ›An den Pfahl mit ihm! An den Pfahl mit ihm!‹ Es wollte lieber einen Mörder begnadigen als den Mann, den sie kurz zuvor noch mit Hosianna-Rufen gepriesen hatten. Die Evangelisten Markus und Johannes schreiben, die Oberpriester hätten die Volksmenge gegen den Heiland aufgewiegelt. Wenn wir jetzt vorschnell einen Mann, den offenbar viele für den vom Himmel herabgestiegenen Sohn Gottes halten, ins Gefängnis oder in die geschlossene Abteilung einer Nervenheilanstalt stecken, dann könnten unsere Schäflein leicht auf die Idee kommen, *wir* seien die Nachfolger der Oberpriester.«

»Kluger Junge«, pflichtete ihm Hester bei.

Der Bischof saugte so gierig an seiner Zigarette, als wolle er seine Befürchtungen mit Nikotin vergiften. »Das müssen wir auf jeden Fall vermeiden, Hester. Sie und Bruder Kevin sollten Ihren Einsatz wie eine militärische Operation durchführen: schnell, präzise und endgültig.«

Hester blinzelte verwirrt. »Ich und …?«

»Ich stelle Ihnen Bruder Kevin an die Seite, sozusagen als Verbindungsoffizier.«

»Normalerweise suche ich mir selbst aus, mit wem ich …«

»… zusammenarbeite. Das ist mir bekannt. Sehen Sie's mal

so, Hester. Ich lasse Ihnen – einem Sonderermittler aus Rom – weitgehend freie Hand, obwohl in diesem Fall eigentlich meine Diözese die Untersuchung leiten sollte. Sie bekommen sogar eine Vollmacht von mir, ein gesiegeltes und von mir persönlich unterschriebenes Beglaubigungsschreiben, das Sie gewissermaßen zu meinem verlängerten Arm macht. Dafür müssen Sie mir schon ein bisschen entgegenkommen, sonst mache ich mich selbst unglaubhaft. Oder haben Sie etwas Konkretes gegen Bruder Kevin vorzubringen? Ist er Ihnen nicht qualifiziert genug?«

Hester warf einen mürrischen Blick auf den Wachhund, mit dem Begg ihn zusammenketten wollte. Derlei Gespräche führte man nicht in Gegenwart des strittigen Kandidaten. »Ich kenne ihn ja kaum«, murrte er. »Auf der Fahrt hierher hat er mir einen ganz patenten Eindruck gemacht.«

»Dann schätzen Sie ihn genau richtig ein. Ich halte große Stücke auf diesen jungen Mann. Geben Sie sich einen Stoß, alter Brummbär. Betrachten Sie Bruder Kevin als nützlichen Adlatus. Er hat einen wachen Verstand und kann Ihnen bei Ihren Ermittlungen assistieren.«

Hester konnte außer seiner verletzten Eitelkeit wenig gegen die Argumente des Bischofs ins Feld führen. Also schluckte er auch diese Pille. Wie hatte er doch im Flugzeug gesagt? Gute Ergebnisse sind meist das Resultat guter Teamarbeit. Jetzt musste er beweisen, dass er nicht nur leere Phrasen drosch. Und eigentlich mochte er Kevin ja.

Als professioneller Skeptiker hoffte er nur, dass Begg dem Brummbären keine Zecke in den Pelz gesetzt hatte.

10.

Graiguenamanagh, County Kilkenny, Irland,
10. April 2009, 15.15 Uhr Ortszeit

Normalerweise reichten die dreizehn Pubs von Graiguenamanagh aus, um den Durst der etwa eintausendeinhundert Ein-
wohner zu löschen. Als Hester und Kevin dort nach vierzig-
minütiger Fahrt um 15.15 Uhr ankamen, deutete sich in dem
Städtchen am Barrow bereits ein Versorgungsengpass an.

Zur Duiske Abbey kamen sie nicht durch, weil die Upper
Main Street von Fahrzeugen verstopft war. Kevin zeigte zum
ersten Mal, was er unter Pragmatismus verstand. Er lenkte
den schwarzen Ford Mondeo in eine Hofeinfahrt und rief
laut »Hallo?«. Als ein Greis mit zerzaustem Haar erschien,
stellte er den Päpstlichen Ehrenkaplan Monsignore McAteer
als Gesandten des Bischofs von Kildare und Leighlin vor und
fragte, ob er den Wagen stehen lassen dürfe.

Hester hatte in Carlow klugerweise seine Garderobe gewechselt. Er trug jetzt eine schwarze Soutane mit dem ihm
zustehenden Zierrat: der »Knopflochentzündung«, wie im
kirchlichen Jargon die violette Einfassung genannt wurde,
sowie farblich dazu passende Knöpfe und das Zingulum,
einen breiten Stoffgürtel mit bis über die Knie herunterhän-
genden Enden.

Der Alte war sichtlich beeindruckt. Er gehe jeden Sonntag

in die Kirche, sagte er. Nur wegen des Menschenauflaufs habe er die feierliche Passionslesung geschwänzt. Als Hester Verständnis signalisierte, flüsterte der Greis hinter vorgehaltener Hand zum Fahrer: »Für zwanzig Euro können Sie den Wagen so lange stehen lassen, wie Sie wollen.« Kevin zahlte den Wucherpreis und die zwei legten den Rest des Weges zu Fuß zurück.

Bald wurde das Gedränge dichter. Hester hörte um sich herum englische, gälische, polnische, deutsche, italienische, französische und einige nicht identifizierbare Gesprächsfetzen. Sogar ein paar fotografierende Japaner versperrten ihm den Weg. »Schade, dass es nicht mehr regnet«, brummte er.

Der Nachrichtenoffizier des Bischofs konnte sich ein Grienen nicht verkneifen. »Sie meinen, weil es dann nicht so voll wäre? Iren sind doch wasserfest.«

»Aber nicht die Touristen.«

Je näher sie der Duiske Abbey kamen, desto deutlicher zeigte sich, dass die drohende Versorgungskrise der örtlichen Pubs bei einigen geschäftstüchtigen Kleinunternehmern zu spontanen Hilfsaktionen geführt hatte. Eilig aufgestellte Buden, die Fish and Chips und andere Stärkungen für entkräftete Pilger feilboten, sorgten für eine Entschärfung der Lage, wenn auch auf bescheidenerem Niveau.

An der Ecke Abbey Street, vor der Westfront des Gotteshauses, drängten sich die Leute so dicht, dass es für Normalsterbliche kein Durchkommen mehr gab. Abgesehen von der Kirche ragte nur noch ein Übertragungswagen der Brannock Media Corporation aus der Masse heraus. Spätestens jetzt zahlte sich für Hester der Kleiderwechsel aus. Allein der Anblick seiner entzündeten Knopflöcher flößte vielen Schaulustigen Respekt ein und sie ließen seinen Adlatus und ihn ungehindert passieren.

Etwa auf Höhe der Satellitenantenne des BMC-Fahrzeuges versagte dann aber selbst dieses Mittel. Eine Menschentraube verstopfte das Portal. Vermutlich war das Gotteshaus zum Bersten überfüllt. Aus der Kirche drang Gesang, der nach dem Sanctus klang, dem Lobruf der Gemeinde, der auf den Eingangsteil des Eucharistischen Hochgebets folgte – O'Bannon zelebrierte eine Messe. Draußen summten einige mit.

Hester kannte zwar die Happeningstimmung an Orten vermeintlicher Wunder, aber das hier übertraf seine schlimmsten Befürchtungen. Kopfschüttelnd verschaffte er seinem Unmut Luft. »Was soll das sein? Ein Public Viewing zur Landesmeisterschaft im Gaelic Football?«, grunzte er.

Eine junge, ziemlich kleine, Kaugummi kauende Frau mit grün gefärbten, fettigen Haaren und metallgespicktem Gesicht wandte sich ihm zu und musterte ihn von oben bis unten. »Krasses Kostüm. Wo kriegt man so was?«

»In Rom«, knurrte Hester und deutete zum Haupteingang. »Wie lange geht das Theater da drinnen schon?«

»Nich so lang. Hat erst um drei angefangen. Theater isses aber nich. Pompom hält gerade einen Bittgottesdienst.«

Kevin hatte trotz des Gesangs die Antwort verstanden und drehte sich verwundert um. »Pompom?«

Die Piercing-Queen griff sich ins grüne Haar und zog kurz daran. »Pater *Pudelschopf* O'Bannon.«

»Worum bittet er denn?«, fragte Hester.

»Dafür, dass der Heiland bald von der Intensivstation kommt.«

»Sollten um diese Zeit nicht die Feiern vom Leiden und Sterben Christi beginnen?«

Sie zuckte die Achseln. »Vermute mal, Pompom will sich den Kokolores sparen, jetzt, da der Messias wiederauferstanden ist.«

»Waren Sie schon einmal bei einer Messe?«

»Nö. Nich seit der Erstkommunion. Zu wenig Action.«

Obwohl Hester von Frömmelei nicht viel hielt, verspürte er das Verlangen, der actionhungrigen jungen Dame eines ihrer etwa dreißig Ohrpiercings auszureißen. Damit hätte sie die Abwechslung, nach der sie sich so sehr sehnte. Dann knurrte er aber doch nur: »Na, das scheint sich ja jetzt zu ändern.«

Kevin neigte sich zu ihm herüber. »Sollte die Spurensicherung der Polizei irgendetwas übersehen haben, dann ist es jetzt vermutlich unwiederbringlich verloren.«

Hester nickte. »Sehen wir uns mal drinnen um.«

»Machen Sie Scherze? Da kommen wir niemals rein.«

Er lächelte grimmig. »Hab Glauben, mein Sohn. Wo ein Wille ist, ist auch ein Weg. Und der führt da entlang.« Hester deutete zum Friedhof.

Dort war seine Mutter begraben. Er spürte ein mulmiges Gefühl in der Magengrube, während er sich mit seinem Begleiter zur Pforte durchkämpfte. Schon in seiner Kindheit hatte Graig einen neuen Gemeindefriedhof besessen. Auf diesem Wiesenareal hier, das den Chor der Duiske Abbey, den Gebäudeteil östlich des Querschiffes, umschloss, gab es dagegen vorwiegend sehr alte Gräber – eines der Hochkreuze stammte sogar aus dem 9. Jahrhundert. Nur sehr selten waren seit den 1960er-Jahren noch Priester oder andere verdiente Mitbürger Graigs im Schatten der Abbey begraben worden. Umso merkwürdiger, dass eine Frau wie Mary McAteer, die zwei uneheliche Kinder zur Welt gebracht hatte – eine »Hure«, wie nicht wenige zu sagen pflegten –, an diesem Ort beigesetzt worden war.

Hester durchquerte als Erster das zinnenbewehrte Spitzgiebeltor des Friedhofs, dicht gefolgt von Kevin. Die schmiedeeiserne Pforte unter dem Rundbogen stand ein Stück offen. Auf dem Gräberfeld dahinter tummelten sich vergleichsweise wenige Leute, vermutlich weil es hier nur schiefe flechtenbewachsene Grabsteine und Hochkreuze gab; das Happening vor dem nördlichen Hauptportal der Kirche war weitaus spektakulärer. Außerdem hielt eine Steinmauer das Gros der drängelnden Massen draußen.

»Was suchen wir hier?«, fragte Kevin seinen ortskundigen Führer.

»Die Sakristei. Sie hat einen Zugang von außen. Während der Messen steht er meistens offen. Jedenfalls war das vor fünfzig Jahren so.« Er sprach von dem Nebenraum, in welchem sich die Geistlichen und andere am Gottesdienst teilhabende Personen umzogen, und in dem auch die liturgischen Geräte und Gewänder aufbewahrt wurden.

»Wann sind Sie eigentlich geboren, Mr McAteer?«

»Am 6. Mai 1954. Wieso?«

»Dann müssten Sie vor fünfzig Jahren vier gewesen sein. Wollen Sie mir allen Ernstes weismachen, Sie könnten sich noch …«

»Nein«, unterbrach Hester den Ordensbruder. Es gefiel ihm, dass Kevin mitdachte, und es amüsierte ihn, dass er jede Äußerung des von ihm so verehrten Wundermachers auf die Goldwaage legte. »Sie müssen nicht alles wörtlich nehmen, was ich sage. Vielleicht ist mein Gedächtniseintrag auch fünf oder acht Jahre jünger. Da ist übrigens der Eingang.«

Wenn man sich die Duiske Abbey von oben betrachtet als lateinisches Kreuz vorstellt, dessen Spitze traditionell nach Osten zeigt, dann klebte die Sakristei als flacher Anbau auf dem linken Querarm. Hester ging zielstrebig zur hinteren Tür, legte seine Rechte auf die Klinke und sagte zu seinem Begleiter: »Neulich erzählte mir ein junger Augustiner in Ihrem

Alter einen Witz: Was ist *Mission Impossible* auf römisch-katholisch?«

Kevin schob die Unterlippe vor und zuckte die Achseln. »Keine Ahnung.«

Hester grinste. »Der Versuch, an der Kirche irgendetwas zu verändern.« Er drückte die Klinke herab. Die Tür ließ sich anstandslos öffnen.

Leise betraten sie die Sakristei. Keine Menschenseele befand sich darin. Es war ein schlichter, rechteckiger Raum mit weiß getünchten Wänden, braunem Nadelfilzteppich, einem Schrank für die liturgischen Accessoires, einem weißen Schleiflackregal mit Kerzen, einer Art Sideboard, einigen anderen Einrichtungsgegenständen, einer Wanduhr und einer großen grünen Plastiktonne. Zu seiner Rechten sah Hester unter dem Fenster einen braunen Holztisch und daneben einen imposanten schwarzen Tresor. Vermutlich war darin Captain Caseys Silberkreuz aufbewahrt worden, ehe es die ominöse Umgestaltung erfahren hatte. Eine offen stehende Tür links neben dem Safe gewährte Einblick auf einen in rot-weißem Rautenmuster gefliesten Fußboden – vermutlich der Sanitärbereich. An der gegenüberliegenden Stirnseite des Raums war ein bogenförmiger Steinfries zu sehen, unter dem eine nur angelehnte braune Holztür in den Kirchenraum führte.

Hester lief, dicht gefolgt von seinem Begleiter, zu der Tür, zog sie ein Stück weiter auf, und sie spähten beide zu dem Podest mit dem Hochaltar hinüber, das nur wenige Schritte von ihnen entfernt war.

»Eine feierliche Passionslesung ist das tatsächlich nicht«, raunte der Ältere.

Soweit der eingeschränkte Blickwinkel dies erkennen ließ, war es in der Kirche brechend voll. Die Besucher hatten um den Hochaltar herum nicht nur sämtliche Sitzplätze – auch die in der gegenüberliegenden Versöhnungskapelle – mit Beschlag belegt, sondern standen auch in den Gängen. Pater O'Bannon hatte die Messe vermutlich noch nie vor einem so großen Publikum zelebriert.

Er war inzwischen, unterstützt von einem Diakon und den bereitstehenden Ministranten, beim Hochgebet angelangt, dem zweiten Teil der Eucharistiefeier. Gerade sprach er das feierliche *Hoc est corpus meum* – dies ist mein Leib. Nach katholischer Auffassung vollzog sich durch diese Konsekrationsworte die Transsubstantiation, die geheimnisvolle Wesensverwandlung des ungesäuerten Brotes – der Hostie – in den Leib Christi. Die Gläubigen sprachen vom Eucharistischen Wunder.

O'Bannon hielt die runde Oblate hoch, wodurch die Zuschauer den gewandelten Leib Christi zu sehen bekamen. Danach drehte er sich wieder zum Altartisch um, legte sie zurück in die Hostienschale und machte eine Kniebeuge.

Plötzlich flammte ein grelles Licht auf. Es sah aus, als sei ein Blitz von der Schale zum Dachstuhl emporgeschossen. Einen Moment lang waren alle geblendet. Die Leute in der Kirche zogen erschrocken die Köpfe ein, etliche schrien sogar. Auch Hester fuhr von der Tür zurück, stieß dabei gegen den hinter ihm stehenden Ordensbruder und riss ihn fast von den Beinen.

»Haben Sie das gesehen?«, keuchte er.

»Eigentlich konnte ich außer dem Licht überhaupt nichts ...« Kevin verstummte, weil aus der Kirche Laute des Erstaunens zu ihnen hereindrangen.

Sofort waren die beiden wieder auf ihrem Spähposten.

Während die jugendlichen Messdiener gerade kreischend davonrannten, vollzog sich auf dem Podest in der Vierung Unglaubliches. Pater O'Bannon hatte die Hostienschale vom

Altartisch genommen. Darauf lagen jetzt keine Oblaten mehr, sondern blutige Fleischklumpen. Er sagte etwas, das in dem vielstimmigen Geschrei der hysterischen Masse nicht zu verstehen war, aber Hester meinte, die lateinischen Worte von seinen Lippen ablesen zu können: *Corpus Christi* – der Leib Christi.

»Ich glaube nicht, was ich da sehe«, murmelte er kopfschüttelnd.

O'Bannon drehte sich zu der lärmenden Menge im Langschiff um. Ob er den Menschen den buchstäblich aus Oblaten entstandenen Leib Christi zeigen oder nur ungläubig das Chaos in seiner Kirche bestaunen wollte, ließ sich nur erahnen. Jedenfalls löste seine Geste noch größere Aufregung aus, als ohnehin schon herrschte, weil viele dadurch erst das blutige Stück Fleisch in seinen zitternden Händen zu sehen bekamen.

Etliche Besucher der Messe waren einfach hingerissen. Ihnen hatte nach einem Wunder gelüstet, jetzt bekamen sie es. Manche unter ihnen johlten: »Zugabe!« Oder: »Mehr!« Oder: »Wir wollen den ganzen Heiland sehen, nicht bloß einen Teil.« Eine Minderheit drängte panisch dem Ausgang entgegen. Andere wiederum strebten zum Hochaltar. Wollten sie dem Leib Christi nur nahe sein? Trachteten sie danach, die blutigen Fleischklumpen zu berühren? Oder gelüstete es ihnen gar nach der Kommunion, selbst wenn die Wandlung echt sein sollte und sie sich dadurch zu Kannibalen machten?

An eine würdige Fortsetzung der Messe war jedenfalls nicht mehr zu denken, und O'Bannon wollte die explosive Stimmung wohl auch nicht weiter aufheizen, indem er am Ende noch einer Rauferei um die größten Bissen Vorschub leistete. Er wandte sich mit der Hostienschale um und flüchtete vor der Meute. Auf dem Weg zur Sakristei riss er dem Diakon –

– 92 –

eine absonderliche Reminiszenz an die Traditionen der Kirche – sein Birett aus der Hand und setzte es sich auf den Kopf.

Es war ein kurzer, aber nichtsdestotrotz bizarrer Wettlauf: Der Hirte wurde von seinen Schäfchen gejagt. Gerade als eine Frau in Schürze mit weit aufgerissenen Augen und irrem Blick ihn von hinten packen wollte, zog Hester den Priester in die Sakristei und warf die Tür ins Schloss. Glücklicherweise steckte der Schlüssel, und Kevin drehte ihn schnell herum.

»Danke, Sie haben mir das Leben gerettet«, schnaufte O'Bannon und taumelte nach links zum Sideboard, um die Hostienschale darauf abzustellen. Danach riss er sich die klerikale Kopfbedeckung samt der profanen Perücke vom Haupt und versuchte sich fahrig mit dem Ärmel des Messgewandes den Schweiß von der Stirn zu wischen. Weil aber das Blut aus der Schale über seine Hände geschwappt war, malte er sich nur einen breiten roten Streifen ins Gesicht.

Hester griff nach seinen Armen und drückte sie ihm seitlich an den Körper. »Beruhigen Sie sich erst einmal, Vater Joseph! Mein junger Freund hier hilft Ihnen, das Blut abzuwaschen.«

Kevin eilte in den Waschraum und kehrte mit einem nassen und einem trockenen Handtuch zurück. Wortlos half er O'Bannon bei der Reinigung seines Gesichts. Der Priester keuchte immer noch, als sei er die Kurzstrecke vom Altar zur Sakristei in Rekordzeit gelaufen. Während auf seiner Stirn herumgewischt wurde, musterte er den Besucher aus Rom.

»Sie nannten mich gerade Vater Joseph. So sagen nur meine Schäfchen in der Gemeinde zu mir. Wären Sie mir vom Büro des Bischofs nicht angekündigt worden, hätte ich Sie nie wiedererkannt, Hester.«

Der lächelte. »Ich habe mich verändert, ich weiß. Sie kennen mich nur als den kleinen Rüpel, der sich mit den anderen Jungen prügelt, weil sie ihn wegen seiner Mutter verspottet haben. Sie werden lachen, Vater Joseph, aber ich war sogar eine Zeit lang Boxer.«

»Und jetzt sind Sie Päpstlicher Ehrenkaplan. Wahrhaft eine bemerkenswerte Wandlung, Monsignore …«

»Bitten sagen Sie doch weiter Hester zu mir, Vater.«

»Es ist mir eine Ehre, mein Sohn.«

Hester stellte seinen Assistenten vor, ehe er auf die jüngsten Geschehnisse zu sprechen kam. »Apropos Wandlung – konnten Sie erkennen, was da eben passiert ist?«

O'Bannons Blick wurde glasig, als spule er alles noch einmal vor seinem inneren Auge ab. Seine Stimme klang mit einem Mal tiefer als zuvor. »Ich habe es genau gesehen, Hester. Die konsekrierten Hostien verwandelten sich in richtiges Fleisch.«

»Und das konnten Sie tatsächlich mitverfolgen? Also, ich war einen Moment völlig geblendet. Sie standen direkt neben diesem Licht und müssten doch erst recht …«

»Ich weiß nicht so genau, wie viel ich gesehen oder mir nur eingebildet habe. Alles ging so schnell.«

Hester wollte gerade nachhaken, als die Außentür der Sakristei aufgerissen wurde. Ein Mann kam hereingestürzt: legere Kombination in Beige- und Brauntönen, Krawatte, schwarzhaarig, blauäugig, schlank, Mitte oder Ende dreißig, aber das Gesicht so zerknittert wie bei einem Seemann, der an seine Haut nur Salzwasser und Sonne lässt. An seinem Ohr klemmte eine Bluetooth-Hör-Sprech-Einheit, wie sie vorzugsweise von mobilen Vieltelefonierern getragen wird. Er zog die Tür sofort wieder hinter sich zu.

O'Bannon klaubte hektisch seine Perücke vom Sideboard und bedeckte damit rasch seine Glatze.

Hester hielt den Eindringling spontan für einen der Wunderfans und stellte sich schützend vor den Priester.

»Wer sind Sie?«, fragten er und der Telefonjunkie sich gegenseitig im Chor.

»Superintendent Thomas Managhan. Ich leite die Gardaí des Countys Kilkenny und derzeit die Ermittlungsgruppe *Wunder von Graig.*«

Hester stellte sich und den sogenannten Verbindungsoffizier des Bischofs vor. »Stammen Sie von hier oder haben Sie längere Zeit hier gelebt, Mr Managhan?«

Der Polizeichef lief zu dem Sideboard und inspizierte die Hostienschale samt dem makabren Inhalt. Er antwortete, ohne sich umzudrehen. »Letzteres. Wie haben Sie das bemerkt?«

»Sie benutzen den Kurznamen von Graiguenamanagh. Das tun normalerweise nur Einheimische. Wie geht es dem ›Gekreuzigten‹?«

Managhan deutete auf die Schale und sagte: »Das beschlagnahme ich.« Erst danach drehte er sich zu Hester um und antwortete: »Mr X schläft auf der Intensivstation von St Luke's. Ist nur kurz nach der Notoperation einmal wach geworden und fing an zu toben. Der Arzt musste ihn sofort wieder ruhigstellen.«

»Hat er irgendetwas gesagt?«

»Nichts Verständliches. Außer seinem Namen. Der führt die ganze Aufregung hier übrigens ad absurdum. Der Patient behauptet gar nicht, dass er der wiedergekommene Jesus sei. Sein Name ist Jeschua.«

Hester schnaubte. »Waren Sie seit Ihrer Erstkommunion je wieder in der Kirche?«

»Wieso?«

Er wandte sich seinem Adlatus zu. »Können Sie ihn aufklären, Kevin?«

Der nickte. »Joseph und Maria waren keine Griechen, son-

– 95 –

dern Juden. *Iēsús* – woraus unser heutiges *Jesus* entstand – ist aber griechisch. Niemand weiß mehr mit Sicherheit, welchen Namen der Engel Gabriel der Jungfrau Maria für ihren Sohn ans Herz gelegt hat, aber es war ganz bestimmt nicht *Jesus*. Am ehesten dürfte es die hebräische Form davon gewesen sein, und die lautet *Jeschua*.«

Pater O'Bannon bekreuzigte sich.

»Also, ich würde ihn Cubóg nennen«, sagte der Superintendent in schnodderigem Ton.

Kevin blinzelte irritiert.

Hester musste unwillkürlich schmunzeln. »Unser Chefgardist wollte nur seine profunden Kenntnisse lokaler Bräuche beweisen. Ein Cubóg ist ein Ei, das am Karfreitag gelegt wird. Die Kinder gehen am Ostersonntag auf die Farmen rund um Graig und sagen: ›Gib mir mein Oster-Cubóg.‹ Wenn sie Glück haben, kriegen sie's dann auch. Meinen Sie, der Fall lässt sich bis übermorgen lösen, Superintendent Managhan?«

»Je eher, desto besser, Monsignore McAteer.«

»Lassen wir die Lobhudelei, das erleichtert die Arbeit. Einverstanden?«

»Ist mir recht.«

»Sie werden sich natürlich vorrangig mit der Aufklärung der mysteriösen Todesfälle befassen, aber trotzdem würde mich interessieren, wie Sie über das gestrige *Wunder* hier in der Kirche und über dessen Protagonisten denken.«

»Muss eine spektakuläre Show gewesen sein. Und dieser Mr X oder Jeschua oder wie immer sein richtiger Name lautet – vielleicht ist er ein Performancekünstler, der seine Rolle im Stück ›Das zweite Kommen Christi‹ gründlich studiert hat.«

Hester nickte. »Mit so einer Antwort habe ich gerechnet. Sehr beruhigend, dass wenigstens Sie sich nicht von der religiösen Hysterie anstecken lassen, die wir gerade in der Kirche erlebt haben.«

»Da seien Sie mal unbesorgt, Mr McAteer. Ich war im Seitenschiff beim Ausgang, als der Zirkus losging. Zum Glück wollten nicht alle rausstürmen, sonst hätte es Tote gegeben. Die Beamten sind jetzt noch damit beschäftigt, die Ordnung wiederherzustellen.«

»Was dieses Geschnetzelte dort betrifft,« – Hester deutete zur Hostienschale – »Bischof Begg hat mich befugt, die Herausgabe von Gegenständen aus der Abbey streng zu reglementieren ...«

»Wollen Sie die Beweisstücke etwa unterschlagen?«, platzte der Superintendent heraus.

»Lassen Sie mich bitte ausreden, Mr. Managhan. Ich wollte sagen, dass mir sehr an einer Zusammenarbeit zwischen uns beiden gelegen ist. Vielleicht können wir uns sogar ergänzen.«

»Ich ermittle am liebsten ohne die Einmischung von Amateuren.«

»Geht mir genauso«, versetzte Hester und lächelte grimmig. »Ich bin ein paar Jahre älter als Sie und habe vermutlich mehr Betrüger zur Strecke gebracht, als Sie auch nur ahnen. Mit den modernen Ermittlungsmethoden bin ich vertraut.«

»Und was ist jetzt damit?«, fragte Managhan, immer noch gereizt, und deutete auf die Fleischklumpen.

»Nehmen Sie es mit und schicken Sie's ins Labor.«

»Aber ...!«, wollte Kevin widersprechen, doch Hester legte ihm die Hand auf den Arm und übte einen wohldosierten Druck aus, der knapp über die Schmerzgrenze reichte.

»Keine Sorge, junger Freund. Der Superintendent weiß schon, was er tut.« Hiernach wandte er sich wieder dem Polizeichef zu. »Ohne Ihnen zu nahe treten zu wollen, aber im Namen des Bischofs und im Interesse der Wahrheitsfindung bitte ich Sie, nicht nur die Fleischstücke hier, sondern auch diesen Jeschua allen verfügbaren forensischen Untersuchungen zu unterziehen. Was hat er unter den Fingernägeln? Was klebt in seinen Haaren und in den Wunden? Welchen Ursprung haben eventuelle Anhaftungen? Ich will alles wissen.«

»Soll ich ihn auch obduzieren lassen?« Managhans Mundwinkel zuckten amüsiert.

»Nicht bevor er tot ist.« Hester verzog keine Miene. »Apropos – was haben Sie bisher über die zwei halbierten Leichen herausgefunden?«

»Sind inzwischen identifiziert. Raghnall Judge und Brian Daly. Judge ist ohne festen Wohnsitz gewesen – Landstreicher – und wurde wegen Plünderung des Opferstocks der Duiske Abbey polizeilich gesucht. Bei dem anderen Toten handelt es sich um einen aus Graig stammenden Journalisten, der vor etwa sechs Jahren nach Kilkenny gezogen ist, weil ihm hier zu viele Kinder wie aus dem Gesicht geschnitten waren. In letzter Zeit soll er sich allerdings wieder häufiger in der Gegend aufgehalten und die Leute nach Seamus Whelan ausgefragt haben.«

»Whelan? Weiß man warum?«

»Ja, das weiß man«, sagte plötzlich hinter Hester eine weiche, sehr weibliche Stimme. Deren Besitzerin hatte sich von allen unbemerkt in die Sakristei geschlichen.

Er fuhr herum und erschrak. In der offenen Tür stand eine attraktive Frau mit langen rotblonden Haaren, Stupsnase, Sommersprossen, grünen Augen, auf die typisch irische Art wohlproportioniert – also weder dürr noch allzu mollig –, etwa achtundzwanzig Jahre alt und durch ein großes Ansteckschild als Angehörige der Presse zu identifizieren.

»*Du!?*«, riefen beide synchron.

»Man kennt sich also schon«, stellte Managhan grinsend

fest. Sein Blick wanderte, ganz zu Hesters Missfallen, wie ein
Zeilenscanner vom Kopf bis zu den Füßen über die Rundun-
gen der jungen Frau, und zwar mindestens dreimal, so als
müsse er sie in allen Grundfarben erfassen.

Sie schlug einen merklich unterkühlten Ton an und antwortete auf eine Weise, die Hester nur allzu bekannt vorkam.
»Ich weiß nicht, ob *kennen* der richtige Ausdruck ist. Monsignore McAteer ist mein Vater. Ich bin übrigens Anny Sullivan.«

Managhan wirkte überrascht, nur ein wenig allerdings.

O'Bannon verdrehte die Augen zur Decke und seufzte.

Bruder Kevin starrte Hester erschrocken an.

»Was ist?«, knurrt der. »Haben Sie noch nie einen kirchlichen Würdenträger gesehen, der nicht nur in geistlichem
Sinne Vater ist?«

Managhan schien plötzlich Selbstgespräche zu führen. Tatsächlich aber hatte sich der Vibrationsalarm seines Handys
gemeldet und nun gab er jemandem von den Ordnungs-
kräften über das Headset Anweisungen zur Bewältigung des
Tumultes vor der Kirche.

Hester packte seine Tochter am Unterarm und zog sie in
Richtung Tresor. »Wie geht es deiner Mutter?«

Ihre grünen Augen versprühten Blitze und es schien, als
wolle sie ihm eine vernichtende Abfuhr erteilen, aber dann
wurde ihr Blick plötzlich melancholisch. »Ihr Mann ist letztes
Jahr gestorben. Ansonsten geht es Fiona gut.«

»Und der alte Herr?«

»Seamus? Der ist untergetaucht, nachdem ihm hier gestern
der Heiland vor die Füße gepurzelt ist.«

»Ich muss dringend mit ihm reden. Wo kann ich ihn finden?«

Sie zuckte die Achseln und ihr Blick wanderte zu Kevin, der
wie bestellt und nicht abgeholt zwischen dem telefonierenden

Polizisten und einem irgendwie abwesenden Pater O'Bannon stand. »Hilfst du Brad Pitt bei der Recherche für einen neuen Film?«

»Das ist Bruder Kevin O'Connor. Er wurde mir von Bischof Begg als so eine Art Verbindungsoffizier zugeteilt und hilft mir bei der Untersuchung des sogenannten Wunders von Graiguenamanagh. Deshalb muss ich auch den alten Herrn sprechen. Wo ist er, Anny? Bitte!«

»Er angelt.«

»Und wo? Jetzt lass dir doch bitte nicht jedes einzelne Wort aus der Nase ziehen.«

»Kennst du noch die Stelle bei der Insel nördlich von Graig?«

»Bei dem Wehr? Da, wo der Kanal und der Barrow wieder zusammenfließen und das Wasser auf der anderen Seite ganz flach ist?«

Sie nickte. »Das ist seine Lieblingsstelle. Aber sag ihm nicht, dass du es von mir weißt.«

Der Polizeichef hatte zwischenzeitlich die Lage vor der Kirche neu geordnet und gesellte sich zu Hester und Anny.

»Dürfte ich Sie kurz etwas fragen, Ms Sullivan?«

»Eigentlich hatte ich gehofft, von Ihnen ein paar Antworten zu bekommen, Superintendent Managhan.«

»Brian Daly«, sagte der Ermittler unbeirrt. »War er Ihr Kollege?«

»Ja. Beim *Kilkenny Chronicle*.«

»Wissen Sie, woran er zuletzt gearbeitet hat?«

»Er interessierte sich für Seamus Whelan. Angeblich für ein mehrteiliges TV-Feature mit dem Titel ›Der Moses von Graig‹. Immerhin kennt man ihn nicht nur als ältesten Menschen im County, sondern er hat im Laufe seines langen Lebens auch immer wieder durch mysteriöse Vorkommnisse von sich reden gemacht. Brian hatte einmal erwähnt, er habe den Job ›von ganz oben‹ bekommen.«

»Jetzt wird mir einiges klar …« Managhan hielt mitten im Sprechen inne, tastete nach seinem Handy, drückte sich das Headset ans Ohr, wirkte einen Moment abgelenkt und sagte dann: »Eine Zeugin, die sich gestern während des Wunders auf dem Friedhof aufhielt, meinte, Whelan habe Brian und Judge ermordet, um der Schnüffelei ein Ende zu machen. Ihr Kollege, Ms Sullivan, soll sich mehrmals kritisch über die seltsamen Geschichten geäußert haben, die im County über den Moses von Graig kursieren. Die Zeugin behauptet, dass Brian ihn betreffend etwas herausgefunden habe, über das der Alte lieber den Mantel des Schweigens ausbreiten wolle …« Erneut verstummte Managhan mitten in der Rede, weil sich sein Mobiltelefon gemeldet hatte. Er sprach kurz mit dem Anrufer und richtete das Wort dann wieder an Anny.

»Bitte entschuldigen Sie. Ich bin ein viel gefragter Mann.«

Sie zog eine Augenbraue hoch. »Möchten Sie, dass wir das drucken?«

Managhan räusperte sich. »Noch mal zurück zu diesen ›mysteriösen Vorkommnissen‹, die Sie eben erwähnt haben. Zu meiner Zeit hier in Graig hieß es, Whelan habe eine Reihe von Wundern vollbracht. Offen gestanden hielt ich das immer für Ammenmärchen und interessierte mich nicht weiter dafür …«

»Das sehen einige im Ort aber ganz anders«, grunzte Hester. Es gefiel ihm, wie seine Tochter den Polizeichef gerade hatte auflaufen lassen. Um dessen Aufmerksamkeit nachhaltig von Anny wegzulenken, gab er eine Anekdote zum Besten, die man sich in den dreizehn Pubs von Graiguenamanagh seit Jahrzehnten erzählte.

An einem düsteren Karfreitag, so hieß es, hatte Seamus

Whelan ein Blitz getroffen. Danach habe er eine Woche lang geleuchtet wie Moses, nachdem der mit den Zehn Geboten vom Berg Horeb heruntergekommen war. Ansonsten fehlte ihm nichts, abgesehen von einer leichten Lähmung im linken Bein. Er ließ sich von einem Hirten einen Stab geben, den er auch nach seiner vollständigen Genesung weiterhin benutzte. Seit dieser Zeit habe er seinen Spitznamen weg.

»Sie sollten mal auf ein Bierchen bei Mick Doyle vorbeischauen, da können Sie noch mehr von diesen Wundergeschichten hören«, empfahl Pater O'Bannon.

»Sind die genauso abstrus?«, fragte Managhan.

»Darüber kann man geteilter Meinung sein«, antwortete der Priester. »Seamus soll unter anderem eine Reihe von Leuten geheilt haben, die von den Ärzten bereits aufgegeben worden sind. Zwei von ihnen gehörten zu meiner Gemeinde. Unsereiner neigt dazu, solche Berichte zu belächeln, weil wir uns modern und aufgeklärt wähnen, aber ich kenne diesen Mann schon lange und bin überzeugt, dass ihn ein Geheimnis umgibt. In ihm schlummert eine Kraft, die unsere kühnsten Vorstellungen übersteigt.«

11.

Nördlich von Graiguenamanagh, County Kilkenny, Irland,
10. April 2009, 17.04 Uhr Ortszeit

Wie in seinen Kindertagen stapfte Hester am Fluss entlang,
den Blick auf die dunkle Silhouette der Blackstairs Moun-
tains gerichtet und die Nase in den Wind gereckt. Die Sonne
war herausgekommen. Sie umschmeichelte die Weiden und
Bäume am Barrow mit ihrem warmen Nachmittagslicht, und
obwohl sie noch wenig frisches Grün zu sehen bekam, schien
mit ihr das ganze Land zu lächeln.

The Valley of the Holy Saviour – das Tal des Heilands –
wurde die Gegend rund um Graig in den mittelalterlichen
Annalen der Duiske Abbey genannt. Und jetzt war dieser Heiland in das Tal zurückgekehrt. Nein, er *schien* seine Wiederkunft hierher verlegt zu haben, korrigierte sich Hester. Er
musste aufpassen, sich von dem Wunderwahn nicht anstecken
zu lassen.

Vater Joseph O'Bannon war im Hinblick auf Wunder offenbar weniger kritisch. Wie sonst hätte er den Moses von Graig
verteidigen können? Ausgerechnet einen Mann wie ihn sollte
sich Gott für seine Machttaten ausgesucht haben! Hester
schnaubte.

Er würde mit seinem bischöflichen Adlatus schon bald
Licht in diese ominöse Geschichte bringen und sie als das ent-

larven, was solche Fälle immer waren: Betrug und Scharlatanerie.

Kevin hatte einigermaßen gestaunt, als ihm von seinem neuen Vorgesetzten nach Verlassen der Abtei zwei blutbefleckte Tücher in die Hand gedrückt worden waren. Hester hatte ihm nur grinsend empfohlen: »Sie müssen sich noch in der Disziplin der Kriegslist üben, junger Freund. Anstatt unsere Beziehungen zur Polizei aufs Spiel zu setzen, indem Sie Managhan die Beweisstücke vorenthalten, können wir uns das Material wie Sie sehen auch ohne gegenseitige Verstimmungen sichern. Ich habe auch unauffällig einen kleinen Brocken von dem Fleisch abgezweigt. Stecken Sie's in Ihrem Hotel ins Gefrierfach und schicken Sie alles morgen früh per Express in unser deutsches Labor.«

Zurzeit war Kevin in Graig unterwegs, um nach Augenzeugen Ausschau zu halten, die Mr X gesehen hatten, bevor er vom Notarzt abtransportiert worden war. Vor allem sollte er Molly ausfindig machen, die vom Superintendent erwähnte Zeugin. Die Witwe von Abraham Harkin – eigentlich hieß sie Maria, aber ganz Graig sagte nur Molly zu ihr – gehörte mit ihren neunzig Jahren zu den ältesten Einwohnern des Ortes. Hester hatte sie bereits als Kind gekannt.

Mechanisch griff er unter die Soutane, um sich zu vergewissern, ob die Zweitschlüssel des Pfarrers noch da waren; er hatte sich das Bund von Vater Joseph ausgeliehen, um die Kirche später in aller Ruhe zu untersuchen. Beim Herumstochern in den Taschen stieß er auf den Kompass, den Vittorio ihm vor dem Abflug gebracht hatte, zog ihn heraus und strich gedankenvoll mit dem Daumen über das makellos glatte Saphirglas. Ein Wundermacher brauche ab und zu ein Instrument zur Bestimmung der Himmelsrichtung, hatte der Augustinerbruder gesagt. Natürlich war das metaphorisch gemeint.

Gerade jetzt, dachte Hester, darf ich nicht die Orientierung verlieren. Sein Blick verlängerte die zitternde Kompassnadel und stieß auf die von Anny erwähnte Insel.

Eigentlich waren es sogar zwei. Die größere, teils von einer Wiese, teils von Bäumen bewachsen, wurde auf etwa einem Kilometer Länge hüben vom Barrow und drüben von einem Kanal umflossen, welcher im frühen 18. Jahrhundert angelegt worden war, um den Fluss schiffbar zu machen. Das kleinere Eiland verdiente diesen Namen kaum, bestand es doch nur aus einem sehr schmalen, aus dem Fluss ragenden Streifen. Dort war das Wasser flach und aufgewühlt wegen der dicht unter der Oberfläche liegenden Steine. Fische liebten solche sauerstoffreichen Stellen. Und aus diesem Grund schätzte sie auch der Angler Seamus Whelan.

Hester konnte ihn schon von Weitem sehen. Der betagte Petrijünger hatte sich den Inselstreifen als Platz ausgesucht. Dort saß er auf einem Klappstühlchen, die Angel hing neben ihm in einer eigens dafür vorgesehenen Halterung, der Hirtenstab stak auf der anderen Seite im Gras. Er trug Gummistiefel, Gummihose und Gummijacke – alles dunkelgrün – sowie eine karierte Schiebermütze. In dieser Montur konnte ihn kein Regenguss beeindrucken.

Hester war leider weniger wetterfest ausgestattet. Seine teuren schwarzen Lederschuhe konnte er sich beim Durchwaten des Flusses nur ruinieren. Und der Angler reagierte auch nicht auf ihn. Ob er kurzsichtig war oder sich einfach nur stur stellte? Vermutlich Letzteres. Typischer Fall von Altersstarrsinn.

Während Hester mit den Augen angestrengt nach Steinen suchte, die nicht von Wasser überspült waren und sich als trockener Pfad zur Insel eigneten, landete neben dem Alten ein Vogel. Es war eine Elster. Sie hielt etwas Blitzendes im Schnabel. Geduldig und ohne jede Furcht wartete sie, bis der Angler es lächelnd von ihr entgegengenommen und sich nickend bedankt hatte, dann flatterte sie wieder davon.

Ziemlich kauzig geworden, der Alte, dachte Hester. Er hatte noch immer keine geeignete Stelle zur Flussüberquerung gefunden. Es würde sich wohl nicht vermeiden lassen, dieses Gespräch, um das er sich so lange herumgedrückt hatte, über das Wasser hinweg zu führen. Er holte tief Luft.

»Guten Tag, Vater.«

Seamus hob den Kopf und lächelte müde. »Ah, du. Ich habe mir schon gedacht, dass du hier aufkreuzen wirst.«

Der Barrow gurgelte dezent, als wolle er die Unterhaltung nicht unnötig stören. Zunächst blieb es jedoch bei dem knappen Wortwechsel. Beide schwiegen eine Weile, als sei bereits alles gesagt. Schließlich gab sich Hester einen Ruck.

»Wie geht es dir, Vater?«

»Hat dich das jemals interessiert?«, entgegnete Seamus. Er schaffte es zwar irgendwie, die Antwort nicht wie einen Vorwurf klingen zu lassen, doch verletzte Gefühle sind wie die sensible Haut unter einer Schicht von Schorf. Gerade hatte der Alte diese Borke von der Seele seines Sohnes gerissen – so jedenfalls empfand Hester dessen Erwiderung –, und er reagierte entsprechend scharf.

»Wundert dich das?«, brach es aus ihm hervor. »Du hast Mutter gleich zweimal geschwängert, und das im Abstand von fünfundzwanzig Jahren. Zuletzt hast du unter Zölibat gestanden. Und zweimal hast du sie sitzen gelassen. Wegen dir war Mary McAteer für die Leute von Graig nur ein Flittchen. Was soll ein Sohn wohl von einem solchen Vater halten? Soll er ihn etwa noch für das, was er getan hat, bewundern?« Wütend drehte sich Hester um und setzte sich mit dem Rücken zum Fluss auf einen glatten Findling.

»Nein, das wäre wohl zu viel verlangt«, hörte er hinter sich die traurige Stimme seines Vaters. »Bist du deshalb erst Boxer und später Ringer geworden? Wolltest du mich, den Seelenhirten, damit schockieren?«

Hester schmollte. Sein Verstand riet ihm, sich über den Verdruss längst vergangener Tage nicht mehr aufzuregen, doch mit der Aufsässigkeit seiner eigenen Jugend konfrontiert zu werden, war für ihn trotzdem nicht gerade angenehm.

»Und darum bist du wohl auch Priester geworden«, scholl hinter ihm weiter die Stimme des Vaters über den Fluss. »Weil du mir zeigen wolltest, dass du es besser kannst als ich.«

Hester schwieg. Dickschädelig wie er nun einmal war, zeigte er seinem alten Herrn die kalte Schulter.

»›Warum siehst du den Splitter im Auge deines Bruders, aber den Balken in deinem eigenen Auge bemerkst du nicht?‹«, hallte es von der Insel.

Das musste ja kommen!, dachte Hester. Die Worte aus Jesu Bergpredigt gingen ihm wie ein Stich durchs Herz, doch umso sturer blieb er sitzen. Mit einem Mal ertönte Seamus' Stimme direkt neben seinem Ohr.

»Kannst du dich etwa nicht mehr an dieses unbeschreibliche Gefühl erinnern, als du Fiona getroffen und dich in sie verliebt hast? Und dir dann genau das Gleiche passiert ist wie mir?«

Hester fuhr erschrocken herum. Ungläubig blickte er seinen Vater vom Scheitel bis zur Sohle an. Vor allem die Stiefel interessierten ihn. Sie waren kein bisschen nass.

»Wie bist du trockenen Fußes übers Wasser gekommen?«

Seamus deutete mit dem Hirtenstab zur Insel. »Na, rübergelaufen. Warum bist du gekommen, Junge?«

Es dauerte eine Weile, bis Hester seine Fassung zurückgewann. »Das weißt du doch ganz genau. Ich leite die bischöfliche Untersuchungskommission zum ›Wunder von Graiguenamanagh‹. Hast du irgendetwas mit diesem falschen Jesus oder den zerstückelten Toten zu tun, Vater?«

»Ist deine Frage ernst gemeint?«

»Eben habe ich deine Enkelin getroffen. Sie erzählte mir, dass einige im Dorf den makabren Leichenfund für ein Werk des Teufels halten. Andere sprechen vom Auftakt des Jüngsten Gerichts. Und Mr Managhan, dem ermittelnden Superintendent, wurde sogar geflüstert, du hättest die zwei umgebracht, damit sie dir nicht länger hinterherschnüffeln können. Vor allem dieser Brian Daly soll sich ja sehr für dich interessiert haben. Molly meint, er könnte etwas über dich herausgefunden haben, das du lieber unter dem Mantel des Schweigens verborgen halten möchtest.«

»Molly Harkin? Dieses junge Ding ist doch nur eifersüchtig, weil ich mein Herz an Mary verschenkt habe.«

»Das ist jetzt nicht komisch, Vater. Mutter war erst sechzehn als sie mit Patrick schwanger wurde.«

»Und Molly dreizehn, als sie mit mir kokettierte. Drei Jahre Altersunterschied können eine Menge ausmachen.«

»Ich finde, du weichst mir aus. Was sagst du zu Mollys Vorwürfen?«

»Seit wann interessiert dich, was ich sage?«

»Seit wann hast *du* dich denn ...?« Hester klappte jäh den Mund zu, als ihm bewusst wurde, dass es nur so aus dem Wald herausschallte, wie er hineinrief. Solange in jeder seiner Äußerungen die versteckten Vorwürfe des vom Vater vernachlässigten Sohnes mitschwangen, würde er bei dem Alten auf Granit beißen.

»Hast du eine Fliege verschluckt?«, fragte Seamus.

»Nein«, brummte Hester. »Ich möchte mich nur nicht mit dir streiten.«

»Löblich! Wann fängst du damit an?«

»Wann immer du willst«, sagte Hester so versöhnlich, wie es ihm möglich war. »Du bist wahrscheinlich näher an diesem verzwickten Fall dran als jeder andere. Ich brauche deine Hilfe.«

»Wie wär's mit dem Zauberwort?«

»Was …?«

»Deine Mutter hat es dir doch beigebracht, nicht wahr?«

»Bitte? Woher weißt du, was sie …?«

»Ich war Patrick und dir nicht ganz so fern, wie du offenbar glaubst. Mary hat mir oft von euch geschrieben. Leider habe ich viel zu selten geantwortet. Damals war ich den viel beschworenen Schalthebeln der Macht noch sehr nahe, und als sie starb, habe ich viele von ihnen in Bewegung gesetzt, um ihr wenigstens ein würdiges Begräbnis auf dem Zömeterium der Abbey zu ermöglichen.«

»*Du* hast sie auf dem alten Friedhof beisetzen lassen?«, staunte Hester.

»Ja. Aber vielleicht sollte ich dir etwas mehr von unserer Familie und mir erzählen. Hör mir einfach zu. Als Gegenleistung bekommst du die Hilfe, um die du gebeten hast. Darf ich mich neben dich setzen?«

Hester rückte auf dem Findling zur Seite und sein Vater nahm neben ihm Platz. Eine Weile schwieg er, als erfordere das Ordnen seiner Gedanken eine besondere Gründlichkeit. Aber dann fing er an zu erzählen, langsam und bedächtig, doch ohne unnötige Ausschmückungen. Und während das Licht der Abendsonne immer wärmer und rosiger wurde, kamen sich Vater und Sohn näher, als sich selten zwei Männer auf einem Stein gewesen waren.

Seamus Whelan hatte am 16. Januar 1906 in Kilkenny das Licht der Welt erblickt. Nach der Familientradition war es ihm bestimmt, den Menschen in trostloser Lage Hoffnung zu spenden – und so wurde er Priester. Sein Noviziat absolvierte er bei den Spiritanern im Rockwell College. Mit vierundzwanzig traf er dann in Graig die sechzehnjährige Mary McAteer. Sie war nicht nur bildhübsch, sondern auch reifer, als man es bei Mädchen ihres Alters gemeinhin erwartete. Und plötzlich war sie schwanger.

Für Seamus bedeutete die Aussicht, mit fünfundzwanzig Vater zu werden, ein Dilemma von den Ausmaßen einer klassischen Tragödie. Der ihm bestimmte Weg war mit dem Zölibat verbunden. Die klandestine Ehe, eine heimliche Verbindung vorbei an den kanonischen Vorschriften der Kirche also, kam für beide nicht infrage. Das bedeutete, Mary würde ein illegitimes Kind zur Welt bringen – in jenen Tagen wurden solche Frauen noch oft in ein Kloster gesteckt; die kleinen Bastarde nahm man ihnen einfach weg.

Seamus geriet in Panik, nicht nur, da er wegen Verführung einer Minderjährigen ins Gefängnis hätte kommen können, sondern weil er plötzlich die Bürde des Familienfluches wie ein Damoklesschwert über sich spürte. Nur als Priester könne er seiner Bestimmung folgen – so hatte er damals gedacht und war aus Graig geflohen.

Neun Monate später kam Patrick zur Welt. Mary hatte niemandem verraten, wer der Vater ihres Kindes war. Seamus hatte zwischenzeitlich die kleine Tochter eines Staatsministers von einer normalerweise tödlichen Krankheit geheilt – einfach durch Handauflegen –, was den Politiker dazu veranlasste, für Mary im Hintergrund an ein paar Fäden zu ziehen. So konnte sie ihren Sohn behalten und wurde nicht in ein Kloster gesperrt. Zwei Jahre vergingen, und Seamus erhielt 1933 die Priesterweihen.

Innerlich war er in dieser Zeit hin- und hergerissen zwischen der Liebe zu Mary und zu seiner gottgegebenen Bestimmung, die er in der Laufbahn des Seelenhirten sah. Um die Zweifel zu betäuben, ging er nach Gambia, erkrankte dort an TBC, kam zur Heilung ins schweizerische Montana und wurde nach seiner Genesung mit der Leitung des Vikariats in Sansibar betraut. Er diente einige Jahre am St Mary's in Nairobi, wechselte dann im letzten Kriegsjahr nach Mombasa und 1946 nach Dakar.

Im darauffolgenden Jahr kam es dort zu einer schicksalhaften Begegnung. Er lernte den neuen Apostolischen Vikar Marcel Lefebvre kennen. Fortan verband sie eine lebenslange Freundschaft. 1948 wurde Seamus als Novizenmeister der *Holy Ghost Fathers* nach Kilshane im County Tipperary berufen – Heiliggeistväter war die damals im englischen Sprachraum gebräuchliche Bezeichnung für den Orden der Spiritaner. Mehr und mehr offenbarte sich nun sein freier Geist. Er lockerte die strengen Regeln der Askese und vertrat einen menschlichen Kurs, der manchen Traditionalisten nicht schmeckte.

Die Rückkehr nach Irland führte auch zu einem Wiedersehen mit Mary McAteer. Im Ausland schätzte man sie inzwischen als überaus talentierte Schriftstellerin. »Ich habe sie immer noch geliebt«, gestand Seamus seinem Sohn, »und sie war schöner als je zuvor.«

Zum zweiten Mal in seinem Leben habe er sich hierauf von dem gefallenen Fleisch überwältigen lassen, fuhr Seamus zerknirscht fort. Neun Monate später, sie sei jetzt neununddreißig gewesen, schenkte Mary ihrer heimlichen Liebe ein weiteres Kind: Hester.

»Abermals lief ich davon«, sagte der Alte in bitterem Ton. »Diese zweite Flucht habe ich noch mehr bereut als die erste. Ich haderte mit Gott, mit der Kirche und vor allem haderte ich mit mir selbst. Kann der Zölibat gottgewollt sein, fragte ich mich, wenn er Liebende auf solche Weise entzweit? Hat der Allmächtige nicht die Ehe gestiftet? Sein fleischgewordener Sohn sagte doch: ›Habt ihr nicht gelesen, dass der Schöpfer die Menschen am Anfang als Mann und Frau geschaffen hat und dass er gesagt hat: Darum wird der Mann Vater und Mutter verlassen und sich an seine Frau binden und die zwei werden ein Fleisch sein?‹«

Hester musste schlucken, denn ihm war es ganz ähnlich ergangen, nachdem er Fiona und ihre ungeborene Tochter hatte sitzen lassen.

Anstatt der Kirche aber den Gehorsam zu verweigern, fuhr Seamus fort, wollte er sie reformieren. Natürlich nicht alleine, das wäre eine unmögliche Mission gewesen. Aber wenn er nur hoch genug in die Schaltzentrale der Macht aufsteigen könnte, ging es ihm durch den Sinn, dann könnte er vielleicht die nötigen Beziehungen knüpfen, um etwas zu bewegen. Dies war nur ein Irrtum mehr in seinem Leben, genauso wie die naive Vorstellung, seine illegitimen Söhne könnten vom Familienfluch verschont bleiben.

Er ging also nach Rom und fand Unterschlupf im Ordenshaus der *Väter vom Heiligen Geist* – der Spiritaner. Einige Tage nach seiner Ankunft erreichte ihn ein Telegramm aus Irland. Darin stand, Patrick sei am 6. Mai 1954 – ausgerechnet an Hesters Geburtstag! – mit nur dreiundzwanzig Jahren in der Schlacht von Dien Bien Phu gefallen.

»Das war die bis dahin bitterste Stunde meines Lebens«, sagte Seamus. Patrick habe sich – ebenso wie später ja auch Hester – mit ihm überworfen und sei 1951 in die französische Fremdenlegion eingetreten. So kam er nach Nord-Vietnam. »Als ich die Nachricht vom Tod deines Bruders bekam, ist in mir etwas zerbrochen«, gestand der Alte mit düsterer Miene.

Spätestens jetzt sei er zu der Überzeugung gelangt, wenn es den Zölibat nicht gäbe, hätte er Mary geheiratet und sein Leben wäre anders verlaufen. Glücklicher.

Doch zunächst funktionierte er noch weiter, ein kleines Rädchen im riesigen Kirchenapparat. 1962 fand sich auch sein alter Weggefährte Bischof Lefebvre in der Clivo di Cinna Nummer 195 in Rom ein; er wurde zum Generaloberen der Spiritaner gewählt. Obwohl in den Ansichten grundverschieden – Seamus wollte die Kirche am liebsten einer Generalüberholung von lutherischen Ausmaßen unterziehen, Lefebvre dagegen steuerte einen strengen traditionalistischen Kurs –, blieben sie Freunde. Später, als Lefebvre sich quasi selbst exkommunizierte, sollte ihm diese Philia eine Menge Schwierigkeiten einbringen.

Dann begann am 11. Oktober 1962 das Zweite Vatikanische Konzil. Als Privatsekretär von Lefebvre gehörte Seamus quasi mit zum Beraterstab von Papst Johannes XXIII., und nach dessen Ableben von Paul VI. »Als mich am 4. Dezember 1963 die Nachricht von Marys Tod ereilte«, sagte er mit belegter Stimme, »war es, als zerrisse in mir der Vorhang zum Allerheiligsten. Du weißt schon, so wie damals, als Jesus starb und sein himmlischer Vater das entweihte, worauf die Juden so stolz waren, den Sitz der Herrlichkeit Gottes auf Erden. Mir war in diesem Moment auch nichts mehr heilig. Ich stand vor den Trümmern meines Lebens.«

Fluchtartig habe er den Petersdom verlassen, obwohl an diesem Tag *Sacrosanctum Concilium* verabschiedet werden sollte. Später sei ihm dies als Ablehnung der neuen Liturgie ausgelegt worden, womit er mit dem Traditionalisten Lefebvre in einen Topf geworfen wurde. Doch über solche Befindlichkeiten habe er sich keine Gedanken gemacht. Er wollte nur Mary ein würdiges Begräbnis in geweihter Erde ermöglichen und das gelang ihm auch. Als er dann in Graig an ihrem offenen Grab stand, trug er weder Soutane noch Gipskragen. Für die Leute war er nur irgendein Fremder.

»Ich kann mich an dich erinnern«, sagte Hester leise. »Du warst der Mann, der noch mehr weinte als ich. Mutter hatte mir nie ein Foto von dir gezeigt. Ich kannte dich nicht und wunderte mich. Nach ihrer Beisetzung bin ich in das katholische Waisenhaus gekommen und habe erst viel später erfahren, wer du bist. Warum hast du das zugelassen? Du hättest mich zu dir nehmen können.«

»Ich war fest überzeugt, mich an einem der größten Geschenke Gottes versündigt zu haben, nämlich der Liebe zwischen Mann und Frau. Ich habe mich schmutzig gefühlt, schuldig. Deshalb habe ich mich dir nicht zu erkennen gegeben. Außerdem dachte ich, dir nichts als ein Leben in Armut bieten zu können. Ich war von allen geistlichen Ämtern zurückgetreten und hatte mich unter falschem Namen von Joseph O'Bannon als Totengräber und ›Mädchen für alles‹ anstellen lassen – Joe war der Einzige, der mich von früher erkannt hatte. Später ließ er mich sogar bei der Renovierung der Duiske Abbey mitarbeiten. Das war eine spannende Zeit. Ein Archäologe, dem ich beim Ausgraben eines alten Skeletts helfen durfte, sagte mir, unter der Kirche schlummere so manches Geheimnis. Es soll einige unterirdische Gänge und Kammern da unten geben.«

Seamus lächelte, als erinnere er sich noch gern an diese aufregende Zeit. Dann schüttelte er mit einem Mal unwillig den Kopf. »Ich werde auf meine alten Tage geschwätzig. Wo war ich stehen geblieben? Ach ja! Als meine wahre Identität schließlich doch herauskam, war ich für die meisten längst der wundersame alte Kauz und durfte weiter für die Gemeinde arbeiten. Vielleicht hatten sich auch die Zeiten geändert. Jedenfalls verübelten sie mir meine Maskerade nicht mehr. Im Gegenteil, manche hatten sogar Mitleid mit mir. Sie fragten mich, warum die Kirche meine Liebe verbiete, wenn in der Bibel doch gar nichts vom Zölibat stehe. Ich habe ihnen nie etwas von dem Fluch erzählt.«

Die Sonne stand schon tief, als Seamus schließlich schwieg. Hester brannten tausend Fragen auf der Zunge, doch er fürchtete, diese könnten den nie zuvor erfahrenen Augenblick der Nähe zu seinem Vater zerstören. Vieles aus dem wechselvollen Leben des Seamus Whelan hatte er zum ersten Mal gehört und er staunte, wie ähnlich seine eigene Biografie der des Vaters war. »Was ist mit den Wundern?«, fragte er dann doch, wobei sein Blick unwillkürlich zu den Gummistiefeln seines Vaters wanderte. »Ich habe nie an die Geschichten vom Blitzschlag und von deinen Heilungen geglaubt. Du hast sie mit keinem Wort erwähnt. Stattdessen redest du ständig von einem Familienfluch. Was hat es damit auf sich?«

Seamus wirkte überrascht. »Kennst du etwa die Geschichte von Aidan nicht?«

»Du meinst den jungen Mönch, der vor den Klostermauern versehentlich einen vier Jahre alten Jungen mit einem Pfeil erschossen hat? Wann war das noch gleich?«

»Im Jahre des Herrn 1460, vor fast fünfhundertfünfzig Jahren. Der junge Mönch hieß Aidan. Er ist unser Ahne.«

»Jetzt mach aber mal halblang!«

»Ich erzähle dir nur, was ich von meinem Vater gehört habe und der von dem seinen. In der Nacht nach dem Unglück ist Aidan ein Engel im Traum erschienen und hat ihm befohlen, einhundert Mal Hoffnung zu geben, wo es nach Menschenermessen keine Hoffnung mehr gibt. Der Himmelsbote verlieh ihm die Gabe, Wunder zu vollbringen, um das Leid anderer zu mindern. Und wenn Aidan die Schuld nicht abtragen könne, müsse er die Zahl der noch unerfüllten Sühnetaten an einen seiner Nachkommen weitergeben. So ist es überliefert. Du magst davon halten, was du willst, aber seit dieser Zeit hat es in unserer Familie allerlei Wunder gegeben. Mir hat mein Vater auf dem Sterbebett die Zahl Sieben ins Ohr geflüstert. Mittlerweile habe ich die Schuld der Familie bis auf drei Wunder abgetragen.«

»War das bevor oder nachdem du eben übers Wasser gewandelt bist?« Hester hieß sich einen Trottel, weil er die noch so empfindliche Vertrautheit zu seinem Vater mit dieser spöttischen Frage torpedierte.

»Solche Wunder zählen nicht. Die Blutschuld unseres Ahnen kann nur gesühnt werden, wenn wir jemandem Hoffnung in hoffungsloser Lage geben«, antwortete Seamus ernst.

Hester tastete nach dem Kompass unter seiner Soutane. Anscheinend funktionierte das kleine Ding doch ganz gut. Er lachte, diesmal aber auf eine freundlichere Art. »Ich weiß zwar nicht, wie du es angestellt hast, trockenen Fußes über den Fluss zu kommen, aber bestimmt steckt irgendein Trick dahinter.«

Seamus ließ sich von der Heiterkeit seines Sohnes nicht anstecken. Er nickte. »Ich verstehe, dass dein Beruf dich zu einem Skeptiker gemacht hat. Manchmal sieht man eben das Mirakel vor lauter Scharlatanen nicht. Trotzdem danke, dass du mich angehört hast.«

»So lautete unsere Abmachung. Nur damit du mich nicht falsch verstehst, es war das beste Gespräch, das ich seit Jahren hatte. Erzählst du mir jetzt, was gestern in der Duiske Abbey passiert ist?«

Seamus schilderte den Vorfall aus seiner Sicht. Zu den außerhalb von Graig gefundenen Toten könne er nichts sagen. Als Hester von der wundersamen Verwandlung der Oblaten in blutige Fleischklumpen erzählte, reagierte sein Vater beunruhigt. »Kannst du dir vorstellen, dass *Gott* so etwas tut, Junge?«

»Willst du damit andeuten, es sei der Teufel gewesen?«

»Vielleicht einer seiner Handlanger.«

»Zumindest scheint, wer immer das getan hat, sich in der Liturgie gut auszukennen. Als Jesus einmal seinen Jüngern sagte, sie müssten von seinem Fleisch essen und von seinem Blut trinken, wandten sich viele von ihm ab.«

Seamus nickte. »Johannesevangelium, Kapitel 6. Die Juden waren schockiert. Für sie klangen seine Worte wie eine Einladung zum Kannibalismus. Und Blut zu trinken war für sie eine Todsünde. Dabei hatte Jesus zuvor vom Manna gesprochen, dem Brot vom Himmel, das Gott den Israeliten während ihrer vierzigjährigen Wüstenwanderung gab. Sein Ausspruch war nicht buchstäblich gemeint.«

»Das ist der Punkt. Wir haben unseren Gläubigen aber so lange erzählt, dass während der Eucharistiefeier Blut und Wein tatsächlich in den Leib und das Blut Christi verwandelt werden, dass viele vorhin in der Kirche ganz versessen darauf waren, etwas von dem Fleisch zu ergattern.«

»Du meinst, sie hätten ihren Heiland aufgefressen?«

»So kann man es natürlich auch ausdrücken.«

Der Alte schüttelte den Kopf. »Das ist abartig!«

»Ich würde eher sagen, es war kaltes Kalkül. Du hast gerade selbst den Zölibat erwähnt, von dem in der Bibel nichts steht. Im Vergleich zum Urchristentum leidet die Kirche heute an chronischer Fettsucht. Sie hat sich im Laufe ihrer Geschichte mit so vielen Traditionen und Dogmen vollgestopft, dass man ihre ursprüngliche Gestalt kaum noch erkennt.«

»Ist das tatsächlich mein Sohn, der Päpstliche Ehrenkaplan Monsignore Hester McAteer, der da spricht?«

»Spotte nur, Vater. Ich frage mich einfach, ob Gott, wenn er sich uns heute tatsächlich noch durch Wunder zeigte, den Dickicht der religiösen Riten und Bräuche stehen lassen oder seine Kirche nicht eher auf die Wurzeln des Urchristentums zurückschneiden würde? Er hätte doch wohl kaum einem solchen Zinnober wie heute in der Duiske Vorschub geleistet. Jemand, der mit der Wirkung kirchlicher Traditionen spielen will, dagegen schon.«

Seamus legte den Kopf schräg und bewegte ihn so vage, dass es sowohl Zustimmung als auch Ablehnung bedeuten konnte.

»Was meinst *du* denn?«, fragte daher Hester. »War bei diesen Wundern von Graig eine übernatürliche Macht im Spiel?«

Der Alte sah seinen Sohn lange an. Und antwortete: »Wer vermag das schon mit Sicherheit zu sagen?«

Hesters Blick schweifte abermals zu den Füßen seines Vaters und von dort zum gurgelnden Fluss. »Kann es sein, dass da doch ein paar Felsen aus dem Wasser ragen?«

12.

Graiguenamanagh, County Kilkenny, Irland,
10. April 2009, 20.41 Uhr Ortszeit

Die Pfarrkirche von Graiguenamanagh war endlich zur Ruhe gekommen. Nur vor dem Hauptportal in der Abbey Street kampierten noch ein paar Dutzend Unermüdliche, die bei spontanen Wunderkundgebungen nichts versäumen wollten. Sie konnten nicht sehen, dass sich vom Friedhof eine dunkle Gestalt auf die gegenüberliegende Südseite der Abtei zu bewegte. Sie war klein und ganz in Schwarz gekleidet. Und sie hatte ein schlecht sitzendes Haarteil.

O'Bannon betrat die Duiske Abbey durch die Prozessionstür. Was sich nach einem pompösen Portal anhörte, besaß eher den Charakter eines Hintereingangs. Unter einem aufwendig gestalteten Rundbogen gelangte man von dort ins Baptisterium, die Taufkapelle. Diese lag – fast schon wie eine Krypta – auf einem niedrigeren Niveau als die übrige Kirche.

Der Priester hatte eine Taschenlampe dabei, weil er jedes unnötige Aufsehen vermeiden wollte. Durch das rechteckige Fenster über seinem Kopf drang zwar tagsüber etwas Licht, um diese Zeit konnte man es aber bestenfalls erahnen. Er glaubte, die Dunkelheit geradezu spüren zu können wie ein klammes Leichentuch. Zum Glück kannte er sich hier aus.

Das Baptisterium hatte einen annähernd quadratischen

Grundriss, die Wände waren weiß, die Decke lief spitz zu, und die Ausstattung bestand lediglich aus einem Taufbecken aus braunem Marmor und einem grauen Sarkophag mit dem obenauf liegenden »Ritter von Duiske«, einer etwa siebenhundert Jahre alten Figur mit Kettenhemd, gekreuzten Beinen und einem großen Schwert. Um wen es sich dabei handelte, wusste niemand so genau.

Der Lichtfinger der Stablampe streifte kurz eine zweite Tür zur Rechten des Priesters. Hier war ein Ausgang in den einstigen Kreuzgang des Klosters geplant gewesen, doch wegen ungeklärter Eigentumsfragen hatte man das Loch mit Betonblöcken einfach wieder verschlossen. Das verwilderte Areal dahinter war für die Öffentlichkeit nicht zugänglich. O'Bannon richtete den Lichtstrahl nach unten, um nicht über einen Putzeimer oder dergleichen zu stolpern. Seine müden Füße schlurften über den rotbraun, schwarz und beige gefliesten Boden auf die roten Stufen am gegenüberliegenden Ende des Raumes zu. Die Treppe führte zum südlichen Querschiff mit der Versöhnungskapelle und der Orgel hinauf.

O'Bannon zitterte. Die Kälte in dem Raum störte ihn wenig, aber seine bis zum Zerreißen geschundenen Nerven spielten verrückt. Er war einfach zu alt für derlei Aufregungen. Die letzten zwei Tage hatten ihm weit mehr abverlangt, als er zu geben bereit gewesen war. Irgendwie fühlte er sich wie ein Seemann auf der falschen Seite der Reling, und wie ein solcher streckte er die Hand nach dem hölzernen Geländer aus. Fast hatte er es schon erreicht, als aus dem Dunkel plötzlich eine kräftige Stimme erscholl.

»Sie kommen zu spät.«

O'Bannon stieß einen kleinen spitzen Schrei aus und zuckte zusammen. »Francis, müssen Sie mich so erschrecken! Was soll das Versteckspiel?«

Im Dunkel flammte ein Streichholz auf und eine Kerze wurde entzündet. Der Franziskaner hatte sein Haupt bedeckt, wohl um draußen unerkannt zu bleiben. Er stellte das Wachslicht behutsam auf den Rand des Taufbeckens und trat zurück, wobei sein bärtiges Gesicht in den Schatten der Kapuze verschwand. Beim Sarkophag nahm er zu Füßen des Ritters Platz. »Im Moment ist es nicht gut, wenn ich in Graiguenamanagh gesehen werde. Übrigens haben Sie sich heute wacker geschlagen, Bruder Joseph.«

Der Priester rückte die Perücke auf seinem Kopf wie einen schlecht sitzenden Hut zurecht. »Die beiden Toten«, stammelte er zitternd. »Warum haben Sie mir heute früh im Krankenhaus nichts davon erzählt? Gehen die auf Ihre Rechnung?«

»Keine Sorge. Die sind im Preis inbegriffen«, antwortete der gesichtslose Schemen.

»Aber Sie können doch nicht einfach …!«

»Jetzt tun Sie nicht so, als hätten Sie sich nie mit der Kirchengeschichte befasst«, unterbrach Francis den nervösen Priester. »Die Kurie hat bis in die jüngste Zeit ihre Interessen immer zu wahren gewusst, notfalls auch mit unschönen Mitteln. Also seien Sie nicht zimperlicher, als es Ihnen ansteht. Außerdem haben der geile Mr Daly und sein stinkender Handlanger gegen die Abmachungen verstoßen. Sie wagten es, mir zu drohen. Wollten alles auffliegen lassen. Ihr Tod ist ein billiges Opfer im Dienste der Sache. Er hat dem Wunder von Graiguenamanagh erst die richtige Würze verliehen, finden Sie nicht?«

O'Bannon bedauerte, sich mit dem düsteren Mönch eingelassen zu haben. Wie entschieden konnte er sich wohl gegen seine Methoden wehren, ohne dabei selbst in Gefahr zu geraten? Die blutigen Verbrechen jedenfalls wollte er auf keinen Fall gutheißen. »Wir haben über Budenzauber gesprochen,

Francis. Sie nannten es *Special Effects*. Dazu habe ich mich durchringen können, aber *Morde*...« Er schüttelte entschieden den Kopf. »Damit muss sofort Schluss sein.«

»Das hängt davon ab, ob Sie den vatikanischen Bluthund und seinen Welpen an der Leine halten können«, entgegnete Francis kühl.

»Niemand kommt mehr zu Schaden, hören Sie! Auch Monsignore McAteer und Bruder Kevin nicht.«

»Nicht, wenn es nicht nötig ist«, sagte die Stimme unter der dunklen Kapuze.

13.

Graiguenamanagh, County Kilkenny, Irland,
10. April 2009, 20.57 Uhr Ortszeit

In sechs Bögen duckte sich die gedrungene Steinbrücke über die dunklen Wasser des Barrow. Gedankenversunken lief Hester darüber hinweg. Er war der einzige Passant auf der Straße. Die meisten Pubs lagen im Ortskern hinter ihm. Dort diskutierte man immer noch – drinnen oder davor – bei einem Guinness, Smithwick's, Bulmers Cider oder anderen Gebräuen über das Wunder von Graiguenamanagh. An diesem Abend war er jedoch nicht in der Stimmung eine Nachtschicht einzulegen. Zu viel lag seit dem gestrigen Appell bei Kardinal Avelada schon hinter ihm, und vielleicht stand ihm das Schwierigste noch bevor.

Mit einem Mal hörte Hester hinter sich ein Geräusch, so als hätte jemand mit dem Fuß ein Steinchen angestoßen, das nun ungestüm über den Asphalt hüpfte. Er drehte sich um und wanderte mit seinen Blicken noch einmal zurück ins alte Graig. Rechts von ihm erhob sich die Duiske Abbey imposant über die niedrigere, bis zum Fluss reichende Bebauung. Nirgends, auch nicht auf der Uferstraße, war eine Menschenseele zu sehen. Wer immer da durch die Schatten schlich, er zog es wohl vor, ungesehen zu bleiben.

Hester wandte sich wieder um, lief und grübelte weiter. Er

war nach dem Gespräch mit seinem alten Herrn etwas durch den Wind. Gefühlsduselei bereitete ihm normalerweise tiefes Unbehagen. Der schärfste Kettenhund Seiner Heiligkeit stand keineswegs grundlos in dem Ruf, so unsensibel wie der Richtblock eines Henkers zu sein. Nicht einmal er selbst wusste, wie viel weicher Kern unter seiner harten Schale lag. Am Abend hatte Seamus jedoch einen Teil davon freigelegt.

So aufgewühlt Hester nach der Aussprache mit seinem Vater auch war, hatte er ihm gleichwohl keine Generalamnestie erteilen wollen. Seamus hätte sich ihm nach Mutters Tod wenigstens zu erkennen geben und ihm anbieten müssen, sich um ihn zu kümmern. Stattdessen war er einmal mehr vor der Verantwortung davongelaufen. Er hatte sich das einfache Leben eines Totengräbers erwählt, als wolle er durch Enthaltsamkeit Sühne leisten.

Doch mit dem Einblick in die Gedanken- und Gefühlswelt seines alten Herrn war Hesters Pulver irgendwie nass geworden. Den Vater länger mit Vorwürfen zu beschießen, kam ihm mit einem Mal so vor, als würde er in einen Spiegel feuern. Zwar konnte er die Geschichte von dem Familienfluch und den Wundertaten nicht glauben, aber in der großen Liebe ihres Lebens hatten sie beide gründlich versagt. Mit einem Unterschied.

Fiona Sullivan lebte noch.

Auf dem Weg zu ihrem Haus fragte sich Hester, ob er nicht besser eine andere Unterkunft hätte wählen sollen als ihr Bed & Breakfast. Tatsächlich hatte Fra Vittorio, beflissen wie er war, zunächst im Waterside Guesthouse, einem zum Hotel umgebauten Kornspeicher aus dem 19. Jahrhundert, ein Zimmer gebucht. Für einen Päpstlichen Ehrenprälaten sicher ein angemesseneres Quartier. Als Hester dann sein »Nachrichtenoffizier« zugeteilt worden war, ließ er von Carlow aus kurzfristig umdisponieren: Kevin schlief jetzt im Waterside und Hester – nun, er war noch nicht sicher, ob er in dieser Nacht ein Dach über dem Kopf haben würde.

Mittlerweile stand er vor dem niedrigen eisernen Tor, hinter dem die nächste Prüfung auf ihn wartete. Das Bed & Breakfast von Fiona Sullivan gehörte zu Tinnahinch, einem eingemeindeten Ortsteil von Graiguenamanagh am südlichen Ufer des Barrow. Nur der Weg, der zu den benachbarten Ruinen des Tinnahinch Castle und von dort entlang des Barrow weiter zum verfallenen Kloster St. Mullins führte, trennte das Gebäude von der Kaimauer und den hier festgemachten Booten. Es war ein niedliches Häuschen mit einer Fassade aus Natursteinen, fünf roten Fenstern an der Vorderfront, drei Giebelgauben und zwei Schornsteinen auf dem Dach, einer grünen Tür sowie diversen Blumenbüschen im Vorgarten. Unmittelbar hinter dem Tor lag ein kiesbestreuter Parkplatz.

Hester griff über das Tor hinweg, löste den innen liegenden Riegel und betrat das Grundstück. Das Haus stand rechts von ihm. Er wusste, dass Fiona für ihr B & B keine große Werbung machte und nicht einmal eine Internetseite hatte. Wie seine Mutter war sie Künstlerin – sie malte irische Landschaftsbilder in einer Stilmischung aus Claude Monet und Paul Cézanne. Die Zimmervermietung war für sie nur ein Nebenverdienst, weil sich der große Durchbruch bisher noch nicht eingestellt hatte.

Nach wenigen Schritten stand er vor dem Eingang und betätigte den Klopfer. Nur ein paar Sekunden verstrichen, bis er Schritte vernahm. Die Tür öffnete sich und Anny funkelte ihn an.

»Du? Hältst du das für eine gute Idee, einfach so hier aufzukreuzen?«

Er versuchte sich an einem Lächeln, merkte aber selbst, wie verunglückt es aussah. »Hat dir deine Mutter nicht gesagt, dass sie den Emissär des Heiligen Stuhls beherbergt?«

»Ich habe ihr noch nichts von heute erzählen können. Sie ist gerade erst nach Hause gekommen.«

»Wohnst du noch bei ihr?«

»Nur, wenn ich in Graig zu tun habe. Was soll das hier werden? Jahrelang hast du dich nicht blicken lassen, und jetzt spielst du plötzlich den interessierten Vater. Du bist in diesem Haus nicht willkommen.«

Hester schloss die Augen und atmete tief durch. Ihm war schon klar gewesen, dass dies sein ganz persönlicher Gang nach Canossa werden würde. Und seine Tochter wollte es ihm offenbar auch nicht leichter machen als seinerzeit Papst Gregor VII. dem deutschen Kaiser Heinrich IV.

»Anny«, hob er so ruhig wie möglich zu einem umfassenden Schuldbekenntnis an. Als er sie wieder ansehen wollte, standen unvermittelt *zwei* Frauen vor ihm.

»F-Fiona?«, stammelte er. Mehr noch als ihr überraschendes Auftauchen raubte ihm ihr Äußeres die Sprache. Er hatte beinahe vergessen, wie schön sie war. Ihr halblanges, rotes Haar mochte inzwischen gefärbt sein, aber selbst im Licht der Dielenbeleuchtung schimmerte es so seidig wie früher. Sie war grünäugig, fast einen Kopf kleiner als er und für eine Frau von zweiundfünfzig bemerkenswert schlank, was sie durch eine schmal geschnittene schwarze Hose und den gleichfalls schwarzen, eng anliegenden Pullover noch selbstbewusst unterstrich. Obwohl sie wie Anny Sommersprossen hatte, wirkte sie nicht wie diese burschikos, sondern irgendwie königlich. Wären ihre Haare schwarz und die Haut kaffeebraun gewesen, hätte man sie ob ihres langen, fein geschnittenen Gesichts für eine jener äthiopischen Herrscherinnen halten können, die auf altägyptischen Reliefs abgebildet waren. Es hatte von seiner atemberaubenden Attraktivität nichts eingebüßt, sondern war lediglich reifer geworden. Spätestens in diesem Moment begriff er, wie Seamus *seiner* großen Liebe innerhalb von einem Vierteljahrhundert gleich zweimal hatte erliegen können.

»Guten Abend, Hester«, sagte sie. Eigentlich hatte sie eine warme Stimme, aber in diesem Moment klang sie erschreckend emotionslos, so unwägbar, als wolle sie keinem der in ihr widerstreitenden Gefühle den Vorzug geben und unterdrückte stattdessen gleich alle. Hester hatte sich darauf eingestellt, angeschrien zu werden. Noch lieber wäre ihm natürlich eine Umarmung gewesen.

Ihr Blick wanderte über seine Soutane. »Du bist also der Gesandte des Papstes, der wegen des Wunders von Graig kommt. Ich hätte es mir denken können.«

»Wenn es dir lieber ist, kann ich woanders …« Er ließ das Rückzugsangebot unvollendet.

Sie schüttelte den Kopf. »In weitem Umkreis von Graig sind in den letzten Stunden die Zimmer weggegangen wie früher die Cubógs am Ostersonntag. Alle Welt pilgert anscheinend gerade zum Ort der Wiederkunft des Heilands. Jetzt komm schon rein.«

Einen Moment lang bewegte sich die Haustür vor und zurück, was wohl auf einen dahinter stattfindenden stillen Machtkampf zwischen Anny und ihrer Mutter zurückzuführen war. Erst nachdem Fiona ihrer Tochter einen grün blitzenden Blick zugeschossen hatte, schwang die Tür ganz auf. Hester tat so, als habe er davon nichts bemerkt und trat in die Diele.

Das quadratische Entree war mit terrakottafarbenen Fliesen ausgelegt und mit einem hohen, offenbar antiquarischen

Schränkchen möbliert. Drei Türen gingen davon ab. Auf dem Boden stand eine große Blumenvase mit Schilfkolben. Links vom Eingang hing ein kleines Weihwasserbecken. Eine helle Holztreppe führte zum oberen Stockwerk.

»Du bist ganz schön mutig, nach achtundzwanzig Jahren einfach so hier aufzukreuzen«, sagte Fiona.

Sein Blick wanderte von ihr zur Tochter, die ihn alles andere als freundlich ansah. »So etwas Ähnliches hat Anny auch schon gesagt.«

Die schnaubte entrüstet, fuhr auf dem Absatz herum und stürmte die Treppe hinauf.

»Du kannst es ihr nicht verübeln«, sagte Fiona. »Für sie bist du nur der Samenspender, dem sie die Hälfte ihrer Gene verdankt.«

Er nickte. »Das verstehe ich nur zu gut. Immerhin hat sie mich heute in der Sakristei erkannt.«

»Sie wusste schon früh, wer ihr Vater ist. Ich habe es ihr nie verheimlicht.«

So angespannt die Stimmung auch war, glaubte Hester doch in Fionas Blick etwas zu erkennen, das nicht nur Ablehnung bedeuten konnte. Ob sie für ihn immer noch etwas empfand? Er jedenfalls hatte nie aufgehört sie zu lieben. Wie gerne hätte er sie jetzt in die Arme genommen und an sich gedrückt! »Du hast ein schönes Haus. Ein richtiges Puppenhäuschen.«

Ihre grünen Augen musterten ihn lange. Schließlich sagte sie: »Komm in die Küche. Ich mache uns einen Tee.«

Kurz darauf saß Hester auf einer Bank an einem grob gezimmerten, rechteckigen Tisch. Gegenüber stand ein gusseiserner Ofen an der Wand, in dem Holzscheite glühten und eine wohlige Wärme verbreiteten. Die Küche war wie ein L geformt, und er konnte Fiona nicht sehen, als sie am Herd den Kräutertee zubereitete. Ihm kam diese bauliche Besonderheit sehr zupass, weil seine Gefühle Achterbahn fuhren. Im einen Augenblick glaubte er weinen zu müssen, im nächsten wäre er am liebsten aufgesprungen und hinausgerannt. Nach einigen Wortwechseln, die wie Small Talk klangen, ihm aber unendlich viel bedeuteten, kam sie endlich mit zwei großen Teetassen und setzte sich zu ihm an den Tisch.

»Wie geht es dir, Fiona?«

Sie lächelte. Es war immer noch das Lächeln von früher, doch um viele Nuancen reicher. Nicht alle gefielen ihm. Zu viel Trauer und Bitternis lagen darin. »Ich bin zufrieden. Anny besucht mich oft. Sie ist eine Tochter, wie eine Mutter sie sich nur wünschen kann. Durch die Zimmervermietung habe ich Kontakt zu vielen verschiedenen Menschen. Und gelegentlich kauft sogar jemand ein Bild von mir.«

»Eines hängt in meinem Büro. Das mit den Schwänen vor der Brücke.«

Fiona wirkte überrascht. »Du hast ein Bild von mir gekauft?«

Er verzog das Gesicht. »Anonym. Damals fehlte mir noch der Mut, mich direkt an dich zu wenden. Eigentlich habe ich ihn erst heute aufgebracht, als ich von Carlow aus bei dir reservieren ließ.«

»Aber wieder über einen Strohmann.«

»Ich glaubte, du würdest die Buchung sonst nicht annehmen.«

Abermals erforschte ihr Blick lange sein Gesicht, ehe sie etwas erwiderte. »Wäre dieses Wunder von Graiguenamanagh nicht passiert ... hättest du mein Begräbnis besucht?«

Die Frage versetzte Hester einen Schock. »Bist du etwa krank ...?«

»Nein«, beruhigte sie ihn schnell. »Mein Arzt ist zufrieden mit mir.«

Er umfasste seine Tasse, als müsse er sich durch die Hitze für seine Vergehen kasteien. Erst als er es nicht mehr aushielt, ließ er das Porzellangefäß los und schüttelte den Kopf. »Ich habe meinen Vater immer verachtet, dabei bin ich viel schlimmer als er.«

Sie pustete in ihren Tee und musterte ihn über den Rand der Tasse hinweg. »Oft wiederholen Söhne die Fehler ihrer Väter. Und Töchter ebenso. Als kleines Mädchen sagte Anny immer: ›Wenn ich groß bin, heirate ich Jesus Christus.‹ Sie hatte sogar mal was mit einem Diakon. Ging aber schnell wieder auseinander.«

»Apropos Christus. Hat sie erwähnt, warum die Medien so schnell Wind von diesem sogenannten Wunder bekommen haben?«

»Warum fragst du sie nicht selbst?«

»Du hast ja erlebt, wie sie auf mich reagiert.«

»Kürzlich erzählte sie mir von einem Kollegen, der sich in letzter Zeit sehr für Graig interessiert hat und hier Filmaufnahmen für ein Feature machen ließ.«

»Hieß dieser Kollege zufällig Brian Daly?«

Fiona nickte und nippte an ihrem Tee. »Anny wurde heute früh über Handy von ihrer Redaktion informiert, dass Mr Dalys zerstückelter Leichnam an zwei Orten außerhalb von Graig aufgefunden wurde. Sie meinte, er könnte sich auch zum Zeitpunkt des Wunders in Graig aufgehalten und die Redaktion des *Chronicle* oder den Sender darüber informiert haben.«

»Was hat ein Zeitungsredakteur wie Daly eigentlich mit Fernsehaufnahmen zu tun?«

Fiona zuckte die Achseln. »Das musst du nun wirklich deine Tochter fragen. Der Sender und Annys Zeitung gehören zur gleichen Mediengruppe. Vielleicht ist das der Grund.«

»Heißt dieser Konzern zufällig Brannock Media Corporation?«

»Ja, wieso?«

Hester wusste nicht, ob dies etwas zu bedeuten hatte. Er zuckte mit den Schultern. »Ich habe nur heute Nachmittag einen Übertragungswagen der BMC vor der Abtei stehen sehen. Mich würde interessieren …«

Plötzlich öffnete sich quietschend die Tür zur Diele und Seamus Whelan trat ein.

Überrascht sah Hester zuerst seinen Vater, dann Fiona und schließlich wieder Seamus an. »Sag bloß, du wohnst hier?«

Der Alte grinste. »Hatte ich das vorhin nicht erwähnt? Deine Tochter war so nett, mir Asyl zu geben, nachdem meine alte Vermieterin das Zeitliche gesegnet hat. Das ist der Fluch des langen Lebens. Am Ende ist man allein unter Fremden.«

Fiona stand von ihrem Stuhl auf, ergriff seine Hand und zog ihn zum Tisch. »Setz dich, du alter Griesgram. Wenn dein Sohn hier kein Fremder ist, dann du erst recht nicht. Ich habe noch Stew auf dem Herd. Wie wär's mit einem warmen Nachtmahl im trauten Familienkreis?«

Niemand widersprach.

»Kann ich euch zwei allein lassen, ohne dass ihr euch die Augen auskratzt?«

Beide nickten.

Sie verzog sich in ihre Kochecke. Irgendwie meinte Hester ihr anzumerken, dass sie öfters mit Gästen im Haus zu tun hatte. Sie wirkte so souverän. Er langte über den Tisch und stieß seinen Vater an.

»Hat sie dich gerade Griesgram genannt?«

»Ja. Warum?«

Hester musste unwillkürlich schmunzeln. »Ach, nichts. Ich

habe nur gerade eine weitere Gemeinsamkeit zwischen uns entdeckt.«

Während Fiona den Eintopf aus Lammfleisch, Weißkohl und anderem Gemüse aufwärmte und den Tisch mit rustikalem Tongeschirr deckte, setzten Vater und Sohn das Gespräch vom Nachmittag fort. »Nachdem Mr X vom Himmel gefallen ist, hast du doch die Kirche verlassen«, sagte Hester irgendwann. »Ist dir da irgendjemand aufgefallen?«

»Nur Molly Harkin«, antwortete Seamus. »Sie hat frische Blumen ans Grab ihres Mannes gestellt.«

»Sonst niemand?«

Seamus schüttelte den Kopf. »Ich wüsste nicht …«

Er musste innehalten, weil Fiona gerade die Dielentür aufgerissen hatte und nach ihrer Tochter rief. Sie solle runterkommen, es gebe noch etwas zu essen. Anny antwortete wie ein bockiges Kind von oben, sie habe keinen Hunger, aber das ließ ihr die Mutter nicht durchgehen.

Kurz darauf saßen die vier um den Küchentisch herum, aßen ein köstliches Irish Stew und tranken Wasser – sehr zum Bedauern der Männer. Eine Zeit lang wurde nur schweigend gekaut, aber dann war es Seamus, der das Eis zwischen Vater und Tochter zu brechen versuchte.

»Hör mal, Mäuschen«, sagte er zu Anny. »Dein Vater und ich haben uns heute ausgesprochen. Er wünscht mich jetzt nicht mehr in die Hölle, sondern nur noch ins Fegefeuer.«

Ihr Blick wanderte zu Hester, während sie den Löffel in den Mund schob, doch sie sagte nichts.

»Das stimmt nicht«, protestierte der.

Seamus schwenkte abwiegelnd seinen Löffel und hinterließ dabei einen sichelförmigen Streifen Eintopf auf dem Tisch. »Ist auch egal. Was ich eigentlich damit sagen wollte, Hester ist kein schlechter Mensch, Anny. Er hat nur getan, was er von *mir* gelernt hat. *Ich* habe ihn und Großmutter Mary im Stich gelassen. Daraufhin hat er erst versucht, mich zu schockieren und ist Boxer geworden, und danach wollte er es mir zeigen und alles besser machen als ich. Er dachte, er könne ein Priester ohne Fehl und Tadel sein. Dann hat er deine Mutter kennengelernt und mein schlechtes Vorbild ist bei ihm durchgeschlagen. Das soll keine Entschuldigung für sein Handeln sein – er war immerhin erwachsen –, aber vielleicht kannst du es ihm als mildernden Umstand anrechnen. Du musst ihm ja nicht gleich um den Hals fallen, kleine Maus, aber gib ihm wenigstens eine Chance.«

Hester starrte seinen Vater perplex an. Spätestens jetzt begriff er, dass Seamus alles andere als ein seniler alter Greis war. Er hatte die letzten fünfzig Jahre des Lebens seines Sohnes kurz und knapp auf den Punkt gebracht, schonungsloser und genauer, als er selbst es sich je eingestanden hätte.

Anny musterte ihn eine ganze Weile, ehe sie leise fragte: »Ist das wahr?«

»Was?«, fragte Hester.

»Dass ihr beide euch ausgesprochen habt.«

Er nickte. »Das war längst überfällig.«

»Du musst nämlich eins wissen, Dad.« Sie deutete mit ihrem Löffel auf den Greis. »Ich liebe diesen störrischen alten Mann. Großvater Seamus ist nach Mom für mich der wichtigste Mensch auf der Welt. Wenn du ihm wehtust, dann könnte ich dir das nie verzeihen.«

Hester nickte abermals. Hatte sie ihn eben Dad genannt?

Von diesem Moment an lockerte sich die Atmosphäre. Sie war nicht gerade ausgelassen, dazu hatten einige der Anwesenden in ihrem Leben zu viel Porzellan zerschlagen, doch gemessen an manch anderer Tischgemeinschaft ging es bei dieser geradezu harmonisch zu. Zum ersten Mal seit dem Tod seiner Mutter hatte Hester eine Ahnung davon, was Worte wie Familie und Geborgenheit bedeuteten. Und er genoss es. Bald entspann sich eine Unterhaltung, in deren Verlauf auch wieder das Wunder von Graiguenamanagh zur Sprache kam.

»Ich glaube, dein Vater wollte dich dazu etwas fragen«, sagte Fiona mit einem Mal.

Anny sah Hester an. »Warum tust du es dann nicht?«

»Ich ... äh ... habe über deinen Kollegen nachgedacht. Brian Daly. Wie ich hörte, arbeitete er an einem Fernsehbericht über den Moses von Graig.«

»Das stimmt. Er hat mir gegenüber mal damit geprahlt.«

»Hat er dich über Großvater ausgefragt?«

»Versucht hat er's, aber ich habe ihn abblitzen lassen.«

»Weißt du, wer in der BMC sein Auftraggeber war?«

Sie zuckte die Achseln. »Keinen Schimmer.«

»Hast du dich nie gefragt, wieso dieser Jemand nicht dir die Recherchen für die Reportage übertragen hat? Immerhin bist du Pas Enkelin.«

»Schätze mal, weil ich wegen meiner familiären Nähe zu euch beiden befangen bin.«

Hester dachte einen Moment über ihre Antwort nach. Sie klang plausibel. »Wäre es möglich, dass Daly direkt an Brannock berichtet hat?«

»Das ist äußerst unwahrscheinlich. Mr Brannock denkt in größeren Kategorien. Ein einzelnes Feature bei einem seiner Sender dürfte ihn kaum interessieren. Warum fragst du mich das alles?«

Er kräuselte die Lippen. »Auf der Journalistenschule hast du vermutlich andere Methoden kennengelernt als die, welche ich bevorzuge. Wenn ich einen schwierigen Fall lösen muss, sammle ich zunächst Puzzleteile und lasse die kleinen Bildschnipsel einfach auf mich wirken. Sie mögen aus ganz unterschiedlichen Motiven stammen. Erst im Laufe der Zeit bekomme ich ein Gefühl dafür, was zusammengehört und was ich aussortieren muss.«

»Dann bist du also noch in der Sondierungsphase.«

»Ja.« Hester griff zum Tonbecher und trank einen großen Schluck daraus. Er fühlte sich so befreit wie lange nicht. Gut gelaunt beugte er sich zu Seamus vor und frotzelte: »Kannst du eigentlich auch Wasser zu Wein machen, Vater?«

Der lächelte. »Ich hab's noch nie probiert.«

»Kann ich dich mal sprechen, Hester?«, fragte Fiona mit bitterernster Miene.

Er schob die Unterlippe vor. Hatte er gegen irgendeine Tischregel verstoßen? Er brauchte auf die Antwort nicht lange zu warten. Nachdem Fiona ihn zum Herd gezerrt hatte, machte sie ihm flüsternd, doch sehr bestimmt klar, dass sein Vater in ihrem Hause respektiert werde. Diese Lektion habe Anny gelernt und er, Hester, werde sich ebenfalls daran halten, sonst könne er sich ein anderes Quartier suchen. Seit Jahren lebten unter ihrem Dach drei Generationen harmonisch zusammen. Sie werde keinerlei spöttische Bemerkungen oder andere Sticheleien dulden. Wer Unfrieden stiftete, sei nicht willkommen.

»Was habe ich denn gesagt?«, raunte Hester verständnislos.

»Du hast dich über seine Wunder lustig gemacht.«

»Glaubst du etwa daran?«

»Ich weigere mich, dir darauf überhaupt eine Antwort zu geben. Na schön, du bist von deinen Vorurteilen verblendet. Das kann man dir vielleicht nicht einmal verübeln. Aber wenn du dich nicht gleich wieder aus dem Staub machst wie beim letzten Mal, dann kannst du dir selbst eine Meinung bilden.«

»Entschuldige. Das war gedankenlos von mir«, flüsterte er.

Sie nickte und rang sich sogar zu einem Lächeln durch. »Entschuldigung angenommen.«

Gemeinsam kehrten sie zur Essecke am anderen Ende der Küche zurück. Seamus und Anny ließen sich nicht anmerken, wie viel sie von Fionas Standpauke mitbekommen hatten. Hester setzte sich wieder an den Tisch, griff zum Tonbecher und leerte ihn in einem Zug. Plötzlich ruckte seine Hand vom Mund weg und er starrte ungläubig in das Trinkgefäß. »Da war *Guinness* drin, frisches, kühles Guinness.«

Anny hob die Augenbrauen.

Seamus grinste. »Was du nicht sagst!«

»Aber ich war mit Fiona beim Kühlschrank. Wo hast du so schnell das Bier herbekommen? Es schmeckt wie frisch gezapft.«

Anny und ihr Großvater wechselten über den Tisch einen amüsierten Blick.

Hester deutete mit dem Finger auf seinen Vater. »Ihr habt ein Fass im Keller.«

»So wird's wohl sein«, antwortet Seamus. »Oder ist dir je zu Ohren gekommen, dass jemand Wasser zu Bier gemacht hat?«

14.

Graiguenamanagh, County Kilkenny, Irland,
11. April 2009, 5.40 Uhr Ortszeit

Ein Schrei ließ Hester aus dem Schlaf hochfahren. Mit ver-
kniffenen Augen suchte er auf dem Nachttischchen nach seiner Armbanduhr. Zwanzig Minuten vor sechs. Draußen dämmerte es gerade. Hatte er dieses merkwürdige Geräusch nur
geträumt? Er lauschte angestrengt. Sein Zimmer befand sich
direkt über der Küche. War Fiona etwa schon …?

Plötzlich hörte er wieder den seltsamen Laut. Jetzt sogar
dreimal hintereinander. Irgendwie klang es wie ein Hahn,
aber dann doch wieder nicht – es sei denn, der Gockel hatte
vor dem Schlafengehen zu viel Guinness getrunken und danach seinen Hennen zu hingebungsvoll etwas vorgegrölt.

Stöhnend fiel Hester ins Kopfkissen zurück. Normalerweise
machte es ihm nichts aus, früh aufzustehen, aber in der letzten Nacht hatte er sich noch lange mit Fiona unterhalten. Es
war fast wie damals gewesen, als sie sich kennengelernt hatten. Ein erstes behutsames Abtasten zweier verwandter See-
len. Sein ungestümes Herz war schnell für das schöne Mädchen mit den kupferroten Haaren entflammt, während Fiona
ihn lange über ihre wahren Gefühle im Ungewissen gelassen hatte. Diesem zurückhaltenden Wesenszug war sie über all
die Jahre treu geblieben und auch ihre Liebe zu ihm schien –

das zumindest bildete Hester sich ein – nicht ganz erkaltet zu sein.

Nach dem seltsamen Hahnenschrei versuchte er noch eine knappe Stunde lang wieder einzuschlafen. Dabei kreisten seine Gedanken um den merkwürdigen Vorfall beim Abendessen, als sein Becher überraschend mit der schwarzen »Muttermilch der Iren« – dem malzigen Guinness – gefüllt worden war. Als die Sonne über dem Fluss aufging und ihre rotgoldenen Strahlen die Bögen der alten Brücke wie Fenster in eine andere Dimension erstrahlen ließ, ertönte unvermittelt wieder das Krähen aus der Nachbarschaft. Hester stöhnte. Er beschloss, das Thema Nachtruhe endgültig ad acta zu legen und schwang die Beine aus dem Bett.

Etwa eine Viertelstunde später hatte er geduscht, sich rasiert und angezogen. Die Soutane ließ er im Kleiderschrank hängen, der schwarze Anzug mit der »Kalkleiste« – dem Priesterkragen – musste genügen. Vorerst verzichtete er auch auf das Jackett und begab sich hemdsärmelig auf Erkundungstour durchs Haus. Die wundersame Verwandlung von Wasser zu Bier ließ ihm keine Ruhe. Vielleicht fand er des Rätsels Lösung ja unter der Erde.

Über die Treppe schlich er so leise wie möglich ins Erdgeschoss. Die hölzerne Konstruktion hatte sich offenbar gegen den stabil gebauten Heimlichtuer verschworen, protestierend knarzte eine Stufe nach der anderen unter seiner Last. Der Zugang zum Keller lag – zusammen mit einer Garderobe und einer Gästetoilette – hinter einer der drei Türen in der Diele. Hester stieg ins Reich der Spinnen und Asseln hinab.

Fionas Keller widerlegte das Vorurteil, alle Künstler seien Chaoten. In fast schon pedantischer Ordnung hatte sie den nicht öffentlichen Teil ihres Lebens in Regalen gestapelt: alte Schuhe, Staffeleien, Malutensilien, Sport- und Freizeitgeräte,

Werkzeug, Sanitärteile, eine große Aluminiummilchkanne und diverse Kisten. Sogar Hester hatte sie in ihrem unterirdischen Archiv einen Platz zugewiesen – sein Name stand in fetten, schwarzen Buchstaben auf einem Pappkarton. Was sie darin wohl aufbewahrte? Er widerstand der Versuchung hineinzusehen und hielt weiter nach dem Bierfass Ausschau.

Aber er fand keines.

Ratloser als zuvor kehrte er ins Erdgeschoss zurück. In den Schränken im Wohnzimmer mochte er nicht herumschnüffeln, daher begab er sich in die Küche. Das Quietschen der Tür ließ ihn im Geiste noch einmal den vergangenen Abend Revue passieren. Eigentlich hätte er es trotz Fionas Standpauke mitbekommen müssen, wenn Seamus oder Anny den Raum verlassen hätten, um seinen Becher mit Bier zu füllen. Aber wie hatten sie ihm dann den Streich spielen können?

Nicht sonderlich systematisch ließ Hester den Blick durch die Küche wandern. Er öffnete hier und da einen Schrank, fand aber auch dort keinen geheimen Biervorrat. Schließlich begann er sich mit Fionas chromblitzender Espressomaschine zu beschäftigen, um sich einen Cappuccino zu brauen. Als er zur Entleerung des Kaffeebehälters den Mülleimerdeckel per Fußtritt öffnete, stutzte er. In der Abfalltüte lag eine halb zerdrückte, gold-schwarze Dose, verziert mit einer irischen Harfe.

»Guinness«, murmelte Hester und grinste breit übers ganze Gesicht. Er hatte nie viel von dem Spruch gehalten, dass nicht sein kann, was nicht sein darf, aber in diesem Moment fühlte er eine wohltuende Zufriedenheit. Sein Weltbild war wieder zurechtgerückt. Zwar hatte er bisher immer geglaubt, zwischen frisch gezapftem und Dosenbier unterscheiden zu können, aber vielleicht war er am letzten Abend zu müde gewesen, um sich ein klares Urteil zu erlauben.

»So früh schon wach?«, fragte unvermittelt Fiona hinter ihm.

Er fuhr herum wie ein Junge, der mit dem Finger im Honigtopf ertappt worden war, lächelte gequält, deutete auf den Mülleimer, ließ ihn dann aber doch kommentarlos zuklappen und sagte: »Ich konnte nicht mehr schlafen. Was ist das für ein seltsamer Hahn, der da dauernd nebenan kräht?«

»Du meinst Ian?«

»Der Vogel heißt *Ian?*«

»Ja. Ein etwas komischer Vogel ist er tatsächlich, aber zum Federvieh würde ich ihn trotzdem nicht rechnen. Die Geräusche macht mein Nachbar, Ian MacDougall. Im letzten Jahr ist sein Gockel erschossen worden. Er war ausgebüchst, und George – zwei Häuser weiter – hatte ihn versehentlich für einen Einbrecher gehalten. Danach fehlte uns allen hier im Umkreis der biologische Wecker. Einige Nachbarn litten sogar unter Schlafproblemen. Da ist Ian kurzerhand in die Bresche gesprungen und begrüßt jetzt jeden Morgen krähend den Sonnenaufgang.«

Hester kniff ein Auge zu. »Du machst dich über mich lustig.«

»Bestimmt nicht. Du bist nur zu lange von Graig fort gewesen, um dich noch daran zu erinnern, dass die Menschen hier etwas anders sind als in einer Großstadt wie Dublin oder Rom.«

»Schräger, meinst du.«

Fiona schüttelte den Kopf. »Nein. Nur anders.« Sie deutete auf die Espressomaschine. »Kommst du als Halb-Italiener damit klar, oder soll ich dir helfen?«

»Das wäre lieb. Zum Frühstück gibt's für mich nichts Besseres als einen richtigen Cappuccino. Kriegst du den hin?«

Sie deutete in gespielter Entrüstung in die Essecke. »Sofort hinsetzen, sonst bekommst du gar nichts.«

Kurz darauf saßen beide am Frühstückstisch, tranken Kaffee und unterhielten sich. Zwischendurch meldete sich Bruder Kevin übers Handy und fragte, ob er Hester unter der Brücke abholen solle oder ob er ein Bett für die Nacht bekommen habe. Man verabredete sich um halb acht beim Wagen. Irgendwann tauchte auch Anny in der Küche auf, sagte, sie müsse dringend in die Redaktion, stopfte sich im Stehen einen Muffin in den Mund, trank einen Schluck aus der Tasse ihrer Mutter und war auch schon wieder verschwunden.

»Für mich wird's auch langsam Zeit«, sagte Hester schließlich.

Fiona nickte nur. Ihre Augen schienen ihm etwas sagen zu wollen, aber er verstand nicht, was.

Grübelnd begab er sich auf sein Zimmer, zog das Jackett an und kehrte ins Erdgeschoss zurück. Dabei fiel sein Blick auf Seamus' langen Stecken neben der Haustür. Zuvor hatte er ihn nicht weiter beachtet, aber jetzt fiel ihm etwas Ungewöhnliches auf. Der Hirtenstab lehnte weder an der Wand, noch stak er in einem Schirmständer oder in irgendeiner Halterung.

Er stand völlig frei auf dem gefliesten Boden.

Hester traute seinen Augen nicht. Ungläubig lief er die letzten Stufen hinab und pirschte sich, als fürchte er den Stecken zu verschrecken, an diesen heran. War da irgendeine Ritze im Boden, die sein Vater für diesen Gauklertrick benutzte, um den Skeptiker aus Rom einmal mehr zu verblüffen? Hester vernahm Schritte.

Seamus kam ohne jede Behäbigkeit in seiner regenfesten Kluft die Treppe hinab, rief ihm ein munteres »Guten Morgen!« zu und griff sich den Stab. »Ist was?«, fragte er. Der verblüffte Blick seines Sohnes konnte ihm kaum entgangen sein.

Hester deutete auf den Hirtenstab. »Wie hast du das gemacht?«

»Was gemacht?«

»Den Stab hier hingestellt, ohne dass er umfällt.«

»Kann ich dir nicht sagen. Er hat es mir nie verraten.«

»Aber …«

»Ich gehe angeln. Kommst du mit?«

Hester schloss die Augen und schüttelte den Kopf. War gestern alles ein bisschen viel, beruhigte er sich. Deine Nerven sind überreizt.

»Geht es dir gut, Junge?«, fragte Seamus besorgt.

»Ja, ja«, versicherte Hester. »Du bist doch Hebraist. Traust du dir eine Konversation mit einem Juden zu?«

»Natürlich. Hältst du mich für senil?«

»Keinesfalls. Könntest du Bruder Kevin und mich mit nach Kilkenny begleiten? Wir wollen diesem Mr X einen Besuch abstatten. Ich brauche einen Dolmetscher.«

»Er hat einen Namen. Du solltest ihm den Respekt erweisen und ihn auch benutzen.«

»Ich denke nicht, dass er wirklich Jeschua heißt. Das gehört zu seiner Rolle.«

Seamus verdrehte die Augen zur Decke. »Warum machst du dir überhaupt die Mühe und führst eine Untersuchung durch, wenn du sowieso schon alles weißt?«

»Du hältst den Burschen doch nicht tatsächlich für Jesus?«

»Ich will damit nur sagen, dass ich mir, offenbar im Gegensatz zu meinem Herrn Sohn, noch kein Urteil über diesen Mann gebildet habe. *In dubio pro reo* – im Zweifel für den Angeklagten –, hat man euch diesen Grundsatz nicht beigebracht?«

»Doch, aber ...«

»Nichts aber. Wenn du willst, dass ich für dich den Übersetzer mache, dann gib Jeschua eine Chance.«

Hester seufzte ergeben. »Ist gut, Pa.«

Seamus beugte sich zu ihm vor. »Kann ich die Gummiklei-
dung anbehalten? Dann könnt ihr mich nachher gleich am
Fluss absetzen.«

Ungefähr zwanzig Minuten nach acht eilten fünf Personen
mit ganz unterschiedlichen Motivationen durch die Flure des
St Luke's Hospital von Kilkenny. Hester, sein Vater und Kevin
waren zwecks Aufklärung des Wunders von Graiguenamanagh gerade erst von dort mit dem bischöflichen Dienstwagen
eingetroffen, Anny Sullivan hatte soeben von ihrem Chefredakteur einen Spezialauftrag erhalten und Superintendent
Thomas Managhan beschäftigte immer noch die Frage, wer in
der vorletzten Nacht zwei Männer halbiert und ihre Leichenteile um die Duiske Abbey herum verteilt hatte. An der Tür
zur Intensivstation trafen die drei Parteien aufeinander.

Der Polizeichef drückte sich im Näherkommen mit dem
Zeigefinger gerade sein Bluetooth-Headset ans Ohr und sprach
dabei mit irgendjemand. Erst als er den Whelan-McAteer-
Sullivan-Clan und Bruder Kevin erreichte, beendete er das
Telefonat. Der »Massenauflauf«, wie er es nach der Begrüßung nannte, gefiel ihm nicht. Gegen den bischöflichen Chef-
ermittler und sein Team getraute er sich nichts vorzubringen,
aber im Hinblick auf Anny hatte er Bedenken. Er schien für sie
zwar durchaus Sympathien zu hegen, aber als Angehörige
einer verachteten Zunft reagierte er mit dem typischen Ab-
wehrreflex professioneller Kriminalisten. »Tut mir leid, Miss
Sullivan, aber ich kann bei der Befragung keine Presse zulassen.«

Anny schnappte nach Luft und wollte wohl gerade den typischen Sermon von der Pressefreiheit im Allgemeinen und dem öffentlichen Interesse an gerade dieser Story im Besonderen ablassen, als Hester ihr zuvorkam.

»Ich möchte sie als Zeugin dabeihaben. Brian Daly ist nicht nur ihr Kollege gewesen, er hat sie auch über ihren Großvater ausgefragt.« *Und über mich?*, fragte er sich insgeheim. »Möglicherweise fördert das Gespräch mit Mr ... Jeschua bei ihr ein paar verschüttete Erinnerungen zutage.« Er bemerkte, wie sein Vater ihm anerkennend zunickte.

Managhan wandte sich Anny zu: »Stimmt das?«

»Ja«, antwortete sie.

»Na meinetwegen. In diesem Fall ist sowieso nichts normal. Kommen Sie!« Er drückte einen Klingelknopf und kurz darauf öffnete eine untersetzte Krankenschwester in engem Kittel die Tür zur Intensivstation. Sie war ungefähr Mitte vierzig und ihr onduliertes Haar erkennbar entfärbt. An ihrer ausladenden Brust hing ein Plastikschild mit dem Namen Ellen Hayden. Sie musterte argwöhnisch Seamus und seinen Hirtenstab.

»Was will der denn hier? Ein Krippenspiel aufführen?«, raunzte sie. Schwester Ellen hatte ein Mundwerk wie ein Maschinengewehr.

Dieser Gentleman sei über hundert Jahre alt und könne sich jede Gehhilfe aussuchen, nach der ihm der Sinn stehe, erklärte Managhan. In seinem energischen Ton schwang deutlich der Polizeichef mit.

Schwester Ellen steckte den Dämpfer bravourös weg, gab aber den Zugang in ihr Revier trotzdem frei. Sie habe den Besuch bereits erwartet, erklärte sie auf dem Weg zum Krankenzimmer schnippisch. Managhan erkundigte sich nach dem Zustand des Patienten.

»Mr X macht gute Fortschritte«, sagte die Krankenschwester. »Es geht ihm schon erheblich besser als gestern. Heute früh ist er sogar im Rollstuhl zur Toilette gefahren und hat sein Zimmer erkundet. Er ist ziemlich neugierig. Eigentlich hat er auf der Intensiv nichts mehr zu suchen. Wenn's nach Dr. Cullen ginge – unserem Chef –, dann hätte er sein Bett längst räumen müssen.«

»Ich habe heute schon mit ihm telefoniert«, erklärte Managhan geduldig, »und er willigte ein, den Mann noch eine Weile dazubehalten. Ihre Station lässt sich am leichtesten vor Schaulustigen abriegeln. Sie haben ja selbst gesehen, was draußen los ist.« Der Superintendent spielte auf die Gruppe von vier- oder fünfhundert Personen an, die unter den Fenstern der Intensivstation standen, für die Genesung des Heilands beteten, spirituelle Lieder sangen und picknickten.

Die dralle Schwester warf den Kopf zurück und ratterte: »Klar hab ich's mitgekriegt. Der reinste Volksauflauf. Wenn unser Mr X tatsächlich Jesus wäre, hätte er sich längst selbst geheilt.«

»So etwas Ähnliches, meine Liebe, haben die römischen Soldaten auch gesagt, als sie den Messias auf Golgatha verspotteten«, sagte Seamus freundlich.

Sie musterte ihn skeptisch von der Seite. »Und was hat er getan?«

»Er ist gestorben.«

Achselzuckend deutete sie zu einer offenen Tür. »Na, wie auch immer. Da drinnen wartet der Heiland auf Sie. Er ist zwar schon wieder ganz fit, aber treiben Sie's trotzdem nicht zu bunt ...«

»Legen Sie ihm doch Handschellen an und werfen Sie ihn ins nächste Loch«, sagte Managhan mit abwesendem Blick.

Schwester Ellen fiel die Kinnlade herunter. »*Was* soll ich machen?«

»Superintendent Managhan spricht nicht mit Ihnen«, beruhigte Hester sie schnell und deutete auf das Freisprechgerät des Polizeichefs, »sondern über seinen kleinen Mann im Ohr mit irgendeinem Anrufer.«

»Mobiltelefone sind im Krankenhaus nicht erlaubt.«

»Erklären Sie's ihm.«

Sie drückte empört die Brust heraus, sagte: »Damit er mich wieder anpfeifen kann. Ich habe für solche Albernheiten keine Zeit«, machte kehrt und verschwand in Richtung Schwesternzimmer.

»Vielleicht sollte ich zuerst reingehen. Mich hat er schon einmal gesehen«, schlug Seamus vor, nachdem Managhan sein Gespräch beendet hatte. Er wartete die Antwort des Superintendenten nicht ab, sondern trat einfach durch die Tür. Die anderen folgten ihm.

Jeschua saß im Bett, Hände und Füße bandagiert – Letztere lugten unten unter der Decke hervor. Die Einstichstellen von den Dornen an der Stirn waren nur noch als rote Pünktchen zu erkennen. Das Krankenhaus hatte ihn in ein anstaltseigenes, hellgrünes Nachthemd gesteckt. Etwas blass um die Nase herum war er schon noch, doch lange nicht mehr so geschwächt, wie ihn Seamus am Donnerstagnachmittag erlebt hatte. Auf die vielen Besucher reagierte er überrascht.

Seamus begrüßte ihn mit einem freundlichen *Schalom* – Friede –, legte sich die Hand auf die Brust und stellte sich vor. Danach deutete er nacheinander auf die anderen Besucher und nannte ihre Namen. Der Patient gab sich seinerseits als Jeschua zu erkennen, beugte respektvoll den Oberkörper und fragte irgendetwas. Der Alte erwiderte die Verbeugung, antwortete und schloss ebenfalls mit einer Frage. So ging es eine

– 146 –

ganze Weile hin und her. Zwischendurch wanderte Jeschuas Blick immer wieder zu Anny, als habe er außer Schwester Ellen bisher noch nie eine Frau gesehen. Nach etwa zehn Minuten wurde Managhan ungeduldig.

»Ich dachte, Sie sind als Dolmetscher mitgekommen, Mr Whelan. Warum übersetzen Sie dann nicht?«

»Wir sind erst bei der Begrüßung«, antwortete Seamus.

»Zehn Minuten lang?«

»Orientalische Begrüßungen sind sehr opulent. Manchmal dauern sie eine halbe Stunde. Man erkundigt sich höflich nach dem Wohlergehen des anderen, verbeugt sich ständig und wirft sich manchmal sogar auf den Boden – unser junger Freund hier respektiert zum Glück mein Alter und möchte mir die Mühe ersparen. Bei guten Bekannten gehören normalerweise noch viele Umarmungen und Küsse dazu.«

»Dann spricht er tatsächlich Hebräisch?«

Seamus bedachte den Beamten mit einem tadelnden Blick und setzte das Begrüßungszeremoniell fort. Nach einer Weile wandte er sich zu Managhan und Hester um. »Jeschua fragt nach dem schwarzen und dem braunen Mann, die ihn gestern und vorgestern durch den klaren Vorhang angesehen haben.«

»Keine Ahnung, wen er damit meint«, sagte der Polizist.

»Der Schwarze könnte Vater Joseph gewesen sein«, murmelte Hester. Er sah Anny an. »Könntest du kurz Schwester Ellen nach den Besuchern fragen?«

Sie nickte. »Sofern sie mir nicht die Augen auskratzt.«

Kurze Zeit später war Anny wieder zurück und bestätigte die Vermutung ihres Vaters. »Der andere sei ein Mönch gewesen«, gab sie die Erklärungen der Schwester wieder. »Seinen Namen kenne sie nicht, aber der Fremde habe einen slawischen Akzent gehabt. Pater O'Bannon soll ihn als Bruder angesprochen haben.«

Hester wandte sich Kevin zu. »Ich möchte wissen, wer dieser Mönch gewesen ist.«

»Ich auch«, sagte Managhan schnell, als fürchtete er, andernfalls irgendwelche Nutzungsrechte an der Antwort zu verlieren. Unvermittelt langte er sich ans Ohr, bekam im nächsten Moment wieder den abwesenden Blick und grunzte: »Das ist mir doch egal. Meinetwegen soll er sich seine Gummiknüppel sonst wohin stecken.«

Anny und Kevin verdrehten die Augen.

»Mich interessiert, wo Jeschua herkommt«, raunte Hester seinem Vater zu, der sich daraufhin wieder in Hebräisch an den Patienten wandte.

Der legte die Stirn in Falten und sein Blick wurde gläsern. Mit einem Mal wirkte er verunsichert. Hilfesuchend sah er Anny an. Und dann geschah etwas, das Hester ganz und gar nicht gefiel. Seine Tochter setzte sich zu Jeschua auf die Bettkante, ergriff seine Hand und lächelte ihm aufmunternd zu.

»Was geht dir durch den Kopf?«, fragte sie ihn mit sanfter Stimme. »Sprich es ruhig aus. Wir sind deine Freunde.«

Während Seamus übersetzte, entsann sich Hester, was Fiona am vergangenen Abend über die Kleinmädchenwünsche ihrer Tochter erzählt hatte, dass sie Jesus Christus habe heiraten wollen, sobald sie groß sei. Ob Anny gerade wieder daran gedacht hatte?

Mit einem Mal begann Jeschua leise zu sprechen, fast wie im Traum.

»Meine Erinnerungen sind von dichtem Nebel umgeben«, sagte er auf Hebräisch und Seamus übersetzte ins Englische. Und so – Managhan hörte mittlerweile wieder zu – ging das Gespräch immer weiter.

»Gibt es nicht irgendetwas von früher, das dir im Gedächtnis haften geblieben ist?«, hakte Anny behutsam nach.

»Ich habe einmal in der Stadt Nazareth gelebt. Vielleicht komme ich von dort«, antwortete Jeschua, während seine dunklen Augen sich in ihren grünen zu verlieren schienen.

»Jeschua von Nazareth«, murmelte Hester. Er und sein Vater wechselten einen beredten Blick.

»Wer hat Ihnen die Verletzungen beigebracht, Mr Jeschua?«, fragte Managhan.

»Die Soldaten, die mich ans Holz nagelten.«

»Was für Soldaten? Palästinenser? Libanesen? Syrer? Oder steckt der Mossad dahinter?«

»Wer?«

»Der israelische Geheimdienst.«

»Nein, es sind die Römer gewesen. Aber es waren die Oberpriester und Schriftgelehrten, die das Volk gegen mich aufgestachelt haben. Hätte Pilatus allein entschieden, dann wäre *ich* freigekommen und nicht dieser Verbrecher.«

»Barabbas?«, vergewisserte sich Hester.

Jeschua nickte. »Ja, so hieß er.«

»Und die Wunden?«, fragte Managhan abermals. »Wie sind die Ihnen beigebracht worden?«

»Mit Nägeln. Sie haben sie mir durchs Fleisch getrieben. Auf *Golgatha*«, antwortete Jeschua.

»Auf der Schädelstätte«, fügte Seamus hinzu.

Unter den Anwesenden wurden betretene Blicke getauscht. Managhan beugte sich zu Hester hinüber und flüsterte in sein Ohr.

»Haben Sie ihn beobachtet? Seine Augen? Die Körpersprache? Entweder ist er ein grandioser Schauspieler, oder er hält alles für wahr, was er uns da auftischt.«

Hester nickte. Genau das gleiche Gefühl hatte er auch. Wieder das Wort an den Mann im Bett richtend, fragte er: »Warum sind Sie zu uns gekommen?«

Jeschua antwortete nicht sofort. Es schien, als müsse er erst auf eine Eingebung warten. »Ich glaube«, sagte er endlich leise, »ich wurde von meinem Vater gesandt, damit ich den Armen eine frohe Botschaft bringe und alle heile, deren Herz zerbrochen ist, damit ich den Gefangenen die Entlassung verkünde und den Gefesselten die Befreiung, damit ich ein Gnadenjahr des Herrn ausrufe, einen Tag der Vergeltung unseres Gottes …«

»O mein Gott! Er spricht vom Jüngsten Gericht«, entfuhr es Kevin, als Seamus die Worte übersetzte.

»Oder er zitiert nur aus dem Buch Jesaja, Kapitel 61«, brummte Hester.

Seamus lächelte wissend. »Derjenige, für den sich dieser junge Mann offenbar hält, hat auf die gleiche Stelle schon einmal Bezug genommen. Der Evangelist Lukas berichtet davon. Es war in der Synagoge von Nazareth, als Jesus sich die Jesajarolle geben ließ und daraus vorlas.«

»Wollten Sie mit Ihrer blutigen Aktion in der Duiske Abbey irgendein Statement abgeben, Mr Jeschua?«, fasste Managhan nach, als rangiere der Vorfall in der Duiske Abbey für ihn in derselben Kategorie wie Selbstverbrennungen oder ähnlich dramatische Formen des Protests. Theologische Aspekte schienen ihn nicht zu interessieren.

Auf Seamus' Stirn bildete sich eine Zornesfalte. »Hätten Sie diese Frage vor zweitausend Jahren einem verdächtigen Zeloten genauso gestellt?«

»Was bitte sind Zeloten?«

»Übersetze es einfach sinngemäß«, bat Hester seinen Vater.

Das tat er dann auch, und Jeschua antwortete schablonenhaft: »Ich bringe den Armen eine frohe Botschaft und heile alle, deren Herz zerbrochen ist, damit ich den Gefangenen die Entlassung verkünde und den Gefesselten die Befreiung, damit ich ein Gnadenjahr des Herrn ausrufe, einen Tag der Vergeltung unseres Gottes.«

»Gibt es Auftraggeber oder handeln Sie aus eigener Überzeugung?«, erkundigte sich Managhan.

»Meine Lehre stammt nicht von mir, sondern von dem, der mich gesandt hat. Wer bereit ist, den Willen Gottes zu tun, wird erkennen, ob diese Lehre von Gott stammt oder ob ich in meinem eigenen Namen spreche.«

»Johannes, Kapitel 7«, murmelte Hester. »Er scheint die Evangelien auswendig zu kennen.«

Der Superintendent führte die Befragung noch eine Weile fort. Er versuchte es mit Finten und offenen Attacken, mit schmeichelnden Worten und barschen Vorwürfen, doch ihm gelang es weder, aus Jeschua Informationen über irgendwelche Hintermänner, noch über seine Identität herauszukitzeln.

»Ihr Gleichmut ist nur Maske. Ich halte Sie für einen Betrüger«, schnaubte Managhan schließlich. Er war sichtlich frustriert, weil er in Jeschuas Antworten nur ein geschicktes Täuschungsmanöver sah.

»Reißen Sie sich gefälligst am Riemen!«, fauchte Anny ihn unvermittelt an. Wie selbstverständlich hielt sie noch immer die Hand des Patienten. »Vielleicht ist er ja nicht der Schurke, für den Sie ihn halten.«

»Jetzt kommen Sie, Miss Sullivan! Von einer Reporterin hätte ich etwas mehr journalistische Distanz erwartet. Sie halten Mr X doch nicht etwa auch für den wiedergekommenen Christus?«

»Zwischen Ihrer Einschätzung von ihm und dieser Möglichkeit gibt es ja vielleicht noch ein paar andere.«

»Ach, da bin ich aber gespannt. Legen Sie mal los.«

Ehe Anny noch etwas sagen konnte, begann Jeschua wieder

zu reden. Dabei sah er Managhan mit festem Blick in die Augen.

»Auf Ihren Betrugsvorwurf«, leitete Seamus seine Übersetzung ein, »erwidert er: ›Das letzte Mal, als ich einen ungläubigen Thomas überzeugen musste, ließ ich ihn die Wundmale in meinen Händen und Füßen fühlen. Das reichte ihm. Sollte in deinem Fall mehr erforderlich sein, dann will ich dir gerne zur Einsicht verhelfen. Im Garten unter meinem Fenster steht ein Baum, der noch nicht richtig ausgeschlagen hat. Ich will ihn für dich blühen lassen.«

Hester ging zum Fenster und blickte zur Grünanlage des Krankenhauses hinab. Da stand tatsächlich ein Baum, der zwar erstes zartes Grün, aber noch keine Blüten zeigte. »Das schaffst du nie«, murmelte er.

15.

Graiguenamanagh, County Kilkenny, Irland,
11. April 2009, 11.00 Uhr Ortszeit

Dr. Dermot Hurley hatte die Angewohnheit, ungefähr jede
Minute mindestens einmal auf seine Armbanduhr zu sehen.
Er war um die sechzig, mit ansehnlichen Fettreserven ausgestattet, bebrillt, Allgemeinmediziner und in Graiguenamanagh
eine Institution. Ob eingewachsener Zehennagel oder Blind-
darmdurchbruch – zuerst wurde Dermot Hurley gerufen. Zeit
war bei einem so gefragten Mann natürlich ein überknappes
Gut – daher wohl der Tick mit der Armbanduhr. Wie Kevin
vom Fahrer des Krankenwagens erfahren hatte, war der Stadt-
medikus von Graig auch in die Duiske Abbey geeilt, um
Jeschua Erste Hilfe zu leisten; der Notarzt hatte die weitere
medizinische Versorgung des Patienten erst fünfundzwanzig
Minuten später übernommen.

Nach der Rückkehr aus Kilkenny waren Hester und sein
junger Assistent in die High Street von Graiguenamanagh
marschiert, um mit dem Arzt zu reden. Das Auto hatten sie
zuvor wegen des neuerlichen Andrangs an Wundertouristen
auf Fionas Grundstück abgestellt. Kevin schleppte in einer
schwarzen Nylontasche die Spezialausrüstung, die Hester für
den späteren Besuch der Duiske Abbey brauchte. Dr. Hurley
empfing die beiden in seinem Behandlungszimmer, einem

Raum mit viel Holz und medizinischen Nachschlagewerken, der vor einhundert Jahren vermutlich schon genauso ausgesehen hatte. Hester bedankte sich für den kurzfristig eingeräumten Termin und kam dann gleich zur Sache.

»Was war Ihr erster Eindruck von dem Mann? Wie war seine Verfassung?«

Hurley sah auf die Uhr am linken Handgelenk. »Sein Allgemeinzustand war ziemlich besorgniserregend. Herzfrequenz schnell. Puls kaum tastbar. Blutdruck im Keller. Atmung schnell und flach. Die Haut fühlte sich kühl an. Er war kalkweiß. Pupillen geweitet. Reflexe der Extremitäten mies. Auf Ansprache reagierte er kaum. Ich dachte nur, o Gott! Der Arme ist hinüber.«

»Aber?«

»Aber dann habe ich mir seine Verletzungen genauer angesehen. Ich rede nicht von den harmlosen Einstichen durch die Dornen am Kopf, sondern von den Wundmalen. Sie waren nicht lebensbedrohlich. Vor Ort hatte der Mann auch nicht gerade Unmengen von Blut verloren. Seine Extremitäten waren zwar durchstoßen, aber man könnte fast meinen, die Löcher seien ihm von einem Chirurgen beigebracht worden, um das Ganze zwar spektakulär aussehen zu lassen, aber seinen Organismus nicht mehr als nötig zu belasten. Ich habe Leute gesehen, die mit ähnlichen Wunden an Beinen oder Füßen noch selbst gehen konnten.«

»Haben Sie an Drogen gedacht? Könnten die seinen desolaten Zustand verursacht haben?«

»Selbstverständlich habe ich das. Die Antwort lautet Ja. Was sich tatsächlich im Körper des Mannes befunden hat, müsste der Laborbericht des Krankenhauses zeigen.«

»Superintendent Managhan und ich hatten gerade im St Luke's ein Gespräch mit Dr. Cullen, dem Chef der Intensivstation. Die Ergebnisse der Blutanalyse werden Sie überraschen. Ihr Kollege sagte wörtlich: ›Mr X war völlig clean.‹ Seltsam, nicht wahr?«

»Allerdings. Mir kam er eher völlig high vor. Wie sieht es mit dem Blutverlust aus – Hämoglobin und Erythrozyten?«

»Sein Hämoglobinwert war niedrig, aber nicht bedrohlich. Die roten Blutkörperchen zwar grenzwertig, aber nicht wirklich besorgniserregend, meinte Ihr Kollege. Der Blutdruck habe sich auch schnell stabilisiert. «

»Anzeichen von Dehydrierung?«

»Keine. Er hatte schätzungsweise vierzehn bis zwölf Stunden vorher gegessen und getrunken.«

Der Arzt hob die Schultern. »Für mich passt das nicht zusammen.«

»Keine Idee, wie sich diese Widersprüche erklären lassen?«

Hurley unternahm einen weiteren Zeitcheck. »Nein. Es ist völlig atypisch. Aber ohne die Vorgeschichte dieses Mannes zu kennen, will ich mir auch kein abschließendes Urteil erlauben.«

»Wie steht es mit Autosuggestion oder Yoga?«, fragte Kevin unvermittelt. »Einige Yogis sollen doch ihre Herzfrequenz beeinflussen können oder schmerzunempfindlich sein.«

Hester sah ihn überrascht an. Dass er nicht selbst darauf gekommen war! »Ein psychosomatischer Effekt?«, wandte er sich an den Arzt. »Wäre so etwas denkbar?«

»Sie meinen vermutlich psycho-physiologisch«, korrigierte ihn der Mediziner und spitzte die Lippen. »Die Fachliteratur hat solche Wirkungen bestimmter Meditations- und Konzentrationstechniken immer wieder beschrieben. In Einzelfällen beobachtet man tatsächlich sehr bizarre Phänomene. Über Sadhus – das sind meistens Mönche verschiedener hinduistischer Orden – gibt es unzählige solcher Berichte. Einer soll siebzehn Jahre lang gestanden und ein anderer fünfundzwanzig Jahre lang seinen Arm in die Luft gehalten haben.«

Viele angebliche Wunderheilungen, das wusste Hester nur zu genau, waren rein psychischer Natur – allein der feste Glaube an die wirksame Kraft Gottes machte die Menschen gesund. Natürlich konnte keine Überzeugung der Welt ein durchtrenntes Rückenmark wiederherstellen, aber andere Arten von Lähmung waren durchaus schon auf diese Weise behoben worden. »Könnte Jeschuas desolater Zustand auch mit solch einer Wechselwirkung zwischen Geist und Körper erklärt werden? Vielleicht infolge einer psychischen Erkrankung?«

»Möglich wäre es durchaus.« Hurley blickte verstohlen auf seine Armbanduhr.

»Nur noch eine Frage, Doktor. Wissen Sie von irgendwelchen Personen – abgesehen von Pater O'Bannon und Seamus Whelan –, die sich zur Zeit des Wunders in der Nähe der Kirche aufgehalten haben?«

»Unser Moses hatte längst das Weite gesucht, als ich zur Kirche hinunterlief. Aber ich sah Molly auf dem Friedhof.«

»Sie meinen Maria Harkin?«

»Ja, die Witwe von Abraham Harkin. Er ist vor ungefähr dreißig Jahren gestorben. Eine verrückte Sache war das damals, fast so, als habe es der Sensenmann auf ihn abgesehen. Als er beim Schwimmen im Barrow einen Frosch verschluckt hatte, konnte ich ihn gerade noch wiederbeleben, nur damit er sich ein paar Tage später mit dem Auto zu Tode fährt. Seitdem besucht Molly jeden Vor- und Nachmittag den Friedhof. Möglicherweise kann die alte Lady Ihnen weiterhelfen.«

»Bruder Kevin, mein Assistent, hat sie gestern Abend nicht zu Hause angetroffen. Wissen Sie zufällig, wann und wo man sie am besten trifft?«

Hurley inspizierte diesmal ganz unverblümt seine Uhr. »Sie haben noch etwas Zeit. Gegen fünf Uhr am Nachmittag müsste sie auf dem Friedhof sein. Und abends treffen Sie Molly immer im Pub von Mick Ryan.«

»Meinen Sie das ernst? Sie soll *neunzig* Jahre alt sein!«

»Ja und? Das ist doch Molly egal. Ohne ihr Guinness und einen Brandy geht sie nie ins Bett.«

Die Lower Main Street von Graig war zwischenzeitlich zum *lower main stream* mutiert – zum unteren Hauptstrom. Mehr noch als am Vortag pilgerten die Wundertouristen scharenweise zur Duiske Abbey. Es war stürmisch, ab und zu brach sogar die Sonne durch die graue Wolkenschicht und es regnete nicht – für Iren also fast schon nicht zum Aushalten gutes Wetter. Hester nahm Kevin an der Ecke Abbey Street die Tasche mit der Spezialausrüstung ab.

»Besuchen Sie noch einmal Mrs Harkin. Laut Dr. Hurley müssten wir gute Chancen haben, die Witwe um diese Zeit zu Hause vorzufinden. Sollten Sie wieder vor verschlossener Tür stehen, ist es auch nicht so schlimm. Wir treffen uns dann in Mick Doyle's Pub gegenüber der Abbey und gehen gemeinsam rüber in ihr Lieblingslokal. Da wird sie ja auf jeden Fall aufkreuzen.«

»Warum verabreden wir uns nicht gleich bei Mick Ryan?«

»Das *M Doyle's* ist ein ziemlich spezieller Pub, sozusagen die erste Adresse, wenn man wissen will, was in Graig los ist. Ich möchte mich zuerst dort ein bisschen umhören. Lassen Sie sich überraschen. Wir sehen uns dann später.«

Kevin nickte und bahnte sich den Weg durch die Menge.

Hester kämpfte sich weiter zum Eingang der Kirche durch. Jetzt standen schon drei Übertragungswagen von Fernsehsendern in der schmalen Straße. Unzählige Berichterstatter anderer Stationen hatten sich vor der Abbey aufgebaut, blickten mit wichtigen Mienen in Kameraobjektive und sprachen in Mikrofone mit lustigen Fellüberzügen.

Der Zutritt zum Schauplatz des Wunders war den Gläubigen und Neugierigen verwehrt. Ein Zettel an der Pforte lieferte weitere Informationen: Wegen des großen Andrangs und aufgrund polizeilicher Ermittlungen sei noch ungewiss, wie die weitere heilige Woche in würdiger Form gefeiert werden könne. Zu gegebener Zeit werde man mitteilen, ob die für neun Uhr abends geplante Messe zur Ostervigil stattfinde. Hierfür dürfe durchaus gebetet werden. Die Pfarrei übe sich in Zuversicht. Der Aushang endete mit den Worten: »Vertrauen Sie auf Gott. Pater Joseph O'Bannon.«

In Anbetracht der Menschenmenge, die Hester im Rücken hatte, wollte er lieber nicht den ihm anvertrauten Zweitschlüssel benutzen und die Kirche durch den Haupteingang betreten. Dies hätte Neid hervorrufen können, und ohne die Respekt einflößende Soutane fürchtete er, man könne versuchen, ihn zu steinigen. Er beschloss, wie schon beim letzten Mal den weniger auffälligen Weg über die Sakristei zu benutzen.

Zwischen singenden und betenden Menschen hindurch nahm er Kurs auf den Friedhof. Auch hier war für das Pilgervolk an der Pforte Endstation. Ein Zettel in einer Plastikhülle teilte mit, dass aus Rücksicht auf die Ruhe der Toten und um die laufenden Untersuchungen nicht zu behindern, das Areal der Abbey vorerst nicht betreten werden könne.

Hester hörte neben sich ein Mütterchen jammern. Nein, es weinte bitterlich. Die Frau am Tor war alt, ziemlich alt sogar. Sie presste ihr Gesicht wie eine sich nach Freiheit sehnende, unschuldig Gefangene gegen die eisernen Gitterstäbe, welche sie mit ihren knotigen Händen umklammerte; in der Rechten hielt sie außerdem einen Krückstock. Weil sich noch ein paar

Hundert andere Leute um sie herum drängten, hatte Hester ihr zuvor keine Beachtung geschenkt. Irgendwie kam sie ihm bekannt vor.

»Mrs Harkin?«

Sie sah ihn an. Die Gitter hatten in ihrem Gesicht senkrechte Druckstellen hinterlassen, wodurch es in drei Zonen aufgeteilt wurde. Die mittlere sah ein wenig zänkisch aus. »Kennen wir uns?«, fragte sie brüsk.

Ihm ging durch den Sinn, was sein Vater über die Witwe gesagt hatte. Das junge Ding sei eifersüchtig gewesen, weil er sein Herz an Mary verschenkt habe. Wie immer Molly früher ausgesehen hatte, jetzt war sie dürr, klein und verhutzelt, ihr Gesicht welk, die rot geschminkten Lippen erinnerten an überreife Tomaten, die ihre Schnittfestigkeit verloren hatten, und die gekräuselten, seltsam bläulich grauen Haare an Hightech-Stahlwolle aus der Raumfahrt. Sie trug einen schwarzen Rock, eine schwarze Bluse und eine schwarze Strickjacke – das passende Outfit für einen Friedhofsbesuch.

»Bischof Begg schickt mich«, antwortete Hester mit einem freundlichen Lächeln und mogelte sich um die förmliche Vorstellung herum.

»Zu *mir*?«

»Nein, nicht direkt. Ich bin hier, um das Wunder von Graiguenamanagh zu untersuchen. Die Diözese möchte herausfinden, ob sich uns Gott an diesem Ort offenbart oder jemand nur einen Schabernack getrieben hat. Sind Sie hier, um das Grab Ihres Mannes zu besuchen, Mrs Harkin?«

Sie nickte und die Verzweiflung kehrte in ihr Gesicht zurück. »Ja. Den ganzen Vormittag rüttle ich schon an dem Tor, aber niemand lässt mich rein.«

Hester zog die Zweitschlüssel aus der Tasche und öffnete die Pforte. »Kommen Sie. Schnell! Damit uns niemand folgt.«

– 159 –

Ehe jemand in der Menge reagieren konnte, war das Tor hinter den beiden wieder verschlossen. Hester bat die Witwe, das Grab ihres Mannes sehen zu dürfen. Auf diese Weise konnten sie den neidischen Blicken der Schaulustigen entkommen, und Molly würde ob seiner Anteilnahme vielleicht zugänglicher werden.

Ihm fiel auf, dass sie beim Betreten des Totenackers irgendwie verängstigt wirkte. Sie hatte den Kopf eingezogen und sah sich nach allen Seiten um, so als fürchte sie einen Hinterhalt aus dem Jenseits. Während die beiden Seite an Seite über den grasbewachsenen Kirchhof gingen, hatte Hester Mühe, sich dem langsamen Tempo der alten Dame anzupassen. Trotz ihres Krückstocks schaukelte sie beim Laufen wie eine alte Fregatte auf hoher See. Als sie zwischen zwei Hochkreuzen hindurchnavigierte, fragte sie unvermittelt: »Sie sind der Sohn vom alten Seamus, habe ich recht?«

Hester sah sie überrascht an.

Sie kicherte. »Ist ein großes Familiengeheimnis, ich weiß. Sollte niemand wissen, wer Mary McAteer geschwängert hat. Mir konnte sie nichts vormachen. Als Sie noch ein Knirps waren, Monsignore, fand ich Sie sogar ganz niedlich. Hätte immer selbst gerne so ein süßes Balg gehabt.« Sie deutete auf seinen Priesterkragen. »Das Halseisen da und Ihr Gesicht haben Sie verraten. Abgesehen von Bischof Thomas Keogh gibt es kaum einen Burschen aus Graig, der es in der Kurie so weit gebracht hat wie Sie.« Molly richtete den Blick steil nach oben und wackelte mit dem Kopf hin und her. »*Monsignore McAteer.* Das läuft einem über die Zunge wie feinstes Olivenöl! Schon erstaunlich – bei dem Schwerenöter von Vater.«

»Darf ich Sie etwas fragen, Mrs Harkin?«

Sie blickte ihn wieder an und kniff ein Auge zu. »Kommt drauf an, was.«

»Waren Sie und Seamus früher … befreundet?«

Sie blieb abrupt stehen, wandte sich ihm in einer energischen Drehung zu und fuchtelte mit dem Stock wie mit einem Enterhaken vor seinem Gesicht herum. »Wollen Sie etwa andeuten, ich sei meinem Abe untreu gewesen? Schämen Sie sich …«

»Nein«, fiel er ihr beschwichtigend ins Wort. So empörte Ablehnung konnte nur Zustimmung bedeuten, war ihre Reaktion doch typisch für jemanden, der sich ertappt fühlte. Sie musste wohl zumindest für Seamus geschwärmt haben. Also, dachte Hester, hat Vater doch recht. Um das Gespräch wieder in ruhigeres Fahrwasser zu lenken, erkundigte er sich nach der Art des Ablebens ihres Gemahls. Normalerweise liebten Witwen dieses Thema.

»Ihm ist ein Schaf in den Schoß gefallen«, antwortete Molly knapp.

Dr. Hurley hatte als Todesursache einen Verkehrsunfall genannt. Hester überlegte, ob Mollys Antwort eine Parabel auf ein zügelloses Ableben war. Möglicherweise hatte der betuchte Wollwarenhändler und langjährige Gemeinderatsvorsitzende Abraham Harkin ja in Ausübung ehebrecherischer Körperertüchtigung einen Herzanfall erlitten. Die Witwe bemerkte wohl selbst gerade den doppelbödigen Charakter ihrer Äußerung und schwenkte wieder ihren Krückstock.

»Abe war mit dem Auto unterwegs nach Cork. Wichtiger Geschäftstermin. Ist viel zu schnell gefahren. Das Tier sah ihn zu spät kommen. Es sauste durch die Windschutzscheibe und hat ihn mit in den Tod gerissen.«

»Das tut mir leid«, sagte Hester, mehr aus verhörtechnischen Erwägungen. Aus dem Munde von Molly klang es so, als habe das Schaf Suizid begangen und als Kollateralschaden einen unfehlbaren Geschäftmann aus dem Leben katapultiert.

– 161 –

»Jetzt liegt er da«, seufzte die Alte und deutete mit dem Stock auf ein frisches, mit einem Blumenstrauß geschmücktes Grab.

Hester stutzte. Auf der lockeren Erdschicht stand ein Holzkreuz mit einem ihm fremden Namen. »Lizzie Walsh?«

Molly fing wieder an zu weinen. »Die Tochter eines Wohltäters der Gemeinde. Dabei hat auch Abe Unsummen für die Restaurierung der Abbey gespendet. Ist 1979 gestorben, bevor hier alles fertig war. Heute ist das Erbe aufgebraucht und ich bin zu arm, um die Grabstelle weiter zu bezahlen. Deshalb muss er sich nun den Platz mit der kleinen Lizzie teilen – auf dem Friedhof sollen keine neuen Gräber mehr angelegt werden. Na ja, er mochte Kinder immer sehr, obwohl wir selbst nie welche hatten.« Sie schluchzte. »Jetzt liegt die kleine Lizzie in Abrahams Schoß. Ist das nicht komisch?«

Hester fand es eher tragisch. »Und Sie besuchen ihn trotzdem noch jeden Tag?«

Sie stieß einen gicksenden Laut aus, der wohl ein Lachen sein sollte. »Sie haben natürlich recht. Lizzie leistet ihm ja jetzt Gesellschaft. Aber was ist mit mir? Dreißig Jahre komme ich nun schon hierher. Ich brauche einfach einen Ort, an dem ich mit ihm reden kann.«

Er nickte verständnisvoll. Sein Blick wanderte zwischen Hochkreuzen und Grabsteinen hindurch zum südöstlichsten Winkel des Kirchhofs. Er konnte die Stelle sehen, an der seine Mutter lag – seit Ewigkeiten hatte er sie nicht mehr besucht. Nicht mehr mit ihr gesprochen. Ob sie inzwischen auch einen Mitbewohner bekommen hatte? Er räusperte sich und sah wieder die Witwe an.

»Mrs Harkin, sagen Ihnen die Namen Brian Daly oder Raghnall Judge irgendetwas?«

»Und ob! Judge war dieser Herumtreiber, der den Kirchenstock ausgeraubt hat. Trieb sich schon vorher eine ganze Weile hier herum.«

»Auf dem Friedhof?«

»Ja. Und in der Abbey natürlich. Und in Graig ist er auch ein paar Tage lang rumgeschlichen. Hab ihn immer gesehen, wenn ich Abe besuchen ging.«

»Können Sie sich vorstellen, was er hier wollte?«

»Klauen wollte er. Hat alles ausbaldowert, der Halunke.«

Mehrere Tage Vorbereitung, um einen Spendenkasten zu plündern? Hester befriedigte diese Erklärung nicht. Doch Mollys verbissener Ton ließ ihn das Thema vorerst abhaken. Sie war keine Frau, die ihre Meinung zur Diskussion stellte. Ihre Weltsicht ruhte auf marmornen Sockeln. »Was wissen Sie über Brian Daly?«

»Den Pressefritzen?«

»Ja.«

»Brian ist ein geiler Bock gewesen. Hat in Graig ein halbes Dutzend Frauen geschwängert.«

»Wie war es in den letzten Tagen? Haben Sie ihn da auch gesehen?«

»Und ob! Der Windhund hat hier überall rumgeschnüffelt.«

»Mir wurde gesagt, er habe für einen Bericht über den Moses von Graig recherchiert. Können Sie das bestätigen?«

»Er hat seine Nase in anderer Leute Angelegenheiten gesteckt – das kann ich bestätigen. Sogar über mich hat er sich bei den Nachbarn erkundigt.«

»Über Sie? Irgendeine Idee, wieso?«

»Was weiß ich! Wahrscheinlich, weil ich neunzig bin. Hat sich wohl gedacht, die Alte muss Seamus kennen.«

»Und? Hat er Sie nach ihm ausgefragt?«

Molly wich Hesters Blick aus, bückte sich umständlich nach

der Glasvase auf Lizzies Grab und zupfte an den Blumen herum.

»Wofür genau hat er sich denn interessiert?«, bohrte Hester weiter nach.

»Wer sagt denn überhaupt, dass ich mit ihm gesprochen …?«

»Mrs Harkin! *Bitte!*«

»Ob ich was über die Wunder wüsste, hat er gefragt.«

»Sie meinen, die Geistheilungen, die mein Vater vorgenommen haben soll?«

»Was heißt hier soll? Er *hat*.«

»Sie glauben daran?«

»Ich verstehe auch nicht, warum sich der Herr ausgerechnet so einen Schwerenöter ausgesucht hat. Aber Saulus war auch kein Chorknabe und wurde trotzdem zum Paulus. Die Wege des Herrn sind eben unergründlich.«

»Und was wollte Daly noch so wissen?«

Molly richtete sich mithilfe ihres Stocks zu ihrer ganzen Winzigkeit auf und schnarrte: »Wie lange soll dieses Verhör eigentlich noch gehen, Monsignore McAteer?«

»Verzeihen Sie, wenn ich diesen Eindruck erweckt habe, Mrs Harkin, aber ich wollte mich nur ein wenig mit Ihnen unterhalten.« Am liebsten hätte Hester die Befragung an dieser Stelle aus Rücksicht auf die Befindlichkeiten der alten Dame beendet, doch den wichtigsten Punkt hatte er vor lauter Taktieren noch gar nicht angesprochen. »Ist es eigentlich wahr, dass Sie vorgestern Nachmittag auch bei Abe und Lizzie waren? Als das Wunder geschah?«

Sie schien einen Moment mit ihrem Trotz zu ringen, ehe sie schnaubte: »Ja, das stimmt.«

»Hat man davon hier draußen auch irgendetwas mitbekommen?«

Sie lachte trocken. »*Irgendetwas?* Sie hätten dabei sein sollen! Da war plötzlich so ein Rauschen, als würde eine himmlische Brise durch den Kirchhof brausen. Über dem Dach der Abbey loderte eine Feuerzunge – der Heilige Geist, nehme ich an. Und dann sah ich die Engel ...«

»Bitte?«

»Die Engel habe ich erblickt.«

»Tatsächlich!«

Molly holte tief Luft, als wolle sie jeden Moment explodieren. »Sie glauben mir wohl nicht.«

»Doch, doch. Wie sahen die Engel denn aus?«

Sie zuckte die Achseln. »Braune Kutte, Kordel um den Bauch, groß und kräftig gebaut. Einen Moment hat er mich angesehen. Dann wandte er sich ab und lief davon.«

»Er? Dann war es also nur einer?«

»Das ist doch Haarspalterei.«

»Also, für mich klingt das eher nach einem Mönch. Braunes Habit, Zingulum – ein Franziskaner, würde ich sagen.«

»Nein«, beharrte die Alte. »Mein schwaches altes Herz ist fast stehen geblieben, als ich seiner ansichtig wurde. Es war ein Engel.«

»Wie können Sie da so sicher sein, Mrs Harkin?«

Sie rückte ein Stück näher an Hester heran, reckte sich zu ihm hoch und raunte geheimnisvoll: »Ich habe ihm in die *Augen* gesehen. Sie waren unheimlich. Ganz blass. Irgendwie nicht menschlich. Außerdem steht es doch schon in der Bibel. Als der Heiland vor seinen Jüngern emporgehoben wurde und eine Wolke ihn verhüllte, standen plötzlich zwei Männer in weißen Gewändern bei ihnen. Es waren Engel und sie sagten: ›Was steht ihr da dumm herum und schaut zum Himmel empor? Dieser Jesus, der von euch ging und in den Himmel aufgenommen wurde, wird ebenso wiederkommen, wie ihr ihn habt zum Himmel hingehen sehen.‹ Da haben Sie's. Er ist mit einer Engeleskorte aufgefahren und kommt mit einer solchen auch zurück.«

»Aber Sie hatten nur *eine* Gestalt gesehen und die trug noch dazu, wie Sie sagten, eine braune Kutte«, wies Hester freundlich auf die Widersprüche in ihrer Argumentationskette hin. »Meinen Sie nicht, es könnte vielleicht doch ein Franziskaner …?«

»Nein, es war ein Engel«, fuhr sie ihm in die Parade. »Sie als Priester müssten das doch viel besser wissen als ich. Das zweite Kommen Christi kündigt den Jüngsten Tag an, wenn er die Schafe von den Böcken trennt. Der Herr hat gesagt, Letztere würden ›weggehen und die ewige Strafe erhalten, die Gerechten aber das ewige Leben‹. Die braune Farbe des Gewands steht für die Erde des Grabes. Er kommt, um uns alle zu holen. Auch mich. Der Mann im Kirchhof war ein Racheengel.«

In der Duiske Abbey herrschte Stille. Nur ganz dumpf konnte man den Trubel vor ihren Mauern erahnen. Während Hester um das Podest mit dem Hochaltar herumlief, ging ihm das Gespräch mit Molly Harkin durch den Kopf. Zumindest glaubte er nun zu wissen, warum sie beim Betreten des Friedhofs so einen nervösen Eindruck gemacht hatte. Sie fürchtete offenbar, der Racheengel könne ihr irgendwo auflauern. Welcher Sünde sie sich schuldig fühlte, die einen solchen Einsatz der himmlischen Exekutive rechtfertigte, hatte sie allerdings nicht erwähnt.

Vor dem Blutfleck blieb Hester stehen. Er sah aus wie das Abbild eines unbekannten Kontinents. Eine Terra incognita des Mystizismus. Mit Teppichschaum schien man dem rotbraunen Gekleckse jedenfalls nicht zu Leibe gerückt zu sein. Inzwischen hatte die Polizei alle Spuren gesichert, die Bischof

Begg ihr zugestand, und vermutlich waren schon tausend Leute über die Stelle hinweggetrampelt, die den Punkt der vermeintlichen Wiederkehr Christi markierte. Ob sich jetzt, bald achtundvierzig Stunden nach dem Vorfall, noch Beweise für einen Betrug finden ließen, war mehr als fraglich. Und trotzdem, wenn die Zeugen ihre Eindrücke wahrheitsgemäß geschildert hatten, dann müsste die Scharlatanerie mit einem erheblichen Aufwand inszeniert worden sein.

So etwas hinterließ immer Spuren.

Hester konzentrierte sich zunächst auf das Naheliegende. Er holte aus seiner Nylontasche ein Skalpell, eine Pinzette und ein Plastiktütchen, löste einige Fasern aus dem blutverklebten Nadelfilz, stopfte sie in den Kunststoffbehälter und beschriftete diesen mit einem schwarzen Filzstift. Kevin konnte die Proben später ins Labor schicken.

Während Hester die Utensilien wieder wegsteckte, musste er unwillkürlich an den Fleck denken, den Martin Luther auf der Wartburg hinterlassen hatte, als er sein Tintenfass auf den Teufel schleuderte und eine Wand traf. Inzwischen war der Klecks nicht mehr zu sehen, doch lange hatte man ihn regelmäßig nachgepinselt. Die Sehnsucht des Menschen nach dem Übernatürlichen trieb eben manchmal seltsame Blüten.

Ob es hier bald genauso sein würde? Ob man eine Absperrung um den Fleck errichten, ihn mit einer schusssicheren Panzerglasscheibe abdecken oder ihn gar heraustrennen und irgendwo anders aufbewahren würde, um ihn alle Jubeljahre einmal dem frommen Volk zu präsentieren? Dergleichen gehörte zur gängigen Praxis bei Klasse-A-Reliquien. Als notorischer Wunderskeptiker machten solche Aussichten Hester wütend. Er würde alles daransetzen, den Betrug zu entlarven.

»Ihr seid auch nur Menschen«, knurrte er und war wieder ganz der gefürchtete Bullterrier.

Bedächtig ließ er den Blick durch das Gotteshaus schweifen. Die Duiske Abbey war in zisterziensischer Tradition restauriert worden, also schlicht, ganz ohne barocken Prunk; viele protestantische Kirchen hatten weitaus mehr Pracht zu bieten. Er blickte zur Decke empor. Im offenen Dachstuhl gab es weder strahlenden Stuck noch schillerndes Gold, sondern nur braune Eiche und Ulme. Irgendwo von dort oben musste Jeschua vor zwei Tagen eingeschwebt sein. Nur wie? Möglicherweise war ja auch das gleißende Licht irgendeine Projektion von dort oben gewesen. Aber mit dem unbewaffneten Auge ließ sich absolut nichts erkennen, das auf entsprechende Installationen hindeutete.

Er kramte in seiner Tasche und holte eine Schwarzlichtlampe hervor, nicht so eine antiquierte Discobirne, wie sie junge Leute manchmal benutzten, um ihre weißen T-Shirts im Dunkeln zum Leuchten zu bringen, sondern einen supermodernen, weitreichenden Multi-Emitter aus Ultraviolett-Leuchtdioden mit fokussierbarer Linse und Abdeckung aus synthetischem hochreinen Quarzglas. Damit konnte er die UV-Strahlung sowohl gebündelt auf einen bestimmten Punkt richten, als auch über eine größere Fläche verteilen. Unter dem störenden Einfluss des Tageslichts war das Ding leider nur bedingt einsetzbar, aber wenigstens stichprobenhaft wollte Hester es einsetzen.

Für das menschliche Auge ist »Ultraviolett«, wie die kurzwellige elektromagnetische Strahlung auch genannt wird, unsichtbar. Hester unternahm daher einen Funktionstest am Blutfleck auf dem Teppich, der unter dem Spot sofort zu leuchten begann. Die Polizei benutzte diese Methode genau zu diesem Zweck, denn das UV-Licht konnte kleinste Spuren menschlichen Blutes sichtbar machen.

Danach richtete Hester die Lampe auf den Hochaltar. Er

schaltete sie rhythmisch an und aus, damit der im Hellen kaum wahrnehmbare Unterschied zwischen dem normalen und dem bestrahlten Zustand blinkend hervortrat. Und tatsächlich! Auch vor dem Opfertisch entdeckte er einzelne, teilweise nur stecknadelkopfgroße Flecken. Er nahm ein paar weitere Proben. Vermutlich stammten die Spritzer von dem angeblichen Leib Christi, den von Vater Joseph in der Hostienschale gefundenen blutigen Fleischklumpen.

Im Altarbereich konnte er keine weiteren Auffälligkeiten finden und machte sich daher an die Erkundung der Seitenschiffe. Das südliche beherbergte die Orgel, ein wenig spektakuläres Instrument, das auf einem Podest in einem graublauen Holzgehäuse nistete und mit nur sechsunddreißig sichtbaren Pfeifen an Schlichtheit kaum zu überbieten war – ganz zisterziensisch eben. Rechts davon ging eine Tür ab. Sie war unverschlossen und führte ins Baptisterium.

Er stieg in den kleinen Raum hinab, musterte den Ritter auf dem Sarkophag, das Taufbecken, das Prozessionsportal sowie eine weitere Tür links daneben, augenscheinlich nur ein behelfsmäßiger Ausgang. Er schob die zwei Riegel zurück, um einen Blick hinter das Provisorium zu werfen, stieß aber nur auf eine Mauer aus Betonblöcken – vermutlich hatte man hier eine Erweiterung geplant, sie aber aus irgendeinem Grund noch nicht verwirklicht. Hester schloss die Tür, kehrte über die roten Treppenstufen ins Seitenschiff zurück und setzte seinen Rundgang fort.

Je länger die Inspektion dauerte, desto mehr drängte sich ihm der Eindruck auf, die Kirche sei zu sauber. Als habe jemand gründlich geputzt, um alle verräterischen Spuren zu verwischen.

Zuletzt lief Hester in den Chor. Die drei Ostfenster hier waren bunt. Darunter befand sich ein steinerner Tisch mit dem Tabernakel darauf, ein kleiner marmorner Schrein mit goldenen Türchen, hinter denen konsekrierte Hostien aufbewahrt wurden, um den Leib Christi für die Krankenkommunion schnell zur Hand zu haben. Zwischen den Seitenfenstern ragten aus der Mauer schmale Halbstreben hervor, die in dreieinhalb oder vier Metern Höhe glatt abgetrennt waren. Man konnte an diesen Stellen gerade noch die Ansätze steinerner Bögen sehen, die früher vermutlich das Dachgewölbe gestützt hatten. Als Hester seine gebündelten UV-Strahlen blinkend an dem Mauerwerk emporwandern ließ, leuchtete am Rand einer der beschnittenen Stümpfe etwas schwach auf. Seine Augen wurden schmal.

»Was haben wir denn da?«

Ohne das Schwarzlicht waren die Verfärbungen nur als winzige helle Flecken auszumachen, die sich kaum vom rauen Stein der Streben abhoben. Blutspritzer in dieser Höhe ließen sich wohl ausschließen. Hester wusste, dass es auch verschiedene Mineralien gab, die unter UV-Bestrahlung jenes sichtbare, kalte Licht aussandten, das man als Lumineszenz bezeichnete.

»Gips!«, murmelte er und suchte nun gezielt den ganzen Bereich rund um den Altar ab.

Innerhalb kurzer Zeit fand er weitere Stellen, die verräterisch im Schwarzlicht leuchteten. Hier und da fielen ihm auch verdächtige Kratzspuren auf. Hatte dort oben jemand eilig Bohrlöcher gestopft? Wenn dem so war, welchem Zweck mochten sie wohl gedient haben? Waren in der Kirche womöglich dünne, dunkle Haltedrähte oder andere Vorrichtungen befestigt gewesen? Mit der tiefbraunen Decke im Hintergrund wären sie ein paar alten und nicht mehr ganz scharfsichtigen Männern wie Joseph O'Bannon und Seamus Whelan vermutlich nicht aufgefallen.

Eine gewagte Theorie, musste sich Hester eingestehen, denn die Installation hätte nach dem Wunder in Windeseile abgebaut werden müssen, um von den Rettungskräften und der Polizei nicht bemerkt zu werden. Die zugegipsten Löcher konnten auch andere, völlig unverfängliche Ursachen haben. Er beschloss, Pater O'Bannon danach zu fragen.

Hester ging in Richtung Sakristei zurück, deren Eingang im Chor, gleich links hinter der Vierung mit dem Altar lag. Als er die Hand nach der Türklinke ausstreckte, fiel sein Blick noch einmal auf das Tabernakel. Er blieb stehen. Die Szene während der Messe des vergangenen Tages trudelte wie ein abstürzender Drache durch seinen Geist. Nach katholischer Lehre wird die Hostie durch die Wandlung zum Leib Christi. Und das Wunder, so rekapitulierte er weiter, hatte sich – zumindest dem Anschein nach – tatsächlich vor den Augen der versammelten Gemeinde vollzogen.

Anstatt die Sakristei zu betreten, steuerte Hester auf das Tabernakel zu. Er lief unter dem ewigen Licht hindurch, das hier als silberner Leuchter von der Decke hing, rechnete jedoch nicht wirklich damit, das kleine Tor ohne Schlüssel öffnen zu können. Doch seine Sorge war unbegründet. Die beiden Türflügel schwangen lautlos auf.

In dem steinernen Schränkchen stand das Ziborium, der mit einem Deckel verschlossene goldene Speisekelch. Hester nahm ihn heraus und zögerte. Warum war das Tabernakel nicht zugesperrt? Er hob den Deckel an.

Und schloss die Augen.

Seine Hände begannen zu zittern. Er merkte, wie der Zorn in ihm emporkochte, zugleich aber auch … *Zweifel*? Hester wurde noch wütender. Um das Gefäß nicht fallen zu lassen, stellte er es auf den steinernen Tisch, der auch das Tabernakel trug. Giftig funkelte er den Kelch an.

»Das ist nicht der Leib Christi«, knurrte er.

Aber die blutigen Fleischklumpen im Ziborium sahen trotzdem so aus, als wären sie es.

Der Pfarrer von Graiguenamanagh wohnte in der Abbey Street, direkt gegenüber der Hauptpforte seiner Kirche. O'Bannons persönliche Räumlichkeiten erstreckten sich über zwei alte Reihenhäuser. Hester hatte nie danach gefragt, wie alt sie waren, aber zweihundert Jahre mochten es durchaus sein. Die zur Straße hin ausgerichteten Giebelseiten aus grauem Naturstein verliehen den Gebäuden ein wehrhaftes Aussehen. Dieser Eindruck wurde allerdings durch die hellen Sandsteineinfassungen der rot lackierten Tür und der Fenster etwas abgemildert. Sie wirkten wie kleine Schmuckstücke auf der sonst eher grobschlächtigen Fassade. Die Lichtöffnungen waren oben rund, jede so schmal wie ein Handtuch und jeweils im Dreierpack angeordnet; ein Triplett zierte das Erdgeschoss und eines unter dem Dachfirst den ersten Stock.

Auf der Straße davor drängten sich nach wie vor die Leute, die auf ein neues Wunder warteten oder einfach in die Aura jenes Ortes eintauchen wollten, den der Heiland für seine Wiederkehr ausgesucht hatte. Bis zur Haustür von Pater O'Bannon vorzudringen war nicht ganz leicht.

Energisch drückte Hester den Klingelknopf. Er war immer noch wütend, weil da irgendjemand sein Spiel mit ihm trieb. Weil dieser Unbekannte ihn sogar für einen kurzen Augenblick hatte denken lassen, das Wunder der Wandlung könne tatsächlich geschehen sein. Es war höchstens eine *An*wandlung gewesen, eine gleich wieder trotzig aus dem Sinn gefegte Sentimentalität.

Noch im Loslassen dieser rührseligen Laune hatte Hester zwei identische Proben genommen, eine für die Polizei, die andere für eigene Untersuchungen. Superintendent Managhan wusste inzwischen ebenfalls über den Fund aus dem Tabernakel Bescheid und schickte gerade einen Beamten nach Graiguenamanagh, um das blutige Beweisstück zur Laboranalyse abzuholen.

Allmählich arbeitete Hesters Verstand wieder auf normaler Betriebstemperatur. Während er mürrisch die rote Tür anstarrte, legte er sich im Kopf den Plan für die nächsten Stunden zurecht. Nach Vater Joseph stand ein Treffen mit Kevin auf der Tagesordnung. Er würde mit seinem Assistenten die weitere Vorgehensweise abstimmen, ihn die neuen Beweismittel per Express ins Labor nach Deutschland schicken lassen und sich mit ihm für acht Uhr bei Mick Doyle's verabreden – die Witwe Harkin mussten sie ja nun nicht mehr bei ihrem abendlichen Guinness-Brandy-Ritual stören.

Im Pfarrhaus blieb alles still. Auch auf mehrmaliges Klopfen öffnete niemand. Hester holte sein Handy hervor und wählte die Nummer des Pfarrers. Ebenfalls ohne Erfolg.

Er wechselte zum Nachbarhaus und schellte dort. Schwester Carla von den Barmherzigen Schwestern öffnete sofort. O'Bannon hatte sie Hester am vergangenen Nachmittag in der Sakristei kurz als die gute Seele der Pfarrei vorgestellt. Sie führte ihm den Haushalt, obwohl sie selbst schon Ende sechzig war. Ihr Blick wischte ungnädig über den Menschenauflauf hinweg, ehe sie Hester ein sparsam dosiertes Lächeln schenkte.

»Monsignore McAteer, wollen Sie mir Ihre Aufwartung machen?« Carla war eine sehr energische Person und hatte einen spröden Humor.

»Eigentlich suche ich nur Pater O'Bannon. Haben Sie eine Ahnung, wo ich ihn finden kann?«

»Absolut.«

»Und wo ist er?«

»Das weiß ich nicht.«

»Sagten Sie nicht eben …«

»… dass ich eine *Ahnung* habe, ja. Er könnte nach Carlow gefahren sein, zum Bischof. Oder ins Krankenhaus nach Kilkenny. Er sagte mir nur, er müsse dringend etwas erledigen und werde pünktlich zur Vigil wieder zurück sein.«

»Wird denn die Messe wie geplant stattfinden?«

»Das wollte er mir noch telefonisch mitteilen, damit ich den Anschlag am Portal ändern kann.«

»Hm«, machte Hester. Es kam ihm seltsam vor, dass O'Bannon in der Weltgeschichte herumfuhr, während vor seiner Kirche der sakrale Notstand herrschte.

»Vielleicht versuchen Sie es einfach später noch einmal«, schlug Schwester Carla in der ihr eigenen ökonomischen Freundlichkeit vor.

Er nickte, bedankte sich und wendete sich schon zum Gehen, doch dann drehte er sich noch einmal um. »Da wäre noch etwas, Schwester Carla. Ich hörte, dass Pater O'Bannon in letzter Zeit öfter in Gesellschaft eines Mönchs gesehen wurde. Ein Franziskaner, nehme ich an. Wissen Sie zufällig, um wen es sich dabei handelt?«

»Nein.«

»Schade.«

»*Zufällig* weiß ich es nicht. Aber Pater O'Bannon hat es mir gesagt.«

Hester unterdrückte ein Stöhnen. »Und?«

»Er heißt Ramo Zuko.«

»Klingt aber nicht sehr irisch.«

»Ist es auch nicht. Der Bruder kommt vom Kontinent.«

»Von wo dort?«

»Das weiß ich nicht.«

»Wie lange ist er schon hier?«

»Ich bin ihm vor ungefähr zwei Wochen zufällig in der Sakristei begegnet, als ich den Silberkelch von Lady Anna Butler für eine besondere Taufe aus dem Tresor nehmen wollte. Pater O'Bannon stellte ihn mir vor.«

Hester formulierte seine nächste Frage im Kopf mehrmals um, ehe er sie für wasserdicht genug hielt, um sie Schwester Carla stellen zu können. »Können Sie mir sagen, aus welchem Grund oder mit welcher Mission ein kontinentaler Franziskaner für mindestens zwei Wochen nach Graig kommt?«

»Ja.«

»Fein. Und wie lautet er?«

Schwester Carlas Mundwinkel zuckten leicht auseinander. »Ich mische mich nicht in die Angelegenheiten unseres Gemeindepfarrers ein. Das soll Ihnen Pater O'Bannon am besten selbst erzählen.«

Ob sie das absichtlich tat? Oder ob sie nur, wie scheinbar jeder in diesem Ort, einen Spleen hatte? Hester war die Lust vergangen, sich weiter wie ein Ministrant behandeln zu lassen. Er griff in die rechte Außentasche seines Sakkos, zog den für Managhan vorbereiteten Plastikbeutel heraus, in dem sich ein Scheibchen rohes, blutiges Fleisch befand, nahm Schwester Carlas Hand und drückte das Beweisstück hinein.

Sie starrte ihn entsetzt an. »Was soll ich damit?«

»Im Laufe der nächsten Stunde kommt jemand von der Polizei vorbei, um das abzuholen.«

Schwester Carla hob den Beutel mit spitzen Fingern hoch. »Ist das von einem Tier oder …?«

Er lächelte. »Von einem Menschen, nehme ich an. Aber keine Sorge, Schwester. Er dürfte noch leben. Was Sie da in Händen halten, ist vermutlich der Leib Christi.«

Die irischen Pubs waren eigentlich keine Kneipen, sondern als Ganzes betrachtet eine gesellschaftliche Institution. Zwar wurde dort gelegentlich auch einer über den Durst getrunken, aber die hier gepflegte Kommunikationskultur genoss bei den Besuchern einen weitaus höheren Stellenwert. Die Zeiten, da sich Damenkundschaft oder Priester in abgesonderten, winzigen Kammern – den *snugs* – versteckten, war längst vorbei. Mittlerweile fanden sich in den frühen Abendstunden im Pub oft ganze Familien ein – Mutter, Vater, Kind –, die miteinander aßen und plauschten. Zu späterer Stunde schwatzten dann hauptsächlich die Erwachsenen. Da das Bier im Supermarkt nur unwesentlich billiger war, trank man lieber in Gesellschaft.

Die dreizehn Pubs von Graiguenamanagh spiegelten derzeit im Kleinen wider, was sich im Großen auf den Straßen des Städtchens abspielte. Es herrschte der Belagerungszustand. Überall war es brechend voll. Neuerdings drückten sich hauptsächlich Pilger darin herum, die vom Warten auf das nächste Wunder eine Auszeit brauchten.

Das *M Doyle's* hingegen wurde fast nur von Einheimischen besucht. Das lag an der raffinierten Tarnung des Pubs, die schon mit dem Anfangsbuchstaben M im Namen begann, welcher für das Wort Mysterium hätte stehen können, tatsächlich aber nur die Abkürzung für Mick war. Die Verschleierungstaktik setzte sich im Schaufenster fort. Dort wurden Tierfutter, Anglerzubehör und Eisenwaren feilgeboten. An der Theke im Laden bekam man überdies Schrotmunition, Gummistiefel und Stacheldraht. Wer konnte schon ahnen, dass hier abends auch Alkoholisches ausgeschenkt wurde?

Hester wusste es. Tags zuvor hatte Pater O'Bannon seine frühesten Erinnerungen an diesen »verbotenen Ort« wieder aufleben lassen. Mary McAteer war nämlich nie dort eingekehrt, und sie hatte ihrem Sohn eingeschärft, stets einen weiten Bogen um die Pubs von Graig zu machen. Warum hätte die alleinerziehende Mutter auch die Gesellschaft von Menschen suchen sollen, die sie verachteten und sich die Mäuler über sie zerrissen, weil sie ein uneheliches Kind aufzog?

Seitdem war vieles anders geworden. Fiona, obwohl in ähnlicher Lage wie dereinst Mary, wurde im Ort geschätzt. Sie hatte Hester, als die beiden sich am späten Nachmittag in ihrem Haus begegnet waren, sogar in seinem Vorsatz bestärkt, sich in besagtem Pub umzuhören und meinte, *M Doyle's* sei in Graig der wichtigste Umschlagplatz für lokale Informationen.

Inzwischen kämpfte sich Hester ein weiteres Mal zum Pfarrhaus durch, um Vater Joseph möglichst noch vor der abendlichen Lagebesprechung mit Kevin nach den vergipsten Bohrlöchern und Kratzspuren in der Kirche zu befragen. Die rote Tür O'Bannons blieb jedoch auch dieses Mal verschlossen. Er sei immer noch in dringenden Angelegenheiten unterwegs, fertigte Schwester Carla den hartnäckigen Besucher aus Rom ab, versprach allerdings, der Pater werde zur Oster-Vigil zurück sein.

Kurz nach acht traf Hester im mittlerweile auf Alkoholausschank umgestellten Gemischtwarenladen von Mick Doyle ein. Fiona hatte nicht zu viel versprochen. Weil sich die meisten anderen Pubs fest in der Hand der Belagerer befanden, verdichtete sich hier der Nachrichtenfluss umso stärker. Zugleich führte der Ausnahmezustand zu einer ungewöhnlichen Konzentration an skurrilen Typen. Wie sich bald zeigen sollte, war der Pub ein regelrechtes Reservat für Sonderlinge aller Art.

Hester durchquerte zunächst den nicht sehr großen Ladenraum, in dem tagsüber das Hundefutter über die Theke ging, jetzt standen dort Gläser mit Stout, Lager, Ale und Cider. Hinter einer weiteren Tür gelangte er in den nur abends für die

Öffentlichkeit zugänglichen Bereich, gewissermaßen das Herz des Pubs und ebenfalls sehr überschaubar. Es war stickig und reichlich laut. Die meisten Leute standen dicht gedrängt, hielten mehr oder weniger volle Gläser in den Händen und unterhielten sich prächtig. Rechts in einer Ecke, ziemlich gut eingeklemmt zwischen den ortsansässigen Kunden, saß Kevin. Der junge Ordensbruder fühlte sich erkennbar unwohl unter den vom Bier oder Apfelwein angeheiterten Gästen.

»Schon was herausgefunden?«, brüllte Hester, nachdem ein Gast für ihn, den Fremden mit Priesterkragen, das Feld geräumt hatte.

Kevin machte ein unglückliches Gesicht und schüttelte den Kopf.

»Ich zeige Ihnen mal, wie das geht.« Hester drehte sich zur anderen Seite um, wo ein untersetzter Mann um die sechzig saß. Er hatte eine hohe Stirn, ein gerötetes Gesicht und ein darin fest installiertes Lachen. Hester nickte ihm zu, stellte sich mit Namen vor und sagte: »Ich bin seit meiner Kindheit nicht mehr in Graig gewesen. Was gibt's denn so Neues hier?«

Im Nu waren sie im Gespräch. Der Gast hieß Philip Cushen. Ihm gehörten die Cushendale Woollen Mills am Duiske, dem *Schwarzen Wasser* – die Abtei verdankte dem Bach ihren Namen. Sein Betrieb gehe bis auf die mittelalterlichen Wollmühlen der Zisterzienser zurück, erzählte der ziemlich bodenständig wirkende Unternehmer nicht ohne einen gewissen Stolz.

Ganz zwanglos lenkte Hester die Unterhaltung auf Brian Daly und Raghnall Judge. Mr Cushen erinnerte sich an sie. Weil er im Kirchenchor singe und öfters die Abbey besuche, habe er den Landstreicher dort einmal beobachtet, wie er um den südlichen Seitenflügel herum in den Friedhof schlich.

– 178 –

»Als ich ihn anrief, lief er wie ein aufgescheuchtes Huhn davon. Mit Daly habe ich nichts zu tun gehabt«, schloss der Wollmühlenbesitzer seinen Bericht und machte eine Geste, die den ganzen Schankraum umfasste. »Hier finden Sie allerdings einige gehörnte Ehemänner, die seine Bastarde durchfüttern. Was Dalys Schnüffelei betrifft, fragen Sie am besten Mick. Aber wundern Sie sich nicht. Er hält sich für eine Reinkarnation von James Joyce.«

Mick Doyle hatte eine rote Nase und schwitzte ziemlich viel, während er Bier oder Cider zapfte. Er schien sich in einem langfristig angelegten Selbstversuch zur Erforschung körperlicher Veränderungen unter regelmäßiger Zuführung von Gerstensaft zu befinden. Dem ausladenden Bauch nach zu urteilen, war er jedenfalls sein bester Kunde. Hester kämpfte sich zu ihm durch und bestellte ein Guinness.

Die Wahl gefiel dem Wirt und er antwortete in freier Auslegung des irischen Literaturheroen Joyce:

»Vom Wein des Landes kippen,
heißt schwarzen Nektar nippen.
Doch willst du nachher laufen,
darfst niemals zu viel saufen.«

Hester machte gute Miene zum miesen Vers und erkundigte sich nach Doyle. Es soll an dieser Stelle darauf verzichtet werden, die Reimkunst des Wirts in aller Ausführlichkeit auszubreiten, und sollte James Joyce tatsächlich in Mick Doyle wiedergeboren worden sein, dann hatte sich sein Karma damit kaum verbessert. Im Wesentlichen konnte Mick – alle nannten ihn nur Mick – lediglich bestätigen, was Hester schon von Molly Harkin erfahren hatte: Brian Dalys Fragen kreisten um den Moses von Graig, doch sie beschränkten sich nicht auf ihn allein. Jeder, der einmal mit Seamus Whelan in Beziehung gestanden hatte, wurde von dem Reporter durchleuchtet.

»Braucht man so viel Material für ein Fernsehfeature?«, grübelte Hester laut.

Mick hob die Schultern und sagte:

> »Ich hab hier nur die Schänke,
> und schenke aus Getränke.
> Doch Tucker Corbetts Frau,
> weiß vieles ganz genau.«

Und so zog sich der Abend hin. Der Sonderermittler des Bischofs und sein Adlatus machten sich mit netten Leuten bekannt, erfuhren Etliches über ihre Marotten und wenig Greifbares über Judge und Daly. Trotzdem waren die Gespräche keine Zeitverschwendung. Zwar ergaben die vielen kleinen Hinweise kein scharfes Bild, wohl aber eine diffuse Wolke, in der sich, so Hesters Einschätzung, etwas verbarg. Die beiden vom himmlischen Feuer halbierten Männer hatten einfach zu viel herumgeschnüffelt, um lediglich den Opferstock und einen einhundertdreijährigen Sonderling auszukundschaften. Gab es einen Zusammenhang zwischen ihnen und dem Wunder von Graiguenamanagh? Waren sie nicht nur Opfer, sondern irgendwie auch Täter?

Die Frage nach den Wundern führte Hester von einer Dame mittleren Alters zu Liam Carroll. Er sei Experte auf dem Gebiet, schrie sie hinter vorgehaltener Hand. In bestimmten Nächten könne man Liam auf den Straßen von Graig bei einer geheimnisvollen Tätigkeit beobachten. Er stelle kleine Schalen mit Whiskey auf, als Opfer für Feen.

Der Tipp entpuppte sich als Luftnummer. Mr Carroll war ein schmächtiger Mann mit exorbitanter Nase und Geheimratsecken in den Ausmaßen des Golfs von Mexiko. Er sei so mit seinen Elfen und Feen beschäftigt, dass er keine Zeit für andere Lichtgestalten habe, gab er Hester zu verstehen und verwies ihn an Ian MacDougall, der gerade an der Theke saß.

»Sie meinen, Mr MacDougall aus Tinnahinch?«, vergewisserte sich Hester. »Der Mann, der …«

»… jeden Morgen kräht wie ein Hahn«, bestätigte Mr Carroll und machte mit dem Zeigefinger eine kreisende Bewegung vor seiner rechten Schläfe.

Hester brummte allmählich der Schädel. Er blickte auf die Armbanduhr. Es war Viertel vor zehn. Er hatte über den vielen Gesprächen ganz die Zeit aus den Augen verloren. Ob Vater Joseph ihn nach der Oster-Vigil überhaupt noch empfangen würde? Vermutlich war der alte Mann danach völlig entkräftet. Es würde wohl das Beste sein, ihn gleich am frühen Morgen aufzusuchen, nachdem er ausreichend geschlafen hatte. Hester wühlte sich zu Fionas Nachbar durch.

Mr MacDougall, ein hagerer Geselle mittleren Alters, war tatsächlich ein komischer Vogel. Er hatte eine Adlernase, einen Hals wie ein Truthahn mit einem beim Sprechen nervös hüpfenden Adamsapfel und einen Pullover, der ob seiner Farbenpracht unzweifelhaft jeden Gockel vor Neid sofort den Schneider hätte wechseln lassen. Nach dem Bekanntmachen spulte Hester seinen Katalog ab, hübsch verpackt in eine zwanglose Konversation. Zu den meisten Fragen hatte Ian – er bestand darauf, mit Vornamen angeredet zu werden – nichts zu sagen.

»Haben Sie in letzter Zeit irgendetwas bemerkt, das wie die Vorbereitung zu einem Konzert in der Kirche aussah? Vielleicht Lastwagen, die technisches Gerät an- oder abtransportierten?«, erkundigte sich Hester.

Ian schob die Unterlippe vor, als handele es sich um eine

hydraulische Ladevorrichtung und schüttelte den Kopf. »Nö. Nich, dass ich wüsste …« Hester setzte gerade zur nächsten Frage an, als Fionas Nachbar eine vage Handbewegung machte, so als wolle er noch etwas sagen, trank dann aber doch zuerst einen Schluck Ale und fügte hinzu: »… allerdings hab ich neulich eine Braunkutte im Pfarrhaus verschwinden sehen. Zufällig wusste ich, dass Pater O'Bannon zu einer Hochzeit in Galway war.«

»Eine Braunkutte? Meinen Sie einen Franziskaner?«

»Könnte sein. Mit den Monturen der Ordensbrüder kenn ich mich nich so aus.«

»Aber es war ein Mönch?«

»Karneval is schon vorbei gewesen. Also nehm ich mal an, dass er nich nur ein Kostüm getragen hat.«

»Wann war das?«

»So vor zehn Tagen ungefähr. Oder waren's schon zwanzig?«

Das deckte sich ungefähr mit den Aussagen von Schwester Carla. »Ist Ihnen der Mönch später noch einmal aufgefallen? Haben Sie eine Ahnung, was er bei Pater O'Bannon wollte?«

Ian trank sein Bier aus und wirkte mit einem Mal sehr durstig. Hester gab Mick einen Wink, ein neues Glas zu füllen. Hiernach antwortete der Hahnenschreiexperte: »Zweimal nein.«

Hester stöhnte leise. »Mal so unter uns: Was halten Sie von diesem ganzen Wunderzirkus hier? Mr Carroll meinte, Sie kennen sich mit Lichtgestalten aus.«

»*Das* hat Liam gesagt? Is Ihnen nich aufgefallen, dass der nich alle Tassen im Schrank hat? Der soll mal schön seine Feen füttern und mich aus dem Spiel lassen. Die einzige Lichtgestalt war für mich Henry IX.«

Hester runzelte die Stirn. Gehörte Ian etwa zu den militanten Protestanten? »Sie meinen Heinrich VIII., den englischen König, der am liebsten alle Katholiken ausgerottet hätte?«

»Ach wo! Der doch nich. Ich rede von meinem Hahn. Der, der erschossen wurde.«

»Henry IX.«

»Ja. Die acht Hähne davor haben nichts getaugt, aber Henry IX. ist 'ne wahre Lichtgestalt gewesen. Er hat immer pünktlich gekräht und alle Hennen glücklich gemacht. So gute Eier werden sie nie wieder legen. Heute kommen nur noch Pingpongbälle raus. Sollten morgen Kinder bei mir vorbeikommen und schöne große Cubógs wollen, werden sie mir die Dinger an den Kopf schmeißen.«

Mick stellte ein randvolles Glas auf den Tresen, dessen Inhalt die Farbe von Schwarztee hatte.

»Sicher finden Sie irgendwann einen Henry X. und alles wird wieder gut«, sagte Hester mitfühlend.

Der Geflügelfreund ertränkte seinen Kummer mit dem frisch gezapften Ale.

»Hatten Sie je mit Brian Daly zu tun, Ian?«

Der Gefragte stockte mitten im Trinken und prustete gleich darauf einen Schwall Bier über die Theke. Wütend blitzte er Hester an. »Ja, er ist der Vater meiner Tochter.«

»Entschuldigen Sie, ich wollte an keine alten Wunden rühren.«

Ian machte eine wegwerfende Geste, trank den Rest des dunklen Gesöffs aus und meinte nur: »Ist schon gut. Die Kleine ist trotzdem mein Ein und Alles.«

»Hat Mr Daly Sie auch über Seamus Whelan ausgefragt?«

Fionas Nachbar schnaubte: »Ja, er hatte tatsächlich die Frechheit besessen. Weil wir ja Seite an Seite wohnen, meinte er. Für Sie hat er sich übrigens auch interessiert.«

Hester horchte auf. Anny hatte schon so etwas angedeutet,

als er von ihr wissen wollte, warum die Reportage über den Moses von Graig nicht ihr übertragen worden sei, und auch ihre Antwort hatte ihn hellhörig gemacht. *Schätze mal, weil ich wegen meiner familiären Nähe zu euch beiden befangen bin.*

Sie hatte auch von ihm, von ihrem Vater, gesprochen.

Er räusperte sich. »Sagen Sie mal, Ian, finden Sie es nicht komisch, dass Daly *mich* da reinzieht?«

»Nö. Sie sind doch auch ein Kuckuckskind, genau wie meine Betsy. Nur, dass der alte Seamus ein Priester war und der Vater meiner Kleinen ein Schmierfink.«

Die Antwort wirkte auf Hester wie ein Elektroschock. Kurzzeitig war er paralysiert. Erstmals begriff er wirklich, warum Mary McAteer ihren Sohn immer von den Lästermäulern in den Pubs hatte fernhalten wollen. Offenbar kannte ganz Graig ihr großes Geheimnis. Jetzt brauchte auch er einen tiefen Schluck.

»Sie sind plötzlich so blass«, stellte Ian fest.

Hester merkte, wie die den ganzen Abend über mühsam aufrechterhaltene Freundlichkeit aus seinem Gesicht zu weichen drohte. Er lächelte gequält. »Meinen Sie, Mr Daly hat sich allgemein über Seamus' Söhne informieren wollen?«

Ian schüttelte entschieden den Kopf. »Nein. Für Patrick hat er sich kaum interessiert. Aber über Sie wollte er alles wissen.«

16.

Vatikanstadt, Vatikan,
11. April 2009, 22.10 Uhr Ortszeit

»Vielleicht ist er durch ein Wurmloch aus der Vergangenheit zu uns gekommen«, spöttelte Kardinal Avelada. Der Präfekt der Glaubenskongregation lehnte entspannt in einem mit rotbraunem Leder bezogenen Ohrensessel vor einem lodernden Kamin. Es war in den letzten Stunden kühl geworden in Rom – und dies betraf nicht nur das Wetter.

Auf der anderen Seite der Feuerstelle saß ihm in einem gleichartigen Möbel Pater Michele D'Annunzio gegenüber, der Chef-Exorzist des Papstes. Er war ein fast kahlköpfiger, asketisch wirkender Mann mit einem stechenden Blick. Der ständige Kampf gegen den Teufel hatte in seinem schmalen Gesicht unübersehbare Spuren hinterlassen; von der dicht umwucherten Augenbrauenpartie zogen sich strahlenförmig tiefe Furchen über den Schädel. Um seine Lippen lag ein herber Zug, der jetzt noch verstärkt wurde, als er mit bitterernster Miene erwiderte: »Das wäre durchaus denkbar. So ließe sich jedenfalls seine Verwirrtheit nach dem Auftauchen in Graiguenamanagh erklären.«

Die beiden Prälaten waren in einem der eintausendvierhundert Zimmer des Apostolischen Palastes – gewissermaßen auf neutralem Boden – zu einem Gespräch unter vier Augen zusammengekommen, ein Krisengipfel der höchsten Vertreter zweier Gruppen in der Kurie, die in Fragen des Wunderglaubens konträre Standpunkte vertraten.

D'Annunzio führte im Klerus die Pro-Mirakel-Fraktion an. Sie plädierte für die Echtheit des Wunders von Graiguenamanagh. Eben hatte er Kardinal Avelada über die Einsetzung einer geheimen theologischen Kommission in Kenntnis gesetzt. Sie sollte herausfinden, wie die erstaunlichen Ereignisse in Graig zu deuten seien. Vorläufiges Zwischenergebnis: Die Person des Wiedergekommenen war nicht tatsächlich der zu Fleisch gewordene Sohn Gottes. Dazu müsste er sich an mehr himmlische Details erinnern, die sich zwischen seiner Auferstehung und der Parusie zugetragen hätten. Vielmehr handelt es sich um eine Art *Echo* des Gekreuzigten, das aufgrund von bisher nicht erforschten Naturgesetzen aus dem Jahr seiner Hinrichtung in die Gegenwart geworfen worden sei. Diese gewagte Hypothese hatte Avelada zu seinem ironischen Kommentar veranlasst. Jetzt musste er sich beherrschen, um den beim Papst hoch angesehenen D'Annunzio nicht allzu sehr zu brüskieren.

»Bruder Michele, so anregend für mich dieses Gespräch mit Ihnen auch ist, wir führen hier doch nicht lediglich einen theologischen Disput. Warum haben Sie mich denn zu der Unterredung eingeladen? Sicher, weil wir zwei verschiedene Strömungen innerhalb der heiligen Mutter Kirche repräsentieren, die sich, angestachelt von diesem unseligen Vorfall in Irland, gerade auf Konfrontationskurs befinden. Wir wollen doch beide kein neues Schisma. Um den Herausforderungen des dritten Jahrtausends gewachsen zu sein, muss die Kirche geeint und gestärkt werden. Im Moment sieht es eher danach aus, als könne dieser Vorfall sie spalten.«

D'Annunzio klatschte träge in die Hände. »Was für ein eloquentes Plädoyer, Bruder Angelo. Sie haben früher oft als Advocatus diaboli gedient, nicht wahr?«

»Was hat das damit zu tun?«

»Sie argumentieren seit Beginn dieses Gesprächs sehr scharfzüngig gegen den Heiligen Geist. Das jedenfalls ist mein Empfinden, wenn Sie unseren himmlischen Vater so darstellen, als würde er mit Wundern geizen.«

»Etwa nicht?«, erwiderte der Kardinal gereizt. Sein Blut geriet in Wallung, weil D'Annunzio ihn praktisch der Häresie bezichtigte.

»Er hat sich gläubigen Menschen durch unzählige Zeugnisse seiner Macht zu erkennen gegeben.«

»Ganz unter uns: Diese angeblichen Zeugnisse haben unsere Gotteshäuser zu Freakshows gemacht. Wir horten in unseren Reliquiaren so viele Knochen und Organe, dass etliche Teile übrig bleiben würden, müssten sie bei der Auferstehung der Heiligen recycelt werden.«

»Das ist eine ebenso geschmack- wie maßlose Übertreibung.«

»Im Gegenteil. Sie wissen so gut wie ich, welchen Irrwitz eine Inventur unserer Kirchen ans Licht brächte: Der Erzmärtyrer Stephanus hätte dreizehn Arme besessen, der Apostel Philippus ein Dutzend und der heilige Vinzenz wenigstens zehn. Ginge es nach Ihnen und Ihren Parteigängern, dann wäre Johannes der Täufer ein Tausendfüßler gewesen.«

Je provozierender der Kardinal wurde, desto kühler konterte der päpstliche Geisterbeschwörer. »Ich fürchte, selbst wenn unser Herrgott leibhaftig vor Ihnen stünde, würden Sie ihm schon aus Prinzip einen Fußtritt geben. Genau darum geht es hier nämlich: Mich interessiert vorrangig, ob es sich bei dem Wunder von Graiguenamanagh um eine göttliche Intervention handelt.«

– 187 –

»Darf ich Sie daran erinnern, Bruder Michele, dass der angebliche Gekreuzigte einem Mann vor die Füße gefallen ist, dem die Kirche eine Menge Scherereien verdankt?«

»Das sehe ich anders«, wischte D'Annunzio das Argument mit einer unwilligen Geste beiseite. »Die Padre Whelan zugeschriebenen Wunderheilungen wurden von uns zwar immer bestritten, aber Sie wissen so gut wie ich, dass dies hauptsächlich politische Gründe hatte – es ist das alte Prinzip, dass nicht sein kann, was nicht sein darf. So als müsste der Heilige Geist von jedem abprallen, der mit einem exkommunizierten Erzbischof befreundet ist.«

»Etwa nicht?«

»Wir sind uns doch darüber im Klaren, dass Marcel Lefebvres Restaurationsbestrebungen längst nicht mehr so kritisch gesehen werden wie noch vor Jahren. Sonst hätte der Heilige Vater im Januar nicht die Aufhebung der Exkommunikation ausgerechnet jener vier Bischöfe verkündet, deren unrechtmäßige Weihe den Eklat ausgelöst hatte. Warten Sie's nur ab, irgendwann wird Lefebvre seliggesprochen.«

»Das erleben wir zwei aber nicht mehr. Nicht nach dem Skandal, den ausgerechnet einer seiner Rebellenbischöfe ausgelöst hat.«

»Ein herber Rückschlag«, räumte der Exorzist verdrießlich ein. »Mir ist schleierhaft, wie Seine Heiligkeit ausgerechnet Richard Williamson, einem Mann, der wiederholt und öffentlich die Vergasung der Juden unter Hitler geleugnet hat, die Hand der Versöhnung reichen konnte.«

»Jetzt tun Sie nicht so, als geschähe hinter den Mauern des Vatikans irgendetwas aus Zufall. Für alles hier gibt es einen wohl erwogenen Grund. Meiner Kenntnis nach wurde der Heilige Vater von seinen eigenen Mitarbeitern in eine Falle gelockt. Von Männern, denen sein politischer Kurs nicht ge-

– 188 –

fällt. Die sich nach der Flut von Selig- und Heiligsprechungen seines Vorgängers zurücksehnen. Die den Glauben lieber durch Wunder als durch Dogmen wiederbeleben möchten.«

»Sie denken doch nicht etwa, *ich* hätte etwas mit dieser Kabale zu tun.«

Angesichts der gelungenen Retourkutsche gönnte sich Avelada ein dünnes Lächeln. »Dann sind die Gerüchte also wahr. Es hat tatsächlich eine Intrige gegen den Heiligen Vater gegeben.«

»Machen Sie sich nicht lächerlich! Er wurde ein Opfer ignoranter Schlamperei und mangelhafter Kommunikation innerhalb der Kurie. Niemand hatte ihn über die Ansichten dieses obskuren Piusbruders aufgeklärt, bis es zu spät war.« D'Annunzio räusperte sich. »Wie auch immer. Ich finde, wir müssen den aktuellen Fall unvoreingenommen betrachten.«

»Das sind ja ganz neue Töne, Bruder Michele.«

»Ihren bissigen Spott können Sie sich sparen, Bruder Angelo.«

»Ehe wir uns jetzt die Augen auskratzen, möchte ich eines zu bedenken geben. Nur mal angenommen, Sie liegen richtig und hier haben wirklich übernatürliche Kräfte gewaltet – könnte das Wunder nicht anstatt auf Gottes Wirken auf das des Teufels zurückzuführen sein? Sie werden doch bestimmt nicht in Opposition zum Heiligen Vater gehen wollen. Ich rede von Paul VI. Er stellte fest, dass der Rauch Satans durch einige Risse in die Kirche eingedrungen sei.«

D'Annunzio reckte sich unbehaglich in seinem Sessel und brummte: »Sie meinen, der Höllenfürst könnte auch in Graig aktiv geworden sein?«

Avelada breitete die Hände aus. »Ich stimme mich lediglich auf Ihre Gedankenwelt ein.«

Der Chef-Exorzist nickte grimmig. »Ausschließen können wir diese Möglichkeit natürlich nicht. Die Kommission, meine Person eingeschlossen, wird Ihre Darlegungen gründlich in Erwägung ziehen.«

17.

County Carlow sowie County Kilkenny, Irland,
12. April 2009, 0.00 Uhr Ortszeit

Durch die geschlossenen Augenlider nahm Sean Reddy ein helles Leuchten wahr. Es flammte auf, zeigte sich ihm als rosiges Flimmern und erlosch gleich wieder. Seit etwa einer Stunde wälzte er sich nun schon in seinem Krankenbett von einer Seite auf die andere, weil die Koliken wieder stärker geworden waren. Es wurde Zeit, dass die Nierensteine endlich herauskamen. Sean richtete sich auf. Seine beiden Mitpatienten schnarchten leise vor sich hin. Ihnen war das Leuchten offenbar nicht aufgefallen.

Er blickte zum Fenster hinaus. Hinter der spiegelnden Scheibe sah er den Sternenhimmel, oder vielmehr das, was die Milchstraße sein sollte. Im Umkreis des St Luke's General Hospital war es nie richtig dunkel. Überall standen Laternen. Ganz Kilkenny pumpte Photonen ins All. Lichtverschmutzung, nannte Sean das. Er war Hobbyastronom und liebte stockfinstere Nächte, in denen das Funkeln weit entfernter Galaxien Tautropfen gleich die Erde netzte.

Im Moment sah er nichts als den gelblich roten Klärschlamm der Zivilisation.

Ächzend wälzte er sich aus dem Bett. Die Schmerzen ließen gerade etwas nach. Hatte er sich das Leuchten hinter den

Augenlidern nur eingebildet? War es nur ein Traum gewesen? Er tappte barfuß zum Fenster. Das Zimmer lag direkt unter der Intensivstation. Im Park des Krankenhauses sah er nichts Auffälliges … *Halt!* Da war doch etwas. Komisch, dachte er. Der Baum da unten – hatte der nicht vor ein paar Stunden gerade erst frisch ausgeschlagen?

Jetzt blühte er in voller Pracht und trug gleichzeitig Früchte. Schöne große Birnen.

Sean blinzelte ein paarmal. Als naturwissenschaftlich gebildeter Mensch wusste er, dass es solche Vegetationsschübe nicht geben durfte. Selbst Bambus ließ sich mehr Zeit beim Wachsen. Es gab nur eine logische Erklärung für das seltsame Phänomen.

Er musste tatsächlich träumen.

»Oder ich bin ein Schlafwandler«, murmelte er und gähnte. Kurz huschte ihm noch ein anderer Gedanke durch den Sinn. Am frühen Abend hatte er mit seiner Frau telefoniert und sie sprachen – ziemlich kontrovers – über das Wunder von Graiguenamanagh. Bonnie meinte, im Radio sei schon wieder etwas über ein neues Wunder gekommen. Im Tabernakel der Duiske Abbey habe man menschliche Fleischstücke gefunden. Zum zweiten Mal sei dort der Leib Christi den Gläubigen offenbart worden. Sean hatte darauf erwidert, wenn Jesus so weitermache, sei bald nichts mehr von ihm übrig. Doch Bonnie vertrat die feste Ansicht, dass die jüngsten Nachrichten über die Wiederkunft des Herrn tatsächlich wahr seien. Bald werde das Jüngste Gericht anbrechen.

Sean schüttelte den Kopf. »Alles Humbug!«

Er drehte sich um und tapste zum Bett zurück. Für den Rest der Nacht schlief er wie in Abrahams Schoß.

Gut anderthalb Stunden später warf sich ungefähr dreißig Kilometer weiter nordöstlich ein anderer Mann unruhig in seinem übergroßen Bett hin und her. Die exorbitante Schlafstätte stand in Carlow und der kleinwüchsige Mann war Bischof Eunan James Begg. In seinem Innern kollerten die Sorgen herum wie Wackersteine im Bauch des bösen Wolfs.

Das Wunder von Graiguenamanagh hatte eine wahre Flut von Pilgern und vermutlich noch einmal doppelt so vielen Schaulustigen in das Städtchen am Barrow gelockt. Jeden Tag gab es neue beunruhigende Nachrichten von übernatürlichen Vorgängen und überproportional dazu wuchs auch der Strom an Wundertouristen. Irgendein Scharlatan hielt ihn, den Bischof von Kildare und Leighlin, zum Narren. Der Schwindler verwandelte den allerheiligsten Glauben in einen Zirkus. Es war eine Katastrophe.

Beggs Gedankenstrom versiegte jäh, als er ein Geräusch hörte, das er nicht einzuordnen wusste. Seine Welt war fein säuberlich in Schubkästen eingeteilt. Für alles, auch für Laute, gab es eine Lade. Daher hasste er undefinierbare Wahrnehmungen.

Er riss die Augen auf und sah zunächst einmal nichts. Sein Zimmer im Bischofspalast war hermetisch gegen schlafstörende Einflüsse abgeriegelt, insbesondere gegen Licht und Lärm. Plötzlich vernahm er das Geräusch wieder. Ja! Es war ein Rauschen, hörte sich an wie Wind, der durch Birkenwipfel strich.

Mit einem Mal wurde es hell im Schlafzimmer. Sogar mehr als das. Es gleißte nur so über seinem Bett, als habe dort jemand eine Hochleistungshöhensonne eingeschaltet. Begg stieß einen erstickten Schrei aus, schob sich ängstlich bis an die Rückenlehne zurück und zog sich die Bettdecke bis unters

Kinn. Er hätte gerne um Hilfe gerufen, doch seine Kehle war angesichts der überwältigenden Erscheinung wie zugeschnürt. Mit weit aufgerissenen Augen starrte er in das Licht, in dem sich jetzt ein dunkler Schemen zeigte. Die Umrisse eines Mannes.

Es war der Gekreuzigte.

Er stand am Fußende des Bettes und schien Begg anzusehen – so genau ließ sich das in dem blendenden Licht nicht erkennen. Das Rauschen veränderte sich. Es verwandelte sich in Stimmen. In ein melodisches Auf und Ab? Einen himmlischen Chor? Schon wieder etwas, das Begg nicht einordnen konnte und ihn zusätzlich verunsicherte. Der Singsang war eine Mischung aus Hare Krishna, New Age und transzendentalem Autosuggestionsbeschleuniger. Es klang so ... fremd. Und einschläfernd.

»James?«, säuselte die Lichtgestalt.

»J-Ja«, stammelte er.

»Hör mir zu, James.« Die volltönende Stimme hatte etwas Hypnotisches an sich.

»Ich höre«, antwortete Begg.

»Hör mir *gut* zu, James.«

»Das tue ich.«

»Weißt du, wer ich bin?«

»I-Ich ... kann kaum glauben, was ich sehe, Herr.«

»Oh, da bist du nicht der Erste«, sagte die Gestalt ganz sanft. »Thomas ging es genauso. Sieh in meine Hand und du wirst mich erkennen.«

Die Gestalt und das sie umgebende Licht bewegten sich neben das breite Bett. Sie streckte den Arm aus, damit Begg in die offene Handfläche sehen konnte. Diese war voller Blut, doch in ihrem Zentrum klaffte ein schwarzes Loch. Er wollte es betasten, so wie der ungläubige Thomas es beim auferstan-

– 194 –

denen Christus getan hatte, doch ehe seine Finger das Wundmal berühren konnten, begann es mit einem Mal zu leuchten. Es wurde zu einem strahlenden blauen Auge, das Begg direkt ansah.

»Nur der, der reinen Herzens ist, kann meinem Blick standhalten«, erklärte die Gestalt und begann, ihre Hand hin und her zu schwingen.

Begg war so ergriffen, dass er nur daran denken konnte, sich nicht als unwürdig zu erweisen. Willig folgten seine Augen den Bewegungen, mal nach links, dann wieder nach rechts. Und dabei lauschte er dem monotonen Singsang, der ihn von allen Seiten umgab. Mittlerweile gefiel ihm das himmlische Musikprogramm gar nicht mehr so schlecht, und er ließ sich gerne davon einlullen.

»Bist du bereit, mich zu begleiten und eine Vision zu empfangen?«, fragte die Gestalt. Jetzt hallte ihre Stimme, so als käme sie direkt aus elysischen Gefilden.

»Wohin, Herr?«, fragte Begg tonlos. Er klang eher wie ein Schlafwandler.

»In den Himmel.«

Mit einem Mal spürte er, wie ihn eine unsichtbare Kraft aus dem Bett hob. Die Gestalt nahm ihn bei der Hand und schwebte mit ihm durch die Decke hindurch. Bald sah Begg unter sich den rasch kleiner werdenden Bischofspalast, die schrumpfende Stadt und den sich verzwergenden Planeten Erde. Der Mond zischte an ihm vorbei.

»Eines musst du mir noch versprechen, ehe ich dir Einblick ins Paradies gewähre«, bemerkte die Gestalt beiläufig, während sie den Uranus passierten.

»Was immer du willst, Herr«, beteuerte der Bischof und hielt den Atem an. Jetzt kam bestimmt der Haken, der Pferdefuß, die unerfüllbare Bedingung.

– 195 –

»Du darfst nie mehr die Machttaten des Höchsten infrage stellen.«

Begg seufzte erleichtert. »Dein ergebener Diener, Herr.«

Weitere anderthalb Stunden später und dreiunddreißig Kilometer nordwestlich wurden in Portlaoise die Insassen eines der ältesten Gefängnisse Irlands aus dem Schlaf gerissen. Diesmal war es keine Sirene, keine nächtliche Feueralarmübung, sondern ein Heulen, so als hätte sich eine Windhose in einem großen Schornstein verfangen. Ned schreckte aus dem Bett hoch. Sein Schädel dröhnte, als habe er ein Fass Guinness ganz allein ausgetrunken. Er lauschte. Das Geräusch hielt an, wurde sogar noch stärker.

»Hast du 'ne Ahnung, was das ist?«, fragte Ted, sein Zimmergenosse. Auch er rieb sich benommen den Kopf. Beide hatten schon oft gesessen, das beste Mannesalter bereits überschritten und gehörten zu den ganz schweren Jungs, die bereits beim allerersten Mal mit einem Tötungsdelikt eingewandert waren. Ned Stapleton hatte seinen Nachbarn im Affekt erschlagen, als dieser überraschend aus dem Schlafzimmerschrank trat, und Ted Doherty war beim Versuch, den Hund des Dorfpolizisten zu vergiften, ein Fehler unterlaufen, wodurch irrtümlicherweise der Beamte zu Tode kam.

»Nicht die Bohne«, antwortete Ned. Er fühlte sich irgendwie fünfzig Kilo leichter als sonst.

Plötzlich ging das Licht in der Zelle an.

Beide liefen zur Tür und lauschten.

»Ganz schöner Betrieb da draußen«, sagte Ted.

»Vielleicht hält der Gefängnisrat 'ne Versammlung ab«, frotzelte Ned.

»Nachts um drei?«

Plötzlich flog die Tür auf und ein Mithäftling grinste die zwei an. »Lust auf'n Ausflug?«

Ned und Ted wechselten ungläubige Blicke.

»Jetzt kommt schon! Wir gehen alle zusammen«, drängelte der Knastbruder auf dem Gang.

»Und wenn wir abgeknallt werden?«, gab Ned zu bedenken. Portlaoise war ein Hochsicherheitsgefängnis, das rund um die Uhr von schwer bewaffneten Soldaten der Irish Defence Forces bewacht wurde.

»Die sind alle stoned.«

Ned hegte leise Zweifel an dieser Behauptung. Eine komplette Wärtercrew dröhnte sich nicht mit Drogen den Schädel zu. Jedenfalls nicht im Dienst.

»Und was ist mit den Türen?«, nörgelte Ted.

»Sind alle offen«, antwortete der Kumpan. »Scheint so 'ne Art Generalamnesie zu sein.«

»Amnestie«, stellte Ned richtig.

»Wegen mir auch Amöbe. Hauptsache, wir komm'n raus. Macht's gut, Kumpels. Ich gönn' mir 'nen Freigang.«

Ned und Ted blickten dem Knastgenossen nach und sahen Dutzende weiterer Mithäftlinge der Hauptpforte entgegenstreben. Sie kamen überein, dass es unvernünftig wäre, sich dem Druck der Mehrheit weiter zu widersetzen und schlossen sich den anderen Häftlingen an.

Auf dem Weg nach draußen machte Ned einige merkwürdige Beobachtungen. Das Wachpersonal lag nicht etwa zugekifft irgendwo in den Ecken herum, sondern es befand sich vollzählig auf Posten. Allerdings hatten die Männer alle glasige Augen und sahen teilnahmslos zu, wie die Gefangenen an ihnen vorüberdefilierten. Es kam ihm so vor, als habe eine übernatürliche Macht endlich einmal für ausgleichende Gerechtigkeit gesorgt. Die Trillerpfeifen waren gefangen – wenn auch nur in ihren eigenen Körpern – und die Knackis durften schwofen gehen.

Ned durchströmte ein Gefühl der Euphorie, das ihm in die Beine fuhr. Sein Gewicht konnte nur noch ein paar Gramm betragen. Leichtfüßig drängte er sich an die Spitze der Ausreißer und bekam dadurch mit, wie sich vor ihnen die Tür zur Freiheit wie von Geisterhand öffnete. Ja, jetzt erst verstand er, was es bedeutete, sich wie befreit zu fühlen. Das gefiel ihm viel besser als stoned zu sein.

Es war die dunkelste Stunde der Nacht und das himmlische Licht in der Grünanlage des St Luke's Hospital schon lange verblichen, als Jeschua ein leises Rufen hörte. Er richtete sich im Bett auf und blickte erst zum Fenster, hinter dem der schwach beleuchtete Gang zu sehen war, dann zur Tür. Sie stand einen Spaltbreit offen.

Wieder vernahm er den traurigen Laut. Es klang, als litte jemand Schmerzen, der Stimme nach zu urteilen ein Mann. Aber niemand kam ihm zu Hilfe. Jeschua empfand Mitleid. Er kletterte aus dem Bett.

Inzwischen hing er nicht mehr an bunten Schnüren. Der alte Mann, der Hebräisch sprach, hatte ihm versichert, es seien keine Fesseln und die Leute in den weißen Gewändern Ärzte und ihre Helferinnen gewesen. Alle meinten es nur gut mit ihm. Warum kümmerten sie sich dann nicht um die arme Seele nebenan?

Jeschua ging im Schlafanzug – ein Geschenk der hübschen Frau mit den rötlichen Haaren und den betörenden grünen Augen – auf den Gang hinaus. Sehr still war es da, abgesehen vom Jammern des Leidenden nebenan. Wahrscheinlich hatten die Helferinnen der Ärzte alle anderweitig zu tun. Er lief zum Nachbarzimmer. Auch hier war die Tür nur angelehnt.

Darin lag ein vielleicht siebzigjähriger Mann. Sein Körper war mit farbigen Schnüren gefesselt wie zuvor der von Jeschua und aus seinem Mund ragte ein Schlauch, welcher in einen Kasten mündete, der zu leben schien – es hörte sich an, als atme er. Jeschua betrat den Raum und wunderte sich, weil der Mann ganz ruhig mit geschlossenen Augen dalag. Er streichelte sanft die Stirn des Alten und wunderte sich noch mehr. Der Mann schlief tief und fest. Selbst die Berührung am Kopf bemerkte er nicht. »Freund, was ist mit dir?«, fragte Jeschua, doch der Kranke antwortete nicht. Es war, als sei er schon tot, obwohl er noch atmete.

Jeschua nahm die mageren Hände des Alten in die seinen, hob das Gesicht zum Himmel und betete. »Vater, lass diesen Mann nicht sterben. Er leidet, selbst wenn er es nicht sagen kann. Ich habe sein Klagen gehört. Bringe bitte das Leben in ihn zurück. Nicht für mich bitte ich dich darum, sondern für ihn und für alle, die daran zweifeln, dass du mich gesandt hast.«

Mit einem Mal schlug der Mann die Augen auf. Verwirrt blickte er Jeschua an, beinahe so, als sei er gerade aus dem Tod erwacht.

Wenig später fuhr auch die Witwe Harkin aus dem Bett auf. War da nicht eben ein Rumpeln im Wohnzimmer gewesen? Wie viele Menschen ihres Alters hatte sie einen sehr leichten Schlaf. Ein Schwindel befiel sie. Vielleicht der Restalkohol des »Schlaftrunks«, den sie zuvor im Pub zu sich genommen hatte. Oder die Strafe für das Hochschrecken aus dem Kopfkissen.

Molly quälte sich aus dem Bett. Das Aufstehen war immer das Schlimmste. Die Glieder schmerzten und wollten ihr gar nicht richtig gehorchen. Ein neuerliches Rumpeln von nebenan ließ sie innehalten. War das ein Einbrecher? Oder ... *er*?

Früher hätte sie in einer solchen Situation ihren Mann mit dem Schürhaken losgeschickt, aber seit Abe von dem unaufmerksamen Schaf erschlagen worden war, musste sie mit Krisen aller Art alleine fertig werden. Molly Harkin hatte in ihrem Witwendasein durchaus schon viele beängstigende Momente gemeistert und war infolgedessen zu einer ambivalenten Persönlichkeit gereift. Einerseits hätte sie sich gerne sofort wieder ins Bett verzogen und tief in die Daunen eingegraben – das war die alte Molly –, andererseits konnte sie sehr resolut sein. Wenn sie etwas nicht duldete, dann war es unangemeldeter Besuch in ihrem Haus.

Also – das war die neue Molly – griff sie zu dem Krückstock neben ihrem Bett und schaukelte im Mondlicht auf den Flur hinaus. Das kleine, dreihundert Jahre alte Haus war ein wenig verwinkelt. Es gab einen winzigen Windfang beim Eingang und eine bettlakengroße Diele zwischen Bade-, Schlaf- und Wohnzimmer. Letzteres betrat sie nun und streckte blind die Hand nach dem Lichtschalter aus. Plötzlich erstarrte sie.

Sie war nicht allein im Raum.

Vor dem Fenster, das zum Hof hinausblickte, stand ein dunkler Schemen. Obwohl er nur ein Scherenschnitt vor dem silbernen Schleier des Mondlichts war, erkannte sie ihn sofort wieder. Sie brauchte ihm nicht in die unheimlichen hellen Augen zu sehen. Die hohe Gestalt, die breiten Schultern und die Kapuze auf dem Kopf waren nicht zu verwechseln. Molly befiel eine Angst, wie sie sie noch nie in ihrem Leben verspürt hatte.

»Ich wusste, dass du wiederkommst, um mich zu holen!«, japste sie und griff sich an die Brust.

Sie konnte nicht mehr atmen. Der Schemen verschwamm

vor ihren Augen, war mit einem Mal nicht mehr da, und dann wurde alles schwarz. Molly sackte in sich zusammen, die knotige Hand über dem Herzen zur Kralle verkrampft. Ihr verlöschender Geist merkte noch, wie das Haus um sie herum zu vibrieren begann, wie Putz herabrieselte und irgendwo Gegenstände oder Möbel zu Boden polterten. Bevor das Haus jedoch ganz über ihr einstürzte, war sie schon tot.

18.

Graiguenamanagh, County Kilkenny, Irland,
12. April 2009, 5.40 Uhr Ortszeit

Der Schrei war durchdringend, irgendwie anklagend und von nachhaltiger Wirkung. Abermals riss er Hester vor Sonnenaufgang aus dem Schlaf. Er stöhnte. Ian MacDougall nahm seine Berufung wirklich ernst. Diesmal verzichtete Hester darauf, sich vom falschen Hahn noch einmal foppen zu lassen. Die so jäh angekurbelte Gedankenmaschinerie ließ sich ohnehin nicht mehr abstellen. Er stand auf und schlurfte ins Badezimmer.

Während er sich rasierte, geisterte immer wieder der Franziskaner durch seinen Kopf. Bei dem Gedanken an ihn rührte sich irgendetwas in seinem Unterbewusstsein, doch er bekam es nicht zu fassen. Der Mönch war sowohl in Graig wie auch in Kilkenny gesehen worden, aber plötzlich wie vom Erdboden verschluckt. Vielleicht würde das überfällige Vieraugengespräch mit Vater Joseph ja Klarheit bringen. Und wenn nicht, dann konnte er noch einmal Molly Harkin aufsuchen und etwas energischer bei ihr nachbohren. Sie hatte ihm sowieso irgendetwas verschwiegen, das war deutlich zu spüren gewesen.

Als Hester gegen sechs wieder den Schlafraum betrat und einen Blick auf sein Handy warf, zeigte ihm dieses den Ein-

– 202 –

gang einer E-Mail von Superintendent Managhan. Der einleitende Text war ziemlich kurz:

frohe ostern! das blutige steak ist im labor. danke dafür! anbei video. wurde samt kamera von einem schäfer in einem hohlen baum gefunden. hab noch andere überraschungen für sie. wir telefonieren später. tm

Hester öffnete die Multimediadatei im Anhang der elektronischen Nachricht und war zwei oder drei Sekunden lang verwirrt, weil der Film lediglich ein grünes Rauschen zeigte. Auch die Geräusche aus dem kleinen Lautsprecher von Hesters iPhone klangen eher wie eine Störung. Dann aber blitzte das Bild kurz grellgrün auf und danach erschien ein ebenfalls marsmännchengrünes Gesicht, das aus nächster Nähe ins Objektiv blickte und sagte: »Test, Test. Hier spricht Brian Daly vom *Kilkenny Chronicle*. Wir machen jetzt eine Aufnahme mit versteckter Kamera. Wäre doch gelacht, wenn wir unseren himmlischen Erfüllungsgehilfen nicht ins Bild kriegten.«

Allmählich begann Hester zu begreifen. Das Rauschen war Regen. Die Aufnahme musste von einer dieser Digicams mit Null-Lux-Modus oder mit Restlichtverstärker stammen, im Prinzip eine Amateurversion der militärischen Nachtsichtgeräte.

Schnitt. Wieder war nur Rauschen zu sehen. Und dann zeigte der kleine Bildschirm erneut Daly, diesmal etwas kleiner, also weiter von der Kamera entfernt. Er hatte die Hände auf dem Rücken verschränkt und schlenderte im Kreis – ein Mann, der wartete. Ab und zu blitzte der Himmel auf. Das Gewitter wütete immer noch.

Plötzlich erblickte Hester etwas, das ihm einen kalten Schauer über den Rücken jagte. Es sah aus, als würde ein gleißender Lichtfinger vom Himmel herabfahren. Ein Stück weit von Daly entfernt war er plötzlich erschienen und wanderte rasch auf ihn zu. Für einen Blitz bewegte sich die Erscheinung trotzdem zu langsam, zu beständig und zu geradlinig.

Der Reporter war im ersten Moment wie erstarrt. Dann versuchte er zu fliehen. Er fuhr herum und rannte auf die Kamera zu. Doch der *Finger Gottes* – Hester wusste selbst nicht, warum ihm spontan diese Assoziation durch den Kopf geschossen war – ließ sich nicht abschütteln. Daly stürzte, und während er noch schreiend im Matsch lag, fuhr das Licht mitten durch ihn hindurch.

Die nicht einmal zwei Minuten lange Aufnahme war zu Ende und Hester wie gelähmt.

Was hatte er da gesehen? Eine Äußerung überirdischer Macht? Ein am Computer erzeugtes Trickspektakel? Oder die technisch aufwendigste Art einen Menschen zu ermorden, die ihm je zu Gesicht gekommen war? Er hatte einmal im Fernsehen eine Reportage über Laserschnittverfahren in der Industrie gesehen. Da waren die Dimensionen aber viel kleiner gewesen. Auch das ganze Drumherum passte hier nicht: das Gewitter, die Art wie sich der Lichtfinger über den Boden bewegt hatte, wie er dem fliehenden Mann gefolgt war. Hester fühlte sich zum ersten Mal seit der Übernahme des Falls bis ins Mark verunsichert.

Touristen schlafen gewöhnlich gerne aus. Für solche, die auf Wunder aus waren und deshalb nach Graig pilgerten, galt das Gleiche. Als Hester auf der trutzigen Brücke den Fluss überquerte, sah er nur zwei Hunde und ungefähr ein halbes Dutzend Menschen auf der Straße. Die meisten Frühaufsteher, die ihm auf dem Weg zur Duiske Abbey begegneten, waren Einheimische. Einige hatte er in der Nacht zuvor im Pub getroffen.

– 204 –

Sie grüßten freundlich. Manche machten sogar einen Scherz. Der Sohn von Mary McAteer war wieder angekommen in der »alten grauen Maus«, wie Seán Ó Faoláin einmal über den Ort am Barrow gedichtet hatte. Er wurde willkommen geheißen wie ein lang vermisster Heimkehrer, nicht wie ein verachteter Bastard. Hester genoss die unerwartete Herzlichkeit.

Inzwischen war es zwanzig nach sieben. Fiona hatte ihm ein typisch irisches Frühstück vorgesetzt – Eier, Speck, Bohnen, Würste, Ofentomate, Toast – und darauf bestanden, dass er alles aufaß. Dabei sah sie ihm zu, nippte an ihrem Tee, redete über Anny, über ihre Malerei und über das Leben mit Hester, wie sie es sich als junges Mädchen erträumt hatte. Er fand, sie war die wunderbarste Frau auf Gottes weiter Erde, und das nicht nur wegen ihrer Kochkünste. In Champagner zu baden konnte nicht belebender sein, als eine Unterhaltung mit ihr. Sie hatte Witz, Verstand und war ungemein einfühlsam, viel mehr als er, der alte Bullterrier. Von ihrer Schönheit ganz zu schweigen! Nach fast dreißig Jahren hatte Fiona Sullivan es zum zweiten Mal geschafft, ihn zu verzaubern. Er wusste jetzt schon, dass es ihm das Herz zerreißen würde, sie wieder zu verlassen.

Im näheren Umfeld der Kirche wurde es etwas lebendiger. Hier und da war bereits ein Imbissbudenbetreiber dabei, seinen Verkaufswagen zu putzen oder Einkäufe hineinzuladen, um für den erwarteten Pilgeransturm gewappnet zu sein. Auch die Medien hatten aufgerüstet. Acht mobile Übertragungseinheiten von Rundfunk- und Fernsehsendern – sogar ausländische Stationen waren dabei – gruppierten sich halbmondförmig um das Gotteshaus, eine Wagenburg, die noch wachsen sollte.

Das Kirchenportal war verschlossen und die Pforte zum Friedhof ebenso. Molly schlief vermutlich noch. Sie würde ihren Mann und die kleine Lizzie später besuchen. Ohne das Hintergrundgeraune der Menschenmassen lag eine anrührend friedliche Stille über dem grünen Gräberfeld, so wie es eigentlich sein sollte. Hester zog das Bund mit den Zweitschlüsseln aus der Jackentasche, öffnete das Eisentor und betrat den Kirchhof.

Einige bedächtige Schritte später stand er am Grab seiner Mutter.

»Guten Tag, Mom. Ich war gerade in der Gegend. Da dachte ich, ich komme mal vorbei«, sagte er zu ihr. Irgendwie musste der Kontakt zur Witwe Harkin auf ihn abgefärbt haben. Er stellte sich vor, wie Mary überrascht antwortete.

Hester, guter Junge, was bin ich froh, dich nach so langer Zeit wiederzusehen! Du bist ein strammer Bursche geworden. Ein bisschen griesgrämig schaust du drein.

»Ich habe einen anstrengenden Beruf«, erklärte er ihr. »Mit lauter Halunken muss ich mich rumschlagen. Deshalb bin ich auch nach Graig gekommen. Und dass Vater uns im Stich gelassen hat, ist mir auch lange nachgegangen. Wir haben uns jetzt ausgesprochen. Ich denke, wir sind auf einem guten Weg.« Er druckste etwas herum. »Na, und ehrlich gesagt hatte mich wohl auch die Sache mit Fiona etwas verbittert. Ich habe mir nie verziehen, sie und Anny allein gelassen zu haben.«

Du und dein Vater – ihr zwei seid euch ähnlicher als du denkst, antwortete sie. *Als Seamus und ich uns kennenlernten…*

Das Gespräch wurde dann zu privat, um es an dieser Stelle in aller Ausführlichkeit wiederzugeben, doch als Hester seiner Mom das Herz ausgeschüttet, mit ihr ein Gebet gesprochen und sich von ihr verabschiedet hatte, fühlte er sich seltsam erleichtert. Er verließ den Kirchhof kurz vor acht.

Nachdem er ein einziges Mal an der roten Haustür von Pater O'Bannon geklingelt hatte, öffnete dieser sofort.

»Hester! So früh schon auf den Beinen?«, murmelte Pompom. Er machte den Eindruck, als stehe er völlig neben sich und sah ziemlich übernächtigt aus. Sogar die Perücke fehlte auf seinem Kopf.

»Mich hat der Hahn schon kurz nach halb sechs aus dem Bett geworfen.«

»Sie meinen Ian MacDougall?«

»Hat sich also schon bis hierher rumgesprochen?«

»Graig mag sich für eine kleine Stadt halten, aber es ist immer noch ein Dorf, Hester.«

»Es gibt da ein paar Dinge, die ich mit Ihnen bereden wollte, Vater Joseph. Darf ich reinkommen?«

»Oh! Ja. Natürlich. Kommen Sie.« O'Bannon trat zur Seite und deutete in den schmalen Flur. »Macht es Ihnen etwas aus, in der Küche zu reden?«

»Wo immer Sie wollen.«

Der Priester führte seinen Gast in einen kleinen Raum, der zur Straße hinausschaute. Alles hier war alt. Von modernen Einbaumöbeln keine Spur. Hester nahm auf einem unbequemen Stuhl an einem massiven dunkelbraunen Holztisch Platz. Darauf lag ein geflochtenes Essdeckchen mit einem Teller und einer Tasse. In Griffweite standen gebräunte Toastscheiben und ein Glas Orangenmarmelade.

»Schwester Carla ist immer so freundlich, mir das Frühstück zu richten. Möchten Sie auch etwas?«

Hester langte sich an den Bauch. »O bitte nicht! Mrs Sullivan hat mich heute schon gemästet.«

»Wenigstens einen Kaffee?«

»Gerne.«

Eine Weile saßen sie sich schweigend gegenüber. O'Bannon

kaute in der typisch malmenden Weise an seinem Toast, die älteren Leuten mit schlecht passendem Gebiss zu eigen ist. Er schien ganz mit seinen Gedanken beschäftigt zu sein.

»Ich war gestern in der Kirche«, begann Hester irgendwann.

»Ich auch. Habe Sie vermisst. Wo waren Sie?«

»Die Untersuchung für den Bischof hat mich bis spätabends auf Trab gehalten.« Dass er im Pub anstatt bei der Vigil gewesen war, verschwieg Hester lieber. »Was meinen Rundgang durch die Abbey betrifft – warum ist im Baptisterium eigentlich eine Tür zugemauert?«

»Sie meinen das Provisorium neben dem Prozessionsportal? Da war ursprünglich ein Zugang zum alten Klosterbereich geplant. Es ist nichts draus geworden. Der jetzige Eigentümer wollte das Land nicht hergeben.«

»Was befindet sich hinter den Betonblöcken?«

»Eine Ruine, ein kläglicher Rest vom südlichen Seitenschiff in einem verwilderten Areal. Nur Unkraut und Gestrüpp gibt es da. Wenn Sie von außen zur Prozessionstür herumgehen, werden Sie es sehen.«

»In der Kirche ist mir auch etwas aufgefallen. Unterhalb des Dachstuhls. Da sind so seltsame Spuren an den Streben rund um den Altar.«

O'Bannons Malmen stockte. »Was für Spuren?«

»Kratzspuren. Und zugegipste Löcher. Gab es in letzter Zeit irgendwelche Reparaturen in der Kirche?«

Pompom kaute weiter und nickte. »Wir mussten kürzlich einige dringende Instandsetzungsarbeiten durchführen. Dazu wurde ein Baugerüst errichtet. Die Arbeiter haben es verankern müssen. Ich habe die stümperhafte Ausführung reklamiert. Die Schäden werden demnächst beseitigt.«

Hester nickte. »Das erklärt natürlich alles.« Er pustete in

seinen Kaffee. »In den Löchern könnten aber auch Anker von Drahtseilen befestigt gewesen sein.«

Wieder kam das prothetische Mahlwerk des Priesters zum Stehen. »Drahtseile? Wozu sollten wir Drahtseile im Schiff anbringen lassen?«

»Wer sie befestigt hat, steht auf einem anderen Blatt. Was den Zweck betrifft, gibt es sicher mehrere Möglichkeiten. Daran könnten Apparaturen gehangen haben, mit denen das Erscheinen des Messias' hollywoodreif in Szene gesetzt wurde. Oder um ihn irgendwie auf die Stufen des Altarpodests herabzulassen. Ich denke, ich werde Superintendent Managhan bitten, die Spuren kriminaltechnisch untersuchen zu lassen.«

O'Bannon warf unwirsch den angebissenen Toast auf den Teller. Sein Ton wurde gereizt. »Haben Sie dieses Vorgehen mit Bischof Begg abgestimmt?«

»Er lässt mir bei meiner Arbeit freie Hand.«

»Ich bin dagegen, meine Kirche durch derart profane Untersuchungen entweihen zu lassen. Deshalb habe ich – mit Rückendeckung des Bischofs – der Polizei untersagt, das Gotteshaus auf den Kopf zu stellen und …«

»Ist das der Grund, weshalb Sie nur wenige Stunden nach dem Vorfall einen Bittgottesdienst angesetzt haben? Wollten Sie den Tatort kontaminieren?«

»Tatort? Wurde denn ein Verbrechen begangen? Was wollen Sie eigentlich andeuten, Hester? Etwa, dass ich irgendetwas verschleiere?«, fragte O'Bannon erbost.

»Ich deute gar nichts an, Vater Joseph, sondern versuche lediglich, die Wahrheit ans Licht zu bringen.«

»Aus Ihrem Munde hört sich das aber so an, als sei ich in kriminelle Machenschaften verwickelt. Ich war schon mit geistlichen Ämtern in dieser Gemeinde betraut, als Sie noch in die Windeln gemacht haben, mein Junge, und ich sage es gerne noch einmal langsam zum Mitschreiben: Mein Verhalten in Bezug auf die polizeiliche Spurensicherung war von der Diözese abgesegnet.«

Hester nickte. O'Bannons aggressive Verteidigungshaltung war höchst aufschlussreich. »Ich denke, ich habe Sie verstanden. Sie sind nur ein gehorsamer Diener der Kirche, und die Bohrlöcher stammen von Instandhaltungsarbeiten.« Er nahm sich vor, Letzteres nachzuprüfen. »Da wäre noch etwas anderes, Vater Joseph. Wer ist der Mann gewesen, mit dem Sie Jeschua im St Luke's besucht haben?«

Pompom griff wieder nach seinem Toast und biss ab. Er kaute den Happen demonstrativ mindestens zweiunddreißigmal durch. Nach dem Hinunterschlucken sagte er: »Ein Freund hatte mir einen Bruder empfohlen, Ramo Zuko, ein Franziskaner vom Balkan. Er hat mir eine Zeit lang bei der Gemeindearbeit über die Schulter geschaut.«

»Wo ist er jetzt?«

»Abgereist.«

»Mitten in der heiligen Woche?«

»Gerade in der heiligen Woche. Er möchte heute Vormittag in seinem Heimatdorf an der feierlichen Messe teilnehmen.«

»Ist das alles, was Sie mir über ihn berichten können?«

»Was wollen Sie denn noch hören?«

»Vater Joseph, jetzt lassen Sie sich doch bitte nicht jedes Wort aus der Nase ziehen. Sogar Mrs Harkin war gestern gesprächiger als Sie. Ich kann mich auch mit ihr über den Mönch unterhalten, wenn Ihnen das lieber ist.«

O'Bannon bekam einen heftigen Hustenanfall. Hester sprang auf und klopfte ihm auf den Rücken. Als das Gebell des Priesters endlich nachließ, krächzte er: »Ja, wissen Sie es denn noch nicht?«

»Was?«

»In der Nacht ist das Haus der Witwe Harkin eingestürzt. Sie wurde unter den Trümmern begraben. Ich bin noch zu ihr gerufen worden, aber sie war schon tot.«

»Nein!«

»Doch. Die Ärmste ist regelrecht gesteinigt worden.«

Hester war von der schrecklichen Nachricht einen Moment lang zu erschüttert, um einen klaren Gedanken zu fassen, geschweige denn irgendetwas zu sagen. Es ging ihm immer an die Nieren, wenn jemand, den er kannte, so jäh aus dem Leben gerissen wurde. Bei Molly kam frustrierenderweise hinzu, dass sie bisher die einzige Augenzeugin des sogenannten Wunders von Graiguenamanagh war, jedenfalls was die Vorgänge *außerhalb* der Abbey betraf. Nun würde sie ihr Wissen über den geheimnisvollen Mönch mit ins Grab nehmen, über den Racheengel, wie sie ihn genannt hatte. Sie war bei dem Gespräch auf dem Friedhof ganz verängstigt gewesen, so als habe sie ihren Tod vorausgeahnt … Die letzte Bemerkung des Priesters ließ Hester unvermittelt stutzen.

»Ist Ihre Wortwahl nicht ein wenig daneben, Vater? Die Steinigung ist eine alttestamentliche Hinrichtungsmethode. Haben nicht eher unglückliche Umstände zum Tod von Mrs Harkin geführt?«

O'Bannon zögerte. Seine Miene war hart geworden, so als befinde er sich im fortgeschrittenen Prozess der Versteinerung. Schließlich seufzte er. »Die Wege des Herrn sind unerforschlich, mein Sohn.«

Hester horchte auf. »Fast das Gleiche hat gestern Mrs Harkin zu mir gesagt. Wollen Sie damit andeuten, der Himmel habe sie für irgendeine Todsünde bestraft?«

»Fragen Sie doch mal die Leute auf der Straße. Da werden Ihnen viele antworten, das Jüngste Gericht habe begonnen und der Herr trenne die Schafe von den Böcken.«

»War denn Molly Harkin eine ... *Böckin*?« Hester musste angesichts des widersprüchlichen Wortes schmunzeln.

»Wenn ich davon wüsste, dürfte ich es nicht sagen«, antwortete der Pfarrer vieldeutig. Sein Gesicht blieb ausdruckslos.

Hester nickte verstehend. Beichtgeheimnis. Unvermittelt meldete sich in seiner Jackentasche das Mobiltelefon. Das Display zeigte den Namen von Superintendent Managhan an.

»Bitte entschuldigen Sie mich kurz«, sagte Hester und ging zum Telefonieren in den Flur.

»Danke für Ihre E-Mail«, sagte er nach der Begrüßung. »Ziemlich starker Tobak, das Video. Meinen Sie, es ist echt?«

»Das prüfen wir gerade. Die Experten haben mir aber jetzt schon gesagt, dass gut gemachte Fälschungen schwer zu entlarven sind.« Managhan erzählte, dass Bid der Hund die Kamera aufgespürt habe. Das Tier gehöre einem Schafhirten namens Jim Prendergast, derselbe Mann, der auch die obere Hälfte von Dalys Leiche in St Mullins entdeckt habe. Der findige Vierbeiner könnte die Witterung wiedererkannt haben. Die Filmaufnahmen stammten definitiv nicht von dem alten Friedhof, auf dem Dalys Oberkörper gefunden wurde. Seine Leiche sei also nachträglich an die späteren Fundorte gebracht worden.

»Was leider nicht als Beweis dafür taugt, das Wirken übernatürlicher Mächte auszuschließen«, grübelte Hester laut und dachte dabei an Molly Harkins Worte. »Auch der Racheengel könnte die Verteilung vorgenommen haben.«

»Wer hat Ihnen denn *das* verraten?«

»Wie bitte? Ich verstehe nicht ...«

»Das Band in der Digicam ist nachträglich manipuliert worden. Das habe ich selbst gerade erst von einem jungen übereifrigen Kollegen erfahren, der seine Osterfeiertage lieber hinter dem Computer verbringt als beim Eiertanz. Ich habe Ihnen sowieso nur einen Zusammenschnitt auf Ihr Handy geschickt. Die Originalaufnahme zeigt minutenlang nur Regen und Blitze. Der Kollege hat sich das Band genauer angesehen und dabei im monotonen hinteren Teil eine zweite Aufnahme unter dem epischen Schauer entdeckt.«

»Unter?«, wunderte sich Hester.

»Ja. Beim Löschen eines Videobandes wird die frühere Magnetisierung gewöhnlich nie ganz eliminiert. Unsere Techniker können die Aufnahme *unter* der Aufnahme mit ihrem Gerätezoo wieder zum Leben erwecken. Und jetzt raten Sie mal, was außer dem Regen noch auf dem Band war.«

»Ein Racheengel?«

»Sie sagen es. Natürlich nicht wirklich ein Engel, sondern ein dunkler Schemen. Sieht aus wie ein Mönch mit Kapuze.«

»Zufällig ein Franziskaner?«

»Das lässt sich wohl nicht erkennen. Ist ja sowieso nur mit Restlichtaufhellung gefilmt worden und dann noch die Störungen durch die Löschung der Aufnahme. Bisher können wir nur so viel sagen: Nach dem Mord an Brian Daly befand sich noch eine zweite Person am Tatort, die ein Mönchsgewand trug und nicht gesehen werden wollte.«

»Was mich viel mehr interessiert, ist die Frage, warum dieser Unbekannte nicht die Videokamera samt Band verschwinden lässt. Man könnte fast glauben, er wollte, dass die Aufnahme gefunden wird.« Hester erzählte kurz, was er bisher über den Franziskaner erfahren hatte. Auch Mollys mysteriösen Tod erwähnte er. Managhan hatte bereits ein Spurensicherungskommando zu dem eingestürzten Haus geschickt.

»Gibt's sonst noch etwas für mich?«, fragte der Polizist.

Hester blickte kurz zur Küche, um sich zu vergewissern, ob Vater Joseph lauschte. Sicherheitshalber senkte er die Stimme.

»In der Duiske Abbey habe ich mittels UV-Licht Gipsspuren im Strebenwerk entdeckt, offenbar hastig zugespachtelte Bohrlöcher. Mich würde interessieren, ob in letzter Zeit Handwerker in der Kirche ein Baugerüst aufgestellt haben. Das ist nämlich Pater O'Bannons Erklärung.«

»Leider hat der Pfarrer unsere Experten ausgesperrt, aber die Fachbetriebe der Gegend kann ich checken lassen. Hat unsere Spurensicherungkoryphäe noch mehr überraschende Neuigkeiten?« Managhans spöttischem Unterton war anzuhören, dass er den Fund des vatikanischen Sonderermittlers lieber auf das Konto der eigenen Tatortspezialisten verbucht hätte.

Hester besaß die Nehmerqualitäten eines kampferprobten Boxers und steckte den Seitenhieb gelassen weg. »Nein. Sieht man einmal davon ab, dass Brian Daly auch in meiner Vergangenheit rumgewühlt hat. Im Pub wird offen darüber gesprochen.«

»Interessant! Na, jedenfalls *ich* kann Sie vielleicht noch beglücken.« Er berichtete von der Massenflucht aus dem Gefängnis von Portlaoise. »Erinnern Sie sich an die gestrige Frohbotschaft Jeschuas?«

Und ob sich Hester entsann! »Er sagte, er sei von Gott gesandt worden, um den Gefangenen die Entlassung zu verkünden und den Gefesselten die Befreiung.«

»Nun, die Prophezeiung ist eingetroffen. Sämtliche einhundertdreiundneunzig Insassen sind weg.«

»Ich glaub's nicht. Wie ist so etwas möglich?«

»Keine Ahnung. Portlaoise gehört zu den sichersten Gefängnissen Europas. Die ganz schweren Jungs sitzen da ein. Auf anderthalb Häftlinge kommt ein Wachsoldat. Sie sind mit Schnellfeuergewehren ausgerüstet. Es gibt sogar Maschinengewehre, mit denen ein Luftangriff zurückgeschlagen werden kann. Und die Knackis spazieren da einfach raus. Die Wärter wollen sich an nichts erinnern können und die Entlaufenen, die wir bisher aufgreifen konnten, erzählen übereinstimmend dieselbe mysteriöse Geschichte von Windgeräuschen und sich wie von Geisterhand öffnenden Türen. Vielleicht war's eine Art Massenhysterie. So eine hanebüchene Geschichte ist mir noch nie untergekommen.«

»Mir schon. Steht alles in der Bibel.«

»Tatsächlich?«

»Apostelgeschichte, Kapitel 12, wenn ich mich nicht irre. Herodes hat Petrus ins Gefängnis werfen lassen. Da erscheint dem Apostel ein Engel und die Zelle erstrahlt in hellem Licht. Petrus fallen die Ketten von den Händen und der Bote Gottes geleitet ihn durch die erste Wache und auch durch die zweite – niemand hält sie auf. Zuletzt gelangen sie an das eiserne Außentor, das sich ihnen von selbst öffnet, und so kommt Petrus frei.«

»Und was schließen Sie daraus? Sind wir alle Darsteller in einem riesigen Mysterienspiel?«

»Sieht fast danach aus. Die Alternative würde uns beide nicht schmecken.«

»Wie sähe die aus?«

»Die Wunder sind echt.«

»Sie haben recht. Das gefällt mir überhaupt nicht. Ich habe übrigens noch ein Cubóg für Sie.«

Hester stöhnte. »Hoffentlich kein faules Ei.«

»Das überlasse ich Ihren Geschmacksnerven. Sie kommen am besten gleich nach Kilkenny ins Krankenhaus und machen sich selbst ein Bild davon.«

»Ist das denn nötig? Ich bin hier …«

»Bitte kommen Sie einfach, Mr McAteer. Vielleicht bringen Sie auch Ihren Vater als Übersetzer und Pater O'Bannon mit.

Ich will's Ihnen nicht am Telefon sagen, sonst halten Sie mich am Ende noch für verrückt.«

Hesters Handy signalisierte einen zweiten Anruf. Er verabschiedete sich kurz von Managhan und wechselte die Leitung.

»Hier spricht Dr. Niklas Kortum aus Köln«, ertönte eine sonore, etwas unwirsch klingende Stimme in vernehmlich deutsch gefärbtem Englisch. Der Wissenschaftler leitete das Labor, in dem die Dornenkrone untersucht wurde.

»Liegen die Ergebnisse Ihrer Analysen schon vor?«, fragte Hester überrascht.

»Nur ein Zwischenbericht. Es braucht alles seine Zeit, weil wir nur mit reduziertem Team arbeiten. Sie können froh sein, dass ich überhaupt über die Osterfeiertage ein paar Mitarbeiter …«

»Ich weiß Ihre Opferbereitschaft sehr zu schätzen, Dr. Kortum. Was haben Sie herausgefunden?«, unterbrach Hester den Nörgler.

»Vielleicht das Unspektakuläre zuerst. Die Dornenkrone wurde aus den Zweigen des *Paliurus spina-christi* hergestellt, eine, wie Sie sicher wissen, in Palästina beheimatete Spezies.«

»Sind Sie sicher?«

»Muss ich die Frage beantworten?«

»Nein. Bitte entschuldigen Sie. Ich bin nur etwas überrascht, weil ich hoffte, der Kranz stamme von einer einheimischen Pflanze.« Seinen lateinischen Namen verdankte der etwa sechs Meter hohe Strauch der verbreiteten – bisher aber nicht bestätigten – Gelehrtenmeinung, Jesu Dornenkrone sei aus dessen biegsamen, mit starken Dornen bewehrten Zweigen geflochten worden.

»Also, in Irland finden Sie so etwas bestenfalls im Botanischen Garten«, bemerkte Dr. Kortum.

Was als schnippischer Kommentar gedacht war, ließ Hester

aufhorchen. »Lässt sich feststellen, wo die Zweige geerntet wurden?«

»Da arbeiten wir dran. Einen indirekten Hinweis haben wir aber jetzt schon. Das ist der Hauptgrund, weshalb ich Sie anrufe.« Dr. Kortum legte eine rhetorische Pause ein, ehe er hinzufügte: »Wenn Sie stehen, dann setzen Sie sich jetzt besser. Und sollten Sie schon sitzen, dann halten Sie sich gut fest. Das, was ich jetzt für Sie habe, wird Sie vom Hocker hauen.«

19.

County Kilkenny, Irland,
12. April 2009, 12.27 Uhr Ortszeit

Der schwarze Dienstwagen der Diözese von Kildare und Leighlin war kurz nach Ende des Elf-Uhr-Gottesdienstes zum St Luke's Hospital aufgebrochen. Gelenkt wurde er von Bruder Kevin, auf dem Beifahrersitz saß Hester und den Platz im Fond teilten sich brüderlich Pater O'Bannon und Seamus. Der Hirtenstab des Älteren ragte zwischen ihnen wie die Verstrebung eines Überrollbügels vom Fußraum des Fahrersitzes bis unters Dach hinauf. Nachdem der Ford Graiguenamanagh verlassen hatte, berichtete Hester von dem Anruf aus Deutschland.

»Ich habe erwartet, dass die Dornenkrone aus dem Heiligen Land kommt«, sagte O'Bannon, nickte bekräftigend und rückte seine Perücke gerade.

»Ach!«, machte Hester.

»Warum?«, fragte Kevin.

»Weil Gottes Sohn in Palästina und nicht in Irland gestorben ist.«

Auf den vorderen Sitzplätzen wurden Blicke gewechselt.

Seamus hatte zwar die Nachricht von Mollys Tod mit betrübter Miene aufgenommen, aber jetzt wirkte er sehr entspannt. Seine Arme waren über der Brust verschränkt, und er

– 218 –

blickte lächelnd zum Fenster auf die grüne Landschaft hinaus, so gelassen, als spiele er in Sachen Wunder schon lange in einer viel höheren Liga.

»Nun kommt aber etwas, mit dem wohl selbst Sie nicht gerechnet haben, Vater Joseph«, kündete Hester den Knallbonbon an, mit dem Dr. Kortum ihm am Morgen fast den Teppich unter den Füßen weggezogen hatte.

»Mach's nicht so spannend, Junge«, sagte Seamus, ohne den Blick vom Fenster abzuwenden. Er hörte also doch zu.

»An dem Blut, das dem Kranz anhaftete, klebten auch mehrere von Jeschuas Haaren, genug, um sie einer gesonderten Analyse zu unterziehen. Man fand eine Reihe von Pollenarten. Mehrere der dazugehörigen Pflanzen habe es ausschließlich in Palästina gegeben, sagte der Institutsleiter, genauer gesagt in der Gegend von Jerusalem und zwar vor *zweitausend* Jahren! Auch die Schmutzspuren unter seinen Fingernägeln weisen in die betreffende Mittelmeerregion.«

»Meinen Sie damit, die Pollen gab es bereits zur Zeit Christi oder …?«

»Sie stammen aus Jesu Tagen«, präzisierte Hester das Laborergebnis. »Die Pollen sind tatsächlich zweitausend Jahre alt.«

Pater O'Bannon und Kevin bekreuzigten sich, als handele es sich um eine Synchronsportart.

»Da hat sich aber jemand Mühe gegeben«, sagte Seamus, während sein Blick einen alten, halb verfallenen Turm fixierte.

Alle, einschließlich des Fahrzeuglenkers, sahen ihn an.

»Wie meinst du das?«, fragte Hester.

Der Alte riss sich von der Ruine los. »Wie ich's gesagt habe. Der Verursacher des Wunders möchte uns überzeugen, dass es wirklich echt ist.«

»Du meinst Gott«, berichtigte ihn O'Bannon. Er wirkte immer noch so mürrisch wie am Morgen.

Seamus lächelte. »Das habe ich nicht gesagt.«

»Könnte das Laborergebnis manipuliert sein?«, erkundigte sich Kevin beim Experten an seiner Seite.

»Betrügereien gibt es überall«, brummte Hester. »Aber allmählich gehen mir die Optionen aus. Ich arbeite nicht ohne Grund seit Jahren mit den Instituten in Deutschland zusammen, die gerade unsere Beweismittel analysieren. Sie sind gründlich, professionell und unabhängig. Denen ist es egal, ob ihre Ergebnisse die Kirche zum Wanken bringen oder sich dadurch einflussreiche Leute auf den Schlips getreten fühlen.«

Seamus schnaubte. »So etwas ist niemandem ganz egal. Entweder einer arbeitet für Geld und dann *braucht* er Geld oder für eine Überzeugung und dann will er diese auch stützen.«

Hester überhörte den Einwurf von der Rückbank, obwohl er seinem Vater insgeheim recht gab. Er drehte sich zu O'Bannon um. »Mir scheint, Vater Joseph, Sie sind derjenige hier im Wagen, der im vorliegenden Fall – wie drücke ich mich richtig aus? – das Wirken übernatürlicher Kräfte noch am ehesten für möglich hält. Mrs Harkin äußerte sich gestern mir gegenüber ganz in Ihrem Sinne. Sie meinte, sie habe nach dem Wunder am Donnerstag auf dem Kirchhof einen Racheengel gesehen. Die alte Molly deutete sogar an, dass für sie eine solche himmlische Intervention kaum überraschend käme. Nicht nur wegen des Jüngsten Gerichts im Allgemeinen, sondern auch wegen ihr im Besonderen. Können Sie uns nicht doch irgendeinen Hinweis geben, was die alte Lady zu dieser Einschätzung veranlasst hat?«

»Meine Antwort dazu kennen Sie«, antwortete der Pfarrer knapp.

»Er ist an das Beichtgeheimnis gebunden«, sagte stattdessen Seamus und lächelte traurig. »Ich aber nicht.«

O'Bannons Kopf ruckte so heftig herum, dass seine Perücke infolge der Massenträgheit die Bewegung nur teilweise mitvollzog. Entrüstet – oder entsetzt? – funkelte er den Alten neben sich an. »Du wirst doch nicht …!«

»Nur keine Sorge«, beschwichtigte Seamus ihn. »Deine Zeit als Hüter des Sündenregisters der Gemeinde ist zwar passé – ich erinnere da nur an meine Affäre mit Mary, die inzwischen sogar dieser falsche Hahn Ian in die Weltgeschichte hinauskräht –, aber ich wollte dem Jungen lediglich sagen, was schon damals ein offenes Geheimnis in Graig war.« Er wandte sich seinem Sohn zu.

»Hat sie etwas getan, das nach dem Alten Testament den Tod durch Steinigung verdient hätte?«, fragte Hester. Genau so hatte sich Vater Joseph ja am Morgen ausgedrückt.

Seamus seufzte. »Molly ist 1939 schwanger geworden, bevor sie Abe geheiratet hat …«

»Doch nicht …!«

»Nein«, sagte der Alte entschieden. »Sie hat mir zwar schöne Augen gemacht, aber ich kam fast neun Jahre früher nach Graig. Molly war damals noch viel zu jung. Es könnte sogar Abraham Harkins Kind gewesen sein. Jedenfalls waren sie ja noch nicht verheiratet. Molly muss ziemlich durcheinander gewesen sein. Ich glaube, ihre größte Sorge war nicht einmal, mit einem geschwollenen Leib vor den Traualtar treten zu müssen oder von ihrem Verlobten womöglich sitzen gelassen zu werden. Mir hatte sie einmal gesagt, sie habe in diesen Tagen wegen der unruhigen Zeiten viele schlaflose Nächte verbracht. England hatte Deutschland gerade den Krieg erklärt. Sollte es Hitler in die Hände fallen, wäre Irland schon so gut wie verloren. Molly war jüdischer Herkunft und musste im Fall einer Invasion der Nazis mit dem Schlimmsten rechnen. Jedenfalls ist sie zu einem Engelmacher gegangen und

– 221 –

hat das Kind abtreiben lassen. Die Schuldgefühle haben sie offenbar bis zuletzt geplagt.«

»Und wahrscheinlich hat der Kurpfuscher irgendetwas kaputt gemacht, weshalb sie später keine Kinder mehr bekommen konnte.« Hester erinnerte sich an die wehmütige Art, wie die Witwe über die kleine Mitbewohnerin im Grab ihres Mannes gesprochen hatte. Allmählich begriff er, welche perfide Logik hinter den mysteriösen Todesfällen der letzten Tage stand. »Wenn im alten Israel zwei Männer miteinander rauften und sie verletzten eine Schwangere, sodass sie eine Fehlgeburt erlitt, dann mussten die Schuldigen hingerichtet werden.«

Seamus nickte. »Exodus, Kapitel 21. ›*Sin autem mors eius fuerit subsecuta reddet animam pro anima*‹.«

»Wenn … aber …«, begann Bruder Kevin schwerfällig zu übersetzen.

»Wenn aber der Tod eintritt, dann sollst du Leben für Leben geben«, murmelte O'Bannon wie in Trance und fuhr fort: »Auge für Auge, Zahn für Zahn, Hand für Hand, Fuß für Fuß, Brandmal für Brandmal, Wunde für Wunde …«

»Ich glaube, wir haben es alle verstanden«, schnitt Hester ihm das Wort ab. »Vielleicht ist diese ganze Wunder-Geschichte nur die Masche eines Serienkillers, der nach Aufmerksamkeit lechzt.«

»Wie wär's mit einem Psychopathen, der sich für Gottes Vollstrecker hält? Oder sich dem Allmächtigen als Racheengel anempfehlen möchte?«, spann Kevin den Gedanken weiter.

»Würde so ein Mann einen solchen Aufwand treiben?«, fragte Seamus lapidar.

»Vielleicht will er dem angeblichen Wunder von Graiguenamanagh durch eine Flut weiterer scheinbar übernatürlicher Vorkommnisse den Nimbus der Glaubwürdigkeit verleihen«, konterte Hester, fand seinen Einwand aber selbst ein wenig unglaubwürdig. Wieder einmal hatte sein Vater mit sicherem Gespür die Achillesferse der Hypothese aufgedeckt. Wer immer Jeschua als Gekreuzigten vor den Altar der Duiske Abbey geworfen oder Daly und Judge mit feurigem Schwert zerteilt hatte, der musste über fast uneingeschränkte Mittel verfügen. Für einen Hobbypsychopathen war die Nummer eindeutig zu groß.

O'Bannon schüttelte nur den Kopf und brummte voller Verachtung: »Ihr Kleingläubigen! Als hätten sie nie gelesen, was der heilige Johannes berichtet hat? ›Obwohl Jesus so viele Zeichen vor ihren Augen getan hatte, glaubten sie nicht an ihn.‹ Ihr werdet euch noch alle wundern.«

Die vierköpfige Besucherdelegation aus Graig nähert sich in geschlossener Formation dem Eingang des St Luke's General Hospital an der Freshford Road in Kilkenny. Als sie die Grünanlage durchquerten, rückten sie noch ein wenig näher zusammen, um einander nicht zu verlieren. Das Krankenhaus war nämlich dicht von Medienvertretern und Schaulustigen umlagert. Hester konnte sich noch gut an den Massenauflauf vor der Gemelli-Klinik in Rom erinnern, als im März 2005 alle Welt nach Lebenszeichen von Papst Johannes Paul II. lechzte. Hier war das öffentliche Interesse kaum geringer. Jeschua drohte dem Heiligen Vater den Rang abzulaufen.

»Bleib stehen!«, rief Seamus unvermittelt seinem Sohn zu.

»Lass dich von der Meute nicht einschüchtern und geh einfach weiter«, antwortete Hester in Verkennung der Gefahr, in der er sich befand, und bewegte sich in raumgreifenden Schritten mutig auf die Menge zu.

Plötzlich fiel eine enorme Menge Vogelkot genau auf sein Revers.

Seamus kicherte. »Alles Gute kommt von oben.«

»Erzähl mir jetzt nicht, du hättest das vorausgesehen«, knurrte Hester, während er hektisch ein Stofftaschentuch zutage förderte. Er wischte über den gelblich weißen Schleim hinweg und verteilte ihn dadurch noch gründlicher auf seinem schwarzen Anzug.

»Würdest du's mir denn glauben?«, fragte Seamus.

»Unsinn. Du hast zufällig nach oben gesehen und den Vogel bemerkt.«

»Wenn du's sagst.« Der Alte befleißigte sich eines schmunzelnden Schweigens.

»Sehen Sie doch, Mr McAteer!«, entfuhr es in diesem Moment Bruder Kevin. Er bekreuzigte sich erst einmal und deutete dann, sichtlich verblüfft, auf den Baum, an den sich Hester nur allzu gut erinnerte. Tags zuvor hatte er – nach einer mehr als merkwürdigen Äußerung Jeschuas – aus dem Fenster der Intensivstation auf ihn herabgeblickt und nur einige grüne Blätter an den Zweigen vorgefunden. Jetzt war er voller Blüten und Birnen.

Auch Pater O'Bannon schlug ein Kreuz.

Seamus gluckste. »Normalerweise kommen erst die Blümchen, dann die Bienchen und dann die Früchte.«

»Was ist daran so lustig, Pa?«, knurrte Hester.

»Ach, nichts. Sei bitte etwas nachsichtig mit deinem alten Herrn, wenn er nicht mehr bei jedem Wunder gleich ein Hosianna erschallen lässt.«

Die Gruppe näherte sich dem Baum. Er war großräumig von Polizisten umstellt. Einer der Beamten streckte ihnen die Hand entgegen.

»Halt. Niemand darf zu dem Birnbaum.«

»Wer sagt das?«, wollte Hester wissen.

Der Polizist musterte nicht ohne einen gewissen Ekel die

zerriebenen Kotflecken auf Hesters Kragen, ehe er antwortete: »Der Polizeichef persönlich hat das angeordnet.«

»Sehr vernünftige Anordnung. Mir und meinen Begleitern wird er die Inaugenscheinnahme des Baumes allerdings kaum verwehren. Lesen Sie bitte das.« Hester zeigte dem Beamten das bischöfliche Beglaubigungsschreiben.

»Ich weiß nicht…«, wand sich dieser.

Hester lüpfte demonstrativ sein Mobiltelefon. »Wir können gerne Superintendent Managhan anrufen. Ich habe seine Nummer in meinem Handy gespeichert.«

»Ist schon gut. Gehen Sie durch«, brummte der Polizist und gab eine Lücke frei.

Während seine drei Begleiter sich stillem Staunen hingaben, wanderte Hester um den Wunderbaum herum. Das Ding war verblüffend. Er zupfte eine Blüte ab. Sie war nicht angeklebt, sondern richtig gewachsen. Das Gleiche galt für die Früchte. Hester ließ Kevin einige Proben nehmen – für das Labor.

»Können Sie sich so etwas erklären?«, fragte der junge Ordensbruder.

»Nein, aber das ist ja wohl auch nicht beabsichtigt«, brummte Hester. Die auffällige Häufung von mysteriösen Vorfällen schlug ihm allmählich auf den Magen. »Lassen Sie uns reingehen. Ich bin gespannt, wie Superintendent Managhan das noch überbieten will.«

Sie verließen wieder den Absperrring und betraten das Krankenhaus. Jeschua lag nach wie vor auf der gut abschirmbaren Intensivstation. Schwester Ellen Hayden hatte wieder Dienst und empfing die Besucher mit Nichtachtung. Nach dem Durchschreiten der gesicherten Tür zog Kevin ein digitales Tonaufzeichnungsgerät aus der Tasche.

»Was soll das werden?«, fragte Hester.

»Ich habe Ihnen doch erzählt, dass mich heute früh Bischof Begg anrief, um sich nach dem Fortgang der Untersuchung zu erkundigen. Bei der Gelegenheit wies er mich an, zukünftig alle Befragungen Jeschuas mitzuschneiden. Spricht aus Ihrer Sicht etwas dagegen?«

»Nicht das Geringste«, knurrte Hester. In Wirklichkeit gefiel es ihm überhaupt nicht, dass der Bischof sich in seine Arbeit einmischte.

Dicht vor dem Krankenzimmer unterhielt sich gerade Superintendent Managhan mit Dr. Cullen, dem Leiter der Station, einem schlanken Mann Mitte vierzig mit fast ganz ergrautem Haar und einem gestressten Ausdruck auf dem Gesicht. Als der Polizeichef den vatikanischen Sonderbeauftragten sah, winkte er ihn und seine Begleiter sofort heran. Man begrüßte sich.

»Seien Sie so nett, Doktor, und erzählen Sie für Mr McAteer und seine Begleiter noch einmal, was heute Nacht passiert ist«, bat Managhan. An seinem Ohr hing wieder das obligatorische Bluetooth-Gerät.

Dr. Cullen zog die Stirn kraus, so als halte er ein solches Unterfangen für reine Zeitverschwendung. »Warum tun *Sie* es nicht, Superintendent? Dann könnte ich mich wieder meinen Patienten widmen. Ich will heute sowieso veranlassen, dass Ihr Wunderknabe auf eine andere Station verlegt wird, damit hier endlich wieder Ruhe einkehrt. Dem Patienten geht es wesentlich besser, und es gibt keinen Grund ihn noch länger hierzubehalten. Die Intensiv ist kein Affenzirkus.«

»Bitte warten Sie noch einen Moment«, hielt Managhan den Arzt zurück, der sich gerade anschickte zu gehen. Danach wandte er sich Hester zu und sagte: »Jeschua hat gegen vier Uhr dreißig einen Mann aus dem Koma aufgeweckt.«

Der Arzt verdrehte die Augen.

Pater O'Bannon und Kevin bekreuzigten sich einmal mehr.

Hester holte tief Luft. Was kam wohl als Nächstes? Die Auferstehung der Toten? »Dr. Cullen«, wandte er sich direkt an den Stationsleiter, »wäre es möglich, dass der Patient sowieso zu dieser Zeit aus dem Koma erwacht wäre?«

»Das halte ich für ausgeschlossen.«

»Und warum?«, platzte Kevin heraus. »Ich denke, man kann nie mit Sicherheit sagen, wann so etwas geschieht.«

Der Chefarzt musterte ihn ohne jede Herzlichkeit. »Weil es eine *Langzeitnarkose* und kein Koma war. Der Tiefschlaf wurde *künstlich* durch Zugabe von Sedativa herbeigeführt, Bruder – wie war noch gleich Ihr Name?«

»Blutwurst«, sagte Managhan.

Alle sahen ihn verdutzt an.

Er lächelte schief, deutete auf sein Bluetooth-Ohrimplantat und flüsterte: »Ein Anruf. Bitte entschuldigen Sie.«

»Schalten Sie sofort Ihr Handy aus«, befahl Dr. Cullen.

Der Superintendent setzte das Gespräch fort, zog sich dabei aber schnell in Richtung Ausgangstür zurück.

»Mein Assistent heißt übrigens nicht Blutwurst, sondern Kevin O'Connor«, brummte Hester und brachte das Gespräch wieder auf das Thema zurück. »Was fehlte dem Patienten denn, Doktor?«

»Die Fähigkeit, selbst zu atmen.«

»Ich will Ihnen wirklich nicht Ihre kostbare Zeit stehlen, Doktor, aber könnten Sie das *etwas* genauer beschreiben? Und bitte so, dass wir dummen Laien es verstehen.«

»Der Patient leidet unter Asthma. Vor vier Tagen hatte er einen schweren Anfall, bekam keine Luft mehr und lief blau an. Er wurde daraufhin notärztlich versorgt, bei uns eingeliefert und intensivmedizinisch betreut. Endotracheale Intubation …«

»Wir sind keine Mediziner, Dr. Cullen.«

»Verzeihung. Er wurde in einen künstlichen Tiefschlaf versetzt. Da ein Patient dabei nicht mehr von alleine atmet, mussten wir ihm einen Tubus …«

»Sie meinen einen Beatmungsschlauch?«

»Ja. Den haben wir ihm in die Luftröhre geschoben und an das Beatmungsgerät angeschlossen. Als die Sauerstoffwerte tags darauf besser waren, nahmen wir die Narkose zurück, damit er wieder den Anreiz bekommt, von selbst zu atmen. Das tat er aber nicht. Am darauffolgenden Tag war es das Gleiche …«

»Ist das bei dieser Art der Atemnot normal?«

Dr. Cullen holte tief Luft und antwortete ruhig, doch mit einem leichten Zittern in der Stimme: »Nur damit wir uns richtig verstehen, Monsignore: Unser Patient ist zwar ein Asthmatiker, aber dies bedeutet nicht zwangsläufig, dass auch im vorliegenden Fall ein sogenannter *Status asthmaticus* zum Atemstillstand geführt hat. Wodurch dieser tatsächlich ausgelöst wurde, wissen wir nicht.«

»Was wären denn andere Erklärungen dafür?«

»Theoretisch käme eine allergische Reaktion oder eine Vergiftung in Betracht. Hinweise darauf gibt es aber im vorliegenden Fall nicht. Vielleicht hat er sich auch maximal überanstrengt oder wurde emotional stark erschüttert – das kann ebenfalls ein Auslöser sein. Wir haben alle möglichen Untersuchungen durchgeführt, aber es war nichts Auffälliges zu finden. Deshalb erwogen wir, heute Vormittag einen Luftröhrenschnitt zu machen und ihn darüber zu beatmen, aber in der Nacht kam uns Mr X dazwischen. Seitdem ist der Patient wach und atmet wieder ganz normal.«

»Dann hat Jeschua ihn also nicht nur aufgeweckt, sondern auch geheilt?«

»Derzeit kann ich Ihnen nichts Gegenteiliges sagen. Allerdings ist nach wie vor ungeklärt, warum der Körper des Patienten nicht mehr atmen wollte. Von Heilung zu sprechen, ist deshalb vielleicht zu weit hergeholt. Aber eines finde ich wirklich merkwürdig: Wenn Ihr Mr X tatsächlich Christus wäre, warum heilt er sich dann nicht selbst? Seine Konstitution ist zwar mustergültig, aber ein Mann mit nur einer Niere ist ja wohl alles andere als ›ohne Fehl und Makel‹ – so heißt es doch in der Heiligen Schrift über das Lamm Gottes, oder?«

»Vielleicht, Doktor, will er ja, dass alles so geschieht«, gab Pater O'Bannon in tadelndem Ton zu bedenken. »Am Kreuz wurde der Heiland ganz ähnlich verspottet. ›Wenn du der König der Juden bist, dann hilf dir selbst!‹, riefen die Soldaten zu ihm herauf, und der Verbrecher an seiner Seite sagte: ›Bist du denn nicht der Messias? Dann hilf dir selbst und auch uns!‹ – Aber nichts davon hat er getan.«

Die Protestnote des Pfarrers wehte an Hester unreflektiert vorüber, weil ihm die Mitteilung des Arztes noch durchs Bewusstsein dröhnte. »Er hat nur … *eine* Niere?«

Dr. Cullen legte die Fingerkuppen an den Mund. »Ups, ist mir da gerade was entfleucht? Jetzt sollte ich aber gehen, ehe mir noch weitere Indiskretionen herausrutschen.«

»Ja«, sagte Hester mit glasigem Blick. »Danke, Doktor. Lassen Sie sich von uns nicht weiter aufhalten.«

Der Arzt nickte einmal in die Runde und suchte das Weite. Auf dem Gang kreuzte sein Weg den von Superintendent Managhan, der sein Telefonat mittlerweile beendet hatte und zu den anderen zurückkehrte.

Hester atmete tief durch. »Wenn das an die Presse kommt, wird sie behaupten, der Messias heile wie vor zweitausend Jahren jede Art von Leiden und Graig versinkt endgültig im Pilgerstrom.«

»Zu spät«, sagte Seamus amüsiert. Er stand ein paar Schritte weiter direkt vor dem Fenster, durch das man in Jeschuas Krankenzimmer sehen konnte.

Hester überbrückte die Distanz mit vier großen Schritten, sah durch das Glas und traute seinen Augen nicht. Drei Personen umlagerten Jeschuas Bett: Anny, ein Mann mit schwarzem Anzug, schwarzem Hut und langen Schläfenlocken – offenbar ein orthodoxer jüdischer Rabbiner – und der Medienmogul Robert Brannock. Sie befanden sich in angeregter Unterhaltung mit dem Patienten, deuteten gelegentlich auf Zeitungsblätter, die vor ihm verstreut lagen und bemerkten die Zaungäste hinter der Scheibe nicht.

»O mein Gott!«, hauchte O'Bannon und fasste sich an den Kopf, wodurch seine Perücke verrutschte. Er wurde kreidebleich.

»Geht es Ihnen nicht gut, Vater Joseph?«, fragte Hester. Er war sich nicht sicher, ob die Anwesenheit eines Geistlichen anderer religiöser Provenienz oder der Anblick des Chefs der Brannock Media Corporation den Pfarrer so aus der Fassung brachte.

Pompom schüttelt nur den Kopf. »Es ist … nichts«, stammelte er in weinerlichem Ton. Dann würgte er, sagte, er müsse sich wohl übergeben, drehte sich um und wankte der Toilette entgegen.

Hester sah verständnislos seinen Assistenten an. »Werden Sie daraus schlau?«

Kevin hob nur die Schultern und schüttelte den Kopf.

»Ich kenne Joe schon lange. Das Problem scheint mir eher seelischer Natur zu sein«, bemerkte Seamus gleichmütig. Er deutete durchs Fenster. »Wollen wir uns dem interkonfessionellen Treffen anschließen?«

»Ja, gleich«, antwortete Hester und sagte zu Managhan:

»Danke, dass Sie den Birnbaum unten haben absperren lassen. Wurde schon veranlasst, ihn untersuchen zu lassen?«

Der Superintendent nickte. »Später kommt ein Botaniker und nimmt ihn genauer unter die Lupe. Vorsorglich habe ich schon einmal verschiedene Beweise abzupfen lassen.«

»Gut. Wir brauchen nicht immer mehr und immer bizarrere Wunder, sondern endlich ein paar harte Fakten, um den Mummenschanz zu entlarven.«

»Wenn's nur bei triebwütigen Bäumen bliebe – das fällt bei mir unter die Rubrik grober Unfug oder Erregung öffentlichen Ärgernisses.«

»Halbierte Männer und gesteinigte Frauen aber sicher nicht, und Sie werden kaum leugnen, dass all diese ominösen Vorfälle zusammenhängen. Im Übrigen kann es trotzdem nicht sein, dass ein Baum dieser Größe in einer einzigen Nacht so viele Blüten und sogar Früchte bekommt.«

»Es sei denn, es handelt sich um ein echtes Wunder«, wandte Kevin ein.

»Es *gibt* keine echten Wunder, sondern nur unerklärte Phänomene«, insistierte Hester.

»Wenn ich da noch mal einhaken darf«, sagte Managhan. »Eben habe ich mit dem Labor gesprochen. Das Blut vom silbernen Kruzifix ist mit dem von Pater O'Bannon und von Mr Whelan verglichen worden. Das Ergebnis ist in beiden Fällen negativ. Es kann, ebenso wie die Gewebeproben aus der Hostienschale, eindeutig Jeschua zugeordnet werden. Das Haschee stammt von …«

»… einer Niere?«, tippte Hester.

»Woher wissen Sie das?«, staunte Managhan.

»Dr. Cullen war so nett und hat sich verplaudert.«

»Wäre nur herauszufinden, ob das Organ operativ oder durch ein Wunder entnommen wurde«, merkte Kevin an.

»Der Junge meint, so wie Adams Rippe, aus der Gott ihm die Eva gebaut hat«, setzte Seamus hinzu.

Hester fühlte sich zunehmend wie eine Marionette, die lediglich den Sonderermittler des Bischofs spielte, während andere an den Fäden zogen. Er beschoss seinen Assistenten mit einem wütenden Blick. »Das hier ist kein Heiligsprechungsverfahren und Sie sind kein Advocatus dei, Bruder O'Connor.«

»Der Anwalt des Teufels aber auch nicht«, murrte der Ordensbruder in seinen nicht vorhandenen Bart.

»Das habe ich gehört, Kevin!«

»Hester, lass den Jungen doch sagen, was er denkt«, mischte sich Seamus abermals ein. »Oder hast du dich schon so verrannt, dass man dir nur noch zu Munde reden darf?«

Der Gescholtene schluckte. Hatte sein Vater recht? War er für logische Argumente nicht mehr zugänglich? Hatte der Kampf gegen die Scharlatane und Betrüger dieser Welt ihn auf einem Auge blind gemacht, sodass er nur noch mit dem des Vorurteils sehen konnte? Hester wandte sich Kevin zu. »Tut mir leid, wenn ich mich im Ton vergriffen habe.«

Der Ordensgeistliche lächelte. »Kein Problem. Wir stehen alle unter enormem Erfolgszwang.«

»Also, ich weiß ja nicht, was ihr heute noch so vorhabt, aber ich werde jetzt mal einen alten Bekannten begrüßen«, sagte Seamus und schritt durch die Tür des Krankenzimmers.

Die anderen folgten ihm.

Hester war mental noch nicht wieder ganz im Gleichgewicht, weshalb er seine Umgebung eher mit der Aufmerksamkeit eines Schlafwandlers wahrnahm. Was ihn schließlich aus seiner Lethargie befreite, war weder die ungewöhnliche Zusammensetzung der Besucher, noch die bemerkenswert freundliche Begrüßung Brannocks durch seinen Vater, sondern die auffällige Fürsorglichkeit, mit der Anny den jungen Mann im Bett umsorgte. Sie saß an seiner Seite, reichte ihm gerade eine Tasse und lächelte ihn dabei ganz bestrickend an. Das Eintreten ihres Vaters registrierte sie eher am Rande.

Der jüdische Geistliche betätigte sich gerade als Dolmetscher zwischen Anny und Jeschua, wobei er gleichzeitig seine rechte Schläfenlocke um den Zeigefinger wickelte. Er saß mit dem Rücken zur Tür, drehte sich zu den Hereinkommenden mitten im Sprechen um und nickte ihnen zu.

Der Medienmogul und Seamus standen am Fußende des Bettes. Über ihren Häuptern hing ein Fernseher an der Wand, dessen Bild zwar ein-, der Ton aber abgeschaltet war. Als Brannock den vatikanischen Sonderbeauftragten auf sich zukommen sah, bat er dessen Vater respektvoll für die Unterbrechung um Verzeihung und schüttelte Hester die Hand.

»Überrascht, dass wir uns nach drei Tagen schon wiedersehen?«

»Ein bisschen schon. Welchem Umstand verdankt man denn die Ehre Ihres Besuches, Mr Brannock?«

»Bob! Schon vergessen? Wir hatten uns die Förmlichkeiten doch ersparen wollen.« Der Medienmagnat deutete auf Jeschua und raunte: »Der Mann ist entweder der Sohn Gottes oder der raffinierteste Betrüger aller Zeiten. Das eine wie das andere hat mich neugierig auf ihn gemacht. Vor ein paar Minuten ist übrigens unser Kamerateam abgerückt. Es hat ein paar schöne Aufnahmen gemacht.«

Hester kam sich vor wie im falschen Film. Am liebsten hätte er laut losgepoltert, aber da die Person, um die es ging, vor ihm im Bett lag, zischte er nur: »Sie haben ihn fürs *Fernsehen* interviewt?«

Der BMC-Chef hob die Schultern. »So läuft nun mal das Geschäft. Wer zuerst kommt, mahlt zuerst. Hätte ich meine

Leute zurückgepfiffen, dann wäre jetzt ein anderer Sender hier.«

»Darf ich Sie daran erinnern, Bob, dass dies eine Angelegenheit der Kirche ist?«, erklärte Hester mühsam beherrscht. »Bischof Begg hat *mir* die Leitung der Ermittlungen übertragen, und ich dulde einen solchen Zirkus nicht.«

»Jesus Christus ist nicht Eigentum der katholischen Kirche, Hester. Er gehört der ganzen Menschheit.«

»Jetzt werden Sie nicht spitzfindig.«

»Monsignore McAteer repräsentiert nämlich den allein seligmachenden Glauben«, kommentierte Seamus belustigt.

»Vater!«

»Ist ja schon gut. Ich wollt's nur mal erwähnt haben.«

Nun gesellten sich auch Kevin und Managhan zum Kreis der Flüsternden.

»Sie können ganz unbesorgt sein«, sagte Brannock leise zu Hester. »Der Bischof hat mir die Exklusivrechte für die Medienberichterstattung übertragen. Deshalb stehen die anderen Fernsehstationen auch draußen, während Ihre Tochter und ich hier drinnen sind.«

Das Bild von der Marionette trudelte wieder durch Hesters Sinn. Er blitzte Kevin an, als heiße er Judas Iskariot. »Wussten Sie davon?«

Die Mundwinkel des Ordensbruders zuckten nervös. »Ich habe auch erst kurz vor der Abfahrt davon erfahren. Im Auto kam gleich das Gespräch auf Mrs Harkin und ...«

»Schon gut«, schnitt Hester ihm das Wort ab, damit Kevin nicht auch noch den Laborbericht aus Deutschland erwähnte. Die Nachricht von den zweitausend Jahre alten Pollen in Jeschuas Haaren wäre das gefundene Fressen für den Medienhai. An Brannock gewandt, raunte er: »Die Ermittlungen in diesem Fall sind auch ohne das Störfeuer der Medien schon kompliziert genug. Ich weiß nicht, ob der Begriff *Wahrheits-findung* Ihnen lieb und teuer ist, Bob, aber Sie haben mir auf unserem gemeinsamen Flug erklärt, was für ein guter Katholik Sie seien. Hier geht es auch um das Seelenheil von Abermillionen Gläubigen. Stimmen Sie Ihre Berichterstattung bitte zukünftig mit mir ab.«

»Bei allem Respekt, Hester, aber die Pressefreiheit ist auch ein kostbares Gut, das …«

»Sie müssen mir keinen Vortrag über die freiheitlichen Grundrechte halten«, zischte Hester. »Wenn es nach Ihnen ginge, stünde auf Jeschuas Nachthemd wohl demnächst noch Ihre Werbung.«

Brannock kräuselte die Lippen. »Dieses Angebot habe ich Bischof Begg tatsächlich gemacht. Aber der fromme James hat es natürlich strikt abgelehnt. Vorläufig jedenfalls.«

Wie Hester bemerkte, war der Gedankenaustausch zwischen Jeschua, Anny und dem Rabbi zum Erliegen gekommen – wahrscheinlich weil Ersterer bemerkt hatte, dass es bei dem Gezische und Geraune zu seinen Füßen um ihn ging. Hester schluckte seinen Ärger herunter und wechselte – für die Umstehenden überraschend – das Thema. »Sagen Sie, Bob, kennen Sie eigentlich Pater Joseph O'Bannon?« Das merkwürdige Verhalten des Priesters draußen auf dem Flur wollte ihm nicht aus dem Kopf gehen.

Brannock, eben noch ganz der souveräne Medienguru, schien zu versteinern. Es begann in seinem Gesicht und erfasste rasch den ganzen Körper. Nur seine Lippen bewegten sich noch. »Pater O'Bannon ist zusammen mit Ihrem Vater Zeuge des Wunders gewesen.«

»Ich rede von einer *persönlichen* Bekanntschaft.«

»Mir ist schleierhaft, worauf Sie hinauswollen, Hester«, antwortete der Medienmogul kühl. »Und im Übrigen fehlt mir auch die Zeit, dieses zweifellos anregende Gespräch fortzusetzen. Ich habe in meinem übervollen Kalender extra einen wichtigen Termin gestrichen, um mit dem Firmenhubschrauber kurz von Dublin aus herüberzuhüpfen, aber jetzt muss ich wirklich wieder gehen. Bitte entschuldigen Sie mich.«

Er verabschiedete sich flüchtig von den Anwesenden und verließ eilig das Krankenzimmer. Auf den Mienen der Zurückgebliebenen zeichnete sich Überraschung ab.

Hester sah seinen Vater an. »Du kennst Vater Joseph besser als ich. Gibt es da irgendetwas zwischen ihm und Robert Brannock?«

»Nichts, das ich dir sagen dürfte«, erwiderte Seamus vieldeutig.

»Fängst du jetzt auch mit dieser Geheimnistuerei …?« Er verstummte, weil Jeschua ganz aufgeregt etwas auf Hebräisch rief und dabei zum TV-Gerät unter der Decke deutete. Jeder suchte schnell einen Platz, von dem aus er zur Mattscheibe hinaufsehen konnte; Hester lief zu Anny.

Im Fernsehen stand gerade Angelo Vincent Kardinal Avelada, der Präfekt der Glaubenskongregation, einem Reporter Rede und Antwort. Anny nahm die Fernbedienung vom Nachttisch und stellte den Ton lauter. Der Rabbi begann die Übersetzung in Jeschuas Ohr zu murmeln und betrieb nebenher weiter die formerhaltenden Maßnahmen für seine rechte Schläfenlocke. Hesters Blick fiel auf die über das Bett verstreuten Zeitungsblätter. Außer dem Namen eines japanischen Elektronikkonzerns in einem Firmenlogo konnte er kein Wort lesen, weil alle übrigen Buchstaben hebräisch waren.

»… deutet derzeit nichts darauf hin, dass bei dem sogenannten Wunder von Graiguenamanagh andere als irdische Kräfte im Spiel sind«, tönte die Stimme des Prälaten aus dem Lautsprecher. »Insofern müssen wir bis zu einer endgültigen

Klärung des Vorfalls den Mann, der sich Jeschua nennt, genauso behandeln wie ... sagen wir, einen gewöhnlichen Zimmermann. Wir sind uns durchaus bewusst, dass gläubige Menschen in aller Welt die Wiederkunft Christi als Beginn des Jüngsten Tages verstehen. Damit sind nicht nur große Erwartungen, sondern bei manchen auch große Ängste verbunden. Niemand ist ohne Sünde, und mancher fragt sich, ob der Messias ihn als Schaf zu seiner Rechten stellen oder als Bock zu seiner Linken aussondern wird ...«

Jeschua kommentierte die Bilder mit einem wütenden Wortschwall.

»Warum ist er denn so aufgeregt?«, fragte Hester seinen Vater.

Seamus wirkte belustigt. »Es gefällt ihm nicht, dass man ihn für einen Schwindler hält. Er bezichtigt die Geistlichkeit der Heuchelei und beschimpft sie als Schlangenbrut.«

Bruder Kevins Miene verriet Bestürzung.

Als Jeschua seinem Ärger endlich Luft gemacht hatte, bat Hester ihn durch seinen Vater förmlich um Entschuldigung für den Überfall im Krankenzimmer. Danach lief er um das Bett herum, begrüßte den Rabbiner mit einem freundlichen *Schalom* und stellte sich ihm vor. Er deutete auf sein Kollar. »Ich hoffe sehr, mein Halseisen hat Sie nicht zu der Annahme veranlasst, ich wollte Sie mit Nichtachtung strafen. Sie haben ja vielleicht mitbekommen, dass wir mit Mr Brannock eine hitzige Diskussion hatten. Tut mir leid, dass wir uns dadurch noch nicht bekannt machen konnten.«

Der Rabbi hatte sich erhoben und winkte mit einem verschmitzten Lächeln ab. »Das macht gar nichts. Ich war ja auch beschäftigt. Mein Name ist Shmuley Bernstein. Mir ist die hebräische Gemeinde in Cork anvertraut. Mr Brannock hatte mich um Mithilfe gebeten. Der Fall klang zu interessant, um abzulehnen.« Der Geistliche war um die sechzig, mittelgroß, wohlbeleibt und sein dichter Vollbart schon von vielen grauen Fäden durchzogen. Seine dunklen, von ausgeprägten Krähenfüßen umgebenen Augen wirkten so, als sähen sie mehr als das Licht ihnen zeigte.

Hester deutete auf den Patienten. »Mich würde interessieren, was ihn zu seinem harschen Urteil über die Geistlichkeit bewegt hat. Wären Sie so lieb?«

Der Geistliche übersetzte die Frage und Jeschuas postwendende Antwort.

»Diese ungläubige Generation hält mich für einen falschen Messias. O ihr Kleingläubigen! Wahrlich, ich sage euch: Wenn ihr Glauben habt von der Größe eines Senfkorns, werdet ihr zu diesem Berg sagen: ›Rück von hier nach dort!‹, und er wird wegrücken, und nichts wird euch unmöglich sein. Ich will euch ein weiteres Zeichen liefern, damit eure Zweifel zu Asche vergehen.«

Hester stutzte. Diese Worte waren ihm nicht fremd. Auch bemerkte er, dass Jeschua beim Sprechen niemanden angesehen hatte. Sein Blick wirkte verschleiert und man hätte meinen können, er lese die Antwort von einem Teleprompter ab. »Ich habe eine Bitte an Jeschua. Wäre er bereit, sich einem Lügendetektortest zu unterziehen?«

»Den gab es vor zweitausend Jahren noch nicht«, versetzte der Rabbiner.

»Ich glaube nicht, dass dieser Mann zweitausend Jahre alt ist, Rabbi Bernstein.«

»Er aber schon.«

Seamus und Anny nickten.

»Dann ist er ein guter Schauspieler. Vielleicht können Sie meine Frage in den Sprachduktus der Zeit umsetzen?«

»Ich helfe Ihnen, Rabbi Bernstein«, erbot sich Seamus.

Gemeinsam bemühten sie sich, Hesters Anliegen in altem Hebräisch zu umschreiben. Jeschuas Erwiderung war kurz und klang sehr entschieden.

»Er lehnt jegliche magische Prozedur ab«, übersetzte Bernstein.

»Das würde ich an seiner Stelle auch tun«, warf Anny ein. Sie stand unverkennbar auf Jeschuas Seite.

»Es ist keine Magie, sondern Technik. Bitte sagen Sie ihm das«, verlangte Hester.

»Wozu?«, wollte Jeschua hierauf wissen.

»Wir möchten herausfinden, wer du bist«, antwortet Kevin sehr respektvoll, ehe Hester sich im Ton vergreifen konnte. Der Rabbiner schlug die Brücke zwischen beiden. Jeschuas Antwort ließ auch diesmal nicht lange auf sich warten.

»Warum rede ich überhaupt noch mit euch? Ich hätte noch viel über euch zu sagen und viel zu richten, aber er, der mich gesandt hat, bürgt für die Wahrheit, und was ich von ihm gehört habe, das sage ich der Welt.«

Hester und Seamus wechselten einen beredten Blick. Beiden waren auch diese Worte bekannt.

Superintendent Managhan hatte sich lange zurückgehalten – weil er zwischendurch wieder telefonieren musste –, jetzt riss ihm der Geduldsfaden. »Nicht wenige Männer in der Kirchenleitung halten Sie für einen Schwindler. Mit dem Test könnten Sie Ihre Glaubwürdigkeit untermauern.«

Jeschua zeigte sich davon unbeeindruckt. Diesmal fiel seine Antwort länger aus, und als Bernstein sie übersetzte, bemächtigte sich der meisten Zuhörer im Raum ein flaues Gefühl.

»Wenn Gott euer Vater wäre, würdet ihr mich lieben; denn von Gott bin ich ausgegangen. Ich bin nicht in meinem eigenen Namen gekommen, sondern er hat mich gesandt. Warum versteht ihr nicht, was ich sage? Weil ihr nicht imstande seid, mein Wort zu hören. Ihr habt den Teufel zum Vater und ihr wollt das tun, wonach es euren Vater verlangt. Er war ein Mörder von Anfang an. Und er steht nicht in der Wahrheit; denn es ist keine Wahrheit *in* ihm. Wenn er lügt, sagt er das, was aus ihm selbst kommt; denn er ist ein Lügner und ist der Vater der Lüge. Mir aber glaubt ihr nicht, weil ich die Wahrheit sage. Wer von euch kann mir eine Sünde nachweisen? Wenn ich die Wahrheit sage, warum glaubt ihr mir nicht? Wer aus Gott ist, hört die Worte Gottes; ihr hört sie deshalb nicht, weil ihr nicht aus Gott seid. Ihr wollt mich töten, weil mein Wort in euch keine Aufnahme findet.«

»Ich glaube, jetzt ist er ganz durchgeknallt?«, knurrte der Polizeichef.

»Soll ich das übersetzen?«, fragte Bernstein.

»Nein!«, antwortete Seamus und stampfte mit seinem Hirtenstab auf.

»Niemand will dich töten, Jeschua«, sagte Anny bestürzt. Sie griff nach seiner Hand.

»Er zitiert aus dem Johannesevangelium, Kapitel 8«, erklärte Hester. »Fast alles, was er sagt, ist aus der Bibel.«

Kevin nickte. »Und das meiste davon aus den Evangelien.«

Während Anny weiter Jeschuas Hand hielt, redete Seamus beruhigend auf ihn ein. Seine Aufgeregtheit legte sich langsam.

»Was hast du zu ihm gesagt?«, fragte Hester, nachdem der Redefluss seines Vaters versiegt war.

»Dass ich ihn für Gottes Sohn halte, aber nicht alle so dächten. Er solle an den Apostel Thomas denken. Dem habe er auch auf die Sprünge geholfen.«

»Das war eine glatte Lüge, Vater.«

»Nein. Für mich ist jeder Mann auf Gottes weiter Erde sein Sohn. Auch du, Hester.«

– 240 –

Die Worte des Alten versetzten Hester einen Stich. Er kam sich mit einem Mal wie ein Mime vor, der seine Bärbeißigkeit nur spielte. Hörbar gemäßigter fragte er: »Könntest du bitte das Thema Lügendetektor noch einmal ansprechen?«

»Schon passiert. Er glaubt mir jetzt, dass der Test nichts mit Geisterbeschwörung zu tun hat und will ihn machen. Außerdem möchte er uns ein weiteres Zeichen seiner ...«

Seamus hielt inne, weil plötzlich aufgeregte Stimmen durch die Station hallten. Sogar von draußen drangen gedämpft Schreie ins Krankenzimmer. Alle im Raum stürzten zum Fenster – bis auf Jeschua, der blieb so ruhig auf dem Bett sitzen, als wisse er genau, was die Leute unten in den Grünanlagen derart in Erregung versetzte.

Hester traute seinen Augen nicht. »Genau wie auf dem Video von Daly«, murmelte er.

Feuer fiel vom Himmel herab. So zumindest hätte man es wohl in biblischen Zeiten beschrieben. Es war ein violetter Lichtfinger, der aus unbestimmbarer Höhe herabkam und den blühenden Baum in Brand steckte.

»Kann jemand erkennen, wo das herkommt?«, fragte Managhan. Ohne eine Antwort abzuwarten, drückte er eine Kurzwahltaste an seinem Handy.

»Von oben«, sagte Seamus.

Niemand achtete auf ihn.

Während der Polizeichef den Einsatzleiter unten anwies, sofort die Grünanlage zu räumen, ging Hester in die Knie, um einen steileren Blickwinkel nach oben zu haben. Alles, was er am fast ungetrübten Himmel ausmachen konnte, war eine nicht sehr große Wolke. Das violette Lichtbündel stieß direkt daraus auf den Baum herab. Die Flammenlohe reichte jetzt über zwanzig Meter hoch.

Plötzlich zerrissen die im Baum verdampfenden Säfte den

– 241 –

Stamm, der Knall war ohrenbetäubend. Die von der Explosion fortgeschleuderten Holzstücke flogen wie glühende Granatsplitter nach allen Seiten davon, vereinzelt landeten sie mitten unter den Schaulustigen. Kreischend liefen die Menschen davon. Die Situation drohte umzukippen. Eine Massenpanik würde unweigerlich in einer Katastrophe enden.

»Das wird die kriminaltechnische Untersuchung des Baums erschweren«, brummte Managhan an die Adresse des Wundermachers gerichtet.

»Veranlassen Sie sie trotzdem«, erwiderte Hester. »Und rufen Sie die Flugsicherung an oder besser gleich das Air Corps. Die sollen uns sagen, was sich da gerade über unseren Köpfen befindet.«

Vom Bett her meldete sich Jeschua zu Wort. »Dann werden alle Bäume auf den Feldern erkennen, dass ich der Herr bin. Ich mache den hohen Baum niedrig, den niedrigen mache ich hoch. Ich lasse den grünenden Baum verdorren, den verdorrten erblühen. Ich, der Herr, habe gesprochen und ich führe es aus.«

Alle hatten sich nach ihm umgedreht. Er sah sie an, wirkte aber seltsam teilnahmslos.

Unvermittelt begann Managhan wieder in sein Headset zu sprechen und mit dem Einsatzleiter vor Ort das weitere Vorgehen abzustimmen. Es hörte sich so an, als könne die Polizei das Schlimmste gerade noch verhindern. Während er redete, meldete sich vernehmlich ein anderes Mobiltelefon; es stimmte ein getragenes Ave Maria an.

Kevin griff mit schuldbewusster Miene in die Innentasche seiner Jacke. Anscheinend hielt sich niemand an das Handyverbot im Krankenhaus. Er zog sich an die Tür zurück, um das laute Organ des Polizeichefs nicht übertönen zu müssen.

Hester blieb am Fenster stehen, behielt seinen Adlatus

aber im Auge. Mit wem dieser redete, wusste er nicht, weil Kevin auffallend leise sprach. Dann aber zog er sein digitales Tonaufzeichnungsgerät aus der Tasche, suchte kurz eine bestimmte Stelle und spielte sie dem Anrufer vor. Hierauf nickte er, so betont, als bestätige er einen Befehl, und streckte die Hand mit dem Telefon Hester entgegen. »Bischof Begg möchte Sie dringend sprechen.«

»Was gibt es, James?«, meldete sich Hester, nachdem er den Raum durchquert und das Handy entgegengenommen hatte.

»Was es gibt?« Beggs aufgeregte Stimme überschlug sich fast in dem kleinen Lautsprecher. »Ein *Wunder* gibt es, Hester.«

»Ich würde das nicht so vorbehaltlos unterschreiben, James. Der Baum könnte auch...«

»Ich rede doch nicht von dem *Birnbaum*«, unterbrach ihn der Bischof hysterisch. »Das Wunder ist *hier* geschehen. In *Carlow.* Lassen Sie alles stehen und liegen und kommen Sie sofort her.«

20.

Carlow, County Carlow, Irland,
12. April 2009, 16.10 Uhr Ortszeit

Als Bruder Michael den vatikanischen Sonderbeauftragten und dessen Gehilfen an der Tür des Bischofspalastes empfing, regnete es wieder, wenn auch nicht so heftig wie beim letzten Mal. Umgehend wurden die Besucher ins verqualmte Arbeitszimmer des Bischofs geführt. Begg saß neben seinem überquellenden Aschenbecher und wirkte noch nervöser als sonst.

»Da kommen Sie ja endlich!«, rief er zur Begrüßung.

»Wir mussten noch Mr Whelan in Graiguenamanagh abliefern«, leistete Kevin Abbitte und gab dem Bischof einen kurzen Bericht von den Ereignissen im St Luke's Hospital. Er begann mit dem Feuer, das vom Himmel gefallen war, und fasste dann die übrigen Erkenntnisse zusammen. Pater O'Bannon erwähnte er dabei nicht. Der Pfarrer schien sich in Luft aufgelöst zu haben. Hester hätte zu gern gewusst, wo er jetzt steckte. Und vor allem, warum war er so plötzlich bar jeder Würde eines alten Mannes schluchzend und würgend davongewankt?

Während man zum Besprechungstisch hinüberwechselte und die Sprache auf Robert Brannock kam, zündete sich Begg seine zweite Zigarette an. Hester machte endlich seinem Ärger Luft.

– 244 –

»Sie sind der Bischof, James, und ich will mich wirklich nicht in Ihre Amtsführung einmischen, aber wie konnten Sie nur der Brannock Media Corporation die Exklusivrechte an der Berichterstattung übertragen?«

Bruder Michael zuckte zusammen. Er war es offenbar nicht gewohnt, dass jemand anderes außer ihm so ruppig mit dem Oberhirten der Diözese umsprang. Kevins Miene verharrte in einer neutralen Stellung, nachdem ihm Hester auf der Fahrt nach Carlow wegen »mangelnder Rückendeckung« die Leviten gelesen hatte. Nur Bischof Eunan Begg zeigte sich gegenüber den offenen Worten seines Sonderermittlers völlig unbeeindruckt.

»Ich kenne Robert Brannock seit vielen Jahren, Hester. Er ist zwar ein Schlitzohr, ein mit allen Wassern gewaschener Medienprofi, aber er ist auch ein gläubiger Katholik. Mir ist lieber, *er* wertet Ihre Untersuchungsergebnisse aus, als wenn es Al-Dschasira tut. Nebenbei springt auch noch ein erkleckliches Sümmchen für die Diözese heraus, was ich angesichts unserer angespannten Finanzlage nur begrüßen kann.«

»Nur mal angenommen, der Mann aus der Duiske Abbey wäre tatsächlich Jesus. Brannock hatte allen Ernstes vor, sein Nachthemd mit Werbung zu pflastern wie bei einem Formel-1-Piloten!«

»Den Zahn habe ich ihm gezogen. Wir wollen uns schließlich nicht der Blasphemie bezichtigen lassen.«

Seltsamerweise war der Tonfall des Bischofs bei dieser Erklärung nicht im Geringsten sarkastisch, sondern fast schon unterwürfig. Hester ließ das Thema Brannock fallen. »Sie hatten uns wegen eines Wunders herbestellt, James. Was ist geschehen?«

»Im Laufe des Tages sind zwei Faxe aus Deutschland eingegangen. Von den Laboren, die unsere Beweisstücke analysieren ...«

»Die Dornenkrone ist aus den Zweigen des *Paliurus spinachristi* geflochten und Dr. Kortum hat Pollen aus der Zeit Christi gefunden«, kürzte Hester den Bericht ab und erwähnte den Anruf des Institutsleiters am Morgen. »Haben Sie mich etwa *deshalb* nach Carlow gerufen, James?«

»Nein. Darauf komme ich gleich. Vorab sagen Sie mir, ob Sie auch schon das zweite Laborergebnis kennen, das von der Analyse des Silberkreuzes.«

Hester verneinte.

»Es ist ja auch nur ein Vorabbericht, aber wie ich finde, höchst aufschlussreich. Die mir von Ihnen empfohlenen Metallurgen verstehen offenbar etwas von ihrem Job. In dem Fax – Sie bekommen nachher eine Kopie von mir – steht, die Isotope oder woraus immer so ein Silberklumpen besteht, verraten einem sogar die Mine, in der das Edelmetall gefördert wurde. Lange Rede, kurzer Sinn: Es ist ein altes Kruzifix. Das Silbervorkommen war bereits Anfang des 18. Jahrhunderts erschöpft, also nicht einmal fünfzig Jahre, nachdem Captain Casey das Kreuz gespendet hatte.«

»Aber wir haben keine Vergleichsprobe vom ursprünglichen Zustand. Niemand kann somit mit Sicherheit sagen, ob es sich um ein und dasselbe Kreuz handelt«, gab Hester zu bedenken.

»Das wussten wir auch schon, ehe wir das Labor mit der Analyse beauftragt haben.« Begg sog so heftig an seiner Zigarette, als könne er dem Gesagten dadurch mehr Nachdruck verleihen.

»Vielleicht ist nur das Silber alt, die Fälschung aber neu«, wehrte sich Hester weiter gegen das, was einfach nicht sein durfte.

Begg schüttelte den Kopf. »Steht auch in dem Laborbericht: Die Silberschmiedearbeit ist etwa dreihundert Jahre alt. Die technischen Details lesen Sie am besten selbst nach.«

»Aber wenn es das Originalkreuz ist, wie konnte sich dann die Jesusfigur davon ablösen? Angeblich war beides aus einem Stück gearbeitet.«

»Durch ein Wunder.«

Hester musterte den Bischof durchdringend. Begg sah nicht so aus, als habe er gescherzt. Er hatte zwar das linke Auge zusammengekniffen, aber nicht, um seinem Gegenüber zuzuzwinkern, sondern weil dort der Rauch der in seinem Mundwinkel steckenden Zigarette vorbeizog. Ansonsten machte er einen rundum überzeugenden Eindruck. »Als wir vier vorgestern hier an diesem Tisch saßen« – Hester wog seine Worte sehr genau ab – »erklärten Sie mir doch mit großem Nachdruck, dass wir – ich zitiere Sie wörtlich – ›an diesem falschen Jesus ein Exempel statuieren‹ müssten. Wer die Symbole der Kirche verunglimpfe, der gehöre entweder hinter Gitter oder in die Klapsmühle, haben Sie gesagt. Und jetzt *glauben* Sie plötzlich an das Wunder von Graiguenamanagh? Wie passt das zusammen?«

Begg streifte die Asche ab. »Ich habe meine Meinung geändert.«

»Und aus welchem Grund?«

»Ich hatte in der vergangenen Nacht eine übernatürliche Erscheinung. Der Gekreuzigte hat zu mir gesprochen und mich gefragt, wann ich denn endlich seine Macht anerkenne.«

Kevin bekreuzigte sich, Bruder Michael nicht – er wusste wohl schon Bescheid.

Hester blieb nur äußerlich ruhig. In seinem Innern verabschiedete er sich gerade von dem Bild, das er sich in den letzten Jahren von Eunan James Begg, dem zwar erzkonservativen, aber keineswegs leichtgläubigen Streiter für die katholische Sache, zusammengezimmert hatte. »Sind Sie sicher, dass es nicht nur ein bizarrer Traum war?«

»Absolut sicher.«

»Darf man fragen, warum?«

»Heute früh sind eine Reihe ungewöhnlicher Dinge geschehen. Pater Michele D'Annunzio hat meine Schwester angerufen. Sie wissen, von wem ich rede?«

»Ich habe Ihre Schwester nur einmal kurz kennengelernt. Sie führt Ihnen den Haushalt, nicht wahr?«

»Unsinn, ich rede nicht von Brigid, sondern von dem obersten Exorzisten des Heiligen Vaters.«

»Wir begegnen uns des Öfteren und wechseln das ein oder andere Wort.«

»Na, dann werden Sie sich bestimmt genauso fragen, warum so ein Mann meine Schwester anruft und nicht *mich*. Pater D'Annunzio ist bekanntermaßen ein sehr zurückgezogen lebender Mann. Zufälligerweise habe ich das Gespräch mit angehört. Er hat gegenüber Brigid seine Verärgerung darüber zum Ausdruck gebracht, dass ihr Bruder das Wunder von Graiguenamanagh nicht anerkennen will. An einem anderen Tag hätte ich seinen Anruf vielleicht als Einmischung in die Angelegenheiten meines Bistums gesehen, doch nach der nächtlichen Vision kam es mir wie eine Bestätigung vor. Ich war wie vom Donner gerührt.«

»Nun ja, Don D'Annunzio kann einem manchmal auch Angst einjagen.«

»Wenn's nur allein das wäre!«, klagte Begg.

»Wieso? Kommt denn noch etwas?«

Der Bischof blickte argwöhnisch nach rechts, wo Bruder Michael saß und dann zu Kevin. »Könnten Sie uns vielleicht für einen Augenblick allein lassen? Und bitte stellen Sie keine Anrufe durch.«

Die beiden Ordensbrüder sahen einander fragend an, erhoben sich und verließen das Arbeitszimmer.

»Warum so geheimnisvoll, James?«, fragte Hester.

Begg legte seine glühende Zigarette in den marmornen Aschenbecher. »Weil ich Ihnen etwas beichten muss, das nicht für die Ohren der jungen Brüder geeignet ist. Es hat mit dem Vorschlag zu tun, den ich Brigid nach ihrem Telefonat mit Pater D'Annunzio gemacht habe. Ich sagte ihr: ›Lass uns gemeinsam vor der Dornenkrone beten.‹« Der Bischof verzog das Gesicht, als litte er plötzlich unter Zahnschmerzen. »Ich habe nämlich ein Stück von dem Kranz mit einer Rosenschere abgeschnitten und in meinen Tresor gelegt.«

Hester klappte der Unterkiefer herunter. »Ist das wahr?«

Begg nickte zerknirscht. »Sehen Sie es mal so, Hester, ich bin ganz von der Kirchentradition durchdrungen. Hätten viele andere vor mir nicht genauso gehandelt, gäbe es heute nicht so zahlreiche Reliquien.«

»Was wollen Sie mir eigentlich erklären, James?«

»Das war nur die Vorrede – und die Beichte, wenn Sie so wollen –, um Ihnen das Wunder begreiflich zu machen. Ich kniete also mit Brigid vor dem Zweiglein aus der Dornenkrone …«

»Jaaaa?«, sagte Hester, weil Begg mitten im Satz innegehalten hatte.

»… und da fangen die Stacheln vor meinen Augen plötzlich an zu bluten.«

»*Was* haben sie getan?«

»Wenn ich es Ihnen doch sage: Sie *bluteten* mit einem Mal, als rinne der Lebenssaft des Heilands aus ihnen hervor.«

»Das kann unmöglich Ihr Ernst sein, James.«

»Mir war schon klar, dass Sie so reagieren würden, Hester. Warten Sie! Ich habe es schon für Sie vorbereitet.« Begg stemmte sich aus dem Sitzmöbel hoch und lief zu einem Schrank. Als er an den Tisch zurückkehrte, hielt er ein hübsches Kästchen aus poliertem Rosenholz in den Händen. Er klappte den Deckel hoch und stellte es seinem Gast vor die Nase. »Als das Blut aus den Dornen hervorgequollen ist, war ich so schockiert, dass Brigid schon den Arzt rufen wollte. Sie meinte, ich hätte einen Herzanfall erlitten. Habe ich aber nicht. Wieso auch? Ich war nur äußerst überrascht.«

Hesters Blick streifte die Zigarette, die im Aschenbecher langsam vor sich hinrauchte, ehe er den gebogenen Dornenzweig in dem Kästchen betrachtete. Er war vielleicht zwei Handspannen lang und mit etlichen Dornen versehen. An einigen klebten geronnene Tropfen, die tatsächlich wie Blut aussahen.

»Ich möchte, dass dieser Zweig untersucht wird, James.«

Begg riss die Augen auf. »Sie wollen ihn mir wegnehmen?«

»Ja. Sie bekommen ihn ja wieder zurück. Am besten, ich nehme ihn gleich mit.«

»Das lasse ich nicht zu.«

»James, dies ist ein wichtiges Beweisstück.«

»Es ist eine kostbare Reliquie. Das Blut des Herrn haftet daran. Angenommen, Sie haben einen Autounfall und sie wird ein Raub der Flammen ...«

»Jetzt machen Sie aber mal halblang, James. Auch Bischofspaläste sind schon abgebrannt. Wenn Sie diese zweite Untersuchung verweigern, dann lege ich mein Amt als Leiter der Bischöflichen Untersuchungskommission nieder. Ich werde in meinem Begründungsschreiben anführen, dass die Diözese sich einer vorbehaltlosen Aufklärung widersetzt und ohne ge-

– 250 –

sicherte Faktenlage abergläubischen Vorstellungen den Vorzug gibt.«

Beggs Miene wurde immer kläglicher. Weil seine alte Zigarette inzwischen zu Asche zerfallen war, steckte er sich eine neue an und füllte seine Lunge mit Rauch. Im Ausatmen sagte er: »Wenn Sie den Zweig unbedingt untersuchen lassen müssen – na schön. Aber er bleibt hier bei mir, bis wir ihn nach Köln schicken können.«

»Nein, nicht Köln. Ich möchte ein anderes Labor damit beauftragen. Zwei Meinungen sind besser als eine. Ich werde meinen Assistenten im Vatikan anrufen, damit er das am besten geeignete Institut kontaktiert. Sobald alles geklärt ist, wird er sich bei Ihnen melden. Merken Sie sich den Namen Fra Vittorio Mazio. Er wird Ihnen alles Nötige mitteilen. Betrauen Sie mit dem Versand Ihren verlässlichsten Mann, und erzählen Sie niemandem sonst von dem Labor. Und natürlich auch nicht von dem Dornenzweig.«

Wieder zuckte Beggs Gesicht. »Dieses Versprechen kann ich Ihnen leider nicht mehr geben, Hester. Ich hatte am Morgen – gleich nachdem die Dornen geblutet haben – einen Interviewtermin mit dem Brannock-Kanal. Bei der Gelegenheit habe ich die Echtheit des Wunders demütig anerkannt.«

»Sie meinen das Dornenwunder?«

»Nein, das Wunder von Graiguenamanagh.«

Hester meinte, das Arbeitszimmer kreise um ihn herum. »Das kann nicht Ihr Ernst sein, James. Wie soll ich das Wunder denn jetzt noch als Scharlatanerie entlarven, wenn das Bistum von Kildare und Leighlin es bereits offiziell anerkannt hat?«

»Gar nicht. Der Gekreuzigte sagte zu mir, ich dürfe nie mehr die Machttaten des Höchsten infrage stellen, und das werde ich auch nicht tun. Was mir viel mehr Kopfzerbrechen bereitet, ist die Zwickmühle, in die ich dadurch komme.«

Hester ließ sich resigniert in den Stuhl zurückfallen und seufzte: »Was für eine Zwickmühle?«

»Ich rede von Bruder Kevins Bericht, von dem was Jeschua heute früh im St Luke's gesagt hat. Das ging nicht nur gegen mich, sondern auch gegen Sie, Hester. Er hat den gesamten Klerus als *Schlangenbrut* bezeichnet und das vor den Ohren einer Pressevertreterin, die ...«

Das Telefon auf Beggs Schreibtisch klingelte. Er funkelte es zornig an. Es schellte trotzdem weiter. Leise vor sich hin brummelnd durchquerte er abermals das Zimmer und hob ab.

»Hatte ich nicht ausdrücklich darum gebeten, auf keinen Fall gestört zu werden? ... Was? ... Kardinal Avelada? Na, schön. Stellen Sie ihn durch.« Er legte die Hand auf die Sprechmuschel und bat Hester um einen Moment Geduld. Während er den Präfekten der Glaubenskongregation begrüßte, ging er um den Schreibtisch herum, hievte seinen kleinen Körper in den Sessel, zündete sich eine Zigarette an und hörte mit verdrossener Miene zu.

Im Laufe der nächsten Minuten schien er hinter dem Schreibtisch, trotz seiner ohnehin schon bonapartischen Kürze, immer weiter zu schrumpfen. »Aber ich habe das Wunder mit eigenen Augen gesehen. Es ist *echt*!«, beteuerte er irgendwann. Und nach einer Weile: »Die Anerkennung von Wundern ist allein Sache des zuständigen Bischofs.« Danach schrumpfte er weiter. Schließlich legte er auf.

Wohl in dem dringenden Bedürfnis, seinem Ärger Luft zu machen, rief er Bruder Michael an und befahl ihm, umgehend mit Kevin im Arbeitszimmer zu erscheinen. Danach kehrte er wie ein geprügelter Hund zum Besprechungstisch zurück.

»Das ist der Fluch des modernen Kommunikationszeitalters«, klagte er. »Brannocks Sender muss das Interview gleich in der nächsten Nachrichtensendung ausgestrahlt haben, und irgendjemand wusste nichts Besseres zu tun, als es sofort per Internet in den Vatikan zu schicken. Kardinal Avelada war ziemlich aufgeregt. Er hat mir wegen der Anerkennung des Wunders ernste Vorwürfe gemacht. Derartiges hätte mit dem Vatikan abgesprochen werden müssen.«

»Was Sie nicht sagen!«

»Spotten Sie nur, Hester. Der Präfekt hat mich eindringlich ersucht, meine Zunge in Zukunft zu zügeln. Natürlich habe ich ihn darauf hingewiesen, dass nach den Gesetzen der Kollegialität der katholischen Kirche eigentlich alle Bischöfe – der Bischof von Rom, unser geliebter Heiliger Vater, eingeschlossen – auf derselben Stufe stehen. Muss ich mich maßregeln lassen wie ein … ein … wie ein einfacher Gläubiger?«

»Die Entscheidung liegt ganz bei Ihnen, James.«

»Ja. Wie auch immer. Kardinal Avelada hat mir einen Maulkorb angelegt und nun stecke ich in der Zwickmühle. Da habe ich einmal dieses Wunder, das ganz gewiss echt ist, aber auf der anderen Seite muss ich die Kirche schützen. Ginge es nach diesem Jeschua, dann gäbe es wahrscheinlich schon morgen keinen Klerus mehr.«

Während Bruder Michael und Kevin wieder den Raum betraten, versuchte Hester ihrem Vorgesetzten eine goldene Brücke zu bauen. »Nur der Bischof von Rom beansprucht für sich, unfehlbar zu sein und auch nur dann, wenn er *ex cathedra* spricht. Sollte ich das Wunder von Graiguenamanagh als Täuschung entlarven, dann sagen Sie einfach, Sie hätten sich geirrt. Selbst die Apostel waren nicht unfehlbar.«

Begg lächelte schief. »Ich weiß, Hester, Sie meinen es gut, aber so einfach ist die Sache nicht. Jeschua greift die Institution der Kirche an. Indirekt hat er sogar den Heiligen Vater als Otternbrut bezeichnet. Das kann und darf ich als zuständiger

Bischof nicht dulden. Dieser Mann muss sofort zum Schweigen gebracht werden.«

»Wünschen Sie, dass ich ihn erschieße oder wollen Sie ihn höchstpersönlich kreuzigen?«, fragte Hester lakonisch.

Kevin und Bruder Michael nahmen das Marterwerkzeug Christi schon einmal symbolisch auf sich, indem sie sich bekreuzigten.

»Es genügt völlig, wenn er in der Öffentlichkeit unglaubhaft gemacht wird«, ruderte Begg zurück.

»Das werde ich tun, sobald ich den Schwindel aufgedeckt habe. Nach dem heutigen Morgen im Krankenhaus bin ich mir allerdings nicht sicher, ob Jeschua Täter oder Opfer ist.«

»Ich kann Ihnen nicht folgen?«

»Jeschua könnte manipuliert worden sein.« Hester erinnerte sich an Kevins Theorie über die Yogis und fügte hinzu: »Vielleicht durch Hypnose.«

»Wie kommen Sie denn darauf?«

»Ich finde, er spielt seine Rolle etwas *zu* gut. Nehmen Sie nur seine ständigen Bezugnahmen auf die Evangelien. Er zitiert fast wörtlich ganze Bibelpassagen.«

»Ja, weil er Christus ist.«

»Oder weil er die Verse auswendig gelernt hat. Interessanterweise weichen die vier zum Bibelkanon gehörenden Evangelien ja oft im Wortlaut voneinander ab. Sie wissen so gut wie ich, James, dass die Bergpredigt im Evangelium nach Matthäus ungefähr viermal so lang ist wie die Fassung nach Lukas. Im ersten Jahrhundert sind außerdem viele andere sogenannte Evangelien verfasst worden. Wenn auch ganz sicher nicht alle vom Heiligen Geist autorisiert sind, so mögen manche Teile dieser Schriftrollen trotzdem auf Augenzeugenberichten beruhen. Jeschua hingegen hat ausschließlich aus den vier *kanonischen* Evangelien zitiert, vorzugsweise aus dem nach Johannes. Würde das der echte Jesus tun?«

»Johannes war sein Lieblingsjünger. Sicher hat er wie kein anderer an den Lippen des Herrn gehangen und deshalb seine Diktion auch am genauesten getroffen.«

»Alles, was ich brauche, ist etwas mehr Zeit, James, dann werde ich die Chimäre als solche entlarven. Eine Intrige gegen diesen Menschen könnte sowohl für die Kirche als auch für Sie schnell zum Bumerang werden.«

Bruder Kevin nickte. »Nur einmal angenommen, er wäre tatsächlich der Heiland ...«

»Er *ist* es«, unterbrach ihn Begg in klagendem Ton. »Das ist ja gerade das Dilemma.«

Die beiden Ordensbrüder sahen ihn verdutzt an.

Kevin versuchte seinen Gedanken fortzuspinnen. »Also anders ausgedrückt: Wenn wir Jeschua, um bei Ihren Worten zu bleiben, sofort zum Schweigen bringen, würden wir uns dadurch nicht an Gottes Sohn schuldig und in den Augen der Gläubigen zu Ketzern machen?«

Begg ließ seine Zigarette aufglühen. »Die Gläubigen«, sagt er kühl, »müssen die Wahrheit ja nie erfahren.«

Auf Kevins Gesicht spiegelte sich Empörung. »Wer sich an Christus versündigt ...«

»Was geschieht mit einem solchen Menschen?«, schnitt der Bischof ihm giftig das Wort ab. »Erzählen Sie etwa jedem, dass Sie als Ministrant einmal den Leib Christi aus dem Tabernakel gestohlen und sich daran wie ein Kannibale gelabt haben?«

Der junge Ordensbruder sank in sich zusammen wie ein Ballon, dem die Luft entwich.

»War das unbedingt nötig, James?«, ergriff Hester für seinen jungen Assistenten Partei. Er fragte sich, ob Begg da gerade gegen das Beichtgeheimnis verstoßen hatte.

Der Bischof ging auf den Vorwurf gar nicht erst ein, sondern antwortete stattdessen: »Mir wäre es auch lieber, Sie könnten den Schwindel aufdecken. Doch ich kann nicht ewig warten. Sie haben Zeit bis morgen um Mitternacht.«

Das Haupt des Bischofs war von blauem Dunst umwölkt, während er durch das Balkonfester auf den Hof hinabblickte. Die Limousine des Sonderermittlers und seines Adlatus' fuhr gerade um das runde Blumenbeet herum, durchquerte das Tor und entschwand Richtung Graiguenamanagh. Begg hörte hinter sich ein Klopfen und wandte sich um.

»Herein!«

Wie durch dichten Nebel hindurch sah er die sich öffnende Tür. Ein großer, dunkler Schemen erschien darin. Durch die Kapuze auf dem Kopf wirkte die Gestalt auf Begg wie ein Anachronismus, unwirklich, wie ein Bote aus einer längst vergangenen Zeit. Ihn überlief ein Schauer.

Im Näherkommen gewann der Schemen an Substanz. Die Rauchschwaden lichteten sich. Seine Ordenstracht bekam Farbe – wenngleich das schlichte Braun der Franziskaner nach Meinung des Bischofs kaum diese Bezeichnung verdiente. Der Mann aus der Herzegowina war, wie Begg nur zu genau wusste, ein Wunderexperte in ganz anderer Hinsicht als der Päpstliche Ehrenkaplan Hester McAteer. Schon vor Jahren hatte er den Regeln des *Ordens der Minderen Brüder* den Rücken gekehrt. Von Rechts wegen dürfte er das Habit der Franziskaner also gar nicht mehr tragen.

»Haben Sie alles gehört?«, fragte der Bischof ungeduldig. Der Hüne bereitete ihm Unbehagen und er wollte ihn so schnell wie möglich wieder loswerden. Jedes Mal fröstelte ihn, wenn Francis mit seinen stechenden, hellblauen Augen auf ihn, den viel zu kurz geratenen Eunan Begg, herabsah.

Der falsche Mönch tippte sich mit ausdrucksloser Miene ans Ohr. Unter der Kapuze kaum sichtbar, schlängelte sich von dort ein Kabel in den Kragen seines Gewands hinab. »Jedes Wort, Exzellenz. Wenn Sie mir gestatten, etwas anzumerken. Es dürfte nicht genügen, Jeschua als Scharlatan abzustempeln. Solange er lebt, wird er weiter gegen den Klerus predigen.« Der harte Akzent des Riesen verlieh allem, was er sagte, trotz seiner volltönenden Stimme einen aggressiven Klang.

»Das befürchte ich allerdings auch. Er war schon bei seinem letzten Besuch auf Erden ein ständiges Ärgernis.«

»Aus Rom hört man beunruhigende Nachrichten. Die Sache könnte sich zur größten Kirchenkrise seit der Reformation auswachsen.«

»Ich kann ihn schlecht in die Klapsmühle sperren lassen. Selbst wenn ich wollte, so weit reicht auch die Macht eines Bischofs nicht.«

»Mir ist da eine andere Idee gekommen«, sagte der Mönch mit dem Anflug eines Lächelns auf den Lippen. »Wenn der Mann sterben würde – sagen wir, ein übermäßig treuer Anhänger des Papsttums brächte ihn um –, dann würde er zum Märtyrer werden und man könnte ihn genauso instrumentalisieren wie Pater Pio oder andere Heilige, die zu Lebzeiten den Unmut der Kirchenleitung erweckt haben.«

Begg sog nervös an seiner Zigarette. »Sie wollen Jeschua ermorden?«

Der ehemalige Bettelmönch drehte die Sparflamme seines Lächelns ein wenig höher. »Es würde genügen ...«

»Schon gut!«, unterbrach ihn der Bischof. »Ich will gar keine Details wissen. Sie können ja alle erforderlichen Vorbereitungen treffen. Monsignore McAteer hat mein Wort, dass seine Ermittlungen bis morgen um Mitternacht nicht torpediert werden. Danach tun Sie, was Sie für nötig halten, Francis.«

Der nickte ergeben. »Ganz wie Sie wünschen, Exzellenz.«

Abermals inhalierte Begg hastig eine Lunge voll nikotinhaltiger Luft, ehe er leise fragte: »Haben Sie denn schon einen konkreten Plan, wie sich die Angelegenheit zu unseren Gunsten aus der Welt schaffen ließe?«

Francis schmunzelte. »Ich dachte, Sie wollten keine Einzelheiten ...«

»Dabei bleibt es auch. Nur so allgemein würde mich interessieren ...« Begg ließ den Rest des Satzes mit einer kreisenden Geste aus dem Handgelenk verklingen.

»Ich schlage eine feierliche Prozession in Graiguenamanagh vor«, sagte der falsche Franziskaner nun ganz unverblümt. »Je mehr hohe Würdenträger und Honoratioren der Gesellschaft dem Ereignis beiwohnen, desto besser – die Medien werden herbeischwärmen wie die Motten zum Licht. Sie, Exzellenz, sollten unbedingt auch daran teilnehmen, an der Seite von Jeschua. Sein Gesundheitszustand ist stabil. Er könnte das Krankenhaus jederzeit verlassen.«

»Sie glauben doch nicht ernsthaft, dass er mit mir – einem Otterngezücht – Seite an Seite zur Duiske Abbey ziehen wird?«

»Ich bin sogar überzeugt davon. Vertrauen Sie mir. Falls er sich ziert, machen Sie ihm ein verlockendes Angebot. Laden Sie ihn persönlich ein. Erinnern Sie ihn an den Pharisäer Nikodemus, dem Jesus wohlgesinnt war. Sie wissen, von wem ich spreche?«

»Selbstverständlich weiß ich das. Er war ein angesehener Lehrer in Israel, ein Mitglied des Sanhedrins, des obersten Gerichtshofes der Juden. Er hatte den Herrn heimlich zu sich eingeladen, weil er von seinen Wundern beeindruckt war.«

»Darauf wollte ich hinaus. Schreiben Sie Jeschua. Lassen Sie ihn wissen, dass dieser Freund sich bei Pilatus für die Herausgabe seines Leichnams verwendet hatte, und erklären Sie ihm, Sie sähen sich als der neue Nikodemus und wollten noch Größeres für den Sohn Gottes tun. Bieten Sie ihm in aller Demut an, er dürfe in der Duiske Abbey frei zum versammelten Volk sprechen. Je mehr andere hohe kirchliche Würdenträger und Honoratioren aus Politik, Wirtschaft und Militär dem Ereignis beiwohnen, desto besser.«

»Dem Aufwiegler ein Forum bieten?«, empörte sich Begg. »Auf keinen Fall werde ich …«

»Exzellenz«, fiel Francis ihm ins Wort. »Das Angebot ist nur eine List. Sobald Jeschua in der Duiske Abbey seine Stimme erhebt, wird ihn ein Attentäter vor laufenden Kameras niederstrecken. Die Bilder werden in die ganze Welt hinausgehen und die Kirche bekommt einen Märtyrer, den sie sich nach Herzenslust zurechtschnitzen kann. Und ich verspreche Ihnen: Sie, Exzellenz, wird man schneller heiligsprechen als Johannes Paul II. Wenn Sie mir Ihren Segen zu dem Unternehmen geben, dann fahre ich unverzüglich nach Graiguenamanagh zurück und leite alles Nötige in die Wege.«

Begg zögerte. Ein Attentat auf den Sohn Gottes! War seine Verzweiflung wirklich schon so groß? Er hätte nie gedacht, einmal vor solch eine Entscheidung gestellt zu werden. Aber was war denn die Alternative? Der Niedergang der Kirche – oder zumindest die Rückkehr zu den Wurzeln des Urchristentums. Oberhirten, die sich als Fischer und Zeltmacher verdingten. So etwas wollte doch nun wirklich niemand mehr haben. Neue Heilige dagegen konnte die Kirche immer brauchen. Er würde in einer Reihe stehen mit Stephanus, Vinzenz …

»Sehen Sie es mal so«, sagte Francis, weil er wohl den inneren Zwiespalt des Bischofs bemerkte. »Gott hat seinen Sohn schon einmal von den Toten auferweckt. Warum sollte er es nicht wieder tun? Vielleicht in zweitausend Jahren?«

Das war ein gutes Argument, fand Begg. Außerdem wäre das Attentat ja nichts Außergewöhnliches. In der langen Kirchengeschichte hatte es zuhauf solche Vorfälle gegeben. »Also gut«, lenkte er ein. »Uns bleibt wohl nichts anderes übrig, um Schaden von der heiligen Mutter Kirche abzuwenden.«

21.

County Carlow und Graiguenamanagh, Irland,
12. April 2009, 17.07 Uhr Ortszeit

»Und Sie haben als Messdiener wirklich die konsekrierten Hostien gestohlen?«, fragte Hester amüsiert.

»Ja«, knirschte Kevin. »Das ist noch in Kilshane gewesen. Mir lag nicht sonderlich viel daran, ein Ministrant zu sein. Meine Mutter hatte mich kurz zuvor in das Amt gedrängt. Ich war, wie man so schön sagt, ein richtiger Lauselümmel. Die Bedeutung des Leibes Christi hatte ich auch noch nicht verinnerlicht. Für mich war die Messe damals kaum mehr als ein großes Brimborium mit Weihrauch, Glockengeläut und albernen Gewändern. Mir erschien es höchst zweifelhaft, dass Jesus sich in meinem Alter für so etwas hingegeben haben sollte. Aber Sie wissen ja, wie Mütter sind.«

Hester nickte, obwohl er in dieser Hinsicht kaum mitreden konnte. »Ich war erst acht, als meine Mutter starb. Bei mir haben den Druck andere ausgeübt. Ist Bischof Begg eigentlich je Ihr Beichtvater gewesen?«

»Sie meinen, weil er von meinem Frevel wusste?« Kevin schüttelte den Kopf. »Meine Mutter hat's ihm aufs Brot geschmiert.«

Hesters Mobiltelefon vibrierte. Der Anruf kam aus dem Vatikan.

– 261 –

»Kardinal Avelada hier«, meldete sich der Präfekt der Glaubenskongregation. »Wie kommen Sie voran, mein Freund?«

Hester wunderte sich, hatte er doch zuletzt vor der Abfahrt nach Kilkenny mit dem Prälaten gesprochen. Er berichtete von den Ereignissen des Vormittags und vom Besuch bei Eunan Begg. Den Zweig von der Dornenkrone ließ er unerwähnt.

»Wenn Sie in Carlow waren, während ich mit dem Bischof gesprochen habe, dann wissen Sie ja vermutlich schon, wie ich über seine vorschnelle Anerkennung des Wunders denke. Damit hat er uns alle in eine sehr unangenehme Lage gebracht. Im Vatikan ist es nämlich zum Eklat gekommen, Don McAteer. Wegen dieses vermaledeiten Wunders von Graiguenamanagh klafft ein Riss in der Kirchenregierung, der sich zu einer Spaltung auszuweiten droht. Pater D'Annunzio würde den Heiligen Vater lieber heute als morgen zur offiziellen Bestätigung der göttlichen Intervention bewegen – so nennt er diesen Hokuspokus. Ich bin natürlich strikt dagegen. Wir würden uns bis aufs Blut blamieren. In dieser Sache dürfen wir nicht wieder so herumeiern wie bei Richard Williamson und den Piusbrüdern, sonst wird daraus ein Skandal, gegen den selbst der Fauxpas mit Galileo Galilei nur Kleckerkram wäre.«

»Ich merke, Sie sind sehr erregt«, sagte Hester. Er kam sich vor wie ein Psychiater, der zu einem neurotischen Patienten spricht.

»Mit Fug und Recht«, ereiferte sich Avelada. »Ich meine, kann Gott so verrückt sein und ein derartiges Wunder ausgerechnet einem rebellischen Geist wie Seamus Whelan offenbaren?«

»Haben Sie irgendwelche neuen Anweisungen für mich?«

»Bringen Sie die leidige Angelegenheit endlich zum Abschluss, ohne allzu viel Porzellan zu zerschlagen. Mehr will ich nicht. Und halten Sie mich auf dem Laufenden.« Der Kardinal legte grußlos auf.

»Dicke Luft in Rom?«, fragte Kevin.

Hester nickte. Er fühlte sich wie einer, der zwischen sämtlichen Stühlen saß. »Alle machen Druck. Ich habe das Gefühl, sie wollen Jeschua am liebsten wieder ans Kreuz nageln.«

»Heißt das, Sie haben Ihre Ansicht über ihn geändert?«

»Sie meinen, ob ich ihn für den echten Messias halte?« Hester schüttelte den Kopf. »Wohl eher nicht. Aber ich muss zugeben, der Junge ist mir nicht unsympathisch. Vielleicht sind wir alle – er eingeschlossen – nur Opfer einer riesigen Manipulation. – Ich muss Superintendent Managhan anrufen.«

Wie meistens, wenn der Polizeichef ein Gespräch entgegennahm, sagte er nicht einmal ein Hallo.

»Wie geht es unserem himmlischen Besucher?«, erkundigte sich Hester. Im Hintergrund hörte er Stimmen. In seiner Phantasie malte er sich aus, wie Managhan gerade vor einem erleichterten Elternpaar saß. Er hatte ihnen soeben die gute Nachricht überbracht, ihr entführter Sohn sei wohlbehalten gefunden worden und der Kidnapper befinde sich hinter Schloss und Riegel. Der Vater fragte, ob das Ungeheuer wenigstens irgendein Anzeichen von Reue gezeigt habe. Und Superintendent Managhan antwortete:

»Er leidet unter dem Eingesperrtsein.« Wieder war dumpfes Gemurmel zu vernehmen. Offenbar entschuldigte sich der Polizeichef bei den entrüsteten Eltern für das Missverständnis und zog sich in die neutrale Ecke zurück. »Bin wieder da. Wir haben hier gerade Manöverkritik wegen des Einsatzes heute Morgen geübt.«

»Noch mal zu Jeschua. Könnte man ihn verlegen?«

»Auf eine andere Station, meinen Sie? Das hat Dr. Cullen sowieso schon gegen meinen ausdrücklichen Willen durchgesetzt. Mr X liege jetzt auf der Orthopädischen, ließ er mir von Schwester Ellen mitteilen.«

»Nein. Ich denke da eher an einen abgeschiedenen Ort außerhalb der Stadt. Vielleicht eine Farm auf dem Land, wo er auch mal an die frische Luft gehen kann.«

»Spielen Sie jetzt den barmherzigen Sanitäter?«

»*Samariter* meinen Sie vermutlich. Nicht unbedingt. Ich meine nur, es hilft niemandem, wenn wir Jeschua weiterhin dem Stress aussetzen, den er momentan durchzustehen hat.«

»Warum so zimperlich? Mr X ist ein Betrüger.«

»Mir kommen immer mehr Zweifel daran. Sie haben doch selbst erlebt, wie abwesend er während des Wunderspektakels am Vormittag wirkte. Und dann diese monotone Stimme, während er aus der Bibel zitiert. Ich bin überzeugt, der Mann ist manipuliert worden.«

»Oder ein guter Schauspieler.«

»Sie können die Farm ja von Ihren Beamten bewachen lassen. Der Aufwand dürfte geringer sein, als all die Schaulustigen auf Abstand zu halten, die ihm derzeit die Füße küssen möchten.«

»Ich würde eher sagen, sie wollen sie ihm vor lauter Begeisterung ausreißen. Also gut, Mr McAteer. Ich sehe, was ich für Sie tun kann. Allein unter dem Kostenaspekt ist Ihr Vorschlag schon prüfenswert. Und nach dem Lügendetektortest …«

Hester richtete sich gerade im Sitz auf. »Haben Sie den etwa schon gemacht?«

»Tja, manchmal ist sogar die Polizei von der schnellen Truppe«, frotzelte Managhan. »Das Ergebnis der Befragung hat sogar einen hartgesottenen Bullen wie mich fast umgehauen.«

»Und? Was ist rausgekommen?«

»Jeschua spricht die Wahrheit. Er ist vom Himmel herabgestiegen, um das Jüngste Gericht über die Menschheit zu bringen, sie in Schafe und Böcke aufzuteilen, die Guten ins Töpfchen, die Schlechten ins Kröpfchen – das volle Programm.«

»Sie meinen, er *glaubt* tatsächlich Gottes Sohn zu sein.«

»Eigentlich ist er ja ein ganz netter Bursche, aber um seine geistige Gesundheit scheint es mir nicht allzu gut bestellt zu sein. Sie sollten vielleicht mal mit Ihrer Tochter reden. Sie verbringt reichlich viel Zeit mit dem Verrückten.«

Dieser Ratschlag fehlte Hester gerade noch. Er tat so, als habe er ihn überhört und antwortete: »Es gibt noch eine andere Möglichkeit als eine Paranoia. Jemand könnte Jeschua seine Rolle durch Hypnose wie eine Zwangsjacke übergezogen haben. Vielleicht war er früher Priester und spricht deshalb althebräisch.«

»Angenommen, Ihre Theorie stimmt. Ließe sich der Bann dann nicht von einem anderen Hypnotiseur brechen?«

»Sie können es versuchen, doch ich glaube kaum, dass er einer solchen Behandlung zustimmen wird. Schon den Lügendetektor hat er für Magie gehalten, was wird er da erst über eine Prozedur denken, bei der er die Kontrolle über seinen Willen an einen anderen Menschen abgeben muss. Und solange er sich sträubt, ist ein Hypnoseversuch wirkungslos.«

»Na gut, ich werde sehen, was sich machen lässt. Rabbi Bernstein wollte heute Abend nach Cork zurückfahren. Vielleicht erwische ich ihn noch, um mit Jeschua zu reden.«

»Tun Sie das. Bruder Kevin und ich sind gerade auf dem Weg nach Graig. Rufen Sie mich an, sobald es etwas Neues gibt.«

Nachdem das Telefonat beendet war, wandte sich Hester wieder dem Fahrer zu. »Wissen Sie, was ich gerade überlegt habe?«

Kevin zuckte die Achseln.

»Der ganze Fall, bis hin zu den Zitaten, die Jeschua aus den Evangelien verwendet hat, kommt mir wie ein vertrautes Muster vor. Wie eine Handschrift, die man schon oft gesehen hat. Man liest einen Brief, aber er ist nicht signiert, und so sehr man sich auch bemüht, will einem doch der Name des Schreibers nicht einfallen.«

»Reden Sie von einem anderen ›Wunder‹, das Sie in der Vergangenheit entlarvt haben?«

Hester nickte. »Oder als echt anerkennen musste, weil ich den Betrug nicht aufdecken konnte. Ich kann aber nicht sagen, wo und wann das war.«

»Sie meinen, dieser unbekannte Briefeschreiber könnte derselbe sein, der uns hier seine Botschaften schickt?«

»Es ist nur so ein vages Gefühl, nur eine Ahnung«, betonte Hester. »Wie auch immer, die Zeit brennt uns unter den Nägeln, junger Freund. Sie müssen in Graig unbedingt mit den Zeugenbefragungen fortfahren. Erkundigen Sie sich nach allem, was mit dem Wunder zu tun hat. Nach Fremden, die im Ort herumgeschlichen sind, vor allem nach diesem Franziskaner. Vielleicht ist er gar nicht nach Hause gereist, sondern treibt sich irgendwo in der Gegend herum. Ich nehme mir Pater O'Bannon noch einmal vor und setze ihn etwas mehr unter Druck. Wir treffen uns dann … sagen wir, um halb elf bei Mick Doyle. Irgendwo finden wir den entscheidenden Hinweis, Kevin, da bin ich mir ganz sicher.«

In Graiguenamanagh tummelten sich die Menschen mittlerweile wie auf einem Rummelplatz. Der Strom von Pilgern

und Wundertouristen wollte einfach nicht abreißen. Imbissbuden und Übertragungswagen von allen großen Stationen
reihten sich mittlerweile fast lückenlos entlang der Upper und
der Lower Main Street.

Die Bewohner von Graig sahen in »ihrem Wunder« hauptsächlich den Geldsegen, der so unerwartet über die Gemeinde
gekommen war, deutlich zu erkennen an den neuen Ge-
schäftsideen, die sie scheinbar am Fließband ausbrüteten, um
gegen Bares die – vorhandenen oder neu zu weckenden –
Bedürfnisse der Pilger zu befriedigen. Da wurden »Jesus Stew«
und »Jüngstes-Gericht-Burger« angeboten, andernorts konnte
man sich mit einem Double des Gekreuzigten auf Polaroid
ablichten lassen, und natürlich gab es jede Menge Devotiona-
lien und kitschige Souvenirs.

Nachdem Kevin den Ford vor Fionas Haus geparkt und
seine Aufgabenliste in Angriff genommen hatte, begab sich
Hester einmal mehr zur Duiske Abbey. Er hoffte, Vater Joseph
dort zu treffen. Mindestens ebenso dringend, wie er weitere Einzelheiten über den mysteriösen Franziskaner erfahren
wollte, interessierten ihn die Gründe für die morgendliche
Flucht des Pfarrers aus dem St Luke's Hospital. Konnte es sein,
dass der sanfte alte Gottesmann in den Betrug verwickelt war?

Zu Hesters Überraschung stand die Kirchenpforte offen.
Sie war vergleichsweise schmal, nicht viel breiter als eine große
Tür. Dieser Flaschenhals regulierte ein wenig den Zu- und Ab-
fluss der unablässig hindurchströmenden Menschenmassen.
Hester folgte einer französisch sprechenden Gruppe von Non-
nen in das Gotteshaus.

Drinnen knieten und beteten die Menschen vor dem Blutfleck, wo nach ihrer festen Überzeugung der Gekreuzigte zur
Erde niedergekommen war. Die Pfarrei hatte inzwischen Maßnahmen gegen levitierende Teppichmesser oder andere For-

men ausufernder Hingabe ergriffen. Vier Wachleute eines privaten Sicherheitsunternehmens hielten die Pilger auf Abstand. Zur Markierung des verbotenen Areals waren einige mit dicken roten Kordeln verbundene Messingständer aufgestellt worden. Aus Sicht des Gemeinderats sicher kein übertriebener Aufwand, musste doch damit gerechnet werden, dass der Nadelfilz aus Graig bald dem Turiner Grabtuch den Rang ablaufen würde.

Hester entdeckte Pater O'Bannon inmitten einer Abordnung von Zisterziensermönchen im Chor, direkt unter dem ewigen Licht. Seine Stirn wirkte größer als sonst, weil ihm die Perücke über den Hinterkopf zu entfliehen drohte. Er sprach wie ein Fremdenführer zu ihnen und deutete mit großer Geste aufs Tabernakel – wahrscheinlich ging es um die letzte blutige Fleischwerdung des Heilands.

»Könnte ich Sie einen Moment unter vier Augen sprechen, Vater Joseph?«, raunte Hester, nachdem ihm der Durchbruch zum Pfarrer gelungen war.

O'Bannon furchte ungnädig die Stirn. »Sie sehen doch, was hier los ist, Hester. Ich bin im Augenblick unabkömmlich.«

»Geht es Ihnen noch um die Wahrheit?«, konterte Hester, diesmal betont laut. Unter den umstehenden Mönchen entstand Gemurmel.

Der Priester schnaufte indigniert. »Na schön. Aber nur ganz kurz. Kommen Sie in die Sakristei.« Er empfahl sich der Zisterzienserdelegation und wechselte mit Hester den Standort.

»Was war da los heute früh?«, kam der ohne Umschweife auf den Punkt, sobald die Tür zum Chor geschlossen war.

O'Bannon sah ungeduldig zur Wanduhr über dem Sideboard, wohl um dem Blick des Sonderermittlers nicht standhalten zu müssen. »Ich weiß nicht, was Sie meinen.«

»Ihre panikartige Flucht aus der Intensivstation. Was sollte das, Vater Joseph?«

»Ich bin nicht in Panik geraten, mir war nur schlecht.«

»Und warum? Hat die Anwesenheit von Robert Brannock Sie so aus der Fassung gebracht?«

O'Bannon langte sich an den Kunsthaaransatz, wodurch dieser noch weiter verrutschte. »Wie kommen Sie denn darauf? Ich kenne Brannock nur aus dem Fernsehen und der Zeitung. Wenn mich etwas schockiert hat, dann war es die Anwesenheit dieses Rabbiners. Die jüdischen Oberpriester und Schriftgelehrten haben schon Jesus ermordet, und nun versuchen sie ihn auch noch der Christenheit zu stehlen.«

»Ist der Messias nicht für alle Menschen gestorben?«

»Für alle, die an ihn *glauben*. So steht es in Johannes 3, 16. Die jüdische Geistlichkeit hat ihn bis heute nicht als Messias anerkannt.«

Hester beschlich das ungute Gefühl, Vater Joseph verheimliche ihm irgendetwas. »Dann wollen Sie zu Ihrem Blackout heute Morgen also nichts weiter sagen?«

»Ich *kann* nicht«, widersprach O'Bannon mit Nachdruck. Er hielt kurz inne und fügte dann trotzig hinzu: »Oder soll ich mir, nur damit Sie endlich Ruhe geben, irgendetwas aus den Fingern saugen? Und jetzt entschuldigen Sie bitte, Hester. Ich muss mich dringend um die Notquartiere für die Pilger kümmern. Die Zahl reicht bei Weitem noch nicht aus, um allen ein Nachtlager anzubieten.« Ohne seinem Gegenüber die Chance auf Einspruch zu lassen, riss er die Tür zum Kirchenschiff auf und entschwand in der Menge.

Gedankenversunken folgte ihm Hester. In der Vierung sprach ihn ein koreanisches Paar an und fragte in gebrochenem Englisch, wo denn bitte der Mann ausgestellt werde, für den Christus vom Kreuz gestiegen sei.

»Seamus Whelan?«, grunzte Hester. »Ich schätze, der macht das Gleiche, was auch Petrus tat, nachdem er den Herrn dreimal verleugnet hatte. Er ist fischen gegangen.«

»Und wo?«, wurde sofort nachgehakt.

»An den See Genezareth«, brummte Hester und ließ die beiden stehen.

Das Schwarze Wasser verdankte seinen Namen den dunklen Steinen im Bachbett. In Wirklichkeit war der Duiske sehr klar. Schon die Zisterzienser hatten an seinem Ufer im Mittelalter eine Wollmühle betrieben und diese Tradition setzte sich, wie Kevin in Mick Doyle's Pub gelernt hatte, bis in die Gegenwart fort.

Nach dem ereignisreichen und anstrengenden Tag fühlte sich der Assistent des Sonderermittlers todmüde. Er hatte zuletzt in der Mill Road ein paar Leute befragt. Inzwischen war die Sonne untergegangen, das letzte Licht des Tages schwand und ihm taten die Füße weh. Einem letzten Hinweis wollte er noch nachgehen, bevor er sich mit Monsignore McAteer im *M Doyle's* treffen würde, dieser seltsamen Mischung aus Laden und Pub, der Leuten mit den exotischsten Spleens als Treffpunkt diente.

Ein alter Mann hatte Kevin gerade erzählt, wenn er dem Bachlauf folge, stoße er am Ortsausgang auf ein altes, graues Feldsteinhaus. Es habe lange leer gestanden, in letzter Zeit brenne in den Fenstern aber wieder gelegentlich Licht. »Keine Ahnung, wer dort eingezogen ist«, hatte der Alte gemeint, »aber vielleicht kann der Bewohner Ihnen weiterhelfen. Manchmal sehen Fremde mehr als diejenigen, die schon immer da waren. Klopfen Sie doch einfach mal an.«

Mittlerweile hatte Kevin das abgelegene Haus am Ortsrand erreicht. Im einzigen sichtbaren Fenster brannte tatsächlich ein schwaches Licht. An der Straße davor stand einer jener winzigen Kastenwagen mit fensterlosem Laderaum, wie sie oft von Handwerkern benutzt werden. Zwischen Fahrzeug und Haustür lag ein ungepflegtes Gartenstück. Kevin machte sich an die Durchquerung desselben.

Das Haus war ziemlich klein. Vermutlich barg es nicht mehr als zwei Räume. Die kaum behauenen grauen Steine der Außenmauern wirkten wie lose aufeinandergeschichtet, so als könnte der nächste Sturm das ganze Gebäude zum Einsturz bringen. Doch augenscheinlich stand es schon sehr lange hier. Es wirkte ein bisschen düster, was daran liegen mochte, dass man über dem Dach nicht den Himmel sah. Der Brandon Hill überragte es wie eine riesige Gewitterwolke. Graiguenama-naghs Hausberg war allerdings nur in einer engen Lücke zwischen zwei Eichen auszumachen, die das alte Gemäuer wie riesige Wächter flankierten.

Kevin klopfte an die Tür. Gleich darauf vernahm er schwere Schritte. Ein Hüne mit Vollbart öffnete: kräftiger Körperbau, wulstige Lippen, große Nase, breite Stirn, der Prototyp des grobschlächtigen Gesellen. Er mochte knapp fünfzig sein. Die Ärmel seines karierten Baumfällerhemds – ebenfalls in Herbstfarben gehalten – hatte er hochgekrempelt, und die weiten braunen Cordhosen hinderte er mithilfe von Hosenträgern am Herabfallen. Viel mehr konnte Kevin im Schatten der Bäume und angesichts der fortgeschrittenen Dämmerung nicht erkennen, zumal auch die kleine Stube, in die er am Bewohner vorbei hineinsehen konnte, nur von einer windschiefen Stehlampe erleuchtet wurde.

»Ja?«, fragte der Riese mürrisch.

Der Ordensbruder verließ sich auf die vertrauenerweckende Wirkung seines Priesterkragens. »Guten Abend. Ich bin Bruder Kevin O'Connor und komme im Auftrag von Bischof Begg. Es geht um das sogenannte Wunder von Graiguenamanagh.«

»Und?«

»Ich wollte Sie fragen, ob Ihnen in letzter Zeit in der Nähe der Duiske Abbey oder ganz allgemein hier in der Gegend etwas aufgefallen ist.«

»Was?«

»Personen, die sich merkwürdig benehmen, sonderbare Transporte, Geräusche oder Lichterscheinungen, die Sie nicht einordnen konnten.«

Der Mann schüttelte verneinend den Kopf.

»Oder haben Sie in letzter Zeit einen Mönch gesehen?«

»Viele.«

»Er trug einen braunen Habit. Möglicherweise hat er sein Gesicht unter einer Kapuze verborgen.«

»Einen Franziskaner, meinen Sie?« Zum ersten Mal hatte der Mann mehr als ein Wort am Stück vernehmen lassen. Er sprach mit slawischem Akzent. Vielleicht ein Pole, dachte Kevin, davon gab es in Irland etliche; sie hatten sogar ihre eigenen Supermärkte. Im Zwielicht glaubte er zu erkennen, wie sein Gegenüber zu lächeln begann. Dessen angenehm tiefe Stimme klang mit einem Mal viel freundlicher. »Ich kenne die Franziskaner gut. Als Waise bin ich in ihrer Obhut aufgewachsen. Neulich war mir tatsächlich so, als hätte ich einen von ihnen im Ort gesehen. Er verschwand in irgendeinem Haus. Warten Sie, wo war das doch gleich …?«

»Bitte denken Sie nach, Sir. Es ist wichtig.« Kevins Puls beschleunigte sich. Er hatte schon nicht mehr an den Erfolg seiner Befragungen geglaubt. Womöglich konnte er Mr McAteer beim Bier im Pub mit einer aufregenden Nachricht überraschen.

Der Hausbewohner schüttelte den Kopf. »Zum Überlegen

brauche ich Ruhe. Wollen Sie nicht auf einen Tee hereinkommen? Vielleicht fällt mir noch ein, wo ich den Mönch gesehen habe.«

»Wenn es Ihnen nichts ausmacht?«

»Nein, nein. Kommen Sie nur. Mein Haus ist Ihr Haus.« Der Mann trat in die Stube zurück, um den Besucher hereinzulassen. Er deutete nach links auf einen abgewetzten Sessel neben der schiefen Stehlampe und einem runden Tischchen. Auf Letzterem lag eine aufgeschlagene Bibel. »Bitte setzen Sie sich. Ich bin gleich bei Ihnen. Schwarz- oder Kräutertee?«

»Kräuter bitte. Vielen Dank«, antwortete Kevin und setzte sich mit leichtem Unbehagen in den speckigen Sessel. Der Raum war kärglich eingerichtet: grobe Holzdielen am Boden, rissige Balken unter der Decke, gekalkte Wände, daran ein paar Haken, ein verzogener Kleiderschrank. An der gegenüberliegenden Seite gab es ein Spülbecken und einen kleinen Gaskocher, auf dem der Gastgeber das Wasser für den Tee erhitzte.

Eine Zeit lang sah Kevin ihm dabei zu. Sein Blick wanderte zu der Bibel auf dem Tisch. Sie war beim ersten Korintherbrief aufgeschlagen. Kapitel 11. Ein senkrechter roter Strich markierte einige Passagen:

[27] Wer also unwürdig von dem Brot isst und aus dem Kelch des Herrn trinkt, macht sich schuldig am Leib und am Blut des Herrn. [28] Jeder soll sich selbst prüfen; erst dann soll er von dem Brot essen und aus dem Kelch trinken. [29] Denn wer davon isst und trinkt, ohne zu bedenken, dass es der Leib des Herrn ist, der zieht sich das Gericht zu, indem er isst und trinkt.

Kevin lief ein Schauer über den Rücken. Er musste unweigerlich an seine Jugendsünde denken, die konsekrierten Hostien, die er aus dem Tabernakel gestohlen und verputzt hatte. *Macht sich schuldig... zieht sich das Gericht zu...* Seltsam, dass er ausgerechnet jetzt, ausgerechnet hier wieder auf die strenge Ermahnung des Apostels Paulus stieß, die so lange sein Gewissen belastet hatte. Kevin empfand das Schweigen im Raum mit einem Mal als bedrückend. Er musste etwas sagen, um das beklemmende Gefühl zu verscheuchen.

»Ich habe Sie noch gar nicht gefragt, wie ich Sie anreden soll, Mr ...«

»Sagen Sie Ivo zu mir. In meiner Heimat sagen alle Ivo zu mir. Dort bin ich viel in die Kirche gegangen, Bruder Kevin.«

»Und hier nicht mehr?«

»Manchmal. Ich muss viel arbeiten.«

»Verstehe.«

»Aber ich lese regelmäßig in der Heiligen Schrift.«

»Das ist löblich.«

»Ich habe übrigens in der Kirche immer die Orgel spielen dürfen.« Ivo goss kochendes Wasser in zwei große Henkelgläser und hängte Teebeutel hinein. Mit den beiden randvollen Trinkgefäßen in den Händen drehte er sich um und trug sie behutsam durch den Raum. »Die Franziskaner waren immer gut zu mir gewesen. Ich fühle mich ihnen bis heute verbunden.« Während er dies sagte, erreichte er das runde Tischchen, beugte sich vor und sah seinem Gast zum ersten Mal bei Licht ins Gesicht.

Kevin erschrak, als er Ivos ungewöhnlich helle Augen sah. Was hatte Hester McAteer noch gleich über das Gespräch auf dem Friedhof mit der Witwe Harkin berichtet? Laut ihrem Eindruck seien die Augen des Racheengels unheimlich gewesen. *Ganz blass. Irgendwie nicht menschlich.* Kevin glaubte,

– 274 –

ihm müsse jeden Moment das Mark in den Knochen gefrieren. Ivo hatte solche Augen. War *er* der Mörder von Daly, Judge und wohl auch von Molly Harkin?

Mit einem Lächeln, das Kevin mehr als unglaubwürdig erschien, dankte er Ivo, oder Ramo Zuko, oder wie immer dieser Mann in Wirklichkeit hieß, für den Tee, griff mit der Linken in die Innentasche seines Jacketts, schaltete seinen Sprachrekorder ein und sagte: »Oh! Verkehrte Seite.« Danach zog er mit der Rechten sein Handy hervor, warf einen Blick aufs Display und gab sich überrascht. »Mein Gott! Schon fast zehn.« Hierauf trat er den Rückzug an.

Er sprang aus dem Sessel hoch und während er sich, begleitet von seinem argwöhnisch dreinblickenden Gastgeber in Richtung Ausgang bewegte, sprudelte er wie ein Wasserfall Worte hervor. »Bitte seien Sie mir nicht böse, Ivo. Ich habe heute noch eine Verabredung. Sehr dringend! Es geht um den erwähnten Mönch. Wenn Ihnen noch einfällt, wo Sie ihn gesehen haben, dann hinterlassen Sie bitte bei Pater O'Bannon in der Abbey eine Nachricht. Jetzt muss ich mich aber wirklich sputen. Bitte entschuldigen Sie den überstürzten Aufbruch ...« Und dann war er aus er Tür heraus.

Mit langen Schritten durchmaß er den Vorgarten und warf noch ein »Danke für den Tee« hinter sich. Als er von der Straße aus zum Haus zurückblickte, war die Tür schon wieder geschlossen.

Nun begann Kevin zu laufen, so schnell ihn seine Beine trugen. Die schmale Straße war menschenleer. Nur wenige Laternen beleuchteten den Weg. Er fürchtete, jeden Moment von dem Lieferwagen eingeholt und hineingezogen zu werden – später würde die Polizei ihn dann womöglich im Umkreis von Graiguenamanagh in Einzelteilen wieder auflesen. Doch niemand folgte ihm. Spielten nur seine Nerven verrückt? In

Irland gab es vermutlich Hunderte von Männern mit slawischem Akzent und wasserblauen Augen.

Er zog sein Handy aus der Tasche und wählte die Nummer von Hester McAteer. Die Mailbox meldete sich. »Hier ist Bruder Kevin«, sprach er auf den Anrufspeicher. »Ich habe einen Mann gefunden, auf den die Beschreibung des Franziskaners passen könnte, slawischer Dialekt, sehr helle Augen. Eine Ordenstracht trug er allerdings nicht.« Nachdem er kurz das Haus und dessen Lage beschrieben hatte, sagte er noch: »Im Moment bin ich auf dem Weg in den Pub. Wir treffen uns dort.« Danach legte er wieder auf.

Als er sich dem Zentrum von Graiguenamanagh näherte, wurde es heller, und er sah auch wieder vereinzelt Menschen auf der Straße. Im Gezeitenwechsel des Pilgerstroms hatte sich zwar die große Flut der Tagestouristen aus dem Ort zurückgezogen, doch mittlerweile gab es genug Besucher, die hier übernachteten oder noch durch die Pubs zogen. Kevin lief geradewegs zum *M Doyle's* und wühlte sich durch die Menge aus trinkenden und miteinander redenden Menschen.

Es dauerte eine Weile, bis er mit hinreichender Sicherheit feststellen konnte, dass Hester McAteer noch nicht im Pub war. Sie hatten sich ja auch erst für halb elf verabredet. Vielleicht sprach er immer noch mit Pater O'Bannon?

Kevin war zu nervös, um zwischen all den Leuten zu warten. Er wollte dem Sonderermittler von der unheimlichen Begegnung am Ortsrand berichten. Kurzerhand verließ er den Pub wieder und lief zum Pfarrhaus.

Die Imbissbuden hatten alle schon geschlossen, die Sendeanstalten ihren Betrieb eingestellt. Nur wenige Gestalten huschten durch die Abbey Street, geduckt und stumm, als fürchteten sie sich ohne die Heerscharen Gleichgesinnter. Die schießschartenartigen Fenster im Pfarrhaus waren alle dunkel. Kevin wagte nicht zu klingeln und den alten Pfarrer um seine wohlverdiente Nachtruhe zu bringen, sondern lief über die Straße zum Haupteingang der Duiske Abbey.

Überraschenderweise war die Tür noch nicht abgeschlossen. Vielleicht befanden sich Mr McAteer und der Pfarrer ja drinnen. Kevin betrat die Kirche. Darin brannte nur noch die Notbeleuchtung. Es war niemand zu sehen, doch er hörte Stimmen.

Während er eilig den Mittelgang des Langschiffes durchquerte, verstummte das Gespräch. Er wich der Absperrung um den Blutfleck aus und lief entgegen dem Uhrzeigersinn um das Altarpodest herum. Dem Gefühl nach waren die Stimmen aus dem südlichen Seitenschiff gekommen, von dort also, wo sich die Orgel befand. Und tatsächlich! Vor den Manualen stand Pater O'Bannon. Allein.

Kevin blickte nach links durch die Rundbögen in die Versöhnungskapelle. Das Licht dort war ausgeschaltet.

»Bruder Kevin«, begrüßte ihn der Pfarrer. »So spät noch unterwegs?«

»Ich suche Monsignore McAteer. Eigentlich hatte ich gehofft, ihn hier bei Ihnen zu treffen. Ich hörte Stimmen.« Er blieb vor dem Priester stehen.

»Das passiert mir an diesem Ort häufiger. Kennen Sie das Gedicht *Ein Klagelied für Duiske* von William O'Leary?«

»Nein. Wieso?«

»In einem Vers spricht er von den geisterhaften Mönchen, die nachts in der Abbey singen. Ich habe ihre Stimmen oft vernommen. Und vor mir ging es vielen anderen genauso. Vielleicht gehören ja auch Sie zu den Glücklichen, denen der Blick ins Jenseitige ...«

»Bei allem Respekt, Pater O'Bannon, aber ich glaube nicht

an solche Gespenstergeschichten. Wissen Sie vielleicht, wo ich den Monsignore finden kann? War er schon bei Ihnen?«

»Ja, Hester war hier. Aber das ist schon ein paar Stunden her. Sie kommen mir so erhitzt vor. Und so nervös. Ist alles in Ordnung mit Ihnen?«

»Ich glaube, ich habe den Mörder von Daly, Judge und Mrs Harkin gefunden, Pater. Auge in Auge stand er mir gegenüber. Stellen Sie sich vor, er hat mir Tee serviert. Hoffentlich ist er nicht hinter mir her.«

»Wer? Der Franziskaner? Wo ist er Ihnen denn begegnet?«

Kevin stutzte. Wieso behauptete Pater O'Bannon ganz selbstverständlich, der Franziskaner sei der Killer ...?

»Gehen Sie!«, sagte plötzlich eine tiefe, volle Stimme aus dem Hintergrund.

Kevin fuhr herum.

In der Tür, die zum Baptisterium führte, stand Ivo. Er trug den braunen Habit des Ordens der Minderen Brüder. Seine Linke hatte er in den Falten des Gewands vergraben, mit der rechten Hand umklammerte er den Stiel eines goldenen Bechers. Der Form und Größe nach hätte es ein schwerer Messkelch sein können, doch der Deckel mit dem kleinen Kreuz obenauf verriet seinen wirklichen Zweck: Es war ein Ziborium, ein Gefäß zur Aufbewahrung geweihter Hostien, jenem zum Verwechseln ähnlich, das Kevin als Achtjähriger geplündert hatte. Der Gedanke bescherte ihm eine Gänsehaut.

»Jetzt gehen Sie schon!«, drängte der Franziskaner, nein, nicht ihn, nicht einen unwillkommenen Gast, sondern Pater O'Bannon.

»Was haben Sie vor?«, fragte der Pfarrer besorgt.

»Glauben Sie mir«, antwortete Francis mit kühlem Lächeln, »das wollen Sie gar nicht wissen.«

– 278 –

Im Gesicht des Geistlichen vollzog sich ein Wandel, der Kevin erschauern ließ. Es wurde zur Grimasse, so als quäle ihn die Gewissheit von etwas Grauenhaftem, das einer armen Seele widerfahren würde, für die er Mitleid empfand, der zu helfen er aber außerstande war. Wortlos lief er, anfangs noch zaudernd, dann mit eiligen Schritten, auf den Mönch zu und drängte sich an ihm vorbei in die Taufkapelle.

Als die Tür hinter ihm ins Schloss fiel, zuckte Kevin zusammen, als habe ihn ein Schuss getroffen. Alle Zweifel über Ivos Identität zerstoben in diesem Augenblick wie Spreu im Wind. Dieser blassäugige Mann war der Witwe Harkin auf dem Friedhof als himmlischer Vollstrecker erschienen.

Nun hatte sich der Racheengel ein neues Opfer erwählt.

Er hielt es nicht einmal für nötig, seine mörderischen Absichten zu verhehlen. Schon die Worte, mit denen er Pater O'Bannon, den einzigen Augenzeugen, verscheucht hatte, ließen kaum einen anderen Schluss zu. *Das wollen Sie gar nicht wissen.* Und Ivos Auftritt bestätigte diesen unheilvollen Eindruck, er wirkte so bedrohlich, als sei er der leibhaftige Tod. Kevin hätte sich nicht gewundert, wenn auf den Orgelpfeifen unversehens Eisblumen gewachsen wären, so kalt war ihm mit einem Mal. Das Gefühl, einem brutalen Killer wehrlos ausgeliefert zu sein, lastete auf ihm wie eine tonnenschwere Bleiplatte – seine Knie wurden weich und drohten jeden Moment einzuknicken.

Aber sein Geist wollte sich damit nicht abfinden und bäumte sich gegen das scheinbar Unabwendbare auf. Reiß dich zusammen!, rief er trotzig. Zum Überleben brauchst du einen klaren Kopf. Es kostete Kevin alle Willenskraft, diesen Zustand auch nur annähernd herzustellen, doch schließlich obsiegte der Überlebensinstinkt.

Als friedliebender Mann Gottes besaß Kevin weder das Geschick eines Kämpfers, noch war er dem ebenso großen wie kräftigen Mönch körperlich gewachsen. Bestenfalls als Sprinter mochte er diesem Paroli bieten. Er musste sein Heil in der Flucht suchen, alles andere wäre Wahnsinn. Aber dazu galt es zunächst, der Enge des Seitenschiffs zu entkommen, das durch Orgel und etliche Kirchenbänke einem Pferch glich.

Ohne Ivo aus den Augen zu lassen, wich er langsam in Richtung Altar zurück. Überraschenderweise begnügte sich der Hüne zunächst damit, ihm zu folgen. Als Kevin jedoch das Podest erreichte, zog der Mönch plötzlich die Hand aus den Falten des Ordensgewandes und richtete mit einem zur Besonnenheit mahnenden Kopfschütteln den Lauf einer schwarzen Pistole auf ihn. Wenngleich diese Geste von einer gelangweilten Lässigkeit getragen wurde, die jede Sorgfalt beim Zielen vermissen ließ, verfehlte sie dennoch ihre Wirkung nicht.

Der bloße Anblick der Waffe ließ Kevin erschrocken innehalten. Seine Chancen, das Gotteshaus lebend zu verlassen, hatten sich soeben rapide verschlechtert. Er zitterte vor Angst, spürte aber zugleich einen unbändigen Zorn. Wenn er schon sterben musste, dachte er trotzig, dann sollte sein Tod wenigstens nicht umsonst gewesen sein. Er durfte diesen Ivo nicht so einfach davonkommen lassen. Hester McAteer musste unbedingt erfahren, wer hinter all den Morden steckte. Aber wie …?

Mit einem Mal fiel Kevin das Tonaufzeichnungsgerät in seiner Tasche ein. Es war immer noch eingeschaltet. Vielleicht konnte er dem scharfsinnigen Monsignore damit den entscheidenden Wink geben.

Notfalls als Nachricht aus dem Jenseits.

»Sie sind also der Franziskaner«, brach er das lauernde Schweigen.

»Und Sie der Spiritaner, der zu viele Fragen stellt«, erwiderte Ivo, während er sich Kevin mit dem schweren Speisekelch und der Pistole vorsichtig näherte. Er neigte offenkundig nicht dazu, seine Gegner zu unterschätzen.

»Wer nicht fragt, findet keine Antworten.« Kevin wagte einen weiteren Schritt in Richtung Mittelgang.

Der Mönch folgte ihm. »Manchmal erhält er aber auch welche, die er lieber nie bekommen hätte.«

»Wissen Sie irgendetwas über die Morde an Daly und Judge, Ivo?«

»Was für Morde? Die beiden sind vom Himmel für ihre Sünden bestraft worden.«

»Und Mrs Harkin?«

»Sie hat ihr Kind getötet und empfing die gerechte Strafe dafür.«

Mittlerweile hatte Kevin den Mittelgang des Langschiffes erreicht. Er betete, dass die Speicherkapazität des Rekorders noch nicht erschöpft war und das Gerät alles aufzeichnete. »Was ist mit Jeschua und mit dem blühenden Birnbaum, der heute früh verbrannt ist? Sind das auch Kundgebungen göttlicher Macht gewesen?«

»War das nicht offensichtlich?«

Wider besseres Wissen blickte Kevin zum Hauptportal. Bestimmt stand es noch offen. Vielleicht war die eher nachlässig auf ihn gerichtete Waffe ja gar nicht geladen und er konnte mit einem beherzten Spurt ...

Aus den Augenwinkeln nahm er plötzlich eine rasche Bewegung wahr. Als er sich wieder dem Mönch zuwandte, sah er diesen auf sich zukommen. Nur noch zwei oder drei lange Schritte trennten sie voneinander. Kevin wich entlang der Podeststufen vor dem Angreifer zurück. »Bleiben Sie mir vom Leib, Ivo!«

Der Mönch grinste. »Wieso? Wir sind doch Brüder. Und Brüder umarmen sich. Schauen Sie her: Ich habe ihnen etwas mitgebracht.« Er streckte die Hand mit dem Kelch aus.

»Behalten Sie's für sich. Ich will es nicht.«

»Das soll ich glauben, Bruder Kevin? Es ist ein Ziborium. Fällt Ihnen dazu nichts ein?«

Kevin keuchte vor Angst, während er weiter dem Verlauf des Podestes in Richtung Chor folgte. Trotz der bleiernen Schwere in seinen Beinen begann er zu laufen. Vielleicht konnte er in die Sakristei fliehen. Als er sich nach ein paar Schritten zum Mönch umdrehte, der ihm nach wie vor dicht auf den Fersen war und gerade den Kelch zum Schlag in die Höhe reckte, geriet er ins Stolpern. »Zurück, Ivo! Sie sind ja verrückt!«

»Keineswegs«, widersprach der Franziskaner ruhig. Seine blassen Augen wirkten wie zu Eis erstarrt. »Wollen Sie den Heiligen Geist beleidigen? Er hat gesehen, was Sie als Ministrant getan haben. Und nun nimmt er Sie dafür ins Gericht.«

In dem panischen Versuch, dem unvermeidlichen Hieb auszuweichen, verlor Kevin endgültig das Gleichgewicht und fiel rücklings auf die Stufen. Verzweifelt streckte er dem Mönch, der nur einen Sekundenbruchteil später über ihm aufragte, die Hände entgegen und rief: »Nein, *Sie* werden für all Ihre Sünden die volle Vergeltung empfangen, Ivo.«

»Und Sie werden nicht der letzte Märtyrer sein. Sagen Sie an der Himmelspforte Bescheid, dass schon mal der rote Teppich ausgerollt wird.«

Ivo steckte seine Pistole weg und beugte sich zu seinem Opfer herab. Dabei rutschte der Deckel vom Ziborium, fiel klirrend zu Boden und Hostien schneiten wie weiße Blütenblätter auf den Todgeweihten nieder.

»Um Himmels Willen«, stieß Kevin hervor, »nehmen Sie

den Kelch weg ...« Er verstummte, als seine Hände fast sanft, aber trotzdem mit ungeheurer Kraft zur Seite geschoben wurden. Im Gesicht des Franziskaners ließ sich kein Hass erkennen, nur jene ruhige Entschlossenheit, mit der die Priester in alter Zeit wohl ans Schlachten der Opfertiere gegangen waren.

Dann schlug der Racheengel zu.

22.

Graiguenamanagh, County Kilkenny, Irland,
12. April 2009, 22.04 Uhr Ortszeit

Hester blickte auf seine Armbanduhr. Es war vier Minuten nach zehn.

»Was ist, langweile ich dich?«, fragte Fiona belustigt.

Die beiden saßen bei ihr in der Küche auf der Bank und tranken Rotwein. Im Kanonenofen loderte ein gemütliches Feuer.

»Im Gegenteil, aber ich muss in einer halben Stunde im *M Doyle's* sein. Lagebesprechung mit Bruder Kevin.«

»So etwas wie Feierabend kennt ihr wohl nicht.«

Er streichelte lächelnd ihre Wange. »Eifersüchtig?«

»Wer? Ich? Niemals! Ich habe vor langer Zeit eine schmerzliche Lektion gelernt: Hester McAteer gehört niemandem außer sich selbst.«

Ihm wurde mit einem Mal heiß. Er hätte diese Frau am liebsten in den Arm genommen und nie mehr losgelassen. Stattdessen antwortete er nur: »Der Punkt geht an dich.«

Sie sah ihn mit ihren betörenden grünen Augen an, als wolle sie in die dunkelsten Winkel seiner Seele vordringen. »Was tun wir zwei eigentlich gerade, Hester? Ist das ein Spiel, bei dem ich wieder die Verliererin sein werde?«

Ihre Frage tat ihm weh. »Ich spiele nicht mit dir, Fiona.«

»Liebst du mich denn noch?«

Er merkte, wie ihm schwindlig wurde. In letzter Zeit vertrug er Aufregung nicht mehr so gut. Einen Moment lang fühlte er sich völlig hilflos. Aber dann legte er seine Hand auf Fionas und sagte: »Mehr als ich je einen Menschen geliebt habe.«

»Außer den Heiligen Vater, meinst du.«

»Das ist etwas anderes.«

»So fängt es bei den Männern immer an.« Ihre Antwort klang schnippisch. Aber gegen die Hand auf der ihren hatte sie nichts einzuwenden.

»Sag mal, Fiona. Gestern früh war ich in deinem Keller. Ich ... habe etwas zu trinken gesucht. Dabei ist mir ein ziemlich großer Karton mit meinem Namen aufgefallen. Ich habe natürlich nicht reingesehen, aber interessieren würde mich doch, was du darin aufbewahrst.«

Wieder erforschte ihr Blick ausgiebig sein Gesicht, ehe sie antwortete: »Nichts.«

»*Nichts?*«, echote er ungläubig.

Sie lächelte unsicher. »Na ja, fast nichts. Fotos und die paar Briefe, die du mir geschrieben hast.«

»Dafür hätte aber auch ein Schuhkarton gereicht.«

»Ich habe die Kiste extra größer gewählt. Für das, was noch kommt.«

»Du hast damit gerechnet ...?« Ihm verschlug es die Sprache. Ob Fiona ihm tatsächlich die Chance geben würde, seine Fehler wiedergutzumachen?

Mit einem Mal konnte er nicht länger an sich halten. Er nahm sie in die Arme und küsste sie. Es war ein langer Kuss, kein wildes, sich gegenseitiges Verschlingen, sondern voller Zärtlichkeit und unbändiger Freude über das Wiederfinden einer Liebe, die fast schon verloren schien. Als sie sich endlich wieder voneinander lösten, waren beide so befangen wie beim ersten Mal, als ihre Lippen zueinander gefunden hatten – vor fast dreißig Jahren.

»Entschuldige«, sagte Hester. »Es ist so über mich gekommen.«

»Ich werde es niemandem verraten«, erwiderte sie schmunzelnd und umschloss seine Pranke mit ihren schlanken Händen.

»Es ist mir unangenehm, dass ich ausgerechnet jetzt damit anfange, aber darf ich dich etwas fragen, das nicht unmittelbar mit uns zu tun hat?«

Sie seufzte. »Rück schon raus damit.«

»Es geht um Brian Daly, Annys Kollegen beim …«

»Hester! Ich kenne Daly. Er hat ganz Graig mit seiner Schnüffelei kirre gemacht.«

»Genau darauf will ich hinaus. Ian MacDougall sagte mir gestern, Daly habe sich auch nach mir erkundigt. War er auch bei dir?«

»Ja. Mehrmals sogar. Aber von mir hat er nichts erfahren.«

»Ich wüsste gerne, welche Namen ihn besonders interessiert haben.«

»Außer Seamus, dir, Anny und mir, meinst du? Lass mich überlegen.« Sie runzelte nachdenklich die Stirn. »Molly Harkin erwähnte er … Und Pompom!«

»Den Pfarrer?« In Hesters Kopf rastete etwas ein. »Heute ist Pater O'Bannon regelrecht panisch davongelaufen, als er Robert Brannock in Jeschuas Krankenzimmer entdeckte – jedenfalls glaube ich, dass der Anblick des BMC-Bosses ihn so erschreckt hat. Als ich Pa fragte, ob irgendetwas zwischen den beiden – O'Bannon und Brannock – vorgefallen sei, da ist er mir ausgewichen. Er meinte, dass er mir nichts dazu sagen dürfe.«

– 286 –

»Vielleicht hängt es mit ihrer gemeinsamen Zeit in Kilshane zusammen.«

Hester blinzelte. »Wie bitte? Mit wessen gemeinsamer
Zeit?«

»Dein Vater war um 1950 herum Novizenmeister in dem
Seminar dort. Joseph O'Bannon gehörte zu seinen Schülern.
Seamus erwähnte einmal, dass er damals der Beichtvater
unseres Pfarrers war. Das ist auch der Grund, weshalb ihm
Pater O'Bannon hier in Graig später den Job als Totengräber
besorgt hat.«

»Natürlich!«, murmelte Hester. »Pa sagte so etwas bei unserem Vater-Sohn-Gespräch am Fluss. Er meinte, Joe sei der
Einzige, der ihn bei Moms Begräbnis von früher erkannt
habe.«

Fiona nickte. »Vielleicht wusste Daly ebenfalls davon.«

»Von wem? Doch bestimmt nicht von Pa oder Vater
Joseph.«

»Frag mich was Leichteres. Jedenfalls hat Daly sich, als er
mich aushorchen wollte, einmal verplappert. Er meinte, Pater
O'Bannon wünsche sich, dass Seamus auch in der Duiske ein
Wunder täte. Dann könnte die Abbey eine Wallfahrtskirche
werden.«

»*Das* hat er gesagt? Warum fällt dir das erst jetzt ein?« In
Hesters Kopf fanden plötzlich viele Gedankensplitter zueinander. Sie ließen noch kein klares Bild erkennen, sondern
bestenfalls einige Deutungen erahnen.

»Vermutlich, weil du mich danach gefragt hast«, antwortete
Fiona verschnupft.

Er küsste ihre Hand. »Entschuldige bitte. Das war nicht als
Vorwurf gemeint. Es ist nur – daraus ergibt sich eine völlig
neue Konstellation.«

»Sprechen wir jetzt über Kriminologie oder Astrologie?«

»Ich rede davon, dass Vater Josephs Wunsch durch das Wunder von Graiguenamanagh eingetroffen ist. Kommt dir das nicht verdächtig vor?«

»Ein bisschen schon. Aber was ist mit den Todesfällen? Die stehen doch wohl irgendwie in Verbindung mit unserem großen Mirakel. Ich kann mir beim besten Willen nicht vorstellen, dass unser alter, unermüdlicher, aufopferungsvoller Pater Joseph O'Bannon gleich in mehrere Mordfälle verstrickt sein soll.«

»Ich ehrlich gesagt auch nicht.«

»Wenn Pater O'Bannon tatsächlich wegen Robert Brannock davongelaufen ist, vielleicht ist das dann die Richtung, in der du weiterermitteln solltest.«

Er nickte. »Du bist ein kluges Mädchen. Und weißt du, was ich mache? Da mein alter Herr auf stur stellt, rufe ich gleich in Kilshane an.«

»Jetzt? Am Ostersonntag nach zehn? Da erreichst du niemanden.«

»Damit dürftest du recht haben. Warte mal …« Hester sprang von der Bank auf, lief in sein Zimmer hinauf und kehrte mit einem Umschlag zurück. Er zog ein Foto heraus und tippte auf sein Gesicht. »Ich war von 1977 bis '78 auch in Kilshane. Das da bin ich.«

»Hättest du mir nicht sagen brauchen. So habe ich dich all die Jahre über in Erinnerung behalten.«

Er räusperte sich und zeigte wieder auf das Bild. »Kennst du sonst noch jemanden?«

Sie runzelte die Stirn. »Wieso sollte ich jemanden aus Kilshane kennen, Hester?«

»Vielleicht, weil mein Vater auch dort war? Möglicherweise besitzt er aus der Zeit ja noch ein paar Erinnerungsfotos, die er dir mal gezeigt hat.«

»Auf der Kommode in seinem Zimmer steht ein ganzes Rudel davon. Ich staube sie manchmal ab.«

»Wo ist er eigentlich?«

»Im Pub. Ich schätze, Moses erzählt die Geschichte vom brennenden Birnbaum.«

Hester zog die Augenbrauen hoch, dann deutete er auf die Fotografie. »Bitte sieh nach.«

Sie studierte eingehend das Gruppenbild. Mit einem Mal deutete sie auf einen Mann, der 1977 Ende vierzig gewesen sein mochte. »Ich kann mich irren, aber von dem müsste er eine ungefähr fünfundzwanzig Jahre jüngere Version in seinem Gedächtniszoo stehen haben.«

Hester sah sich noch einmal das Bild an. »Das ist Bruder Seán Meaney, der Bibliothekar. Ich Hornochse! Dass ich nicht selbst darauf gekommen bin!«

»Ich will dir ja nicht widersprechen, mein Lieber – was den Hornochsen anbelangt, meine ich –, aber was genau suchst du eigentlich?«, fragte Fiona streng.

»Jedes Jahr wurden solche Fotografien von den Novizen und ihren Lehrern gemacht. Mich würde interessieren, wer alles zusammen mit dem jungen Joseph O'Bannon posiert hat. Vielleicht lebt Bruder Seán noch.« Er griff zum Handy, das auf dem Esstisch lag. »Auch das noch!«

»Was ist?«, fragte Fiona.

»Kevin hat versucht, mich zu erreichen. Ich hatte das Telefon stumm gestellt.« Hester hörte die Mailbox ab. Danach sah er Fiona aus großen Augen an.

»Ist etwas passiert?«

»Er meint, er habe den Franziskaner gefunden, den geheimnisvollen Mönch, der durch diese ganze Geschichte geistert. Jetzt müsste er im Pub von Mick Doyle sitzen und auf mich warten.« Hester drückte die Rückruftaste.

Kevin meldete sich nicht.

»Machst du dir Sorgen, der Mönch könnte ihm etwas tun?«

»Natürlich mache ich mir Sorgen, Fiona.«

»Im Pub ist er sicher. Da sind um diese Zeit mindestens zweihundert Leute, die auf ihn aufpassen.«

»Du hast recht. Lass mich noch kurz versuchen, Seán Meaney ausfindig zu machen. Dann gehe ich zu Kevin rüber.«

Er klinkte sich ins Internet ein und suchte nach der Rufnummer des Bibliothekars. Wenige Sekunden später läutete in Kilshane ein Telefon.

»Hallo?«, meldete sich die rasselnde Stimme eines hörbar alten Mannes.

»Hier ist Bruder Hester McAteer. Spreche ich mit dem Spiritanerbruder Seán Meaney?«

»Hester!«, antwortete Meaney, jetzt klang er freudig erregt. »Ich hätte nie gedacht, dass der Päpstliche Ehrenkaplan sich noch einmal bei dem alten Bücherwurm meldet.«

»Sie haben meine Karriere verfolgt?«

»Na und ob! Wer einmal in Kilshane war, den verliere ich nicht mehr aus den Augen. Schon gar nicht, wenn er eine solche Laufbahn hinlegt wie Sie. Welchem Anlass verdanke ich denn Ihren Anruf?«

Hester erklärte, dass er als bischöflicher Sonderermittler in Graiguenamanagh arbeite und dringend ein Foto aus dem Novizenjahrgang von Joseph O'Bannon suche.

»Da muss ich Sie leider enttäuschen«, erklärte der Bibliothekar. »Ich bin schon lange im Ruhestand.«

»Denken Sie, dass es in der Bibliothek oder sonst wo in Kilshane noch ein solches Foto gibt?«

»Auf keinen Fall.«

Hester sackte innerlich zusammen. »Wieso sind Sie sich da so sicher, Bruder Seán?«

»Weil das Seminar nicht mehr existiert. Ein Weilchen nachdem Sie die zeitliche Profess abgelegt haben, wurde das *Kilshane House* geschlossen. Es befindet sich jetzt in Privatbesitz.
Sagen Sie bloß, Sie wussten nichts davon?«

Die Frage traf ihn hart, führte sie ihm doch vor Augen, wie
radikal er sich Anfang der 1980er-Jahre von seinem früheren
Leben abgewandt hatte. Jede Nachricht aus der irischen Heimat war für ihn wie ein Dorn im Fleisch gewesen, der ihm
schmerzlich sein Versagen gegenüber Fiona in Erinnerung
rief – also hatte er alles abgeblockt. »Nein«, räumte er zerknirscht ein, »das muss irgendwie an mir vorbeigelaufen sein.
Gibt es das Archiv von Kilshane noch?«

»Ganz bestimmt. Ich habe sogar noch dabei mitgeholfen,
alles nach Dublin zu bringen und unseren Katalog in den dor-
tigen einzupflegen. Unsere Bestände wurden vorübergehend
im St Mary's College in der Lower Rathmines Road zwischen-
gelagert, weil sich die Verwaltung der Holy Ghost Fathers
gleich nebenan befand. Inzwischen wurde alles ins Archiv der
Ordensprovinz verbracht. Ist nicht ganz drei Kilometer süd-
östlich von St Mary's. Sie kennen die Adresse?«

»Ja, von der Korrespondenz. Temple Park, wenn ich mich
nicht irre.«

»Richtig. Ecke Richmond Avenue South. Der Archivar dort,
Bruder Kieran Kirby, ist ein alter Freund von mir. «

»Wenn ich dem Sekretariat dort ein Beglaubigungsschreiben zufaxen lasse, könnten Sie sich dann für mich verwenden,
damit ich das Bild schnell bekomme? Vielleicht per E-Mail,
dann kann ich es direkt auf meinem Handy empfangen.«

»Ich rufe Bruder Kieran gerne für Sie an und lege ein gutes
Wort für Sie ein. Was diesen technischen Kram betrifft, davon
verstehe ich nichts. Zu meiner Zeit hat man noch mit Papier
gearbeitet.«

Hester gab ihm trotzdem die entsprechenden Adressen durch, bedankte sich für die Zusammenarbeit und legte auf. Er fühlte sich ausgelaugt und war zugleich wegen Kevin höchst beunruhigt. Seufzend blickte er in Fionas Augen.

»Gibt es jemand Bestimmten, den du auf dem Foto zu finden hoffst?«, fragte sie.

Er zuckte mit den Schultern. »Ich weiß nicht. Manchmal verlasse ich mich einfach auf meinen Bauch und oft liege ich damit genau richtig.«

Fiona tätschelte selbigen. »Na ja, er ist zumindest etwas stabiler geworden seit dem letzten Mal, als wir zusammen…« Den Rest ließ sie als Rätsel zwischen ihnen hängen.

Hester erhob sich. »Jetzt muss ich aber los. Kevin wird schon wie auf glühenden Kohlen sitzen.«

Sie stand ebenfalls auf. »Ich komme mit.«

»Mir ist wohler, wenn du hierbleibst, Fiona.«

»Meint der vatikanische Spürhund etwa, ich könnte ihm etwas abgucken?«

»Nein, aber ich will dich da nicht in etwas hineinziehen…«

»Ach, Unsinn. Du hast mich schon ins Leben hinein- und dich dann von mir zurückgezogen. Jetzt lasse ich mich nicht wieder so schnell abhängen.«

Er holte Luft, um ihr mit einem entschiedenen Nein zu begegnen, doch dabei verlor er sich in ihren Augen, diesen grünen Seelenspiegeln, hinter denen ein unbekanntes Universum verborgen schien. Anstatt ihr zu widersprechen, zog er sie abermals an sich und seine Lippen suchten die ihren.

Schließlich war es Fiona, die sich von ihm löste. »Wir müssen gehen, mein Lieber.« Sie senkte den Blick und ihre Stimme klang mit einem Mal verletzlich. »Was da gerade geschieht – ich ersehne mir nichts mehr, als mit dir zusammen zu sein, Hester. Aber du bist Geistlicher und stehst unter Zölibat und …«

»*Schsch!*«, machte er und legte seinen Finger auf ihren Mund. »Sag jetzt nichts, Fiona. Wenn diese Sache hier vorüber ist, dann nehme ich mir Zeit für uns beide.«

Das kleine Arbeitszimmer von Pater O'Bannon wurde nur von der Lampe mit dem blauen Glasschirm beleuchtet. Er war noch nicht zu Bett gegangen. Diese Nacht würde er sowieso kein Auge zutun. Stattdessen saß er an seinem Schreibtisch und betete für Bruder Kevin. Plötzlich hörte er hinter sich eine Bewegung. Er drehte sich um und fuhr zusammen.

»Francis, müssen Sie mich immer so erschrecken!«

Der ehemalige Mönch aus der Herzegowina lächelte. »Ich kann nichts dafür, wenn Ihre alten Ohren nicht mehr so gut funktionieren, Bruder Joseph.«

»Was haben Sie mit Bruder Kevin gemacht? Haben Sie auch ihn getötet wie all die anderen?«

»Warum lassen Sie mich nicht einfach meine Arbeit erledigen und Sie machen die Ihre?«

O'Bannons Blick fiel auf den rechten Ärmel des falschen Franziskaners. War das Blut da über dem Handgelenk? »Sie haben ihn verletzt, nicht wahr?«

»So könnte man es ausdrücken«, antwortete Francis belustigt.

»Ist er … tot?«

»Ich fürchte, ja.«

»O Gott!«, stieß der Priester hervor und presste sich rasch den Ärmel seiner Jacke an den Mund. So war sein Klagen und Schluchzen nur gedämpft zu vernehmen – Schwester Carla nebenan hatte einen leichten Schlaf.

Francis näherte sich langsam dem Schreibtisch, die großen

Hände zu einer beschwichtigenden Geste erhoben. »Jetzt beruhigen Sie sich, Bruder Joseph. Kevin ist als Märtyrer gestorben. Ein Platz im Himmelreich ist ihm sicher.«

O'Bannon fuhr von seinem Drehstuhl hoch und wich an die Wand zurück. »Bleiben Sie mir vom Hals, Sie … *Teufel!* Ich hatte Ihnen gesagt, das Morden müsse ein Ende haben und Sie fahren munter darin fort. Wie ich den Tag verfluche, an dem ich mich auf Sie eingelassen habe. Ich wollte nur das Beste für meine Gemeinde, und jetzt werde ich als Ungeheuer in ihre Geschichte eingehen.«

»Nur, wenn jemand erfährt, dass Sie in die mysteriösen Todesfälle verstrickt waren. Das braucht aber nicht zu geschehen.«

O'Bannon schüttelte entschieden den Kopf. »Nein! Ein – für – alle – Mal – nein. Ich mache bei diesem Wahnsinn nicht mehr mit. Unsere ›Zusammenarbeit‹ ist beendet. Gehen Sie, Francis. Sofort!«

»Ist das Ihr letztes Wort?«

»Ja!«, fauchte O'Bannon.

Der unechte Franziskaner sah ihn lange aus seinen kalten Augen an, bevor er seelenruhig erwiderte: »Na gut, Bruder Joseph, niemand kann zu seinem Glück gezwungen werden.«

Hester war beunruhigt, während er mit Fiona durchs nächtliche Graiguenamanagh eilte. Kevin mochte zwar manchmal zwischen dem Bischof und ihm hin- und hergerissen sein, aber bisher hatte man sich immer auf ihn verlassen können. Und plötzlich war er wie vom Erdboden verschluckt. Mick Doyle hatte gesagt, ihm sei der junge Ordensbruder aufgefallen, als er mit suchendem Blick den Pub abgeschritten habe. Aber er war nicht da. Im Waterside Guesthouse dasselbe. Und auf seinem Handy nahm er auch nicht ab.

Inzwischen ging es auf elf zu. Die Straßen von Graig waren bis auf ein paar Nachtschwärmer wie ausgestorben. Das Paar lief zur Duiske Abbey. Hester wusste selbst nicht recht, warum er das Gotteshaus zu so später Stunde noch einmal aufsuchen wollte. Es war nur ein Gefühl, eine diffuse Ahnung, die ihn dazu trieb.

Die Kirche war ordnungsgemäß abgeschlossen, hinter den Fenstern brannte aber ein unruhiges Licht. Fiona meinte, es könne von den Votivkerzen stammen.

Hester schüttelte den Kopf. »Die stehen doch ganz hinten im Nordschiff. Was da flackert, ist heller und dürfte sich irgendwo weiter östlich im Langhaus befinden.« Er zog das Bund mit den Zweitschlüsseln aus der Tasche und schloss das Portal auf.

Fiona sah ihn verdutzt an. »Du bist ja gut ausgestattet.«

Er zog den Mundwinkel schief. »Du wolltest doch vom vatikanischen Spürhund lernen.«

Sie betraten das Gotteshaus.

Die dunkle Ahnung, die Hester hierher geführt hatte, lastete immer schwerer auf ihm. Unwillkürlich suchte seine Hand nach der Fionas. Ihre war ganz warm, seine, wie er erst jetzt spürte, eiskalt. Langsam durchschritten sie den Eingangsbereich und liefen in das Hauptschiff.

Sobald er den etwa sechzig Meter messenden Raum überblicken konnte, sah er auch schon die Lichtquellen. Es waren jene hohen Leuchter mit großen weißen Kerzen obenauf, die zu Messen angezündet wurden, um bei der Verkündung des Evangeliums an das Licht Christi zu gemahnen. Ganze acht davon standen in der Vierung rund um das Altarpodest.

Fiona stieß einen erstickten Schrei aus.

Am linken, dem nördlichen Rand der Plattform, lag eine

reglose Gestalt. Schon aus der Entfernung war ihr blutüber-
strömtes Gesicht zu sehen.

Hester riss sich von Fiona los. Während sie, die Hände vor
dem Mund, erstarrt stehen blieb, lief er durch den Mittelgang. Er schüttelte unablässig den Kopf, weil die Ahnung ihm
den Atem zu rauben drohte. Und dann wurde sie zur Gewissheit.

Der Tote war Kevin.

Ja, er konnte nur tot sein. Mit dem blutigen Gesicht zur
Decke, die Augen weit aufgerissen, lag er rücklings auf den
Podeststufen. Sein Schädel war eingeschlagen. Unweit des
Kopfes lag der Deckel eines Ziboriums. Den Speisekelch selbst
entdeckte Hester auf dem Podium, ein Stück weit von der Leiche entfernt. Runde, helle Oblaten waren über Kevins Körper
verteilt. Wenn sie aus dem liturgischen Gefäß stammten,
wovon wohl auszugehen war, dann musste es sich um gewan-
delte Hostien handeln, um den Leib Christi.

Ohne einen Gedanken an die Spurensicherung der Polizei
zu verschwenden, sank Hester neben dem Toten auf die Knie,
schob seinen Arm unter ihn, drückte ihn an sich und begann
zu weinen.

»Warum, Gott, musste dieser junge Mensch sterben?«,
haderte er mit dem Himmel. Er machte sich Vorwürfe. Vielleicht hätte er diesen Mord verhindern können, wenn er
schneller gewesen wäre, aufmerksamer, klüger, nicht so sehr
von seinen Vorbehalten blockiert. Oder wenn er nicht sein
Handy abgestellt hätte. Dann würde der arme Junge vielleicht
noch leben. Er hatte Kevin in den letzten Tagen mehr als
schätzen gelernt, hatte gerade begonnen, ihn ins Herz zu
schließen. Und jetzt war er tot. Einfach erschlagen …

Einfach erschlagen?

Der Gedanke ließ Hester von dem Toten aufsehen. Die Lei-

– 296 –

che, das blutbesudelte Ziborium, die Hostien – bei allem Schmerz, den er empfand, begann er doch die perfide Symbolik des schrecklichen Arrangements zu begreifen.

Kevin hatte sich als Ministrant am Leib Christi vergangen, nach dem Korintherbrief des Apostels Paulus ein Vergehen, das ein göttliches Gericht nach sich zieht. Der Mörder musste von dem Sakrileg des einstigen Messdieners gewusst haben und wollte es wohl so aussehen lassen, als sei Kevin wegen seiner Sünde von einer überirdischen Macht gerichtet worden. Was für ein zynischer Plan! Vermutlich sollten die Medien nachher verbreiten, der Ordensbruder sei von Gott erschlagen worden wie Usa im Alten Testament, der verbotenerweise die Bundeslade angerührt hatte.

Aber wie konnte der Serienkiller von Kevins Frevel erfahren haben? Begg wusste zwar davon, er hatte gewiss einen Hang zu Geltungssucht und frönte allerlei Lastern – aber ein Mord? Solche Skrupellosigkeit traute Hester ihm dann doch nicht zu. Oder war der Bischofspalast verwanzt? Hatte der große Unbekannte – der Franziskaner? – das Gespräch vom Nachmittag belauscht?

»Hester?« Es war Fionas leise, vor Angst bebende Stimme, die ihn wieder in die furchtbare Wirklichkeit zurückholte. Er drehte sich zu ihr um. Sie hatte wohl all ihren Mut zusammengenommen und war bis auf wenige Schritte herangekommen.

»Ich komme«, sagte er.

»Wir müssen die Polizei verständigen, Hester.«

Er nickte und drückte den toten Gefährten ein letztes Mal an sich. Dabei bemerkte er plötzlich etwas Hartes an der Brust. Er ließ den Leichnam sanft auf die Stufen zurücksinken und griff in dessen innere Jacketttasche. Dort fand er Kevins digitalen Sprachrekorder. Hester lief mit dem Gerät zu Fiona, legte seinen Arm um sie und schob sie behutsam in den Mittelgang zurück, weg von dem Toten.

»Was hast du da?«, fragte sie.

»Ein Diktiergerät, wie es Reporter bei Interviews benutzen. Kevin hat damit am Morgen im Krankenhaus herumgespielt.«

»Darfst du das so einfach von ... da wegnehmen?«, sie deutete in die Richtung der Leiche. »Ist das nicht ein Beweisstück?«

»Das will ich gerade herausfinden. Der Rekorder ist noch eingeschaltet, aber offenbar am Ende seiner Aufnahmekapazität. Vielleicht verrät er uns ja, was hier passiert ist.« Hester betätigte die Rücksprungtaste.

Das Gerät verfügte offenbar über einen Speicher für mehrere Stunden. Hester fand am Anfang die Gespräche aus dem St Luke's Hospital und arbeitete sich schrittweise vor bis zu dem Punkt, wo Kevin in Ivos Haus die Aufnahmetaste gedrückt hatte. Danach musste er vergessen haben, das Gerät wieder auszuschalten. So war auch seine Ansage auf Hesters Mailbox mitgeschnitten worden, der Lärm in Mick Doyle's Pub, die Begegnung mit Pater O'Bannon und schließlich die Stimme des Mörders.

»Gehen Sie!«, rief Ivo – es zwar zweifelsfrei dasselbe volltönende Organ wie in dem Haus am Ortsrand. Gleich danach wiederholte er den Befehl. »Jetzt gehen Sie schon!« Die Aufforderung galt offenbar dem Pfarrer, denn als der ängstlich nach den Absichten des anderen fragte, antwortete er kühl: »Glauben Sie mir, das wollen Sie gar nicht wissen.«

Fiona klammerte sich an Hesters Arm. »Sollten wir nicht die Polizei ...?«

»Diese kräftige Stimme«, unterbrach er sie leise, »der slawische Akzent – das kommt mir alles bekannt vor. So als hätte ich diesen Ivo vor langer Zeit schon einmal sprechen gehört.« Zweifellos wäre es das Vernünftigste gewesen, sofort den Tatort zu verlassen und Superintendent Managhan anzurufen, doch wie unter Zwang lauschte Hester weiter dem Gespräch, das sich jetzt zwischen Kevin und seinem Mörder entspann, einem Dialog, der angesichts des sichtbaren Ausgangs an Grauen kaum zu überbieten war.

»Sie sind also der Franziskaner«, sagte Kevin. Hester kam es so vor, als sei diese Information für das Diktiergerät, nein, für *ihn* bestimmt. Dieser Eindruck verstärkte sich noch im Fortgang des unheilvollen Zwiegesprächs.

Als der Franziskaner Kevin an seine Sünde aus den Kindertagen erinnerte – den Raub der konsekrierten Hostien –, spitzte sich die Situation zu. Aus dem Lautsprecher drang Geraschel, so als werde der Rekorder in der Tasche hin- und hergeschüttelt. Kevins Atem klang stoßweise. Seine Stimme bebte vor Entsetzen, als er den Mönch aufforderte zurückzuweichen. Den schien dies nicht im Geringsten zu beeindrucken. Seine Stimme troff geradezu vor Zynismus, als er eine düstere Prophezeiung aussprach.

»Und Sie werden nicht der letzte Märtyrer sein. Sagen Sie an der Himmelspforte Bescheid, dass schon mal der rote Teppich ausgerollt wird.«

»Um Himmels Willen«, keuchte Kevin, »nehmen Sie den Kelch weg …«

Dies waren seine letzten Worte. Danach ertönte eine Kaskade grauenvoller Geräusche aus dem kleinen Lautsprecher, die Fiona einen Aufschrei entlockten.

»Mein Gott, schalt das aus, Hester!«

Diesmal hörte er auf sie.

Fiona drückte sich ängstlich an ihn und begann zu schluchzen. Sie zitterte am ganzen Leib. Auch Hester bebte, doch es war mehr der Zorn, der ihn aufwühlte. Hielt dieser Franziskaner sich etwa für die Verkörperung des Heiligen Geistes? Hatte er gegenüber Kevin ganz unverblümt weitere Morde angekündigt? Wie sonst konnte er seine letzte Äußerung gemeint haben? Wozu mit einem Mal einen roten Teppich ausrollen, wenn es bisher auch ohne ging? Stand etwa ein hoher Würdenträger auf Ivos Abschussliste? Oder …?

»Hester, *bitte,* lass uns diesen schrecklichen Ort verlassen«, flehte Fiona. Ihr Gesicht lag an seiner Brust.

Er legte schützend seine Hand auf ihr Haupt. »Ja, Liebes. Ich rufe sofort die Polizei an. Diesmal hat der Racheengel einen Fehler gemacht.«

Superintendent Managhans Gesicht wirkte noch zerknitterter als sonst, als er aus der Duiske Abbey zu Hester und Fiona heraustrat. »Ganz schöne Schweinerei da drinnen.«

Hester reichte ihm Kevins Sprachrekorder und kämpfte um eine feste Stimme. »Tut mir leid, dass ich den Fundort der Leiche kontaminiert habe. Ich musste den Jungen noch einmal … Es ist einfach über mich gekommen.«

Der Polizeichef holte tief Atem, als wolle er dem Sonderermittler eine ernste Rüge erteilen, aber dann stieß er die Luft wieder aus und sagte: »Schwamm drüber. Ich gehe mal davon aus, dass wir an der Tatwaffe keine Fingerabdrücke finden. Weder von Ihnen noch von sonst irgendjemanden.«

»Sie glauben doch nicht allen Ernstes, Hester hätte etwas mit dem Mord …«, schnappte Fiona, wurde aber sofort von Managhan unterbrochen.

»Keine Sorge, Mrs Sullivan. Wir haben ja Sie als Entlastungszeugin.«

Manchmal wusste Hester wirklich nicht, ob der Beamte nur seinen makabren Humor auslebte oder es ernst meinte. »Da

Sie ja nun auf mich aufpassen, Superintendent, könnten Sie Fiona von einem Beamten nach Hause bringen lassen?«

»Es genügt, wenn wir nach dem Frühstück alles Weitere besprechen, Mr McAteer. Wegen mir können Sie auch zusammen mit ihr ...«

»Nein. Ich muss noch etwas mit Ihnen klären, das keinen Aufschub duldet.«

»Na schön.« Der Polizeichef winkte einen Beamten herbei und wies ihn an, Fiona bis vor ihre Haustür zu begleiten. Nachdem sie aus der Abbey Street verschwunden war, fragte Managhan: »Was gibt's denn so Dringendes?«

Hester deutete zum Pfarrhaus hinüber. »Nachdem ich Sie angerufen hatte, wollte ich Pater O'Bannon über den Vorfall informieren. Ich habe Sturm geklingelt, aber es rührte sich nichts. Auch am Telefon meldete sich niemand.«

»Haben Sie's bei seiner Haushälterin versucht?«

»Schwester Carla hat mich durch die geschlossene Tür wissen lassen, dass sie nicht Pater O'Bannons Hüterin sei. Er habe in letzter Zeit lauter verrückte Sachen gemacht. Sie wisse nicht, wo er ist.«

»Ich würde sagen, er steckt mit dem Franziskaner unter einer Decke. Die Tonaufzeichnung von Bruder Kevin deutet jedenfalls darauf hin. Wahrscheinlich sind sie beide längst über alle Berge.«

»Dem Klang seiner Stimme nach zu urteilen, kam mir Vater Joseph sehr beunruhigt vor. Vielleicht wusste er nicht, was dieser Ivo im Schilde führte. Ich habe ein Bund mit Zweitschlüsseln vom Pfarrer bekommen. Daran befindet sich auch einer für sein Haus. Meinen Sie, wir können ohne Durchsuchungsbefehl einfach mal einen Blick hineinwerfen ...?«

»Wenn Gefahr im Verzug ist, kann ich das verantworten.«

»Ich mache mir Sorgen um den alten Mann.«

Managhan nickte. »Na schön. Lassen Sie uns nachsehen.«

Die beiden überquerten die Straße. Nachdem Hester die Eingangstür des Pfarrhauses aufgeschlossen hatte, rief er O'Bannons Namen. Niemand antwortete.

Sie traten durch die Tür. Zuerst sahen sie in der Küche nach. Das gespülte Geschirr war ordentlich auf einer Abtropfhalterung aufgereiht. Schwester Carla hatte den Raum in tadellosem Zustand hinterlassen. Im Wohnzimmer das gleiche Bild, alles wirkte wie geleckt. An der Wand hingen Hirschgeweihe und eine Schrotflinte – Hester hatte nicht gewusst, dass der Pfarrer Jäger war. Dann durchquerten sie den Mauerdurchbruch, der ins angrenzende Nachbarhaus führte. Aus einem Zimmer, das im rückwärtigen Teil des Hauses lag, fiel schwaches Licht in den Flur. Hester und Managhan wechselten einen Blick.

»Vielleicht gehe ich ab jetzt voran«, beschied der Polizist und zog seine Dienstwaffe aus dem Holster. Dicht gefolgt von Hester durchschritt er den kurzen Flur. In einem erleuchteten Türspalt waren Regale mit Büchern und Ordnern zu sehen. »Das Arbeitszimmer«, flüsterte Managhan und streckte die Hand nach der Tür aus. Vorsichtig ließ er sie aufschwingen, jederzeit zum Schuss bereit. Mit einem Mal drehte er sich bestürzt um.

»O mein Gott, was für eine Sauerei!«

Hester drängte sich ungestüm an ihm vorbei. Ob noch jemand im privaten Büro des Pfarrers war, interessierte ihn nicht. Als er Vater Josephs Leiche sah, musste er würgen.

O'Bannon lag mit entblößtem Haupt auf seinem Schreibtisch. Die Beine baumelten herab. Wie zuvor bei Kevin waren seine Augen weit aufgerissen. Ein Ausdruck des Entsetzens hatte sich in das alte Gesicht des Pfarrers eingebrannt. In seiner linken Brust klaffte ein großes Loch.

– 302 –

»Der Kerl hat ihm das Herz herausgeschnitten«, knirschte Managhan. Er hatte den Raum inzwischen ebenfalls betreten und deutete nach links zur Wand. »Vermutlich mit dem Dolch, der da zusammen mit seinem Herzen und der Perücke an dem Kruzifix steckt.«

Vor lauter Schaudern war Hester dieses makabre Detail noch gar nicht aufgefallen. Gehörte es ebenfalls zur zynischen Symbolsprache des brutalen Killers? Wollte er damit den Mord wie die Vollstreckung eines himmlischen Urteils aussehen lassen? »Ich verstehe diese Zeichen nicht«, murmelte Hester angewidert.

»Ich schon«, knurrte Managhan. »Dieser Kerl scheint es darauf anzulegen, das Jüngste Gericht zu inszenieren. Wenn Sie mich fragen, hält er sich tatsächlich für so eine Art Racheengel, oder er will mit aller Macht in die Öffentlichkeit. Lassen Sie uns rausgehen, sonst wird mir noch schlecht.«

»Mir geht die Äußerung mit dem roten Teppich nicht aus dem Sinn«, sagte Hester, nachdem sie das Arbeitszimmer verlassen hatten. Er starrte mit glasigem Blick ins Halbdunkel des Flurs.

»Sie haben nicht zufällig einen Tipp für mich, wen der Killer sich als nächstes Opfer ausgesucht hat?«

»Nur eine Ahnung, aber das ist vorerst reine Spekulation.«

»Denken Sie dabei vielleicht an sich selbst?«

Hester erschrak. »Wie kommen Sie darauf?«

»Na, wegen Brian Daly. Sie erwähnten doch neulich, was man Ihnen im Pub über seine Schnüffelei erzählt hat. Das deckt sich mit den Erkenntnissen meiner Ermittlungsbeamten. Sie haben eine Liste derjenigen zusammengestellt, nach denen er in Graig gefragt hat. Ganz oben standen Ihr Vater und die Personen, mit denen er unter einem Dach lebt oder

– 303 –

gelebt hat, also Mrs Fiona Sullivan und ihre Tochter Anny. Für Mrs Harkins Biografie interessierte sich Daly ebenfalls brennend. Und dann tauchte immer wieder Ihr Name auf, Mr McAteer.«

23.

Graiguenamanagh, County Kilkenny, Irland,
13. April 2009, 0.32 Uhr Ortszeit

Hester stand allein auf der Barrow-Brücke, links von ihm lag Fionas Haus, rechts die Duiske Abbey. Er fühlte sich innerlich zerrissen. Seine Hand schob sich in die Hosentasche und holte den kleinen Kompass heraus. Die zitternde Nadel war im Streulicht der entfernten Laternen kaum zu sehen. *Quo vadis?*, fragte er sich. Ja, wohin würde er gehen?

Managhans Bemerkung über Daly war für ihn eigentlich nicht überraschend gewesen. Bisher hatte er nur gedacht, der Reporter interessiere sich hauptsächlich wegen Seamus für ihn. Doch jetzt, nachdem sein engster Mitarbeiter mit eingeschlagenem Schädel im Leichenschauhaus lag, drohte sein inneres Gleichgewicht aus dem Lot zu geraten. War er in diesem tödlichen Katz-und-Maus-Spiel nicht nur Jäger, sondern auch Gejagter?

Er holte das Handy aus der Jackentasche und wählte die Privatnummer von Bischof Begg. Eine verschlafene Stimme meldete sich.

»Hier Hester McAteer. Ich habe ein paar schlechte Nachrichten, James.«

»Hätte das nicht bis morgen …?«

»Bruder Kevin ist tot.«

»*Was?*«

Hester erzählte die Einzelheiten. Beggs Betroffenheit wirkte überzeugend.

»Und ich habe Zeter und Mordio geschrien, weil er nicht an sein Telefon gegangen ist, nachdem die Polizei wieder abgezogen war.«

»Aus dem Bischofspalast, meinen Sie?«

»Ja. Sie haben die Dornenkrone in meinem Safe eingeschlossen und ihn versiegelt.«

»Sie meinen das Zweiglein, das Sie mir nicht aushändigen, sondern selbst ins Labor schicken wollten?«

»Jetzt lassen Sie doch diese Haarspalterei, Hester!«

»Woher wusste die Polizei überhaupt davon? Ich habe niemandem etwas erzählt.«

»Und Bruder Kevin – Gott hab ihn selig – bestimmt auch nicht. Abgesehen davon finde ich es unerhört, dass ein nicht-kirchliches Organ einfach in meinen Machtbereich eindringt und sich solche Sachen herausnimmt. Eine Respektlosigkeit sondergleichen ist das! Ich werde mich beschweren und ...«

»Pater O'Bannon ist auch tot«, beendete Hester das ihm unerträgliche Gezeter.

»*Nein!*«, tönte es aus dem Handylautsprecher.

»Doch. Der Mörder hat ihm das Herz aus der Brust geschnitten und es samt seiner Perücke mit einem Dolch an die Wand genagelt.« Hester erzählte den zweiten Teil der makabren Böse-Nacht-Geschichte.

»Das muss aufhören«, sagte Begg.

»Da bin ich ganz Ihrer Meinung«, antwortete Hester. »Die Frage ist nur, ob wir auf das Wie und Wann irgendeinen Einfluss haben.«

»Alles hängt mit diesem Jeschua zusammen. Haben Sie heute schon die Nachrichten im Fernsehen gesehen?«

»Bei aller Liebe, James, dazu hatte ich nun wirklich keine Zeit.«

»Jeschua hat heute zur besten Sendezeit dem Klerus das Feuer der Gehenna angedroht, wenn er weiter Menschengebot über Gottesgebot stellt. Das ist ein Angriff auf unsere fast zweitausendjährige Tradition. Wenn das nicht schnellstens aufhört, gerät die Kirche in eine Glaubwürdigkeitskrise. Es bleibt bei der Frist, die ich Ihnen eingeräumt habe, Hester. Wenn Sie den Fall in … knapp vierundzwanzig Stunden nicht abgeschlossen haben, dann werde *ich* es tun. Gute Nacht.« Begg legte auf.

Hester konnte es nicht fassen. Der Bischof hatte bei den Todesnachrichten nur zweimal kurz gezuckt und war gleich wieder zur Tagesordnung übergegangen. Am liebsten hätte Hester sofort alles hingeschmissen. In seiner Laufbahn hatte er schon oft auf scheinbar verlorenem Posten gekämpft, aber nie war dieses Empfinden so überwältigend gewesen wie gerade jetzt. Er kam sich vor wie Don Quichotte im Kampf gegen die Windmühlen, fühlte sich ausgenutzt und regelrecht zerschlagen.

Wenn er nur wüsste, ob Daly vom Franziskaner zu den Schnüffeleien angestiftet worden war! Dies würde erklären, warum der Reporter hatte sterben müssen. Dieser Ivo schien ja systematisch alle auszumerzen, die ihn auch nur im Entferntesten kannten …

Gehöre auch ich dazu?

Die Frage flammte jäh wie ein Leuchtfeuer in Hesters Sinn auf. Er griff abermals zum Mobiltelefon. Diesmal wählte er eine Nummer in Rom.

»*Pronto?*«, meldete sich eine junge Stimme, die alles andere als verschlafen klang.

»Ich bin's, Vittorio. Ich brauche deine Hilfe.«

Der Augustiner Fra Vittorio Mazio, Hesters Assistent in der Kongregation für Selig- und Heiligsprechungsprozesse, wirkte nicht im Geringsten überrascht. »Soll ich mich ins nächste Flugzeug setzen und zu Ihnen rüberjetten?«

»Wenn es nötig wird, auch das. Zunächst bitte ich dich in zwei Angelegenheiten von höchster Dringlichkeit um Unterstützung.«

Er schilderte zunächst seine Bemühungen, ein Jahrgangsfoto zu bekommen, das Joseph O'Bannon und seine Mitnovizen zeigte. Der ehemalige Bibliothekar, Bruder Seán Meaney, könne ihm mit Hintergrundwissen aus Kilshane und Bruder Kieran Kirby bei der Recherche im Dubliner Ordensarchiv helfen. Vittorio möge nötigenfalls die Unterschrift des Heiligen Vaters besorgen und ihm das Bild so schnell wie möglich aufs Handy zaubern.

»Alles, was Sie wollen«, sagte der Augustiner. »Aber als Sonderermittler des Bischofs haben Sie doch bestimmt auch vor Ort einen Mitarbeiterstab. Warum erledigt der das nicht für Sie?«

»Weil der Stab gerade ermordet wurde.«

Einen Moment herrschte Stille in der Leitung. Dann: »Und was soll ich noch für Sie tun?«

Das schätzte Hester so an diesem jungen Mann. Zaudern lag Vittorio nicht. Probleme kannte er auch nicht, sondern nur Aufgaben. Und die packte er entschlossen an. »Fahnde bitte in den Datenbanken und Archiven nach einem Ivo Soundso – den Familiennamen kenne ich nicht. Er tritt hier im Habit der Franziskaner auf. Vielleicht ist oder war er ja tatsächlich ein Mönch. Er spricht Englisch mit slawischem Akzent. Am besten, du prüfst auch gleich nach, welchen Schwindlern vom Orden der Minderen Brüder ich irgendwann einmal in die Suppe gespuckt habe. Ach ja, finde auch

– 308 –

heraus, ob in unseren Akten etwas über einen Ramo Zuko steht. Könnte eine gefälschte Identität von ihm sein.«

»Schon notiert. Noch was?«

»Nein. *Doch!* Gib mir morgen Vormittag einen Statusbericht. Ich gehe jetzt erst einmal vom Netz – bin wie erschlagen. Entschuldige bitte, Vittorio, wenn ich dir die Nachtruhe gestohlen haben sollte.«

»Keine Sorge, Monsignore. Das bin ich ja von Ihnen gewohnt.«

Nach der Verabschiedung schaltete Hester sein Mobiltelefon aus. Den Kopf voller unruhevoller Gedanken, legte er die letzten Meter bis zu Fionas Haus zurück.

Sie erwartete ihn schon. Noch ehe er den Schlüssel hervorkramen konnte, öffnete sie ihm die Tür, fiel ihm in die Arme und fing an zu weinen. Kein Wunder, nach den traumatischen Erlebnissen in der Kirche, dachte Hester. Er hätte selbst am liebsten geheult, so war er mit den Nerven fertig.

Eng umschlungen betraten sie das Haus, liefen vorbei an dem Hirtenstab, der ohne jede Stütze fest wie ein Baum in der Diele stand, und gingen in die Küche. Ihm wurde heiß, vielleicht wegen des gusseisernen Ofens oder weil er wusste, was er Fiona gleich antun musste. Er öffnete das Fenster, um etwas frische Luft hereinzulassen. Dann setzte er sich zu ihr auf die Bank, umfasste ihre anmutigen Hände mit seinen Pranken und berichtete ihr von dem zweiten Leichenfund des Abends.

Bei der Stelle mit dem herausgeschnittenen Herzen stieß Fiona einen lauten Schrei aus. Danach klammerte sie sich wieder an ihn und weinte abermals. Durch Hesters Kopf wehten bittere Gedanken: Wie hast du diese empfindsame Frau nur so verletzen können! Du hättest sie nie verlassen dürfen. Schon gar nicht mit Anny im Bauch.

– 309 –

Plötzlich waren von der Diele Schritte zu vernehmen. Die Küchentür öffnete sich und Seamus erschien.

»Hat da eben jemand geschrien?«

Hester nickte ernst. »Setz dich bitte, Pa. Ich habe eine traurige Nachricht für dich.«

Seamus nahm auf einem Stuhl Platz und hörte sich die Böse-Nacht-Geschichte an. Er reagierte ganz anders als Fiona. Weniger verzweifelt. Es war wohl eher Zorn, der in seinen Augen funkelte. Ansonsten wirkte er sehr gefasst.

Fiona schauderte. »Könntest du das Fenster schließen, Hester?«

Er nickte, ließ sie los und schickte sich an, ihrer Bitte nachzukommen.

Plötzlich hörte er von draußen ein flappendes Geräusch. Unwillkürlich schreckte er zurück. Es hätte ihn nicht überrascht, im Zwielicht der Außenbeleuchtung die Umrisse eines Mönchsgewands zu entdecken. Doch auf dem Fensterbrett landete kein Racheengel, sondern nur eine Elster. Sie hielt einen Blinker im Schnabel, legte den Metallköder auf den Fenstersims und äugte erwartungsvoll zu Seamus.

»Ah!«, sagte der, als handele es sich um eine Lieferung vom Paketdienst, die er schon dringend erwartet hatte. Er stand vom Stuhl auf, holte sich den blitzenden Angelköder und bedankte sich bei dem gefiederten Boten.

»Bitte schön«, antwortete die Elster und flatterte wieder davon.

Hester war wie vom Donner gerührt. Hatte der Vogel eben gesprochen? Nein, das konnte nicht sein. Seine überspannten Nerven mussten ihm einen verrückten Streich gespielt haben.

Seamus saß inzwischen wieder am Tisch und zeigte seinem Sohn den Blinker. »Das ist nämlich meiner. Er ist mir neulich

– 310 –

abhanden gekommen und ich habe Henriette gebeten, ihn für mich zu suchen.«

»Henriette?«, japste Hester. »Jetzt erzähle mir nicht, du seist die Reinkarnation des heiligen Franziskus und predigst wie er den Vögeln.«

»Sehe ich denn so aus?«

»Ganz und gar nicht.«

»Na also.«

»Mir ist jetzt wirklich nicht zum Scherzen zumute, Vater.«

»Ja, meinst du etwa mir? Aber der Vogel kann doch nichts dafür, dass irgend so eine Satansbrut meinen armen Joseph und Bruder Kevin umgebracht hat.« Jetzt war Seamus nicht mehr gefasst.

Hester klappte den Mund wieder zu, den er schon zu einer geharnischten Antwort geöffnet hatte. Er wollte seinen Vater nicht noch mehr aufregen. Und was den Vogel anbelangte – er musste sich das alles nur eingebildet haben. Oder es gab eine wissenschaftliche Erklärung für den bizarren Vorfall. Elstern gehörten ja zu den Rabenvögeln, erinnerte sich Hester, und von denen war schließlich bekannt, dass sie die menschliche Sprache nachahmen konnten. Ja, so musste es sein. Man brauchte nur lange genug nachzudenken, dann fand sich für jedes Wunder eine ganz profane Erklärung. Innerlich wieder einigermaßen gefestigt, brachte er noch einmal zur Sprache, was ihn am Morgen bei Seamus hatte auf Granit beißen lassen.

»Warum war Vater Joseph heute früh so aufgelöst, als er Robert Brannock im Krankenzimmer sah? Gibt es zwischen den beiden irgendeine Verbindung?«

»Meine Antwort darauf kennst du.«

»Ja, aber sie befriedigt mich nicht. Gab es im Leben von Pompom außer seinem Perückentick noch etwas anderes, das ihn so dünnhäutig machte?«

»Niemand ist ohne Sünde, Hester, auch der arme Pompom nicht.«

»Warum weichst du mir eigentlich immer aus?«

»Weil ich meine Gelübde nur breche, wenn es mein Gewissen mir gebietet. In diesem Fall tut es das nicht.«

»Sprichst du vom Beichtgeheimnis?«

Seamus' Blick wechselte zu Fiona.

Sie seufzte. »Ich habe ihm erzählt, dass du in Kilshane der Novizenmeister von Joseph O'Bannon warst.«

»Na, dann weiß er ja alles, was ich ihm dazu sagen kann.«

»Pa, bitte!«, flehte Hester. »Von dir könnte abhängen, ob wir die Verbindung zwischen Vater Joseph und seinem Mörder finden. Ich will deinen Freund doch nicht auf dem Scheiterhaufen verbrennen, sondern nur verstehen, was ihn vielleicht angreifbar oder erpressbar gemacht hat. Offenbar kannte er diesen Franziskaner, hat aber seine Methoden sicher nicht gebilligt. Vielleicht wurde er von ihm unter Druck gesetzt. Aber womit? Kannst du nicht über deinen eigenen Schatten springen …?«

»Nein, das kann ich nicht«, sagte Seamus entschieden. »Wer seine Grundsätze aufgibt, gibt sich selbst auf. Ich fühle mich immer noch an das Beichtgeheimnis gebunden. Und jetzt lass es gut sein, Junge. Auf diesem Weg musst *du* die Führung übernehmen.« Er stand vom Stuhl auf und verließ, sichtlich geknickt, den Raum.

Während draußen die Holzstufen unter seinen Füßen knarzten, sagte Fiona: »Ich glaube, es schmerzt ihn, dass er dir nicht helfen kann.«

Hester nickte bedrückt.

»Möchtest du vor dem Einschlafen noch ein Glas Wein?«

»Gerne.«

»Geh' doch schon mal ins Wohnzimmer vor. Ich komme gleich mit den Gläsern nach.«

Er stemmte sich von der Bank hoch. Es schien ihm, als flösse in seinen Adern flüssiges Blei und kein Blut, so müde waren seine Glieder, während er sie auf die andere Seite der Diele schleppte. Dort lag ein typisch irisches Wohnzimmer: dicke Teppiche, Nippes auf dem Kaminsims, Puppen auf den schweren, plüschigen Polstermöbeln. Hester ließ sich in das Sofa fallen.

»Für eine Künstlerin bist du ziemlich konservativ eingerichtet«, sagte er, als Fiona mit zwei Rotweingläsern den Raum betrat.

Sie lächelte. »Dies ist ein Bed and Breakfast – schon vergessen? Dieser Kitsch ist meine Geschäftsgrundlage. Die Leute erwarten so etwas.« Sie setzte sich zu ihm auf die Couch, gab ihm ein Glas und lehnte sich an ihn.

Hester nippte an dem Wein. »Weißt du, was ich nicht verstehe?«

»Was, mein Lieber?«

»Warum hat der Mörder Vater Josephs Herz samt der Perücke ans Kreuz genagelt?«

Sie legte ihren Kopf an seine Brust. »Ich weiß es nicht. Und vielleicht will ich es auch nicht wissen.«

»Ist dir zufällig irgendetwas über Vater Joseph bekannt, das ihm als Todsünde ausgelegt werden könnte?«

»Nein. Für mich war er immer ein aufopferungsvoller Seelenhirte. Er hätte längst in Pension gehen können, doch wegen der Probleme in der Nachfolge hat er sich weiter für die Gemeinde eingesetzt. Ich habe ihn sehr gemocht.« Sie blickte zu Hester auf und streichelte ihm die Wange. »Du siehst müde aus, mein tapferer Streiter für Wahrheit und Recht. Gönne dir ein wenig Schlaf.«

»Ich darf nicht. Heute um Mitternacht läuft meine Frist ab. Danach werden sie Jeschua zum Schweigen bringen – bestenfalls mit irgendeiner Lüge.«

Fiona richtete sich kerzengerade auf. »Und im schlimmsten Fall?«

Er schüttelte widerwillig den Kopf. Was ihm darin herumspukte, wollte er besser nicht aussprechen.

»Dann ruh dich wenigstens hier etwas aus.« Sie zog ihn zu sich herab, bis sein Kopf in ihrem Schoß lag. »Ohne Schlaf klappst du mir zusammen«, erklärte sie sanft, während ihre Finger durch sein Haar strichen. Und ehe Hester sie noch etwas sagen hörte, war er eingeschlafen.

24.

Graiguenamanagh, County Kilkenny, Irland,
13. April 2009, 5.40 Uhr Ortszeit

Der falsche Hahnenschrei von Ian MacDougall riss Hester wie ein Pistolenschuss aus dem Schlaf. Er war ein bisschen überrascht, sich auf dem Sofa im Wohnzimmer wiederzufinden. Allein. Fionas weicher, warmer Körper fehlte ihm. Liebevollerweise hatte sie ihn mit einem Plaid zugedeckt – das Schild der örtlichen Cushendale Wollmühle hing ihm genau vor der Nase. Er warf einen Blick auf sein Chronometer. Fünf Uhr vierzig. Was sonst? Auf den Nachfolger von Henry IX. war eben Verlass. Deshalb dämmerte draußen ja auch der Morgen. Nein, korrigierte er sich. Nicht deshalb. Wie hieß noch gleich das indische Sprichwort? Wenn du dem Hahn auch den Hals umdrehst, die Sonne geht doch auf. Oder so ähnlich.

Hester wälzte sich von der Couch. Der Rücken tat ihm weh. Er fühlte sich wie gerädert. Um Fiona und Seamus nicht zu wecken, schlich er sich in die Küche, kochte einen Cappuccino und verkohlte eine Scheibe Toast. Es war zu früh für einen Anruf bei Vittorio oder im Archiv der irischen Provinzverwaltung der *Vereinigung des Heiligen Geistes unter dem Schutz des makellosen Herzens Mariens*, wie sich die Holy Ghost Fathers, die Spiritaner, inzwischen nannten – offiziell wurde die Ordensbezeichnung C.S.Sp. abgekürzt, was für das Latei-

– 315 –

nische *Congregatio Sancti Spiritus* stand. Also lief Hester wieder zurück in die Diele, um die Morgenzeitung zu holen. Dabei fiel sein Blick einmal mehr auf Seamus' Hirtenstab.

Wie machte der Alte das nur? Das Ding stand mit dem spitzen Ende nach unten wie von unsichtbarer Hand gehalten auf dem Dielenboden. Hester ging ganz nahe heran, bückte sich, musterte den Stecken ganz genau, konnte aber nicht erkennen, was ihn im Gleichgewicht hielt. Er bewegte sogar seine Hände rund um den Stab herum – vielleicht wurde er ja von hauchdünnen Fäden gehalten. Plötzlich stieß er mit dem Unterarm dagegen und der Stecken kippte klappernd um.

Erschrocken sah Hester zur Treppe hinauf, als fürchte er, der Besitzer des trickreichen Gegenstands könne ihn bei der Spionage ertappen. Doch im Obergeschoss blieb es still. Er hob den Stab wieder auf und untersuchte ihn. Besonders gründlich nahm er die Spitze unter die Lupe.

Und tatsächlich! Da hing etwas Klebriges dran, vielleicht die Reste eines Kaugummis. Hatte er den raffinierten alten Illusionisten also doch überführt! Hester war erleichtert. Er drückte die Spitze des Hirtenstabs an dieselbe Stelle, wo er zuvor gestanden hatte, tarierte ihn gut aus, und siehe da …!

Er kippte um.

Hester probierte es ein weiteres Mal. Wieder vergeblich. Nach ungefähr zehn Versuchen lehnte er den Stab frustriert an die Wand und ging mit der Morgenpresse in die Küche, um seinen kalten Cappuccino zu trinken und den Kohlen-Marmelade-Toast zu verdrücken.

Fiona hatte die *Irish Times* und den *Kilkenny Chronicle* abonniert. Hesters Hauptaugenmerk galt Berichten über das Wunder von Graiguenamanagh. Beim Überfliegen des Titelblattes der *Times* blieb sein Blick jedoch an einem Namen hängen, der damit nicht das Geringste zu tun hatte: Sarah d'Albis.

Die begnadete Pianistin habe in Dublin ein grandioses Konzert gegeben, berichtete der Rezensent. Er überschlug sich förmlich vor Lob. Hester kannte die Französin. Er hatte sie vor vier Jahren anlässlich der Trauerfeierlichkeiten für Johannes Paul II. im Zusammenhang mit einem anderen, ziemlich mysteriösen Fall in Rom kennengelernt und sie später noch zweimal in der Villa von Andrea Filippo Sarto – dem italienischen Gegenpart von Robert Brannock – getroffen.

Sarah d'Albis besaß die außergewöhnliche Gabe, Menschen mit ihrer Musik zu beeinflussen. Sie konnte sie lachen machen oder zum Weinen bringen und ziemlich kuriose Dinge mit ihnen anstellen. Hester hatte es seinerzeit am eigenen Leib zu spüren bekommen, als er unter den Klängen ihres Klavierspiels, von plötzlicher Angst vor einer imaginären Gefahr gepackt, aus einem Raum geflüchtet war und dabei in bester Rugbymanier einen ehrwürdigen Kardinal von den Beinen gerissen hatte. Im Gegensatz zu manchem Scharlatan verfügte Madame d'Albis über echte Macht. Trotzdem war sie eine bescheidene Frau, die mit ihrer Kunst lieber anderen half als sie auszunutzen. Schon allein deshalb mochte Hester sie, und er freute sich, dass sie nun auch in Irland Erfolge feierte.

Er blätterte weiter in der *Times* und dann fand er einen Artikel, der in sein Suchschema passte.

Die Pro-Mirakel-Fraktion der römischen Kurie habe ein Kommuniqué veröffentlicht, schrieb das Blatt, in dem sie aufs Schärfste gegen die »gesetzeswidrige Beschlagnahmung eines Kultgegenstandes im Sitz des Bischofs von Kildare und Leighlin« am gestrigen Tag protestierte. Weiter unten im Bericht stand, der Vorfall habe unter frommen Gläubigen eine Welle der Empörung ausgelöst. Hester wunderte sich, wie so viel

Aufbegehren innerhalb so kurzer Zeit möglich war. Ob da jemand nachgeholfen hatte?

Wegen der frühen Stunde ließ sich Hester mit der Morgenlektüre viel Zeit. Es war schon nach sieben, als ihm die Stille im Haus seltsam vorkam. Ihn beschlich ein ungutes Gefühl von jener Art, wie er es auch am vergangenen Abend verspürt hatte – bevor er noch einmal in die Duiske Abbey gegangen war.

Er verließ die Küche und schlich sich, soweit dies die knarzenden Stufen der Treppe zuließen, ins Obergeschoss. Dort lauschte er an Fionas Schlafzimmertür. Es war nichts zu hören, kein Schnarchen, nicht einmal ihr Atem. Er klopfte sachte an, drückte behutsam die Klinke nach unten und öffnete vorsichtig die Tür – wenn sie noch schlief, wollte er sie nicht wecken.

Aber Fiona schlief nicht. Sie war gar nicht da. Und ihr Bett sah völlig unbenutzt aus. Oder wie frisch gemacht? Hester lief hin und fasste mit der Hand unter die Decke.

Das Laken war kalt.

Plötzlich hörte er draußen im Treppenhaus ein Knarren. Mit langen Schritten lief er aus dem Zimmer, sah draußen aber nicht Fiona, sondern Seamus, der sich mit seiner Angelrute gerade davonstehlen wollte.

»Weißt du, wo Fiona ist, Pa?«

Er machte eine amüsierte Miene. »Du kommst doch aus ihrem Schlafzimmer. Wieso fragst du mich?«

»Vater! Das ist jetzt kein Spaß. Ich sitze seit mindestens einer Stunde in der Küche und im Haus war es toten- ... ich wollte sagen, mucksmäuschenstill. Mir hätte es doch auffallen müssen, wenn sie aufgestanden wäre ...«

»Hast du denn mitgekriegt, dass *ich* aufgestanden bin?«, unterbrach Seamus ihn.

Hester ließ die in ihm aufgestaute Luft vernehmlich entweichen. »Nein.«

»Na siehst du! Dieser Mönch hat dich ein bisschen meschugge gemacht, Junge. Du brauchst nicht gleich hysterisch zu werden, wenn dein Schatz mal ohne dich das Haus verlässt. Fiona ist eine erwachsene Frau und die letzten achtundzwanzig Jahre ganz gut ohne dich zurechtgekommen.«

»Trotzdem wüsste ich gerne, wo sie ist.«

»Sie fährt oft früh zum Großhändler, um einzukaufen. So voll wie es im Moment in Graig ist, muss man schon zeitig aufstehen, damit einem das Beste nicht vor der Nase weggeschnappt wird.«

»Ich bin doch ihr einziger Logiergast, Pa. Sie sagte mir gestern Abend, sie wolle sich nicht von der Geldgier der anderen anstecken lassen, die den Wundertourismus als Golddukatenesel ansehen. Wieso sollte sie also vor dem ersten Hahnenschrei das Haus zu einem Großeinkauf verlassen?«

»Der Hahn ist unecht, Hester«

»Darum geht es doch gar nicht, Pa.«

»Selbst wenn du momentan ihr einziger Gast bist, können ihre Vorräte trotzdem aufgebraucht sein. Dann *muss* sie einkaufen. Außerdem denkt sie sicher schon an die Zeit nach dem Wunder.«

Hester seufzte. Wahrscheinlich hatte sein Vater recht.

Seamus zwinkerte ihm zu. »Fiona ist ein aufgewecktes Mädchen. Die solltest du dir warmhalten, Junge.«

»Ich bin Priester, Pa.«

»Das war ich auch.«

»Du bist zweimal schwach geworden, aber trotzdem jedes Mal wieder zum Zölibat zurückgekehrt. Es reicht, wenn ich Fiona *einmal* wehgetan habe. Ich will deinen Rekord weder einstellen noch brechen.«

»Das ist schon mal ein guter Anfang. Allerdings solltest du dir auch überlegen, ob der Zölibat in deinem Fall nicht ein Irrtum war. Wie schreibt Paulus doch an die Korinther? ›Wer sich gegenüber seiner Braut ungehörig zu verhalten glaubt, wenn sein Verlangen nach ihr zu stark ist, der soll tun, wozu es ihn drängt, wenn es so sein muss; er sündigt nicht; sie *sollen heiraten.*‹«

»1. Korinther 7, 36. Ich kenne den Text, Pa«, knirschte Hester. »Tausendmal habe ich ihn gelesen.«

»Dann wird es langsam Zeit, dass du auch tust, was im Wort Gottes steht.«

In der Küche klingelte das Telefon.

»Siehst du«, sagte Seamus, »das wird sie sein.«

Hester stürzte förmlich die Treppe hinab, eilte in die Küche und riss das Mobilteil aus der Ladeschale. »Fiona?«

»Eher nicht. Hier ist Anny«, sagte diese.

»Wo bist du? Ist deine Mutter bei dir?«

»Antwort A: Im St Luke's Hospital bei Jeschua. Antwort B: Nein.«

»Sag mal, läuft da was zwischen dir und ihm?«

»Jetzt spiele nicht den besorgten Vater. Die Rolle liegt dir nicht. Du hast dich mein ganzes Leben lang nicht um mich gekümmert. Jetzt ist es auch zu spät. Im Übrigen hat das liebe Töchterlein seit gestern versucht, seinen Dad zu erreichen, aber der hatte sein Handy nicht eingeschaltet.«

»Daran habe ich gar nicht mehr gedacht.«

»Kein Wunder, du wirst ja auch bald fünfundfünfzig.«

»Gestern Abend sind Bruder Kevin und Vater Joseph ermordet worden.«

Aus dem Hörer drang ein erstickter Laut, hiernach eine Weile gar nichts, und dann: »Tut mir leid, dass ich so zickig gewesen bin, Pa. Das wusste ich nicht.«

Offenbar hatte die Polizei noch keine Pressekonferenz abgehalten. Hester informierte seine Tochter in groben Zügen über die schrecklichen Ereignisse des vergangenen Abends. Zwischendurch schaltete er an der Basisstation des Telefons den Lautsprecher ein, damit sein mittlerweile in der Küche eingetroffener Vater mithören konnte.

»Warum wolltest du mich denn erreichen, Anny?«, fragte Hester zum Schluss.

»Ich bin endlich bei der Suche nach Dalys Auftraggeber ein Stück weitergekommen. Dass er nicht nur über Großvater, sondern auch über dich und andere Bewohner von Graig recherchiert hat, weißt du ja wohl schon.«

»Ja. Und weiter?«

»Ich habe mit dem Chefredakteur und mit dem Herausgeber des *Chronicle* gesprochen. Beide sagen, Daly sei für den Job von ganz oben freigestellt worden.«

»Das heißt?«

»Dalys Marschbefehl kam nicht vom BC – dem Brannock Channel –, sondern aus der Konzernleitung.«

»Hast du gestern früh zufällig deinen Boss gefragt, ob er der Auftraggeber war?«

»Wen? Mr Brannock, meinst du? Der mischt sich nicht in die redaktionelle Arbeit ein. Er ist gestern aus reiner Neugierde ins St Luke's gekommen. Schließlich will jeder mal Jesus die Hand schütteln.«

»Du hast die Gelegenheit ja recht ausgiebig genutzt.«

»Fängst du schon wieder damit an, Pa? Die Leute halten Jeschua entweder für einen Betrüger oder sie meinen, er habe nicht alle Tassen im Schrank. Ich finde, er braucht wenigstens einen Menschen, dem er vertrauen kann.«

»Ach, und das bist du. Dann hältst du ihn also für echt?«

»Er ist ein echter Mensch, Pa. Ein echter *Mann.* Und ein

Falschspieler ist er bestimmt auch nicht. Eine Frau spürt das.«

»Weibliche Intuition. Davon kann ein Priester natürlich nichts verstehen.«

»Frag Mom. Die kann dir das erklären. Ist doch so, oder?«

Hester merkte, dass er sich gerade auf dünnes Eis hinausbewegte und bog das Thema schnell ab. Er hatte über der Zeitungslektüre beim Frühstück versucht, die Unbekannten der ihm aufgebürdeten komplizierten Gleichung aufzulösen, war aber immer wieder auf Ergebnisse gekommen, die in seinem Kopf die Alarmglocken schrillen ließen. Es wurde Zeit, Gegenmaßnahmen zu ergreifen.

»Können wir uns treffen, Anny?«

»Ich bin die BMC-Jeschua-Exklusivberichterstatterin und muss hierbleiben. Aber du kannst jederzeit nach Kilkenny rüberkommen.«

»Schon vergessen? Mein Fahrer wurde gestern ermordet.«

»Ich kann fahren«, erbot sich Seamus.

Hester sah seinen Vater entgeistert an. »Du bist einhundertdrei Jahre alt.«

»Wo ist das Problem?«

»Großvater hat's tatsächlich noch drauf«, sagte Anny.

Der nickte begeistert.

»Na schön«, brummte Hester. »Wir sehen uns im St Luke's.«

»Jeschua liegt jetzt in der Orthopädischen.«

Sie verabschiedeten sich.

Seamus rieb sich in kindlicher Vorfreude die Hände. »Kann's gleich losgehen?«

»Ein paar Minuten noch«, zügelte Hester seinen Eifer. »Ich muss erst noch in der Provinzialverwaltung der C.S.Sp. anrufen. Das Kilshane-Archiv ist vor einiger Zeit nach Dublin umgezogen.«

»Kilshane?« Die Augenbrauen des Alten wanderten in die Höhe. »Ich hatte gehofft, dass du von selbst darauf kommst.«

Hester bedachte ihn mit einem unwirschen Blick, ehe er sein Handy aktivierte. Wenig später meldete sich eine männliche, ziemlich jung klingende Stimme, die sich als Bruder Jacob vorstellte. Hester nannte sein Anliegen.

»Wir hatten heute früh bereits ein Fax aus dem Vatikan vorliegen, in dem wir über alles informiert worden sind. Die Liste wird gerade von Bruder Kieran zusammengestellt und kann Ihnen in wenigen Minuten zugesandt werden, Monsignore McAteer.«

»Liste? Ich hatte eigentlich um ein Jahrgangsfoto gebeten, auf dem ...«

»Ja, ja«, beeilte sich Bruder Jacob zu erklären, »das haben wir natürlich auch rausgesucht und eingescannt. In diesem Moment wird es an Ihre E-Mail-Adresse geschickt, Monsignore McAteer.«

»Das lief ja wie geschmiert. Vielen Dank und auf Wiederhören, Bruder Jacob.«

»Immer wieder gern, Monsignore McAteer. Möge der Herr mit Ihnen sein.«

Hester hatte kaum aufgelegt, als sein Handy einen Posteingang signalisierte. Er öffnete die Mail. Im Anhang befand sich das angeforderte Gruppenbild mit O'Bannon. Hester drehte das Mobiltelefon in die Waagerechte, und das Bild zoomte auf die gesamte Breite des farbigen LCD-Displays auf. Seamus spickte ihm über die Schulter.

»Ich hab's geahnt, aber trotzdem nicht für möglich gehalten«, sagte Hester überrascht und drehte sich zu seinem Vater um. »Bischof Eunan Begg hat sein Noviziat gemeinsam mit Vater Joseph absolviert.«

Seamus lächelte schief. »Damals war er noch kein Bischof.«

Hester legte den Zeigefinger auf ein weiteres Gesicht und hielt seinem Vater das Handy hin. »Und warum hast du mir nichts von dem da erzählt?«

»Das ist für meine Augen zu klein. Wen hast du da?«

»Das weißt du ganz genau, Pa. Es ist *Robert Brannock*. Der Chef des mächtigsten Medienkonzerns Irlands wollte Priester werden und du bist sein Novizenmeister gewesen. Fällt das etwa auch unter das Beichtgeheimnis?«

»Ich habe allen dreien die Beichte abgenommen und weiß mehr über ihr Leben als sonst irgendjemand. Wenn ich erst angefangen hätte, über sie zu reden, dann wäre es ziemlich schwierig gewesen, die Grenze zwischen Unverfänglichkeit und Geheimnisverrat zu ziehen.«

»Ich wünschte, bei Mom und mir wärst du genauso gewissenhaft gewesen.«

»Der Familienfluch hat mir ...«

»Ja, ist schon gut«, winkte Hester ab. Er wollte den Unsinn von Aidan und dem Engel nicht schon wieder hören.

Fionas Faxgerät – es stand neben der Telefonbasisstation – fing an zu schnurren. Im Ablagefach landeten mehrere Blätter mit Namenslisten, alles Seminaristen, die ihr Noviziat bei den Spiritanern in Kilshane absolviert und unter Bruder Seamus' Regiment gestanden hatten. Hester sah die Verzeichnisse durch. »Vittorio hat sich wieder einmal selbst übertroffen«, murmelte er anerkennend.

»Wer ist Vittorio?«, fragte Seamus.

»Fra Vittorio Mazio ist mein Assistent in der Kongregation. Tüchtiger Bursche. Hat Robert Brannock je die Gelübde abgelegt, Pa?«

Seamus' Miene verdüsterte sich. Zwischen zusammengebissenen Zähnen hindurch antwortete er: »Nein.«

»Und warum ist er kein Priester geworden?«

»Das musst du selbst herausfinden.«

»Aber …« Hester war verwirrt. »Es ist allgemein bekannt, dass Brannock schwul ist. Wie konnte er da überhaupt an eine klerikale Laufbahn denken?«

»Bist du tatsächlich so naiv?«, spöttelte Seamus. »In der Kirche von England ist sogar jeder dritte Vikar homosexuell. Die hätten ihren Laden längst dichtmachen müssen, wenn sie in der Sache auf den Apostel Paulus hören würden.«

»Wir reden hier aber von den Spiritanern, einem konservativen *katholischen* Orden.«

Der Alte zuckte die Achseln, als wenn er da überhaupt keinen Unterschied sehe.

»Erlaubt dir dein Gewissen vielleicht, mir sonst noch etwas über das Dreigestirn O'Bannon, Brannock und Begg zu sagen?«

»Nein.«

»Waren sie miteinander befreundet?«

Seamus schwieg.

Resigniert griff Hester zum Handy und rief abermals im Dubliner Spiritanerarchiv an. Vielleicht konnte ihm dort ja jemand mehr über die ehemaligen Novizen erzählen. Wieder war Bruder Jacob am Apparat. Hester fragte ihn, ob sich außer dem Foto und den Namenslisten noch andere Unterlagen über die fraglichen Novizen im Bestand von Kilshane befänden.

»Dazu darf ich Ihnen nichts sagen«, erklärte der Ordensbruder reserviert.

»Wieso nicht? Sie haben mir doch eben …«

»Gerade rief die Diözese von Kildare und Leighlin an. Der Bischof hat persönlich mit Reverend Ahearne gesprochen, dem …«

»… Oberen der irischen Spiritaner, ich weiß«, unterbrach

Hester ungeduldig den Mann am anderen Ende der Leitung. »Und was hat der Bischof gewollt?«

»Ich kenne den Inhalt des Gesprächs nicht. Aber gleich darauf hat die Ordensleitung strikt untersagt, irgendwelche Informationen über Bischof Begg oder andere Aspiranten aus seinem Jahrgang herauszugeben. Dasselbe gilt für die gesamte Amtszeit von Pater Seamus Whelan.«

»Mein Beglaubigungsschreiben kommt aber aus dem Vatikan.«

»In diesem Fall hat der Bischof von Rom keine Kompetenz. Ich wünsche Ihnen noch einen guten Tag, Monsignore McAteer.« Bruder Jacob kappte die Leitung.

Hester schnaubte. »Einfach aufgelegt. Kannst du dir das vorstellen?«

»Da will wohl jemand mit aller Macht die Vergangenheit ruhen lassen.«

»Mehr hast du dazu nicht zu sagen?«

»Nein.«

Hester hatte gute Lust, sich beim Bischof zu beschweren. Ein unterschwelliges Gefühl sagte ihm jedoch, er solle es lieber bleiben lassen und normalerweise funktionierte sein innerer Kompass recht zuverlässig.

»Können wir jetzt endlich Auto fahren?«, drängelte Seamus.

»Einen Moment noch. Vielleicht hat Bruder Vittorio genauso wie Anny versucht, mich zu erreichen. Besser, ich rufe ihn kurz an.«

Seamus stöhnte.

»Irgendetwas Neues über Ivo Soundso?«, fragte Hester, sobald die Leitung nach Rom stand.

»Nichts Konkretes«, antwortete Vittorio. »Ein Ramo Zuko ist bei uns nicht aktenkundig. Ich habe die Polizei gerade um Mithilfe ersucht, aber Sie wissen ja – wir sind hier in Italien.

– 326 –

Allerdings konnte ich herausfinden, dass der Name aus der Herzegowina stammt, und da gibt es tatsächlich eine äußerst brisante Verbindung zu den Franziskanern ...«

»Die Marienerscheinung!«, stieß Hester hervor. Dann verschlug es ihm die Sprache, weil es ihm mit einem Mal wie Schuppen von den Augen fiel. Die näheren Umstände der dramatischen Ereignisse hatten tief in seinem Unterbewusstsein geschlummert – sie waren so alt wie seine Tochter, sogar exakt auf den Tag genau –, doch nicht einmal der Namen *Ivo* hatte sie erwecken können. Anny sah es schon ganz richtig, er wurde allmählich zu alt für den aufreibenden Job.

Doch jetzt purzelten die Erinnerungen nur so aus den wieder durchlässigen Gehirnwindungen. Am 24. Juni 1981 sei, so behauptete eine nach wie vor große Gemeinde von Gläubigen, auf dem Crnica-Hügel bei Medjugorje die Muttergottes sechs Kindern und Jugendlichen erschienen. Hester war damals siebenundzwanzig und erst seit ein paar Wochen für die Kongregation für Selig- und Heiligsprechungsprozesse tätig gewesen. Er assistierte, wie nun Fra Vittorio Mazio ihm, einem erfahrenen Detektiv in Sachen Wunderbetrug.

Die angebliche Marienerscheinung von Medjugorje in Bosnien-Herzegowina hatte den letzten Präfekt der Glaubenskongregation, Kardinal Joseph Ratzinger, zum Eingreifen gezwungen. Es gab einen Kirchenskandal, weil der Heilige Vater auf seine Empfehlung hin das Wunder nicht anerkannte, dann aber von vielen weiteren übernatürlichen Vorkommnissen berichtet wurde. Die Gründe für den abschlägigen Bescheid der Anerkennung waren hauptsächlich politischer Natur.

Sie hingen mit den Franziskanern zusammen.

Unter der Regentschaft des Osmanischen Reiches hatten die Patres im braunen Habit als Einzige in den Gemeinden ausgeharrt. Daraus erwuchs eine besonders innige Beziehung zu der katholischen Bevölkerung. Bis in die Gegenwart wurden die Mönche dort »Onkel« genannt. Spätere Reformversuche der Kirchenführung auf dem Balkan scheiterten am Widerstand der Franziskaner.

1980 hatte der Bischof von Mostar sogar zwei Patres vom Orden der Minderen Brüder *a divinis* suspendiert, ihnen also gewissermaßen eine Beugestrafe auferlegt, die sie von der Ausübung des Hirtenamtes ausschloss. Wenig später erschien die Jungfrau Maria ausgerechnet in einer von den querköpfigen Franziskanern betreuten Pfarrei. Das Wunder anzuerkennen käme dem Eingeständnis gleich, dass die Muttergottes sich auf die Seite der Abtrünnigen gestellt hatte. Doch damit nicht genug. Die Franziskanerpatres ernannten mit Srecko Novak sogar einen eigenen Bischof, einen Ungeweihten von der Sekte der Alt-Katholiken. Dadurch drohte der Kirche ein Schisma, eine Aufspaltung dramatischen Ausmaßes.

Sechzehn Jahre später – Hester diente inzwischen als *Promotor Fidei*, als Glaubensanwalt, und hatte auch damals bereits der Glaubenskongregation Amtshilfe geleistet – wurde die Marienerscheinung von Medjugorje als nicht-übernatürliches Phänomen ad acta gelegt. Die ganze Flut von Wundern war also auf höchsten Beschluss der Kirchenführung als unecht abgestempelt worden. Ein Aufschrei der Empörung ging durch die Reihen der Gläubigen. Auch den Franziskanern von Medjugorje hatte das Urteil nicht gefallen.

Gab es irgendeinen Zusammenhang zwischen den damaligen Ereignissen und dem Wunder von Graiguenamanagh?

»Vittorio«, fand Hester endlich zur Sprache zurück, »hast du irgendetwas über einen ehemaligen Franziskaner namens *Ivo Blesić* gefunden?«

»Den Kirchendieb, der mit gefälschten Reliquien reich geworden ist?« Vittorio klang mehr als argwöhnisch.

»Nicht nur das. Während der Krise, die damals die Marienerscheinung bei Medjugorje ausgelöst hat, gehörte er zu
den Drahtziehern einiger militanter Aktionen. Es heißt, Blesić
habe die Operation ausgearbeitet und vorbereitet, die im
April 1995, auf dem Höhepunkt des Konflikts, zur Entführung
von Bischof Ratko Perić durch kroatische Freischärler führte.
Sie haben ihn in eine Kapelle der Medjugorjer Franziskaner
verschleppt, ihn verprügelt und ihn dort zehn Stunden lang
als Geisel festgehalten, ehe er mit Hilfe der Friedenstruppe der
Vereinten Nationen befreit werden konnte. Er könnte unser
Mann sein, Vittorio. Konzentriere dich auf ihn.«

»Meines Wissens nach ist er zwar ein Dieb, Fälscher und
Betrüger, aber kein Mörder, Monsignore.«

»Menschen verändern sich. Entweder zum Besseren oder
zum Schlechteren. Ivo Blesić scheint mir eher die Veranlagung
zu Letzterem zu haben. Und er hat ein Motiv. Ich habe ihm
vor ungefähr dreizehn Jahren gehörig in die Suppe gespuckt.
Sein Bruder Mirko ist dabei ums Leben gekommen, Blesić
verlor eine Millionenbeute und musste endgültig in die Illega-
lität abtauchen.«

»Sie meinen, *Sie* sind der Grund für das Wunder von
Graiguenamanagh?«

»Möglich wäre es. Kevins Mörder hatte sich Ivo genannt.
Setz einen anderen Bruder auf Blesić an.«

»Wieso kann ich nicht selbst nachforschen?«

»Für dich habe ich eine wichtigere Aufgabe, Vittorio. Die
hiesige Provinzialverwaltung der Spiritaner macht Zicken. Sie
wollen keine weiteren Informationen über Robert Brannock,
Joseph O'Bannon und Eunan Begg herausrücken – die drei
haben in Kilshane nämlich gemeinsam ihr Noviziat absolviert. Gehe zu Kardinal Avelada und lasse dir ein neues Beglaubigungsschreiben ausstellen, das dir in Dublin alle Türen

öffnet. Wenn möglich, soll der Heilige Vater persönlich unterschreiben. Sag ihnen, es gehe darum, ein neues Schisma abzuwenden. Flieg mit dem Dokument nach Irland und heize den Spiritanerbrüdern ordentlich ein. Du musst unbedingt herausfinden, warum Robert Brannock nicht die Gelübde abgelegt hat. Ich möchte überhaupt *alles* über ihn, O'Bannon und Begg wissen. Ob sie miteinander befreundet waren, was sie ausgefressen und in welcher Farbe sie gepinkelt haben.«

»Das habe ich«, sagte Vittorio. Gewöhnlich schrieb er solche Anweisungen in Stenografie mit. »Ist das alles?«

»Ja. Halte mich auf dem Laufenden.«

»Mach ich. Bis bald, Monsignore.«

»Pass gut auf dich auf, Vittorio. Unser Gegner mag es nicht, wenn man ihm auf die Pelle rückt. Wir sehen uns auf der grünen Insel.« Hester unterbrach die Verbindung.

»Alle Achtung! Du hast ja richtig Biss«, spöttelte Seamus. »Allmählich verstehe ich, warum man dich den schärfsten Kettenhund Seiner Heiligkeit nennt.«

Hester nickte grimmig. »Dann zeige mir mal, wie es um deine Fahrkünste bestellt ist.«

25.

Kilkenny, County Kilkenny, Irland,
13. April 2009, 9.15 Uhr Ortszeit

Der Ford traf fast ohne Beschädigungen in Kilkenny ein. Seamus hatte unnötigerweise einige Hecken gestreift und war ohne zwingenden Grund ein paar Bordsteinkanten hinauf- und wieder hinuntergesaust, ansonsten hatte er seine Sache wirklich gut gemacht. Hester stieg schweißgebadet in der Nähe des St Luke's General Hospital aus.

Den letzten Kilometer mussten sie zu Fuß zurücklegen – Seamus unter dekorativer Verwendung seines Hirtenstabs –, weil das Gedränge rund ums Krankenhaus noch mehr zugenommen hatte, trotz oder gerade wegen des dramatischen Vorfalls des vergangenen Tages. Die Birnbaumexplosion hatte vierzehn Menschen verletzt, aber wie durch ein Wunder war niemand zu Tode gekommen.

Wie durch ein Wunder?

In jüngster Zeit verursachte diese Wendung Hester Magendrücken.

Da sein schwarzer Anzug in der Reinigung war, trug er wieder die Soutane des Päpstlichen Ehrenkaplans, was den beiden das Vorankommen ein wenig erleichterte. Gegen neun Uhr vierzig hatten sie sich endlich bis zur orthopädischen Station durchgeschlagen und betraten das Krankenzimmer von

– 331 –

Jeschua. Es lag im hintersten Winkel der Station und wurde von zwei Polizeibeamten bewacht. Sie ließen Hester und seinen Vater anstandslos passieren.

Anny tat augenscheinlich ihr Bestes, Jeschua die Trübsal zu vertreiben. Obwohl sie kein Hebräisch konnte, redete sie munter auf ihn ein – mit Händen und Füßen. Als die Besucher ins Zimmer kamen, erklärte sie ihm gerade die für ihn verwirrenden Bilder im Fernsehen.

»Kann ich dich kurz draußen sprechen?«, bat Hester seine Tochter.

Sie runzelte die Stirn.

»*Bitte!*«, drängte er.

»Ich übernehme so lange die Simultanübersetzung des TV-Programms«, erbot sich Seamus.

Sie gab Jeschua durch Zeichen zu verstehen, dass sie bald wiederkommen werde und verließ mit ihrem Vater den Raum. Hester zog sie den Gang entlang, bis er endlich eine schmale Tür fand, durch die kein Krankenbett passte. Und richtig, dahinter befanden sich nur Bettlaken, Handtücher und sonstige Wäsche. Er zog seine Tochter hinein, schloss die Tür und knipste das Licht an.

Unfreiwillig waren sich Vater und Tochter so nahe wie nie zuvor.

Sie sah ihn böse an. »Ich will ja wirklich nicht wieder mit deinem Alter anfangen, Pa, aber findest du das nicht ein bisschen albern? Was kommt jetzt? Eine Standpauke wegen mir und Jeschua? Ich bin erwachsen und …«

»Wenn ich dich kurz unterbrechen dürfte«, kappte er ihren Redeschwall. »Ich will mich in die Sache zwischen dir und diesem Mann, über den wir nichts wissen, außer dass er vom Himmel gefallen zu sein scheint, überhaupt nicht einmischen. Nur fürchte ich, Jeschuas Zimmer könnte von dei-

– 332 –

nem Boss oder von dem Franziskaner verwanzt worden sein.«

»Du machst mir Angst, Pa.«

»Entschuldige, mein Schatz. So leid es mir tut, aber gleich könnte es noch schlimmer werden. Ich glaube nämlich, dass Jeschua ermordet werden soll.«

»*Was?*«, keuchte sie. Entsetzt, und vielleicht auch aus Sorge über draußen vorbeilaufende Personen, hob sie die Hände vor den Mund. Nach einer langen Schrecksekunde fragte sie mit hoher, fast versagender Stimme: »Wann hört denn dieser Irre endlich damit auf? Wie kommst du überhaupt auf diese Idee?«

Hester erzählte ihr von Kevins Rekorderaufzeichnung und von Ivos Äußerungen über weitere Märtyrer und den roten Teppich, der vor der Himmelspforte ausgerollt werden solle. »Wer würde diesen Läufer mehr verdienen als der Sohn Gottes?«, schloss er seine theoretischen Ausführungen.

»Vielleicht meint dieser Franziskaner einen anderen hohen Würdenträger.«

»Ich hatte vorübergehend dabei tatsächlich zuerst an mich gedacht«, räumte Hester ein.

»An *dich?*«

Er nickte. »Wenn dieser angebliche Mönch der ist, für den ich ihn halte, dann dürfte er nicht gut auf mich zu sprechen sein.«

»Und was lässt dich mit einem Mal glauben, er habe es auf Jeschua abgesehen?«

»Johannes 8, 37.«

»Wie bitte?«

»Jeschua hatte diesen Vers aus dem Evangelium nach Johannes zitiert: ›Ihr wollt mich töten, weil mein Wort in euch keine Aufnahme findet.‹ Erinnerst du dich?«

»Ja«, hauchte sie. »Aber ich verstehe immer noch nicht ...«

»Ich bin inzwischen überzeugt, Jeschua wurde irgendwie manipuliert. Wahrscheinlich durch Hypnose. Als er uns die Bibelzitate nur so um die Ohren gehauen hatte, sprach in Wirklichkeit nicht er zu uns. Das alles ist eine große Inszenierung. Jemand hat ihm diese Worte in den Mund gelegt, und zwar ...«

»... weil er ihn töten will«, sagte Anny entsetzt.

»Es würde so aussehen, als habe er sein eigenes Ende geweissagt, was seine Glaubwürdigkeit für die Nachwelt, die in ihm den vom Heiligen Geist inspirierten Märtyrer sehen soll, noch erhöhen würde. Wenn sich nur feststellen ließe, ob meine Theorie stimmt ...« Er hielt mitten im Satz inne.

»Woran denkst du?«

»Mir ist gerade etwas eingefallen. Beim Frühstück habe ich heute in der *Irish Times* einen Artikel über eine Frau gelesen, die mir vielleicht helfen könnte.«

»Wie das?«

»Erkläre ich dir später.« Er förderte sein Mobiltelefon zutage. Im Namensverzeichnis war auch die private Handynummer von Sarah d'Albis gespeichert. Hester drückte die Wähltaste. Anny stellte sich auf die Zehenspitzen und schob ihr Gesicht dicht an seines, um mitzuhören. Ihre überraschende Unbefangenheit gefiel ihm. Waren das väterliche Gefühle, die sich da in ihm regten ...?

Nach zweimaligem Klingeln meldete sich die Pianistin. Sie klang verschlafen.

»Hier ist Hester McAteer. Habe ich Sie geweckt, Sarah?«

»Hester?«, wunderte sie sich. »Ja. Nach dem Konzert gestern gab es noch eine Feier. Krystian ... Ich wollte sagen, mein Mann und ich waren bis zwei Uhr morgens ... Na, ist ja auch egal. Sind Sie gerade in Ihrer Heimat? Wollten Sie mich treffen?«

»Das möchte ich tatsächlich. Ginge denn das?«

»Wir sind noch bis Mitte der Woche wegen anderer Verpflichtungen in Dublin. Ich würde mich freuen, den alten Wundermacher wiederzusehen.«

»Meine Bitte ist nicht rein privater Natur, Sarah. Ihre besonderen musikalischen Fähigkeiten sind wieder einmal gefragt.«

Ein Seufzen drang aus dem Handylautsprecher. »Dann wird's also nichts mit dem gemütlichen Abend bei Irish Stew und einem frisch gezapften Guinness?«

»Ich wollte Sie eigentlich bitten, in die Gegend von Kilkenny zu kommen. Es ist wirklich sehr wichtig.«

»Geht es mal wieder um die Rettung der Welt?«

»So ungefähr. Das letzte Mal habe ich Ihnen geholfen. Heute könnten Sie mir …«

»Ist schon gut, Hester. Eine Hand wäscht die andere. Haben Sie eine Adresse für mich?«

»Die gebe ich Ihnen später durch. Ich melde mich noch einmal. Vorerst danke, Sarah.«

»Einem Dacapo mit Ihnen, Monsignore McAteer, kann doch keine Frau widerstehen. Dann also bis später.«

Anny ließ sich wieder auf die Hacken sinken und schmunzelte ihren Vater von der Seite her an. »Das klang ja sehr verführerisch.«

»Keine Sorge, Madame d'Albis ist glücklich verheiratet.«

»Und was jetzt?«

»Jetzt gehst du wieder zu Jeschua zurück und weichst nicht mehr von seiner Seite. Wenn dir irgendetwas verdächtig vorkommt, schreist du das ganze Krankenhaus zusammen.«

»Okay, das kann ich gut. Und was machst du?«

»Erstmal verlassen wir diese Wäschekammer. Dann werden Pa und ich so tun, als sei unser Krankenbesuch hier zu Ende –

nur, falls jemand uns nachspioniert. Danach besuchen wir einen alten Freund von ihm, der uns eventuell sein Haus bei Thomastown zur Verfügung stellen will. Hoffentlich klappt alles.«

Unvermittelt stellte sie sich erneut auf die Zehenspitzen und küsste Hester auf die Wange.

»Wofür war das?«, fragte er verdutzt.

»Weil du Jeschua retten willst«, sagte sie lächelnd.

Plötzlich wurde die Tür aufgerissen. Eine dralle Krankenschwester stand auf dem Gang. Wäre da nicht ihre fast schwarze Haut gewesen, hätte sie ein Klon von Schwester Ellen sein können. Sie versprühte bedrohliche Blicke. »Ein Priester und ein junges Mädchen in der Wäschekammer? Was, bitte schön, soll das werden?« Ihre Stimme hatte etwas Sägendes.

»Eine unangemeldete Inspektion des Diözesanen Referats für Hygiene und Gesundheit«, knurrte Hester, schnappte sich ein Frotteehandtuch, übergab es in entrüsteter Schwunghaftigkeit Anny und während er sie an der argwöhnisch dreinblickenden Schwester vorbei in den Gang zog, sagte er: »Das scheint mir nicht ganz koscher zu sein, Schwester Anny. Bitte schicken Sie das ins Labor und lassen Sie eine Bakterienkultur anlegen.«

»Sehr wohl, Monsignore«, erwiderte diese. Als sie im Gang um die Ecke gebogen waren, fügte sie hinzu: »Du bist echt ein cooler Typ, Pa.«

Er grinste. »Danke gleichfalls.«

Nach einem kurzen Krankenbesuch, der mehr pro forma für eventuelle Mithörer bestimmt war, verabschiedeten sich Hester und Seamus wieder.

Während Vater und Sohn dem Ausgang entgegenstrebten, fragte Letzterer: »Ist irgendeines deiner Wunder echt gewesen, Pa?«

»Irgendeines?«, wunderte sich Seamus amüsiert. »Ich verstehe die Frage nicht. *Alle* sind echt. Wie sonst hätte ich die Restschuld, die ich von meinen Vorfahren aufgebürdet bekam, auf ganze drei reduzieren können?«

Hester dachte einige Schritte lang über die Antwort seines Vaters nach, ehe er seinen nächsten Gedanken in Worte fasste. »Einmal, als die Juden Jesus steinigen wollten, ist er mitten durch sie hindurch davongegangen. Hast du dich je gefragt, wie er das anstellen konnte?«

»Natürlich. Er hat sie mit Blindheit geschlagen.«

Hester nickte lächelnd. »Kannst du so etwas auch, Pa?«

26.

Graiguenamanagh, County Kilkenny, Irland,
13. April 2009, 21.49 Uhr Ortszeit

Das St Luke's General Hospital befand sich nach wie vor im Belagerungszustand. Normalerweise hätte es in dem Gedränge kein Durchkommen ohne erhebliche Rempeleien gegeben. Trotzdem nahm niemand die drei Personen wahr, die sich dem Krankenhaus näherten.

So als wären sie unsichtbar.

Die Leute im Umfeld des Trios verhielten sich merkwürdig. Niemand sah Hester, Seamus oder Anny direkt an, aber dennoch reagierten die Menschen auf sie wie ein Fischschwarm, der sich instinktiv vor einer in der Strömung dümpelnden Treibmine öffnet und sich dahinter gleich wieder schließt. Anfangs hatte Hester dieses ominöse Phänomen kaum beachtet, weil er in Gedanken bei Fiona war. Er hatte sie den ganzen Tag nicht erreichen können. Vor der Abfahrt nach Kilkenny war er noch einmal in ihr Haus gegangen und hatte auf dem Küchentisch eine Nachricht gefunden:

Lieber Hester!
Musste Hals über Kopf abreisen. Ein plötzlicher Todesfall zwingt mich dazu. Alles Weitere später.

Fiona

– 338 –

Er hatte Anny den Zettel gezeigt. Sie war genauso ratlos gewesen wie er. Es sei zweifellos Moms Handschrift, doch nicht ihre Art, hatte sie lediglich gesagt. Vielleicht ein schlimmer Unfall im Freundeskreis? Mehr als Mutmaßungen hatte sie zu der erkennbar hastig hingeworfenen Mitteilung ihrer Mutter auch nicht äußern können. Hesters größte Sorge war durch das Lebenszeichen von Fiona zwar etwas beruhigt, aber ein Rest davon nagte in ihm weiter. Nach der Geborgenheit, die sie ihm in der vorangegangenen Nacht geschenkt hatte, erschien ihm diese Abfertigung im Telegrammstil irgendwie … unpassend. Ob sie wirklich nur durch den Wind war, weil ein ihr nahestehender Mensch jäh das Leben verloren hatte?

Je näher die drei dem Haupteingang des Krankenhauses kamen, desto gedrängter standen die Menschen. Die sprichwörtlichen Sardinen in der Dose kamen Hester in den Sinn. Im Gegensatz zu solch naturgemäß reglosen Kreaturen wich der Schwarm aus Schaulustigen und Frommen aber weiterhin dem Trio aus. Und so gewann in ihm allmählich das Staunen die Überhand.

»Bist das wirklich *du*, Pa?«, raunte er seinem Vater zu.

»Sagen wir, ich hab's ausgelöst.«

»Man sieht es dir gar nicht an.«

Der Alte bedachte ihn mit einem unwirschen Seitenblick. »Was stellst du dir denn vor? Soll ich mit den Händen in der Luft herumfuchteln oder Zaubersprüche murmeln?«

Hester zuckte die Achseln. »Irgendwas halt.«

»Ich bin kein Magier, Junge. Und auch kein Medium.«

»Und wie machst du das dann?«

»Selbst wenn ich es dir erklären könnte, du würdest mir doch nicht glauben.«

Hester fing in seiner Soutane an zu schwitzen, als sie sich den vier Polizisten am Haupteingang näherten. Bisher hatte er sich nur als Fremdkörper in einer anonymen Masse gefühlt, die wie in einem chemischen Prozess auf ihn reagierte. Jetzt bekam die Gefahr der Entdeckung plötzlich ein Gesicht.

Eine hysterische Menschenmenge hätten die Wachen mit ihren Schlagstöcken sicher nicht zurückdrängen können, aber das war auch nicht ihre Aufgabe. Ihre Präsenz sollte lediglich die Schaulustigen davon abhalten, den Krankenhausbetrieb zu stören. Von Hester, Seamus und Anny nahmen sie jedoch nicht die geringste Notiz. Das Auge des Gesetzes blieb blind. Selbst dann noch, als sich die Glastür vor dem scheinbar unsichtbaren Trio automatisch öffnete und sie das Foyer betraten.

»Puh, das Schlimmste wäre geschafft«, sagte Anny. Sie lief links von ihrem Vater.

Seamus steuerte zielstrebig auf den Fahrstuhl zu.

»Sollten wir nicht besser die Treppe nehmen, Pa?«, fragte Hester besorgt.

»Sehe ich aus wie ein Alpinist?«, entgegnete Seamus und hielt weiter auf den Lift zu. Dort angekommen, drückte er – verblüffend zielgenau – mit seinem Hirtenstab die Aufwärtstaste.

Obwohl Hesters Hirn die irrwitzige Aktion ausgebrütet hatte, sträubte sich in ihm alles gegen die Vorstellung, Zeuge eines echten Wunders zu sein. Er traute nicht einmal seinen eigenen Wahrnehmungen, geschweige denn der unbekümmerten Leichtigkeit, mit der sein Vater die unglaublichsten Dinge anstellte. Viel lieber klammerte er sich an den Gedanken, dass es eine ganz natürliche Erklärung für das sonderbare Verhalten der Leute geben musste. Sie mochten desinteressiert sein, müde und teilnahmslos nach Stunden des Wartens vor dem Krankenhaus. Aber in der Enge einer Liftkabine …

Ein heller Gong ertönte und die Türen des Aufzugs glitten

auf. Eine Krankenschwester und zwei Männer eilten heraus. Auch sie würdigten die drei Wartenden keines Blickes.

Seamus betrat die Kabine. »Kommt ihr?«

Hester schüttelte verständnislos den Kopf.

»Nach dir, Pa«, sagte Anny und schob ihn in die Kabine.

Die Lifttüren bewegten sich rumpelnd aufeinander zu, doch ehe sie ganz geschlossen waren, fuhr plötzlich eine schwarzbraune Hand in den Schlitz. Hester erschrak. *Jetzt fliegen wir auf!*, war sein erster Gedanke. Die Türen glitten wieder auseinander und er fuhr ein zweites Mal zusammen.

Die dralle Krankenschwester, die ihn am Morgen mit Anny in der Wäschekammer erwischt hatte, stand vor ihm. Nur einen Schritt weit von ihm entfernt, schienen ihre dunklen Augen ihn direkt anzublicken, ihn aber trotzdem nicht zu sehen. Irgendwie wirkten sie wie aus Glas. Laut Schild an ihrer Tracht war ihr Name Susan Owoso.

Rasch wich Hester an die Wand des Fahrstuhls zurück. Auch seine Tochter und Seamus machten Platz.

Die Schwarze im weißen Kittel betrat den Lift, wollte die Taste für die orthopädische Abteilung drücken, schien sich zu wundern, weil sie schon leuchtete, und wartete auf das Schließen der Türen. Dann setzte sich der Aufzug in Bewegung. Auf der Fahrt nach oben furzte sie lang und erstaunlich laut.

Schwester Susan grinste.

Anny hielt sich die Nase zu.

Seamus tat so, als habe er nichts gemerkt.

Hester war einfach nur entsetzt.

Kurz bevor der Gestank unerträglich werden konnte, ging der Fahrstuhl wieder auf. Ein junger Arzt mit Stethoskop in der Kitteltasche wollte hineinstürzen.

»Den würde ich lieber nicht benutzen, Doktor. Da hat einer 'ne Stinkbombe fallen lassen«, sagte die Pflegerin im Hinausgehen und deutete über die Schulter, direkt auf die drei Liftinsassen.

»Danke, Schwester. Dann nehme ich den nächsten«, sagte der Arzt.

Die drei Unsichtbaren folgten im sicheren Abstand der Schwester in die orthopädische Abteilung. Wenig später waren sie allein auf dem Gang. Anny schnappte sich einen der leeren Rollstühle, die hier und da herumstanden. Als die drei Generationen der Familie Whelan-McAteer-Sullivan sich dem Ende des Seitenganges näherten, in dem die zwei Polizisten Jeschua bewachten, wurde es Hester heiß und kalt.

»Jetzt mach ja keinen Fehler«, flüsterte er seinem Vater zu.

»Ich mache gar nichts«, antwortete der gleichmütig.

Die Bemerkung trug nicht eben zu Hesters Beruhigung bei. Was wollte der Alte damit sagen? Dass der Heilige Geist all diese Leute mit Blindheit schlug?

Die Beamten saßen auf Stühlen beiderseits der Tür. Sie blickten stumm vor sich hin. Als Seamus die Türklinke drückte und das Krankenzimmer betrat, gähnte erst der eine und gleich darauf der andere.

»Ist ansteckend«, sagte der Wachmann rechts von der Tür.

Der andere nickte gewichtig.

Jeschua saß in einem Jogginganzug auf dem Bett. Vor ihm lagen die Zeitungen, die Rabbi Bernstein ihm mitgebracht hatte. Der späte Besuch ließ ihn überrascht aufblicken. Anny hatte ihm von dem Fluchtplan nichts erzählt. Es konnte ja sein, dass sein Zimmer verwanzt war oder sogar mit versteckter Kamera beobachtet wurde. Deshalb musste jetzt auch alles ganz schnell gehen. Anny setzte sich zu ihm auf die Bettkante und nahm seine Hand. Seamus erklärte ihm auf Hebräisch, dass sie gekommen seien, um ihn zu befreien. Sie wollten ihn

– 342 –

in ein Haus auf dem Land bringen, wo keine Leute ihn anstarrten. Jeschua sah verunsichert zu Anny.

»Du kannst mir vertrauen. Ich würde nie zulassen, dass dir etwas zustößt«, sagte sie sanft. Der Klang ihrer Stimme verriet Hester mehr als ihr Verhalten, wie stark ihre Gefühle für diesen Mann inzwischen waren.

Jeschua nickte und kletterte mit Annys Hilfe in den Rollstuhl. Sie legte ihm die Bettdecke um die Schultern, damit er draußen nicht frieren musste. Dann verließen die vier das Zimmer.

Die Beamten auf dem Gang zeigten kein Interesse an Jeschuas Flucht. Hester sah im Geiste schon die Schlagzeilen der Brannock-Presse. »Jesus spurlos verschwunden« oder »Messias in der Gewalt von Kidnappern« oder »Wieder zum Himmel aufgefahren?«.

In Wahrheit fuhr er nach unten – im Fahrstuhl hing noch ein Hauch von Schwester Susans Duftnote.

»Wollen wir ihn wirklich mitten durch die Menschenmenge hindurchschieben?«, fragte Hester bang.

»Du selbst hast doch heute früh den Evangelienbericht bemüht«, erinnerte ihn Seamus. »Hab Vertrauen, Junge, sonst geht es dir wie Petrus, der zuerst übers Wasser zu Jesus lief und plötzlich einsank, weil ihm Zweifel kamen.«

Hesters Zuversicht war etwas verkrampft, als sie das Krankenhaus verließen. Anny konnte ihren mirakulösen Großvater offenbar besser einschätzen, denn sie strahlte wesentlich mehr Gelassenheit aus, als sie Jeschua in einen Pulk von Schaulustigen schob. Wie schon zuvor machten die Leute ihnen Platz.

So als wichen sie vor einem eisigen Windhauch aus, ließen sie den Mann, den sie so sehr zu sehen begehrten, unbeachtet ziehen.

»Du hast lauter Grand Cañons auf deiner Stirn, Pa. Worüber grübelst du nach?«, fragte Anny. Ihre Hände, die vor Kurzem noch Kevin gehalten hatten, lagen auf dem Steuerrad. Der Ford fuhr nach Süden in Richtung Thomastown. Die Straße war dunkel, schmal, uneben und meistens von dichtem Blattwerk gesäumt, das sich stellenweise wie ein Tunnel über die Fahrbahn wölbte. Auf dem Rücksitz führten Seamus und Jeschua ein leises Gespräch.

»An deine Mutter«, antwortete Hester bedrückt.

»Mach dir nicht so viele Sorgen. Wir mussten uns mein ganzes Leben lang allein durchbeißen. Und seit ich in Kilkenny wohne, ist sie niemandem mehr Rechenschaft schuldig. Sie kommt und geht wie und wann sie will. Daran gemessen ist die Nachricht, die sie dir hinterlassen hat, schon was ganz Besonderes.«

Er seufzte. »Wahrscheinlich hast du recht. Es wird Zeit, dass ich Superintendent Managhan anrufe.«

Sie schmunzelte. »Na, der wird sich freuen!«

Hester nahm das Mobiltelefon zur Hand und wählte Managhans Nummer.

»Stecken Sie dahinter?«, waren dessen erste Worte.

»Reden Sie schon mit mir oder noch mit jemand anderem?«, fragte Hester.

»Natürlich rede ich mit Ihnen«, hallte es aus dem Lautsprecher. »Jeschua ist aus seinem Zimmer verschwunden. Die Fenster sind zu, die Beamten wollen nichts mitbekommen haben – genauso wie bei dem Vorfall im Gefängnis von Portlaoise.«

»Jeschua hat sich dazu entschlossen, die Dienste des Krankenhauses nicht länger in Anspruch zu nehmen.«

Einige Sekunden herrschte Sendepause. Dann: »Das können Sie mit mir nicht machen, Sie verdammter Hund.«

»Das höre ich öfters«, erwiderte Hester gelassen. »Im Übrigen ist Jeschua keines Verbrechens angeklagt. Alles, was Sie ihm zur Last legen können, sind – wie haben Sie es ausgedrückt? – ›Erregung öffentlichen Ärgernisses‹ und ›grober Unfug‹. Er kann gehen, wohin er will.«

»Die Sachlage dürfte *etwas* komplizierter sein, McAteer. Er ist auch ein wichtiger Zeuge in mehreren Mordfällen. Sie können ihn mir nicht einfach entziehen.«

»Das habe ich auch nicht vor. Ich werde Ihnen zur gegebenen Zeit sagen, wo er sich aufhält. Doch zu seiner Sicherheit sollte er für die nächsten Stunden in der Versenkung bleiben.«

»Wollen Sie damit andeuten, er sei in Gefahr?«

»Ja. Ich glaube, dass unser Franziskaner oder sein Auftraggeber es auf Jeschuas Leben abgesehen haben.« Hester erzählte, was ihn zu dieser Einschätzung veranlasste. Auch die von Bruder Vittorio herausgefundenen Fakten teilte er dem Polizeichef mit.

»Sie glauben, dass dieser Ivo Blesić und unser Mönch identisch sind, weil sie denselben Vornamen haben?« Inzwischen hatte sich Managhan wieder beruhigt.

»Und weil er sicherlich über das Know-how für einen solchen Budenzauber verfügt sowie mir gegenüber erhebliche Rachegelüste empfinden dürfte.«

»Umso bedenklicher finde ich es, wenn Sie auf Jeschua aufpassen, Mr McAteer. Sie sollten das der Polizei überlassen. Was wollen Sie denn machen, wenn der Killer plötzlich vor Ihnen steht?«

»Ich war früher ein recht passabler Boxer. Sollte ich ihn zu fassen kriegen, dann geht er auf die Bretter.«

»Stellen Sie keinen Unsinn an. Der Mann kennt keine Skrupel.«

»Das ist mir klar. Ich melde mich wieder, Mr Managhan.

Bis bald.« Hester unterbrach die Verbindung, ehe der Superintendent dagegen Einspruch erheben konnte.

»Er war wohl nicht begeistert?«, meldete sich Seamus von der Rückbank.

Hester schüttelte den Kopf. »Nein, Pa. Aber er weiß ja auch nicht, was wir heute noch mit Jeschua vorhaben.«

Fast hätte Anny den schmalen Weg verpasst, der unweit der Jerpoint Abbey, den Ruinen eines Zisterzienserklosters aus dem 12. Jahrhundert, von der Straße abzweigte. Zwischen Bäumen hindurch rollte der Ford noch etwa fünfhundert Meter auf einer Schotterpiste entlang. Hinter einer Kurve beleuchteten die Scheinwerfer unvermittelt ein offen stehendes Tor. Anny lenkte den Wagen über knirschenden Kies auf das Grundstück, das dem wohlbetuchten Urenkel jenes Staatsministers gehörte, dessen todkranke Tochter Seamus vor vielen Jahren geheilt hatte. Die Familie war ihm für dieses Wunder immer verbunden geblieben.

Auf dem Parkplatz stand eine dunkelgrüne Jaguarlimousine. Im Wagen brannte Licht. Ein Mann und eine Frau stiegen aus. Kaum war das bischöfliche Dienstfahrzeug zum Stehen gekommen, eilte ihnen Hester im Scheinwerferlicht des Fords entgegen und begrüßte sie wie zwei alte Bekannte.

»Haben Sie das Haus gleich gefunden?«, fragte er.

»Unser Mietwagen besitzt glücklicherweise ein ordentliches Navigationssystem«, erwiderte Krystian Jurek in flüssigem Englisch. Sarahs Mann war Arzt und wie seine Frau ein Experte in Sachen Musik. Er war Mitte vierzig, schlank, hatte einen großen Mund, der meist lächelte, einen Höcker auf der Nase und lebhafte, graublaue Augen. Seine aschblonden Haare trug er zurückgekämmt, den lässig weiten Anzug so selbstverständlich, als sei er darin geboren worden. Der Kra-

– 346 –

gen seines weißen Hemdes stand offen, auf eine Krawatte hatte er verzichtet.

»Warten Sie schon lange?«

»Erst ungefähr eine Viertelstunde«, antwortete diesmal Sarah d'Albis. Die überaus attraktive Französin trug halbhohe Pumps, eine schwarze Hose und eine halblange Jacke aus cognacfarbenem Wildleder mit einem Pelzbesatz an der Kapuze. Sie war eine Nachfahrin des großen Klaviervirtuosen und Komponisten Franz Liszt, was man ihrem schmal geschnittenen, sehr weiblichen Gesicht auch ansah. Ein Blick in ihre betörenden dunklen Augen hatte schon manchen Mann den Verstand gekostet. Doch hörte man sie erst am Piano, dann fuhren bei nicht wenigen die Gefühle Achterbahn. Deswegen hatte Hester sie eingeladen.

»Darf ich Ihnen zunächst den Mann vorstellen, der Ihrer Hilfe bedarf?« Er deutete auf Jeschua, der, auf Anny gestützt, gerade aus dem Wagen stieg. Den ihm von Seamus angebotenen Rollstuhl lehnte er ab. Seine Verletzungen heilten gut, versicherte er auf Hebräisch. Er wolle lieber laufen.

Sarah d'Albis und ihr Mann gaben ihm die Hand. So selbstverständlich die Höflichkeitsgeste für normale Mitteleuropäer auch war, sah sie bei Jeschua doch merkwürdig unbeholfen aus.

»Ich habe sein Bild im Fernsehen gesehen«, sagte Sarah zu Hester. »So wie er aussieht, würde ich mir Jesus gerne vorstellen.«

Hester lächelte. »Ich denke, das ist Absicht. Mit Ihrer Hilfe hoffe ich, das Geheimnis seiner wahren Identität zu lüften.«

»Wir haben ein elektronisches Klavier im Kofferraum. Soll Krystian es auspacken?«

»Das wird nicht nötig sein. Unser Gastgeber versicherte uns, dass er seinen Flügel gerade erst neu habe stimmen las-

– 347 –

sen. Er meinte, es sei ein Steinway der gehobenen Preisklasse, der auch professionellen Ansprüchen genügen müsste.«

»Ein gutes Hausklavier hätte für das, was ich vorhabe, völlig gereicht.«

Wenig später saßen die sechs in einem gemütlichen Salon, der trotz seiner beachtlichen Größe die leicht plüschige Tradition irischer Wohnzimmer auf angenehm frische Art neu interpretierte. Zum schwarzen Schieferboden waren kostbare rotgrundige Berberteppiche kombiniert worden. An den weiß verputzen Wänden hingen Originale zeitgenössischer Maler, darunter auch zwei Landschaftsgemälde von Fiona Sullivan. Die wuchtigen Polstermöbel aus hellem Velours waren den enormen Dimensionen des Raums angemessen. Und der Kaminsims verfügte über die zum Wohlfühlen hinreichende Menge an Nippes. Das Prunkstück des Salons aber war der Flügel, ein überraschend modern gestyltes Instrument aus braunem Holz mit einer kräftigen dunklen Maserung.

»Machen Sie es sich so bequem wie möglich. Seien Sie ganz entspannt«, sagte Sarah d'Albis, während sie die Klaviatur des Flügels aufdeckte und die Höhe der Bank veränderte – die Pianistin war etwa einen Meter siebzig groß und offenbar ein gutes Stück kleiner als der Besitzer des Instruments.

Alle machten es sich so bequem wie möglich und bemühten sich, völlig entspannt zu sein.

Sarah breitete die Arme aus und gestikulierte, als sei sie eine Musikprofessorin, die zu ihren Studenten sprach. »Hester hat mich bereits über die heutige Aufgabenstellung informiert und ich denke, die richtige Herangehensweise gefunden zu haben. Ich gehe davon aus, dass Jeschuas Unterbewusstsein – bildlich gesprochen – von einem Spiegel blockiert ist. Dieser zeigt uns eine andere als die wahre Person, indem er Erinnerungen aus den höheren Bewusstseinssphären so reflektiert,

– 348 –

als kämen sie aus dem tiefsten Innern seiner Seele. Wenn wir uns irren, wird mein Klavierspiel gar nichts bewirken. Obwohl ich mich also bemühe, es auf Jeschua zu fokussieren, könnte es bei jedem von Ihnen gewisse emotionale Irritationen geben. Was Sie möglicherweise zu erleben glauben oder empfinden, hängt von Ihrer individuellen seelischen Verfassung ab. Doch keine Angst, es tut nicht weh und sie werden auch nicht schreiend aus dem Raum rennen.«

Hester gluckste, fing sich aber sofort wieder.

»Ist Jeschua bereit? Wenn er sich innerlich gegen meine Klänge sperrt, könnte die ganze Mühe vergebens sein.«

Anny und ihr Großvater hatten ihm auf der Fahrt erklärt, worum es ging, und er war zu der Auffassung gelangt, dass es sich nicht um Magie handelte. Er mochte offenbar Musik und nickte, nachdem sein Dolmetscher die Frage übersetzt hatte.

Sarah d'Albis wandte sich den Tasten zu und begann zu spielen. Am Anfang ließ sie ein paar leise, sphärische Läufe im Stil von Claude Debussy vernehmen, die wie die warmen Tropfen eines sanften Sommerregens den Seelenboden der Zuhörer benetzen und eventuelle Verhärtungen lösen sollten. Bald wurde ihr Anschlag fester, die Töne lauter und die Melodie immer komplexer.

Hester spürte, wie die Musik ihre Wirkung entfaltete. Es kam ihm vor, als würde sein Innerstes in einem erfrischend kühlen Wasserfall stehen, der alles von ihm abspülte, was ihm so viele Jahre lang den Blick auf seine wahren Gefühle und Gedanken verwehrt hatte. Mit einem Mal sah er es ganz klar: Er liebte Fiona – und auf andere, nicht weniger innige Weise auch seine Tochter; er gehörte zu *ihnen* und nicht zu der Institution, die ihn so lange mit Haut und Haaren verschlungen hatte.

Jeschua war zunächst kaum anzumerken, ob er Ähnliches

empfand. Er saß mit Anny auf einem Zweiersofa – sie hielt seine Hand – und blickte wie entrückt zum Flügel. Mit einem Mal seufzte er und sank nach vorn, so als wolle er einnicken. Unvermittelt warf er den Kopf zurück und riss erschrocken die Augen auf. Sein Körper verkrampfte sich wie unter einem Elektroschock. Anny verzog das Gesicht vor Schmerzen, weil er ihre Hand so fest drückte.

»Jeschua!«, raunte sie mit jener eindringlichen Behutsamkeit, die man einem Schlafwandler gegenüber walten lässt. »Hab keine Angst. Ich bin bei dir.«

Alles gute Zureden nützte nichts. Er schrie mit einem Mal und stieß heisere Satzfetzen hervor, so als litte er furchtbare Qualen. Als er sich auch noch aufzubäumen begann, sprang Krystian hinzu, um ihn festzuhalten, damit er nicht sich oder Anny verletzte.

»Er sagt, er fürchte sich vor den Nägeln«, erklärte Seamus leise. »›Bitte durchbohrt mich nicht!‹, fleht er immer wieder.«

»Es ist ein Flashback, das Echo traumatischer Erlebnisse«, erklärte Sarah, während sie eine sanfte Tonfolge aus dem Klavier perlen ließ, um der leidenden Seele Linderung zu verschaffen. »Aber es ist immer noch überlagert von falschen Erinnerungen.«

»Hören Sie auf damit!«, verlangte Anny schroff.

»Geben Sie Sarah noch etwas Zeit«, bat Krystian. »Selbst für sie ist es manchmal sehr schwer, in die finstersten Winkel des Unterbewusstseins vorzudringen.«

»So wie er mir die Hand zerquetscht, muss er furchtbare Qualen ...« Anny verstummte plötzlich, als Jeschua sich erkennbar entspannte.

Sarah d'Albis spielte weiter. Die leisen Töne schienen nun wie mit dem Skalpell einzelne verschüttete Erlebnisse und Emotionen aus den Verkrustungen der verdrängten oder

– 350 –

blockierten Erinnerungen herauszulösen. Hester entsann sich mit einem Mal, wie er von Annys Geburt erfahren hatte; er war damals drauf und dran gewesen, alles hinzuschmeißen, um bei Mutter und Tochter zu sein. Doch dann wieder hatten ihn die Selbstvorwürfe davon abgehalten.

Das Wechselspiel der Gefühle dauerte an. Bald hämmerte Sarah schnell und fordernd in die Tasten, dann wieder ließ sie sanfte und schmeichelnde Töne erklingen. Es war eine Seelenmassage der ganz besonderen Art. Bei Hester öffneten sich Schleusen zu lange vergessen geglaubten Erinnerungen. Wie musste da erst der empfinden, für den diese fast schon magisch anmutende Improvisation bestimmt war?

Nach fast einer halbe Stunde begann Jeschua abermals zu schreien. Er sehe seine Peiniger, übersetzte Seamus, Männer in grünen Anzügen mit Turbanen und Gesichtsmasken.

»Grün war die bevorzugte Farbe Mohammeds. Vielleicht haben ihm islamistische Eiferer das angetan?«, sagte Anny zornig.

Krystian wiegte zweifelnd den Kopf hin und her. »Grün ist auch die Kluft der Chirurgen. Die Maske, von der er spricht, könnte ein Mundschutz gewesen sein und der Turban eine OP-Haube.«

»Auf jeden Fall tut ihm diese *Behandlung* nicht gut. Sie sehen doch, wie er leidet?«

»Nicht jede Therapie ist für den Patienten angenehm«, erklärte Krystian im Tonfall des geduldigen Arztes.

»Oder sie bringt ihn um. Brechen Sie sofort ab!«

»Geben Sie mir noch zwei Minuten«, bat die Pianistin. Sie untermalte ihre Worte mit einem fordernden Stakkato.

»Na schön. Aber nicht länger«, lenkte Anny ein.

Sarah setzte ihr Spiel fort. Die Töne aus ihrem Klavier schienen sich in Balsamöl zu verwandeln, das den letzten Schmutz der Lügen aus Jeschuas Seele fortspülte und damit auch die Furcht vor seinen Folterknechten. Es verstrichen keine zwei Minuten, bis er plötzlich tief einatmete, so als habe ihm jemand lange den Hals zugedrückt und endlich losgelassen.

Überraschung zeichnete sich auf seinem Gesicht ab. Verdutzt sah er zuerst Sarah an, dann die anderen, die wiederum ihn erwartungsvoll musterten.

»Ich habe meine Familie gesehen«, sagte er in fast akzentfreiem Englisch.

Anny zog ihre Rechte aus dem Nest zurück, das seine Hände für sie gebaut hatten. »Familie?« Ihre Stimme bebte. »Du meinst Frau und Kinder …?«

Er blickte sie aus großen Augen an, so als sehe er ihr Gesicht zum ersten Mal bei Licht. Rasch griff er wieder nach ihrer Hand. »Ich habe keine Frau, Anny. Und auch keine Kinder. Aber viele Verwandte.«

Sie seufzte erleichtert auf. »Wer bist du wirklich?«

Ein Zittern durchlief seinen Körper, als bereite ihm die Wahrheit eisige Schauer. »Noel ben Jehoschua Cohn«, antwortete er leise. »Ich bin Historiker. Aus Israel.«

»Jehoschua?«, murmelte sie. »Klingt das nur zufällig so ähnlich wie Jeschua?«

»Nein. Es ist die Langform des Namens. Und ich bin wie mein berühmter Namensvetter in Nazareth aufgewachsen.«

Hester räusperte sich, um die Aufmerksamkeit auf sich zu lenken. Unwillkürlich wählte auch er die vertraulichere Anrede. »Kannst du dich erinnern, was mit dir geschehen ist? Wie bist du in die Duiske Abbey gekommen, die Kirche, in der mein Vater dich fand? Und wer hat dir die Wunden an Händen und Füßen zugefügt?«

»Ein Mann, angeblich ein Mönch, der sich Francis nannte. Er sprach mit slawischem Akzent. Ich musste mit ansehen, wie dieses Ungeheuer meinen Großvater ermordete. Danach hat er mich entführt und erpresst. Entweder ich arbeite mit ihm zusammen, drohte er, oder er bringe auch den Rest meiner Familie um.«

»Und dann hat er aus dir einen zweiten Messias gemacht?«

Noel nickte. »Durch Hypnose hat er mich, wie er es nannte, *umprogrammiert*. Er löschte meine wahre Identität aus und pflanzte mir die neue ein. Zuvor wurde ich von ihm monatelang in einem Keller auf die Rolle des Jesus von Nazareth vorbereitet. Das nötige Grundwissen brachte ich aufgrund meiner Forschungsarbeit schon mit. Mir war klar, dass dieser Mann irgendeine Schurkerei ausheckte, worauf ich mich tatsächlich einließ, habe ich aber nicht geahnt. Er arbeitet mit verschiedenen Komplizen zusammen. Und dann …« Ihm versagte die Stimme und ein neuerlicher Schauer schüttelte seinen Körper.

»Dann haben sich die Chirurgen deiner angenommen?«, riet Hester.

»Ja«, hauchte Noel mit starrem Blick. Sein Gesicht war kalkweiß. Anny tupfte ihm den kalten Schweiß von der Stirn. Sich an die durchlittenen Torturen zu erinnern, schien ihm physische Qualen zu bereiten. Doch er wollte sich offenbar der Wahrheit stellen. Mit zusammengekniffenen Augen erzählte er, wie man ihm eine Niere entfernt und ihn später stigmatisiert hatte. Dazu wäre er sogar noch bereit gewesen, um seine Familie zu beschützen, aber die Morde … Er schüttelte niedergeschlagen den Kopf. »Ich habe nie einen skrupelloseren Menschen getroffen als diesen Francis.«

»Manchmal gibt es ja so etwas wie eine gewisse Nähe zwischen einem Entführer und seinem Opfer …«

Noel sah zu Hester auf. »Sie meinen das Stockholm-Syndrom?«

– 353 –

»Ja. Hat er Ihnen gegenüber je etwas Privates über sich erzählt?«

»Er sagte nur, er sei ein ehemaliger Franziskaner, der mit der katholischen Kirche im Allgemeinen und mit einem ganz bestimmten Kleriker im Besonderen noch eine Rechnung zu begleichen habe. Dazu sei die Maskerade nötig.«

Hester nickte verstehend. Er glaubte zu wissen, um wen es sich bei dem Franziskaner handelte.

Noel deutete auf die Soutane seines Gegenübers. »Sind Sie der Geistliche, gegen den Francis solchen Groll hegt?«

»Ich fürchte ja. Er ist ein international gesuchter Verbrecher. Ich habe ihn einmal auffliegen lassen, wodurch ihm nicht nur eine millionenschwere Beute durch die Lappen ging, sondern auch sein Bruder ums Leben kam. Offenbar ist er ein Anhänger der alttestamentlichen Blutrache.«

Noel schüttelte den Kopf. »Leben für Leben galt nur bei Mördern, deren Schuld durch zwei oder drei Zeugen bewiesen war. Francis' Bluttaten haben damit nicht das Geringste zu tun.«

»Er scheint das anders zu sehen. Francis muss einen enormen, sehr kostspieligen technischen Aufwand betrieben haben. Du erwähntest Komplizen. Hast du je etwas von einem vermögenden Hintermann gehört? Oder ist der Franziskaner womöglich gar nicht der Kopf hinter der mörderischen Posse, in der du die Hauptrolle gespielt hast?«

»Davon weiß ich nichts.«

»Sprach er je von Eunan Begg? Ich frage danach, weil Pater O'Bannon und der Bischof sich seit ihrer Novizenzeit kannten und der Pfarrer, wie ich erfuhr, bis zu seinem Tod davon träumte, aus Graiguenamanagh einen Wallfahrtsort von Weltgeltung zu machen. Der Bischof könnte diese Vision seines alten Freundes teilen.«

Noel schüttelte den Kopf. »Wie gesagt, in seine Pläne hat Francis mich nicht eingeweiht.«

Hester sah seine Freunde an. »Zumindest wissen wir jetzt mit an Sicherheit grenzender Wahrscheinlichkeit, dass dieser Francis eindeutig Ivo Blesić sein muss.«

»Können Sie uns auf die Sprünge helfen?«, bat Sarah.

»Er ist ein gefallener Engel, ein ehemaliger Franziskaner, der von Interpol wegen Diebstahls und Fälschung von sakralen Gegenständen gesucht wird. Aufgrund seiner klerikalen Vergangenheit nennen die Ermittlungsbehörden ihn meist nur *den Franziskaner*. Daher wohl auch sein Deckname Francis. Er wird mit zahlreichen gefälschten Wundern in Verbindung gebracht. Angefangen hatte alles mit der angeblichen Marienerscheinung in Medjugorje in Bosnien-Herzegowina – der Betrug diente damals noch einem kirchenpolitischen Ziel. Später hat er daraus ein Geschäftsmodell entwickelt. Erst sorgte er dafür, dass die angeblichen Wunder anerkannt wurden und anschließend erpresste er die Gemeinden und Pfarreien nach dem Prinzip: Entweder ich bekomme zwanzig Prozent von euren Wallfahrtseinnahmen, oder ich lasse den Schwindel auffliegen.«

»Wird Zeit, dass wir den Dämon in den Tartarus befördern«, sagte Seamus.

Anny streichelte Noels Hand. »Müsst ihr immer nur von so düsteren Dingen sprechen? Jeschua … ich wollte sagen, Noel hat endlich seine Identität wiedergefunden. Damit hast du das Wunder von Graig als Fälschung entlarvt, Pa. Der Rest ist Sache von Superintendent Managhan und seinen Kollegen …«

Ein plötzliches Keuchen aus Seamus' Kehle ließ sie verstummen. Alle sahen ihn besorgt an. Er war kreidebleich. Anny sprang auf und kniete sich neben ihn auf den Boden. »Was fehlt dir, Großvater? Hast du Schmerzen?«

Auf seiner anderen Seite ging Krystian Jurek in die Hocke, fasste ihm an die Stirn und fühlte seinen Puls.

»Es muss etwas Furchtbares geschehen sein«, sagte Seamus mit glasigem Blick. Er drehte sich zu Hester um, der rechts neben ihm saß. »Du solltest an dein Telefon gehen.«

»An mein…?« Das Handy in Hesters Tasche klingelte. Er schrak heftig zusammen. Es läutete zum zweiten Mal. *Fiona?*, schoss es ihm durch den Kopf. Rasch griff er in die Brusttasche, holte das Telefon heraus und meldete sich.

»Sie haben etwas, das mir gehört«, sagte eine volltönende Stimme mit slawischem Akzent, eindeutig dieselbe, die auf Kevins Sprachrekorder gespeichert war.

Hester wusste sofort, von wem Francis sprach. Aber wie hatte er so schnell von Noels Flucht erfahren? Etwa durch den Anruf bei Managhan? Hatte der Franziskaner eines ihrer Mobiltelefone angezapft? »Ich habe keine Ahnung, wovon Sie sprechen.«

»Jesus von Nazareth«, kam die prompte Antwort. »Oder meinetwegen nennen Sie ihn Jeschua. Sie haben ihn entführt. Geben Sie ihn mir zurück.«

»Ihr Spiel ist aus, also vergessen Sie das am besten. Im Übrigen ist er nicht ihr Eigentum, Francis. Oder soll ich lieber Ivo Blesić zu Ihnen sagen?«

»Ivo ist mir lieber. Das weckt heimatliche Gefühle in mir. Und was Jeschua betrifft – er ist sehr wohl mein Eigentum. *Ich habe ihn erschaffen. Er ist mein Werk.*«

»Sie halten sich wohl für Gott. Jeschua fühlt sich im Augenblick sehr wohl dort, wo er gerade ist. Am besten, Sie stellen sich den Behörden. Dann bekommen Sie vielleicht nur fünfmal lebenslänglich.«

»Na gut«, sagte der Franziskaner. »Wenn Sie mir mein Eigentum vorenthalten, dann kriegen Sie auch Fiona nicht wieder.«

Hester gefror gleichsam das Blut in den Adern. Also waren seine dunklen Ahnungen doch nicht unbegründet gewesen. »Sie bluffen«, sagte er, doch es war nur ein halbherziger Konter. Er spürte, dass Francis den Trumpf tatsächlich im Ärmel hatte. Und nun spielte er ihn auch aus.

Unvermittelt drang Fionas Stimme aus dem Handylautsprecher. Sie schrie, offenbar vor Schmerzen, und dann wimmerte sie: »Bitte, Hester, der Mönch ist zu allem entschlossen ...«

Er hörte, wie ihr der Hörer aus der Hand gerissen wurde, und Francis' sonore Stimme meldete sich wieder. »Ihre Herzensdame ist eine ziemlich gute Menschenkennerin, Bruder Hester. Ich würde tatsächlich nicht zögern, eine ganze Kirche über ihr zum Einsturz zu bringen. Immerhin ist sie ja eine Hure, und wie mit solchen zu verfahren ist, erklärt das Alte Testament ganz deutlich: Sie muss von ihrem Volk abgeschnitten werden.«

»Wagen Sie es ja nicht, Sie kranker Bastard, ihr auch nur ein Haar zu krümmen, oder ich breche Ihnen jeden Knochen im Leib«, fauchte Hester.

Der Franziskaner lachte. »Dazu müssten Sie mich erst mal in die Finger kriegen. Was ist nun? Bekomme ich mein Eigentum zurück?«

Hesters Blick wanderte zu Noel, der Hand in Hand mit Anny auf dem Zweiersofa saß. Beide sahen ihn fragend an. »Was genau haben Sie sich vorgestellt, Ivo?«

»Das klingt doch schon viel vernünftiger. Passen Sie auf. Wir machen einen Austausch. Mir ist zu Ohren gekommen, dass Jeschua morgen an einer Prozession in Graiguenamanagh teilnehmen soll. Ich will nur, dass Sie seinen Auftritt nicht verhindern. Wenn er in der Duiske Abbey vor den Augen der Menschen redet, dann bekommen Sie Ihr Täubchen zurück.«

Hester schluckte. In seinem Kopf rotierten die Gedanken-rädchen. Mit einem Mal kam die surrende Maschinerie zum Stillstand, und er sprach ins Mikrofon – nur ein einziges Wort.

»Einverstanden.«

Nach der Zusammenfassung des Telefonats durch Hester hatte sich die allgemeine Sorge von Seamus auf Anny verlagert. Sie war in Tränen aufgelöst. Jeschua hatte seinen Arm um sie gelegt und sprach ihr beruhigend zu. Die anderen drei Män-ner im Raum sagten gelegentlich auch etwas, tätschelten ihr die Schulter oder das Bein oder streichelten ihr Haar. Sarah d'Albis dagegen hatte sich wieder an den Flügel gesetzt und begann erneut zu spielen.

Im ersten Moment fand Hester ihre Art, auf die schreck-liche Nachricht der Entführung von Annys Mutter zu reagie-ren, unpassend, fast zynisch. Bei dem Gedanken, dass Fiona hilflos diesem Wahnsinnigen ausgeliefert war, hätte er selbst am liebsten laut geschrien. Schnell aber merkte er, dass die Pianistin genau die richtige Medizin für die gereizten Ner-ven – auch für die seinen – gefunden hatte. Sarahs Klänge flossen so sanft wie ein Bach in der Frühlingssonne und all-mählich wurden Vater und Tochter ruhiger.

»Trotzdem verstehe ich nicht, warum du ihm Noel so ein-fach ausliefern willst«, schluchzte Anny, als es ihr etwas besser ging.

»Das ist nicht meine Absicht«, erklärte Hester, »und schon gar nicht gegen den Willen unseres Freundes. Aber Francis weiß nicht, dass sein ›Geschöpf‹ ihm entglitten ist, dass Noel seine Erinnerungen zurückgewonnen hat. Ich kenne die Denk-weise des Franziskaners von früher. Er ist gerissen und rück-sichtslos, aber auch er macht Fehler. Wie sonst ist es zu erklä-

– 358 –

ren, dass er Kevin wieder laufen und ihn sogar seine Stimme aufzeichnen ließ, obwohl er ihn doch gleich in seinem Haus hätte töten können?«

»Wahrscheinlich hält er sich tatsächlich für so eine Art göttlichen Vollstrecker«, sagte Anny.

Seamus wiegte den Kopf hin und her. »Ich glaube eher, er hatte eine sehr genaue Vorstellung, wie der arme Junge sterben sollte. Dazu war sein Haus nicht geeignet. Und die Leiche später in die Abbey zu bringen, wäre zu riskant gewesen, so bevölkert wie die Straßen von Graig derzeit mit Schaulustigen sind.«

»Und woher wusste er, dass Kevin noch einmal in die Duiske gehen würde?«, wandte Hester ein.

»Du bist bei Fiona gewesen, nicht wahr?«

Hester erschauerte. »Du meinst … er wusste davon? Denkst du, Fionas Haus ist verwanzt?«

»Vielleicht wird es auch von jemand beobachtet. Noel hat Komplizen erwähnt.«

Hester erinnerte sich voller Unbehagen an das Klicken des Steins, das er auf der Barrow-Brücke gehört hatte, ohne den Verursacher des Geräuschs gesehen zu haben. Hatte Ivo Blesić über jeden seiner Schritte Bescheid gewusst?

»Sollten Sie nicht besser die Polizei benachrichtigen, Hester?«, fragte Sarah. Sie saß inzwischen ganz zwanglos zu Annys Füßen auf dem Teppich.

Er nickte. »Ohne Superintendent Managhan geht es nicht. Wir können diesen gerissenen Killer nur austricksen, wenn wir alle an einem Strang ziehen. Er kennt keine Gnade. Ein weiterer Mord geht ihm so leicht von der Hand wie ein Kreuz zu schlagen. Fiona hat nur eine Chance zu überleben, solange sie für ihn einen Wert besitzt.« Er sah Noel direkt in die Augen. »Ich muss dich um etwas bitten, mein Freund.«

»Das habe ich mir schon fast gedacht.«

»Wir sollten zum Schein auf die Bedingung des Franziskaners eingehen …«

»*Was?*«, entfuhr es Anny. »Du willst ihn zu dieser Prozession schicken? Vor ein paar Minuten hast du noch gesagt, Jeschuas … nein, Noels Leben sei in Gefahr. Ich lasse nicht zu, dass du ihn als Köder benutzt, um …«

»Anny«, schnitt Noel ihr sanft das Wort ab. »Bitte lasse deinen Vater erst einmal ausreden.«

»Danke«, sagte Hester. »Ich will es gar nicht beschönigen, Noel. Ja, ich möchte, dass du den Köder für uns spielst. Nur so können wir Blesić und seine eventuellen Hintermänner ein für alle Mal dingfest machen. Du musst dich zum Schein zunächst wieder von der Polizei einfangen lassen und deine Rolle wie bisher weiterspielen. Wenn dir das Angebot gemacht wird, an dieser Prozession teilzunehmen, nimm an. Ich spreche mit Superintendent Managhan und wir werden alles Menschenmögliche tun, um dich zu beschützen.«

Anny schlang ihre Arme um Noels Hals. »Nein. Das kann er nicht von dir verlangen.«

»Und was geschieht mit deiner Mutter, wenn ich nicht auf den Plan deines Vaters eingehe?«

Sie senkte den Blick und fing wieder an zu weinen.

Er legte seine Hand unter ihr Kinn und hob es sanft empor. »Anny, solange dieser Franziskaner frei herumläuft, ist das Leben meiner Familie ebenso in Gefahr wie das der deinen. Ich muss an dieser Prozession teilnehmen. Selbst wenn ich dabei sterben sollte.«

Anny legte ihre Wange auf seine Schulter und schluchzte abermals. Doch sie hatte ihren Widerstand aufgegeben.

Hester winkte Sarah d'Albis und ihrem Mann hinterher, während der Jaguar vom Hof rollte. Sie hatten ihm zum Abschied viel Glück gewünscht. Das konnte er auch gebrauchen. Er zog das Handy aus der Tasche und rief den Privatanschluss des Bischofs von Kildare und Leighlin an.

»Begg?«

»Hier Hester McAteer. James, ich gebe auf.«

»Das Ultimatum läuft sowieso in ein paar Minuten ab. Sie sind jetzt frustriert, habe ich recht?«

»Ja. Der Tod von Bruder Kevin und Pater O'Bannon hat in mir etwas zerbrechen lassen. Ich kann und ich will nicht mehr so weitermachen wie bisher. Mein innerer Kompass sagt mir, das Wunder von Graiguenamanagh ist ein Schwindel, aber mir fehlen die hieb- und stichfesten Beweise.«

»Ich weiß nicht, ob Sie das irgendwie tröstet, Hester, aber für mich ist diese Entwicklung abzusehen gewesen. Deshalb habe ich für einen Plan B gesorgt, um Schaden von der Kirche und von meiner Person abzuwenden. Die Vorbereitungen sind bereits getroffen worden. Ich gebe jetzt grünes Licht, damit er anlaufen kann.«

27.

Graiguenamanagh, County Kilkenny, Irland,
14. April 2009, 16.30 Uhr Ortszeit

Graiguenamanagh lief regelrecht über vor Menschen. Nie zuvor hatte der Ort einen solchen Besucheransturm erlebt. Obwohl die Medien erst seit den frühen Morgenstunden von dem kurzfristig angesetzten Gottesdienst berichteten, waren im Laufe des Tages wohl an die einhunderttausend Gläubige und Schaulustige in das Städtchen am Barrow geströmt.

Der Diözesanbischof von Kildare und Leighlin persönlich wollte um fünf Uhr nachmittags die Messe zelebrieren, als Versprechen vor Gott, die Duiske Abbey so schnell wie nur möglich zur Wallfahrtskirche zu weihen. Auch des verstorbenen Gemeindepfarrers Joseph O'Bannon sollte gedacht werden. Der eigentliche Auslöser für den Massenauflauf war jedoch eine weitere Ankündigung: Der vom Kreuz Gestiegene würde sprechen. Das Volk erwartete nichts Geringeres als eine zweite Bergpredigt.

Er hatte auch den Anlass für die Prozession gegeben. Das Vorrücken – so die eigentliche Bedeutung des lateinischen *processio* – galt nicht wie gewohnt der Überführung einer vertrockneten Reliquie oder eines Heiligenbildes, toter Gegenstände also, die zur Fortbewegung von ihren Verehrern getragen werden mussten, sondern dem zu Fleisch gewordenen, quicklebendigen Messias. Da nahm man gerne in Kauf, dass dieser noch auf einen Rollstuhl angewiesen war.

Jeschua alias Noel ben Jehoschua Cohn hatte sich in der vergangenen Nacht auf einer Polizeiwache in Kilkenny zurückgemeldet. Er habe nur etwas frische Luft und Ruhe gebraucht, erklärte er in Hebräisch. Das Eingesperrtsein im Krankenhaus hätte ihn sonst umgebracht.

Bei Hester war es die Sorge um Fiona, die an seinen Nerven zerrte. Wo mochte sie in diesem Augenblick sein? Was hatte Ivo Blesić ihr angetan? Und welche Rolle hatte er ihr in seinem perfiden Plan zugedacht? Sollte sie ein weiteres Opfer in seiner Inszenierung vom Jüngsten Gericht sein, die »Hure«, die der Vollstrecker des Himmels von den Reihen ihres Volkes abschneiden würde? Allein der Gedanke daran machte Hester halb wahnsinnig. Hoffentlich waren die Scharfschützen und Zivilbeamten der Polizei auf der Hut, um den Franziskaner zu stoppen, ehe weitere Menschen zu Schaden kamen.

Der Prozessionszug sollte von Tinnahinch aus über den Barrow hinweg zur Duiske Abbey ziehen. Daher warteten der Jesus-Darsteller, sein Entdecker Seamus Whelan mit Hirtenstab, Monsignore Hester McAteer und dessen Tochter Anny Sullivan nun am Südufer des Flusses auf das Eintreffen von Eunan Begg. Die Prozession sollte eigentlich um halb fünf beginnen, doch der Bischof hatte sich verspätet. Unter den versammelten Honoratioren befanden sich mehrere hohe kirchliche Würdenträger, darunter auch der Erzbischof von Dublin, sowie Robert Brannock. Obwohl das Gros der Pilger in der angekündigten Predigt des wiedergekommenen Heilands durchaus ein freudiges Ereignis sahen, trug der BMC-Chef einen – augenscheinlich maßgeschneiderten – schwarzen Anzug mit schwarzer Krawatte.

Sein TV-Kanal hatte entlang der Strecke eilig Gerüste errichtet, auf denen Kameras standen. Das Event sollte im Fernsehen live übertragen werden. Die Rechte dafür hatte er rund um den Globus verkauft und minütlich kamen weitere Sender hinzu. Zur medialen Grundversorgung der angereisten Pilger waren überdies rund um den Ort mehrere Großbildleinwände aufgebaut worden, eine auch direkt vor der Duiske Abbey und eine weitere an der Lower Main Street Ecke Turfmarket. Durch das Public Viewing sollten einerseits Ausschreitungen enttäuschter Pilger vermieden und andererseits der allgemeine Happeningcharakter betont werden. Ginge es nach der Brannock Media Corporation, würde das Event, obwohl an Größe damit nicht zu vergleichen, als Woodstock der katholischen Welt in die Geschichte eingehen.

Zur Sicherung des Großereignisses waren von nah und fern etliche Hundertschaften Polizei herbeigekarrt worden. Sie sollten im Zusammenwirken mit den freiwilligen Helfern aus der Pfarrei einen geordneten Ablauf garantieren. Auch Superintendent Managhan befand sich am »Kopf der Schlange«, wie Seamus etwas despektierlich den feierlichen Zug nannte.

Endlich rollte die Karosse des Kirchenfürsten vor. Die schwarze Limousine kam durch die Main Street von Tinnahinch. Hier hatte die Polizei für den Bischof eigens eine Gasse gebildet. Die Menschen jubelten und winkten, hauptsächlich, weil das Warten nun ein Ende hatte.

»Pünktlichkeit war noch nie seine Stärke«, brummte Seamus an die Adresse seines neben ihm stehenden Sohnes gewandt.

Hester nickte mechanisch, doch mit den Gedanken war er ganz woanders. Wie ging es Fiona? Was hatte Ivo Blesić vor?

Wegen der Verspätung kam der Daimler besonders zügig herangerollt. Kurz vor der Brücke geschah dann das Uner-

– 364 –

wartete. Ein kleines Mädchen mit Blumenstrauß duckte sich unter der Polizeikette hindurch und lief auf die Straße. Der Chauffeur des Bischofs trat sofort auf die Bremse, doch zu spät. Das Kind wurde von dem Wagen erfasst und mehrere Meter weit auf die Straße geschleudert, direkt vor den Kopf der Schlange. Verkrümmt blieb es dort liegen. Ganz reglos.

Entsetzte Schreie gingen durch die Menge. Die Menschen reagierten nicht nur bestürzt, es gab auch viele Gaffer, die ihre Hälse reckten und nach vorne drängten, um wenigstens ein bisschen Blut zu sehen. War die Kleine tot? Hester konnte sich vor Schreck kaum rühren.

Eine Frau wurde durchgelassen. Die Mutter des Mädchens. Sie warf sich über ihre Tochter und wehklagte.

Der hintere Schlag der bischöflichen Limousine flog auf, eine Wolke blauen Dunsts quoll aus dem Wagen und Bischof Begg erschien. Sein rundes Gesicht war erbleicht. Er wirkte zutiefst betroffen. Weil er für den feierlichen Einzug in die Kirche gekleidet war, trug er ein prachtvolles Messgewand, die Pektorale – ein goldenes, kostbar ziseliertes Brustkreuz – sowie die Pontifikalschuhe und -handschuhe. Zweifellos war ihm bewusst, dass in diesem tragischen Moment und vor so vielen Fernsehkameras Sacktuch und Asche weit angebrachter gewesen wären. Wenigstens durch Taten wollte er Demut zeigen und bemühte sich eilig zu der weinenden Mutter, um ihr seelischen Beistand zu leisten.

Ungefähr gleichzeitig mit ihm traf Dr. Hurley bei dem Mädchen ein. Um sie herum wurde es still. Der Arzt untersuchte es nur kurz. Offenbar lag der Fall für ihn klar. Er schüttelte bedauernd den Kopf.

»Sag nichts, Dermot!«, rief plötzlich Seamus mit gebieterischer Stimme. Gestützt auf seinen Hirtenstab trat der Moses von Graiguenamanagh vor das Mädchen hin.

Die Zuschauer quittierten diese Wendung mit einem Raunen.

»Da kannst selbst du nichts mehr tun, alter Freund. Ihr Genick ist gebrochen«, sagt Dr. Hurley.

Die Hoffnungslosigkeit der Mutter brach sich Bahn in einem klagenden Aufschrei. Sie warf sich wieder über ihr Kind.

Seamus ließ sich, weiterhin an den Hirtenstab geklammert, umständlich neben ihr auf die Knie sinken und sagte sanft: »Weine nicht, Tulla. Vielleicht schläft deine kleine Marilyn nur.«

Gemurmel ging durch die umstehende Menge.

Die Frau blickte verwirrt von der Toten auf.

»Seamus Whelan, was soll denn das?«, ergriff Begg verärgert das Wort. »Die Lage ist so schon trostlos genug. Machen Sie der Frau keine Hoffnung, wenn am Ende doch nur eine noch schlimmere Enttäuschung steht.«

»Sie halten sich da raus, James«, sagte Seamus ruhig und trotzdem mit einer Autorität, die man ihm kaum zugetraut hätte.

Der Bischof klappte mit erboster Miene den Mund zu.

Dadurch konnte endlich die Mutter des Kindes ihrer Überraschung Ausdruck verleihen. »Sie kennen unsere Namen? Wir sind doch gar nicht von hier.«

Ihre Worte wurden im Umkreis flüsternd wiederholt; wie die Wellen eines ins Wasser geworfenen Steins breiteten sie sich in konzentrischen Kreisen immer weiter aus.

Er legte seine Hand auf die ihre und lächelte aufmunternd. »Darf ich mir deine Tochter ansehen?«

»Sie haben doch gehört, was der Doktor sagt. Mein kleines Mädchen ist ...« Sie brachte das schreckliche Wort nicht über die Lippen.

– 366 –

»Hab Vertrauen«, sagte Seamus nur. Hester, der daneben stand, staunte über die Kraft in der Stimme seines Vaters.

Marilyns Mutter rückte ein kleines Stück von dem Kind weg.

»Seid bitte still«, sagte Seamus zu den Umstehenden. Alle Gespräche erstarben.

Seamus legt seine Hand in den Nacken des Mädchens und beugte sich über es. Einige der Umstehenden wisperten, er weine, andere sagten, er bete, selbst Hester hörte ein oder zwei Schritte dahinter nur noch Gemurmel.

Plötzlich schlug das Mädchen die Augen auf.

»Sie lebt!«, rief jemand aus der Nähe.

Ringsum brach Jubel aus. Die Zuschauer waren entzückt über das Wunder, selbst wenn die eingeschränkten Sichtverhältnisse eine präzise Beurteilung der genaueren Umstände nicht erlaubten.

Seamus und Tulla halfen dem Mädchen auf die Beine. Die Kleine war etwas verwirrt, weil die Menschen ihr und dem alten Mann an ihrer Seite applaudierten und nicht dem Bischof.

Begg stand das Missfallen über den Verlust der öffentlichen Bewunderung zugunsten des Rebellen Seamus Whelan ins Gesicht geschrieben. Hester konnte förmlich sehen, wie der Kirchenfürst erst seine Miene ordnen musste, bevor er der Mutter hinreichend pastoral zum zweiten Leben ihrer Tochter gratulieren konnte.

Danach tat er etwas Überraschendes. Er lief zu Noel, ergriff dessen Handgelenk, nötigte ihn aus dem Rollstuhl aufzustehen, riss seinen Arm in die Höhe und verkündete brüllend: »Der Heiland hat sie auferweckt!«

Diese offenkundige Fehlinterpretation der tatsächlichen Ereignisse breitete sich noch schneller aus als die Wahrheit. Die

– 367 –

Gründe dafür waren sicher vielschichtig. Zum einen schrie Begg einfach sehr laut und konnte seine Botschaft dadurch schneller verbreiten als es das Mund-zu-Ohr-Geraune vermochte. Und zum anderen erschien es den Menschen auch viel plausibler, dass der Moses von Graiguenamanagh sich zugunsten des Sohnes Gottes zurücknahm, um fortan ihm das Heilen zu überlassen.

Tulla und Marilyn jedenfalls waren einfach nur glücklich. Sie bedankten sich bei ihrem wahren Retter. Als sie in der begeisterten Menge verschwanden, stieß Seamus seinem Sohn in die Seite und zwinkerte ihm zu. »Jetzt brauchst du nur noch zwei Wunder in hoffnungsloser Lage zu vollbringen.«

Hester konnte darauf nichts erwidern. In ihm schwirrten die unterschiedlichsten Gefühle und Gedanken durcheinander. Er war gerade Zeuge eines *echten* Wunders geworden! Oder hatte Dr. Hurley sich geirrt? Dann wieder diese Andeutung seines Vaters, was den Familienfluch betraf. Und über allem lag lastend wie ein tonnenschwerer Felsen die Sorge um Fiona.

Eunan Begg focht solch Ungemach nicht an. Er hätte sich keinen besseren Auftakt für seine Prozession wünschen können. Eilig wurden aus seiner Limousine die übrigen Pontifikalien herbeigeholt. Ein Helfer setzte ihm die hohe Mitra auf den Kopf und drückte ihm den glänzenden Bischofsstab in die Hand, dann kam der Zug mit fast fünfzehnminütiger Verspätung endlich in Bewegung.

Vorneweg liefen die Ministranten mit Rauchfass, Kreuz und Leuchtern. Sie bildeten gewissermaßen die Eskorte für den Bischof. Dicht dahinter folgte Jeschua, von Hester im Rollstuhl geschoben und flankiert von Anny und dem Moses von Graig – dessen schlichter Stecken einen interessanten Kontrast zu dem goldenen Prunkstab des vorausschreitenden Bischofs bot. Hierauf kamen die anderen Geistlichen sowie die führenden Vertreter der Gesellschaft, angeführt von Robert Brannock. Den Körper des sich durch die Straßen von Graiguenamanagh schlängelnden Lindwurmes bildete die Heerschar von Gläubigen und Gaffern.

Am Flussufer versorgte ein Berichterstatter des Brannock Channels von seinem Aussichtspunkt aus die Zuschauer an den Bildschirmen mit Hintergrund- und Randinformationen. Während unter ihm der Schlangenkopf vorüberzog, sprach er mit wichtiger Miene und in gedämpftem Ton in die Kamera.

»Der außerordentliche Bittgang gilt dem Segen des Herrn im Himmel für die Absicht des Bischofs von Kildare und Leighlin, die Duiske Abbey zur Wallfahrtskirche zu ernennen. In seiner Predigt anlässlich der heutigen Messe wird er uns dieses Vorhaben offiziell bekannt geben. Das Bistum wird – dank großzügiger Spenden der Brannock Media Corporation – in Graiguenamanagh die nötige Infrastruktur zur Bewältigung der zu erwartenden Pilgerströme schaffen. Das ehrgeizige Ziel von Bischof Begg ist es, Graiguenamanagh zum irischen Lourdes zu machen. Auf unsere Nachfrage hat das Oberhaupt der hoch verschuldeten Diözese jegliche kommerzielle Erwägungen auf das Schärfste zurückgewiesen.«

Während man in Tinnahinch aufgrund des neuen Wunders einfach nur hingerissen war, mischten sich am anderen Ufer des Barrow auch vereinzelte Buhrufe unter den Jubel.

»Einige wollen unserem Jeschua offenbar nicht verzeihen, dass er ihren geistlichen Führern mit der feurigen Gehenna droht«, bemerkte Seamus von der linken Seite des Rollstuhls und Anny antwortete von rechts: »Hoffentlich bleibt es bei den verbalen Unmutsäußerungen.«

»Geschichte wiederholt sich«, sagte Noel, der Historiker, zwischen zusammengebissenen Zähnen hindurch. »Beim letz-

– 369 –

ten Jeschua begann es auch mit Palmzweigen und Hosiannas und endete mit einer Exekution.«

Sie legte ihm besorgt die Hand auf die Schulter. Ehe sie noch etwas sagen konnte, gesellte sich Superintendent Managhan zu der Gruppe.

»Wie geht es Ihnen, Hester?«, fragte er, nachdem er Seamus, Anny und den Mann im Rollstuhl begrüßt hatte. Die beiden Ermittler hatten sich bei der Einsatzplanung am Mittag gegenseitig auf die Anrede per Vornamen geeinigt.

»Schrecklich«, brummte der Gefragte. »Ich kann vor Sorge um Fiona keinen klaren Gedanken fassen.«

»Das müssen Sie aber, mein Freund. Laut Interpolakte ist der Franziskaner ein extrem gefährlicher und zugleich hochintelligenter Mann mit einem pathologischen Hang zur Selbstinszenierung. Da braucht man einen kühlen Kopf.«

»Ich krieg das schon hin, Thomas. Haben Sie etwas Neues für mich?«

»Ja, eine gute Nachricht. Ich konnte Bischof Begg nach unserem letzten Meeting überreden, nur geladene Gäste in die Kirche zu lassen. Die meisten sind höchst ehrenwerte Leute. Wir ...«

Hester schnaubte verächtlich. »Das dürfte nicht schwer gewesen sein. James genießt es, im Rampenlicht zu stehen. Je erlesener das Publikum, desto besser für ihn.«

»Wir haben eine Liste mit allen Namen bekommen«, setzte Managhan den Bericht ungerührt fort. »Nur wer draufsteht und sich ausweisen kann, kommt in die Kirche. Außerdem werden alle an der Pforte mit Metalldetektoren und Spürhunden kontrolliert.«

»Schon irgendeine Spur von Fiona oder Blesić?«

»Leider nein. Das hätte ich Ihnen doch als Erstes gesagt, Hester. Heute Nachmittag bekam ich einen Zwischenbericht der Kollegen, die sich nach dem Baugerüst in der Abbey erkundigt haben. Pater O'Bannon hatte tatsächlich eins bestellt und eine Firma aus der Gegend hat es auch auf- und vier Tage später wieder abgebaut. Aber jetzt wird es ominös. Anscheinend hat niemand irgendwelche Arbeiten auf diesem Gerüst ausgeführt. Wir konnten jedenfalls bisher keinen Handwerksbetrieb ausfindig machen und die Diözese weiß angeblich auch nichts von Renovierungsmaßnahmen.«

»Jede Wette, dass da ein Team des Franziskaners zugange war.«

»Sehe ich genauso. Der Bischof hätte uns erlauben müssen, die Kirche genauer zu untersuchen.«

»Denken Sie, Blesić hat für heute noch irgendeine Überraschung in die Abbey eingebaut?«

»Ich hoffe nicht. Er dürfte nämlich über Waffentechnik verfügen, gegen die unsere Ausrüstung sich nur wie Wasserpistolen ausnimmt.«

»Wie meinen Sie das?«

»Es ist die zweite Sache, die ich Ihnen noch sagen wollte. Die Kollegen vom G-2 – dem irischen Militärgeheimdienst – haben etwas ziemlich Besorgniserregendes herausgefunden. Ein Waffenschieber, der vom Dienst schon lange observiert wird, hat hoch brisantes Gerät ins Land geschafft. Sie wissen, was im Militärjargon eine Drohne ist?«

»Ein unbemanntes Fluggerät?«

»Richtig. So ein Ding wurde unter dem Decknamen *Fallen Angel* angefordert und zwar direkt hier aus Irland. Es wird ferngesteuert und kann sich wie ein Hubschrauber bewegen. Offenbar haben die Entwickler es zusätzlich mit einem Tarnsystem ausgestattet, das künstliche Wolken produzieren und sich für Radarsysteme so gut wie unsichtbar machen kann.«

»*Fallen Angel?*«, murmelte Hester. »Der gefallene Engel?«

Unwillkürlich musste er an seine eigenen, in der letzten Nacht über Ivo Blesić geäußerten Worte denken. »Der Franziskaner ist ganz schön dreist, seine Hosen so weit herunterzulassen.«

Managhan nickte. »Aber es kommt noch besser. Die USA haben in den 1990er-Jahren ein streng geheimes Projekt namens *Nautilus* initiiert – inzwischen ist einiges davon durchgesickert, sonst könnte ich es Ihnen nicht erzählen. Jetzt raten Sie mal, worum es dabei ging.«

»Um Lasertechnik?«

»Sie sind ein schlauer Hund, Hester, so ist es. Genau genommen um einen taktischen Hochenergie-Laser, ein THEL. Das System wurde bei TRW Automotive entwickelt. Bei Tests hat es nicht nur Katjuscha-Raketen im Anflug zerstört, sondern sogar heranzischende Mörsergranaten abschießen können. Mit anderen Worten, es arbeitet sehr präzise. Aber dann wurde das Projekt nach zehn Jahren angeblich eingestellt; aus Kostengründen, hieß es damals.«

»Ihrem Grinsen entnehme ich, dass die weitergemacht haben.«

Managhan nickte. »Das System war zu schwer. Northrop Grumman hat die kleine Waffenschmiede geschluckt und seine ganze Power auf die Verkleinerung konzentriert. Und nun ist es mobil geworden.«

»So klein, dass es von dieser Drohne transportiert werden könnte?«

»Mein Kontakt beim G-2 behauptet, ja. Fatalerweise wurde einer dieser Prototypen vor einem Jahr aus einem Labor der Directed Energy Systems-Abteilung von Northrop Grumman geklaut. Können Sie sich denken, was unser Waffenhändler noch auf seinem Lieferschein stehen hatte?«

»Das THEL.«

»Richtig.«

»Wenn wir jetzt noch nachweisen können, dass der Franziskaner oder seine Hintermänner das Lasersystem geordert haben, dann wissen wir, wie Daly und Judge ums Leben gekommen sind. Sie wurden nicht vom Finger Gottes, sondern von einem ferngesteuerten fliegenden Hochenergie-Laser halbiert.«

»Und der Birnbaum dürfte ebenfalls damit in Brand gesteckt worden sein, genauso wie die Pyrotechnik, die bei Noels Erscheinen auf dem Dach der Duiske Abbey abgefackelt wurde.« Der Polizeichef grinste. »Sie haben recht gehabt, mein Freund. Es gibt keine echten Wunder, sondern bestenfalls raffiniert gemachte Fälschungen, die schwer zu entlarven sind.«

Hester nickte geistesabwesend. Er musste an die kleine Marylin mit dem gebrochenen Genick denken.

Managhan legte unvermittelt die Fingerkuppen an sein Headset und lauschte. Durch eine Geste signalisierte er seinem klerikalen Partner, dass er sich wieder um andere Dinge kümmern müsse und löste sich aus dem Prozessionszug.

Hester hatte genug gehört. Allmählich kam der ganze Wunderbetrug ans Licht. Und der Rest würde auch noch entzaubert werden, so etwa die mysteriöse Befreiungsaktion im Hochsicherheitsgefängnis von Portlaoise. Wenn der Franziskaner Noel hypnotisieren konnte, dann besaß er möglicherweise sogar Mittel und Wege, über dreihundert Menschen auf einmal zu manipulieren, vielleicht mit einer durch Drogen unterstützten Form der Massensuggestion.

»So, so, du hältst also immer noch alle Wunder für Schwindeleien«, sagte Seamus hörbar enttäuscht. Zu ihrer Rechten tauchte gerade die Duiske Abbey auf.

»Ich weiß es nicht«, erwiderte Hester gereizt. Ihm war im

– 373 –

Moment viel wichtiger, wie er Fiona aus den Fängen dieses selbst ernannten Racheengels befreien konnte.

Unvermittelt streckte Seamus den Arm aus und eine Elster landete auf seinem Hirtenstab. Er seufzte. »Wenigstens hast du den Glauben an mich noch nicht verloren, Henriette. Ich danke dir, meine Liebe.«

»Bitte schön«, erwiderte sie.

Hester schnaubte. Da hatte er den Beweis! Henriette sagte immer nur das *eine* Wort. Sie war eben doch nur ein gefiedertes Plappermaul, das Eingepauktes nachsprach. Er streckte ihr die Hand entgegen. »Komm mal her, Piepmatz.«

»Sie hat einen Namen«, bemerkte Seamus ernst.

»Würdet Ihr bitte die Freundlichkeit besitzen, *Henriette*?«, formulierte Hester mit todernster Miene neu.

Zu seiner Verwunderung wechselte die Elster auf seine Hand. Eigentlich lag ihm ein abfälliger Kommentar über ihre angebliche Sprachbegabtheit auf der Zunge, aber mit einem Mal musste er wieder an Fiona denken und der Spott war wie weggeblasen. Stattdessen flüsterte er Henriette etwas zu.

Ihr Köpfchen ruckte ein Stück herum, so als wolle sie ihn aus ihren kleinen dunklen Augen eingehend mustern, um sich von der Ernsthaftigkeit seines Ansinnens zu überzeugen. Gleich darauf erhob sie sich in die Lüfte und flatterte davon.

»Hast du sie beleidigt?«, fragte Seamus streng.

»Nein. Nur um einen Gefallen gebeten.«

Der Alte schielte seinen Sohn von der Seite her an und sagte schmunzelnd: »Ich glaube, du lernst es doch noch.«

Hester war jeder Form des Humors verlustig gegangen und verzog keine Miene.

Unvermittelt flog ein Pflasterstein direkt auf Noel zu, landete glücklicherweise vor ihm auf der Straße und polterte nur gegen die Speichen des Rollstuhls. »Gesteinigt gehörst du, so wie du unsere arme Molly gesteinigt hast«, schrie der Werfer noch, ehe ihn Polizisten zum Schweigen brachten.

Bischof Begg drehte sich zu Noel um. Hester hätte nicht sagen können, ob er betroffen oder enttäuscht aussah.

Endlich hatte die Prozession das Gotteshaus erreicht und geriet unversehens ins Stocken. Die Polizisten am Eingang wollten die Ministranten und den Bischof nicht einlassen. Unruhe entstand.

Managhan stieß noch einmal kurz zu Hester. »Wir haben alles abgesucht. Keine Spur von Ivo Blesić. Vielleicht hat der Franziskaner kalte Füße bekommen.«

»Nein«, erwidert Hester. »Er ist hier. Lassen Sie uns die Kirche noch einmal durchsuchen. Ihre Männer sollen so lange sämtliche Ausgänge bewachen, damit er uns nicht entwischen kann.«

»Dazu ist es zu spät. Sehen Sie sich nur mal das verknitterte Gesicht von Bischof Begg an. Wir müssen die Abbey freigeben, sonst machen mir einige sehr wichtige Männer die Hölle heiß.«

Hester blieb hartnäckig. »Nur Sie und ich, Thomas. Fangen Sie hier oben an. Ich gehe von hinten durch die alte Prozessionstür und das Baptisterium hinein.«

»Also gut. Zehn Minuten«, lenkte Managhan zähneknirschend ein. »Haben Sie eine Waffe?«

»Eine Pistole, meinen Sie? So ein Ding fasse ich nicht an. Ich verlasse mich lieber auf meine Fäuste.«

»Sie bringen mich noch um den Verstand, Hester!«

»Dann sollten wir uns lieber auf die Suche machen, solange Sie noch alle Sinne beieinander haben. Wir bleiben über Handy in Kontakt.« Hester entfernte sich in Richtung Friedhofspforte. Als er an Bischof Begg vorbeikam, war dessen

Miene so finster wie die Wolken, die gerade alles Blau vom Himmel wischten.

»Was hecken Sie jetzt wieder aus, Hester?«

»Nur ein kurzer Sicherheitscheck, James. Wir wollen ja nicht, dass Ihnen und den anderen Exzellenzen etwas zustößt.«

Bevor der Bischof seinem Missfallen Ausdruck verleihen konnte, war Hester schon im Gedränge verschwunden. Mithilfe der Zweitschlüssel von Pater O'Bannon verschaffte er sich Zugang zum Friedhof. Während der Polizeichef die Kirche bereits durch den nördlichen Haupteingang betrat und sie von dort aus durchsuchte, umrundete Hester den östlichen Chor, den Südflügel des Gotteshauses und ein halb zerfallenes Gemäuer – die von Pater O'Bannon erwähnten Reste des ursprünglichen Seitenschiffes, die aber eher einem rundum abgeschlossenen Anbau glichen, allerdings ohne Dach. Dahinter stieg er über eine steinerne Treppe auf das Niveau des Taufhauses hinab und öffnete die Prozessionstür. Er rechnete nicht wirklich damit, Ivo Blesić in dem kleinen Baptisterium zu begegnen, wenn die Polizei das Gebäude vorher durchkämmt hatte. Es ging ihm lediglich darum, dem Franziskaner, so er denn in der Kirche herumschlich, diesen Fluchtweg abzuschneiden.

Im Raum herrschte ein bleiernes Halbdunkel, weil aus dem düsteren Himmel nur wenig Licht durch das kleine Deckenfenster fiel. Außer dem Taufbecken und dem Sarkophag mit dem Ritter von Duiske war das Baptisterium leer.

Er lief zu der roten Treppe, die zum Südflügel hinaufführte. Aus einem inneren Impuls heraus blieb er jedoch plötzlich stehen, griff in die Hosentasche, holte seinen kleinen Kompass heraus und betrachtete die zitternde Nadel. *Quo vadis?*, fragte er sich einmal mehr im Stillen. Wohin gehst du? Er lief zu der Behelfstür zurück und starrte sie missmutig an. Innerlich wankte er. Sollte er …? »Ach was!«, gab er sich einen Ruck, öffnete die beiden Riegel, ließ das Provisorium aufschwingen und führte den Kompass an den Betonblöcken entlang. In der Nähe der Türangel veränderte die Nadel minimal ihre Ausrichtung.

»Du spinnst«, sagte er zu sich selbst. »Es ist nur das Eisen.« Vielleicht waren die Blöcke auch mit Krampen verbunden oder im Mauerwerk verankert. Aber würden die einen Kompass ablenken können? Er schüttelte den Kopf. »Das bedeutet gar nichts.«

Trotzdem drückte er gegen einige der grauen Blöcke, sie bewegten sich nicht. Er klopfte dagegen, sie klangen nicht hohl. Ärgerlich über seine eigene Überspanntheit ließ er die Tür mit Schwung zufallen und verriegelte sie wieder.

Dann jedoch kam sein inneres Gleichgewicht erneut ins Wanken. Hatte er nicht in den letzten Tagen schon mehrmals so ein seltsames Magengrummeln verspürt und diese Ahnungen im Nachhinein bestätigt gefunden? Mit einem Kopfschütteln, das dem eigenen offenbar grundlosen Unbehagen galt, ließ er den Blick durchs Halbdunkel des kleinen Raumes schweifen. Das Baptisterium war nur ungefähr vier Schritte lang und nicht ganz so breit. Was sollte man darin verstecken?

Als er abermals den Ritter von Duiske betrachtete, wurde das Bauchgefühl wieder stärker. Er ging zum Sarkophag.

Im Gegensatz zur Figur obenauf war er von neuzeitlicher Machart, ein schlichter Steinkasten ohne jede Verzierung. Möglicherweise handelte es sich auch nur um einen Sockel, damit die kostbare Figur nicht auf dem nackten Boden liegen musste. Die obere Abdeckplatte war allerdings nicht aus einem Stück. Zu Füßen des Ritters befand sich etwa dreißig Zentimeter vom Rand entfernt eine quer verlaufende Nahtstelle. *Also doch ein zweiteiliger Deckel?*, frage sich Hester. Er ließ probehalber seinen Kompass an der oberen Längskante des Quaders entlangwandern, und als er das Fußende erreichte, schlug die Nadel heftig aus.

»Was haben wir denn da?«, flüsterte er. Irgendetwas *wirklich* Magnetisches musste sich in dem Kasten befinden, so etwas wie ein Elektromotor …

Plötzlich bewegte sich der steinerne Recke. Hester taumelte vor Schreck zurück. Der Ritter von Duiske war natürlich nicht lebendig geworden, sondern die Platte, auf der er lag, hatte sich in Bewegung gesetzt. Mit leisem Schaben glitt sie über das Kopfende des Sarkophags hinweg und samt der Figur auf die Wand zu. War dieser Kasten etwa in Wirklichkeit der Zugang zu einem Tunnel oder zu sonstigen unterirdischen Räumlichkeiten? Wenn ja, dann dürfte ihm gleich jemand entsteigen, vermutlich der Franziskaner …

Hester griff reflexhaft in die Jackentasche, doch als er das Handy zwischen den Fingern fühlte, zog er die Hand wieder zurück. Ihm blieb keine Zeit mehr zum Telefonieren. Seine Gedanken sprühten Funken. Sollte er fliehen oder das Überraschungsmoment nutzen und kämpfen? Fionas Bild wehte durch seinen Sinn. Vielleicht hing ihr Überleben von seinem entschlossenen Handeln ab. Er durfte jetzt nicht davonlaufen, durfte nicht wie bei Kevin seine innere Stimme ignorieren.

Rasch positionierte er sich am Fußende, weil sich der Deckel von dieser Stelle wegbewegte. Dann duckte er sich und ballte die Fäuste. Sobald Francis alias Ivo Blesić seinen Kopf herausstreckte, würde er einen rechten Haken kassieren …

»Gehen Sie an die Wand zurück, Bruder Hester«, hallte es plötzlich aus dem Steinsarg. Der slawische Akzent, die volltönende Stimme – es war der Franziskaner. Aber wie konnte er wissen, dass ihm oben jemand auflauerte?

– 378 –

»Nun gehen Sie schon, oder wollen Sie, dass Ihr Täubchen stirbt?«

Hester lief ein Schauer über den Rücken. Langsam zog er sich an die provisorische Tür zurück.

Im Sarkophag erschien eine braune Kapuze. Ivo Blesić besaß tatsächlich die Dreistigkeit, im Habit der Franziskaner hier aufzukreuzen. Verbarg er darunter nur eine andere Verkleidung oder litt er unter Allmachtsphantasien? Nach dem Kopf stiegen auch die Schultern und bald der ganze Mann aus dem Steinsarg auf. Er war ein Hüne, fast einen Meter neunzig groß, und sah anders aus als auf den Fahndungsfotos. Hester erinnerte sich an einen aschblonden Vollbartträger. Dieser Ivo Blesić hatte schwarze Haare und mehrere Schnittwunden von der letzten Rasur in seinem groben Gesicht. Während er langsam neben das steinerne Taufbecken trat, hielt er ein schwarzes Gerät mit einer Stummelantenne hoch. Hester hielt es im ersten Moment für ein Walkie-Talkie. War da am anderen Ende der Funkverbindung ein Komplize, der Fiona mit einer Waffe bedrohte?

»Eine falsche Bewegung und ich aktiviere diesen Sender. Das würde den sicheren Tod Ihrer Herzensdame bedeuten«, sagte der Franziskaner und klärte damit den perfiden Zweck des Gerätes auf.

Hester schloss die Augen. Er hatte sich austricksen lassen wie ein Anfänger. »Wo ist Fiona?«

»Sie steht an einem sehr gefährlichen Ort. Es heißt, dort sei nach tausend Jahren der Teufel nach Irland zurückgekehrt.«

»Und wo soll das sein?«

»Sie enttäuschen mich, Bruder Hester. Ich dachte, Sie sind hier geboren. Kennen Sie die Legenden der ›alten grauen Maus‹ etwa nicht?«

»Mir ist nicht nach Rätselraten zumute, Ivo. Sagen Sie mir einfach, wo Sie Fiona versteckt haben.«

Der Franziskaner lächelte diabolisch. »Ein bisschen müssen Sie sich schon anstrengen, wenn Sie Ihre Herzensdame zurückhaben wollen. Aber eine kleine Hilfestellung will ich Ihnen geben. Sie befindet sich in der Duiske Abbey.«

»Das kann nicht sein. Die Polizei hat die ganze Kirche durchsucht.«

»Das war, *bevor* ich Ihre Liebste durch die Geheimgänge hereingeführt habe. Bruder Joseph war so freundlich und hat mich in die alten Geheimnisse seiner Kirche eingeweiht.«

»Sie sagten, Fiona *stehe* an diesem gefährlichen Ort. Was meinen Sie damit? Haben Sie sie an eine Wand gekettet?«

»O nein! Das war nicht nötig. Ich habe sie hypnotisiert. Sie steht einfach nur da und wartet – auf ihren Befreier oder ihr Ende. Sollte man sie nach ihrem Ableben finden, wird es wie ein himmlisches Gericht an der ›Hure Fiona‹ aussehen.«

Hester spürte, wie der Zorn in ihm hochkochte. Er ballte die Fäuste. »Sie sind ein kranker …«

»Hüten Sie Ihre Zunge, Bruder«, sagte der Franziskaner kalt.

»Ich lasse nicht zu, dass Sie Fiona etwas antun …«

»Das können Sie aber nur verhindern, wenn Sie mir nicht mehr in die Quere kommen. Dann kriegen Sie Ihr Täubchen zurück – quicklebendig, versteht sich.«

Was für ein teuflischer Handel!, dachte Hester. Blesić forderte sein »Eigentum« zurück, wie er Noel zynischerweise nannte, und bot im Tausch dafür Fionas Leben an. Zweifellos war der falsche Jesus derjenige, für den der Franziskaner den roten Teppich vor der Himmelspforte ausgerollt hatte. Dieser Möchtegern-Racheengel wollte den israelischen Historiker töten. Einen solchen Pakt zu schließen, war Hester jedoch

– 380 –

nicht bereit. Dann setzte er lieber alles auf eine Karte, damit der Wahnsinn ein Ende fand.

»Wie haben Sie überhaupt bemerkt, dass ich Sie hier oben erwarte?«, fragte er, um das Gespräch am Laufen zu halten. Er würde sich auf den Franziskaner stürzen, sobald Superintendent Managhan auf der Bildfläche erschien. Wo blieb Thomas nur?

Blesić deutete grinsend nach oben. »Das Deckenfenster. Sie haben sich darin gespiegelt. Ich konnte sogar sehen, wie ...« Sein Blick wandte sich nach oben, weil die Kirchenglocken zu läuten begonnen hatten.

Jetzt oder nie!, dachte Hester, stieß sich von der Wand ab und überbrückte mit zwei Schritten die Distanz zu Blesić. Der reagierte zwar noch, aber um den Einhundertzehn-Kilo-Koloss zu stoppen, war es zu spät. Die beiden prallten wie zwei Kaffernbüffel aufeinander und taumelten gegen die Wand neben dem Prozessionstor. Bei dem Zusammenstoß verselbstständigte sich der Funksender, flog an den Kopf des Ritters von Duiske und klapperte zu Boden.

Im Clinch zu kämpfen war zwar nicht die feine, aber manchmal die einzige Art, um sich gegen einen starken Gegner zu behaupten, erinnerte sich Hester an seine Vergangenheit im Boxring. Er hämmerte seine Faust in Blesićs Niere. Der keuchte zwar vor Schmerzen, doch er war ein Baum von Mann, der sich nicht so leicht fällen ließ. Ehe Hester einen verdeckten Haken anbringen konnte, bekam er selbst einen Kopfstoß und sah nur noch Sterne. *Das war regelwidrig!*, schrie es empört in seinem illuminierten Schädel.

Als ehemals militanter Mönch bevorzugte Blesić offenkundig andere Nahkampftechniken. Mit einem zweiten Hieb in die Magengrube seines Gegners verschaffte er sich Luft. Plötzlich hielt er eine schwarze Pistole in der Hand, trat bis zum

Taufbecken zurück und grinste. »Hatten Sie wirklich gedacht, ich würde unvorbereitet in dieses Unternehmen gehen?«

Hester blickte mit schmerzverzerrtem Gesicht zur Tür. Die Glocken der Duiske Abbey riefen die Gläubigen zum Gebet. Jeden Moment musste oben der Einzug in die Kirche beginnen. Warum suchte niemand nach ihm? Sein angestrengtes Starren zum Ende der Treppe wurde von Blesić als Ablenkungsmanöver interpretiert.

»Auf den Trick falle ich nicht herein«, sagte er und deutete mit der Waffe zu der Behelfstür. »Aufmachen!«

Hester wankte zu dem Provisorium und schob einmal mehr die Sperrriegel zurück. Während er die Tür öffnete, erklang plötzlich ein Knirschen. Die Betonblöcke schoben sich zur Seite. Offenbar hatte der Franziskaner den Mechanismus per Fernbedienung ausgelöst. Hinter der beweglichen Wand kam ein Bretterverschlag mit Wellblechdach zum Vorschein, ungefähr sechs mal vier Meter groß. Er musste innerhalb der Ruine des südlichen Seitenschiffes errichtet worden sein. Darin lagerten allerlei Gegenstände, die eher an die Ausstattung einer Bühnenshow erinnerten.

»Reingehen!«, befahl Blesić.

Hester trat durch die Tür. Sein Blick schweifte über Vierkantrohre, aufgerollte Drähte, armdicke Röhren, seltsam futuristisch anmutende Scheinwerfer, Aluminiumkisten wie man sie zum Verstauen empfindlicher Gerätschaften verwendete, Bergsteigerutensilien, Helme mit Lampen, eine professionelle Standkreissäge, mehrere Leitern, Bretter in derselben dunkelbraunen Farbe wie sie im Dachstuhl der Kirche zu sehen war und vieles mehr.

»Ist das Ihre Wunderwerkstatt?«, brummte Hester. Vielleicht konnte er Blesić noch ein Weilchen hinhalten.

»Und das Lager«, erklärte der Franziskaner nicht ohne

Stolz. Er drückte einen roten Knopf an der Wand, ein Elektromotor fing an zu summen und die in Stahlschienen gelagerte getarnte Tür glitt langsam wieder zu. »Wir mussten nach der Wiederkunft des Heilands schnell aufräumen, und Sie wissen ja selbst, wie wenig Platz dafür in der Kirche ist. Stellen Sie sich neben die Kreissäge.«

Hester schluckte. Was hatte dieser Wahnsinnige vor? Wollte er sein nächstes Opfer etwa in kleine Würfel schneiden? Weiterreden, gemahnte er sich. Einfach immer nur weiterreden. »Wozu der ganze Aufwand, Ivo? Ist es Ihre alte Masche? Wollen Sie Graiguenamanagh zum Wallfahrtsort machen und die Diözese dann nachher damit erpressen, den ganzen Schwindel auffliegen zu lassen?«

Blesić schüttelte den Kopf. »Das hier ist etwas Besonderes. Mein *Meisterwerk*. Ich kann nicht leugnen, dass mich das Wunder von Graiguenamanagh zu einem reichen Mann machen wird, doch mir ging es dabei um Höheres.«

»Ach!«, schnaubte Hester. »Wollen Sie etwa die Menschen zum Glauben an Gottes Sohn zurückführen?«

»Ganz bestimmt nicht. Mich motiviert etwas viel Profaneres.« Ein böses Grinsen streckte seine Lippen.

»Darf man fragen, was?«

»Rache.«

»Hätte ich mir denken können.«

»Wenn Sie glauben, mir geht es nur darum, Sie für Mirkos Tod büßen zu lassen, dann irren Sie sich, Bruder Hester«, widersprach Blesić. Seine Verteidigungsrede troff zunehmend vor Selbstgerechtigkeit. »Ich bin Franziskaner. Wir waren in der Herzegowina lange die einzigen, die das Kreuz Christi hochgehalten haben. Und wie dankt uns Rom dafür? Es erkennt unser Wunder nicht an. Es lässt verlauten, die Muttergottes könne nicht in Medjugorje erschienen sein, wo die Alt

Katholiken so viele Anhänger hätten. Der Allmächtige schlage sich nicht auf die Seite von Rebellen. Aber das ist eine Lüge, eine gottverdammte Schutzbehauptung. Was war denn Jesus? Er hat mit den pharisäerhaften, verkrusteten Strukturen des Judentums gebrochen und das Ursprüngliche, das Wahre zutage gefördert, um daraus etwas Neues zu erschaffen.«

Hester schnaubte. »Ihr Sendungsbewusstsein ist genauso falsch wie Ihre Wunder, Ivo. Sie kämpfen schon lange nicht mehr für eine Idee, sondern nur für sich selbst.«

»Ich sehe darin keinen Widerspruch, auch für das damals erlittene persönliche Leid und die erduldeten Demütigungen Genugtuung zu fordern.« Blesić rückte Hester so dicht auf den Pelz, dass er ihm mit seiner Pistole direkt vor dem Gesicht herumfuchteln konnte. Dabei fixierte er ihn mit seinen hypnotischen wasserblauen Augen und geiferte: »*Ihnen* verdanke ich ein geplatztes Millionengeschäft und ein Leben als Phantom – Interpol hat mich quer über den Globus gejagt ...«

»Dann schießen Sie doch endlich«, fuhr Hester ihm in die Parade. Er stand selbst dicht davor durchzudrehen. »Üben Sie an *mir* Rache und nicht an Fiona. Sie hat mit der Sache nicht das Geringste zu tun.«

»Ich musste auch mit meiner Trauer weiterleben, musste meine gottesfürchtige Seele von ihr zerfressen lassen, bis ich nur noch Ekel empfand, Abscheu gegen die Heuchelei einer Kurie, die ihre Schäfchen der Kirchenräson opfert, sie aus kaltem politischem Kalkül zur Schlachtbank führt. Vor allem aber hasse ich Sie, Hester McAteer, der Sie meinen Bruder Mirko auf dem Gewissen haben. Ich wünschte, Ihnen erginge es genauso wie mir.«

»Jetzt haben Sie sich verraten, Ivo. Sie wollen Fiona gar nicht laufen lassen.«

»Wer weiß? Ich bin ja kein Unmensch. Kommen Sie mir

einfach nicht in die Quere, Bruder Hester. Dann begnüge ich mich vielleicht mit der halben Rache und einer fürstlichen Belohnung für meine Mitwirkung bei dieser wundervollen Inszenierung.« Mit einem hämischen Grinsen auf den Lippen griff Blesić in sein Gewand und förderte ein paar Handschellen zutage. »Ich hatte gehofft, dass wir zwei vor dem großen Finale noch einmal zusammentreffen. Ketten Sie sich an die Säge. Aber bitte schön fest! Nehmen Sie dazu eins der Beine. Sie sind am Boden festgeschraubt.«

Hester blickte ein oder zwei Herzschläge lang in die Mündung der Waffe. Dann tat er, was der Franziskaner von ihm verlangte. Er setzte sich neben das Untergestell der Kreissäge, griff mit dem linken Arm um einen der Stützfüße herum und ließ die zwei Metallringe der Fessel um seine Handgelenke ratschen. Wütend blickte er zum Franziskaner auf und knurrte: »Wollen Sie mir nicht wenigstens den Schlüssel dalassen?«

Ein herablassendes Lächeln umspielte dessen Mund. »Wie schön, dass Sie Ihren Humor noch nicht verloren haben. Ich hatte ja mit unserer Begegnung gerechnet, Bruder Hester, deshalb hält Ihre Herzensdame den Schlüssel zwischen Daumen und Zeigefinger vor sich hin, so wie der Priester die Hostie. Erkennen Sie die Symbolik? Die Freiheit Ihres Täubchens liegt in Ihrer Hand, Hester, ebenso wie die Ihre in Fionas. Ich wollte meiner Inszenierung dadurch etwas von einem klassischen Schauspiel verleihen.«

»Sie sind kein Dramaturg, sondern ein Ungeheuer, Ivo.«

»Das eine schließt das andere ja nicht aus«, sagte Blesić und holte plötzlich mit seiner Waffe aus.

Hester spürte einen harten Schlag an der Schläfe. Dann wurde es dunkel um ihn herum.

– 385 –

28.

Graiguenamanagh, County Kilkenny, Irland,
14. April 2009, 17.20 Uhr Ortszeit

Eunan Begg kochte innerlich. Hätte er dem zögerlichen Polizeichef nicht die Leviten gelesen und ihm vor den versammelten Honoratioren ernsthafte Konsequenzen angedroht, würde
Managhan vermutlich immer noch in der Kirche herumkrau-
chen und nach Hester McAteer suchen. Wahrscheinlich hatte
der Bullterrier den Schwanz eingezogen und sich verdünni-
siert, weil er die Schmach des eigenen Versagens nicht ertragen konnte. Wie auch immer, endlich erklang der Einzugsge-
sang und die Duiske Abbey füllte sich.

Wegen der strengen Sicherheitsvorkehrungen wurden die
Bänke jedoch nur langsam besetzt. Der Organist – er war auch
erst in letzter Minute angehetzt gekommen – sorgte für eine
musikalische Überbrückung der Wartezeit. Als alle Besucher
in der Kirche waren, durfte Begg endlich wieder aktiv werden.
Kniebeuge, Küssen und Beweihräuchern des Altars – mechanisch spulte er das liturgische Programm der Messe ab.

Nach der Eröffnung kam der Wortgottesdienst: erste Lesung
aus dem Alten und zweite aus dem Neuen Testament, Evangelium – der Lektor lief zur Höchstform auf. Begg thronte der-
weil auf dem roten Lederpolster seines Sessels und träumte
von einer Zigarette. Er hatte den »Bischofssitz« samt dem auf-

– 386 –

wendig geschnitzten Überbau eigens aus Carlow herankarren und am Rand des Altarpodestes aufbauen lassen, ungefähr dort, wo Bruder Kevins Leiche gefunden worden war. Mit dem extraordinären Möbelstück hoffte der Kirchenfürst vor allem beim verwöhnten Fernsehpublikum zu punkten, das ja ständig nach neuen optischen Reizen lechzte. An diesem Tag saß er nicht so bequem wie sonst in seinem Thron. Ob es an der so eng geschnürten Korsage lag?

Als auch die Frohe Botschaft verkündet war, erhob sich Begg und trat ans Rednerpult. Viel lieber hätte er von einer hohen Kanzel aus aufs Kirchenvolk herabgesehen, doch eine solche gab es hier nicht. An diesem besonderen Tag wich der Bischof etwas vom üblichen Prozedere ab, verzichtete also auf die Ausdeutung und Vertiefung der zuvor gelesenen Bibelpassagen und baute daraus nur eine Brücke, die ihn zum besonderen Anlass der Feier brachte.

Das Wunder der Wiederkunft Christi.

Im Laufe des Vortrags deutete er mehrmals auf Jeschua und betonte die Wichtigkeit, sich für den Jüngsten Tag innerlich zu reinigen. Nur wer nach dem Willen Gottes lebe, dürfe sich eine reelle Chance ausrechnen, zu den Schafen gezählt zu werden, für die Böcke bliebe nur die ewige Verdammnis.

»Dass Gott in seiner unerforschlichen Gnade ausgerechnet Graiguenamanagh für ein so bedeutendes Wunder ausgesucht hat«, sagte er in getragenem Ton, »erfüllt uns mit großer Demut und Dankbarkeit. Deshalb soll die Duiske Abbey ein Ort der Besinnung, der Begegnung und des Lobpreises unseres Herrn werden, eine Wallfahrtskirche, die noch in tausend Jahren als der heiligste Ort auf Erden betrachtet wird. Doch ehe ich dazu noch mehr ausführe, wird nun jener Mann das Worte ergreifen, der als lebendes Bild Gottes in unserer Mitte weilt: *Jeschua!*«

In der Kirche brach spontaner Jubel aus. Von allen Seiten erschollen Halleluja- und Hosianna-Rufe.

Begg räumte das Pult für den neuen Superstar der Christenheit und setzte sich wieder auf seinen Thron. Er neigte sich zur Seite, reckte den Rücken und verzog das Gesicht. Wenn nur die Korsage nicht so drücken würde! Als er Robert Brannocks anklagenden Blick bemerkte, richtete er sich schnell wieder auf und befleißigte sich einer gefälligen Miene. Er fragte sich, ob den Menschen aufgefallen war, dass er nicht von *Jesus Christus* gesprochen hatte. Er wollte nicht als der Bischof in die Geschichte eingehen, der den zweiten Mord am Sohn Gottes verübt hatte.

Der Schmerz kam mit dem Erwachen. Er zog sich von der linken Schläfe ausgehend spinnennetzartig über den ganzen Schädel und strahlte dann bis in die Schultern hinab. Hester hatte das Gefühl, sein Kopf stecke in einem Schuh, der drei Nummern zu klein war. Stöhnend richtete er sich zu einer sitzenden Position auf und betastete seine Schläfe. Sie war geschwollen, und er spürte die frische Kruste einer blutigen Schramme.

Über sich hörte er dumpf die von Lautsprechern verstärkte Stimme von Eunan James Begg. Mit leichter Verzögerung hallte sie auch von draußen herein, wo die Gläubigen die Messe an der Großbildleinwand mitverfolgten. Die Predigt hatte also schon begonnen. Hester konnte nur vereinzelte, besonders betont gesprochene Worte verstehen.

Er schnitt eine Grimasse. Wenn er den Mund extrem in die Breite zog, war der Schmerz etwas erträglicher. Dadurch konnten ein paar Gedanken in sein Bewusstsein sickern: *Wo ist Fiona?*, war der allererste. Ging es ihr gut? Was hatte Ivo Blesić gemeint, als er ihr Versteck als einen sehr gefährlichen

Ort beschrieb, wo nach tausend Jahren der Teufel nach Irland zurückgekehrt sei?

Unbedachterweise verlor Hester über dem Grübeln die Kontrolle über seine Mundwinkel, sie rutschten aufeinander zu, und der Schmerz explodierte erneut in seinem Kopf. Sofort verzog er wieder das Gesicht und – siehe da! – eine Erinnerung stieg wie ein leuchtender Heißluftballon aus unbewussten Tiefen in seinen umwölkten Sinn.

Die Duiske Abbey war ursprünglich noch größer und beeindruckender gewesen als dieser Tage. Früher überragte den Schnittpunkt des Langhauses und Querschiffes ein achteckiger Turm. Er werde an jenem Tage einstürzen, behauptete eine Prophezeiung, an dem der Teufel durch Graig hindurchziehe. Im Jahre des Herrn 1774 schien diese dunkle Stunde gekommen zu sein. Oben im Turm knabberte eine Gans an Efeublättern. Plötzlich begann der oktagonale Phallus zu bröckeln und zu knirschen. Davon aufgeschreckt, hüpfte die Gans die Stufen hinab. Ein paar Jungen kamen ihr entgegen und machten sofort kehrt. Kaum hatten sie sich in Sicherheit gebracht, brach das Bauwerk zusammen.

Hatte Blesić ihn mit dieser Geschichte nur in die Irre führen wollen? An der Stelle, die früher von dem Achteckturm überragt worden war, gab es nur das Altarpodest. Die Duiske Abbey hatte auch keine Krypta, in der Fiona hätte stehen können. Mit einem Mal stieg ein anderer Erinnerungsballon aus Hesters Gedächtnis auf.

Bei dem epochalen Vater-Sohn-Gespräch am Freitagabend hatte Seamus von seiner Mitwirkung bei Ausgrabungen in der Duiske Abbey gesprochen. Ein Archäologe habe ihm gesagt, unter der Kirche schlummere so manches Geheimnis. *Es soll einige unterirdische Gänge und Kammern da unten geben.*

Hester zerrte wütend an den Handschellen. Das war es!

Fiona stand in einer Kammer unter dem Hochaltar. Ginge es nach diesem Wahnsinnigen, diesem sogenannten Franziskaner, dann sollte ihr Leben *unter* dem Altartisch geopfert werden, anstatt obenauf. Sosehr Hester auch an seinen Fesseln zerrte, fügte er sich doch nur weitere Schmerzen zu, anstatt irgendetwas an seiner hilflosen Lage zu ändern.

Plötzlich vernahm er ein Flattern. Das Geräusch kam von oben. Als er den Blick zum Wellblechdach hob, sah er aus einer der Öffnungen am Mauerabschluss einen Vogel schlüpfen. Kaum hatte das Tier den Engpass durchquert, schwebte es mit ausgebreiteten Schwingen zu Hester herab.

Es war die Elster Henriette.

In ihrem Schnabel hielt sie einen Schlüssel.

Er brauchte eine Weile, bis er realisiert hatte, was da geschehen sein musste, nämlich nicht mehr und nicht weniger als ein Wunder. Wie anders sollte man es nennen, wenn ein sprachbegabter Rabenvogel, der artbedingt die finsteren Wohnverhältnisse von Fledermäusen eher meiden sollte, Fiona unter der Erde ausfindig gemacht und ihr den Schlüssel abgenommen hatte? Sofern es der Schlüssel zu den Handschellen war, mäkelte der alte Wunderskeptiker in Hesters Hinterkopf. Aber das ließe sich ja feststellen.

»Gutes Mädchen«, lobte er die Elster. Er kam sich vor wie sein Vater. Der hatte mit Henriette auch immer wie mit einem Menschen gesprochen. »Du hast Fiona gefunden, nicht wahr? Gib mir bitte den Schlüssel, damit ich die Fesseln öffnen kann.«

Henriette flatterte auf sein Handgelenk und steckte den Schlüssel ins rechte Schloss. Nur herumdrehen konnte sie ihn nicht.

Wieder musste Hester seine Verblüffung erst überwinden, ehe er sich so weit verrenkte, bis er das Schloss aufbekam. Mit dem zweiten ging es dann ganz leicht. Er sah den Vogel an und schüttelte den Kopf. »Sollte ein Tier mich lehren, zum Glauben an die Wunder Gottes zurückzufinden?«

Die Elster legte den Kopf schief, als wolle sie ihren neuen Freund zu einer positiven Antwort animieren.

Hester streckte die Hand aus, um ihr Köpfchen zu streicheln. Erstaunlicherweise ließ sie auch das zu.

Aus der Kirche hallte ein Name besonders laut herab: »*Jeschua!*« Danach ertönte Jubel.

Siedend heiß wurde Hester klar, was dies bedeuten musste. Wahrscheinlich würde jetzt gleich Noel ans Rednerpult treten. Der Bischof hatte in seinem Palast unmissverständlich zu verstehen gegeben, dass er einem Mann, der die Geistlichkeit als Otternbrut beschimpfte, kein Podium bieten wolle. Sollte Eunan Begg also doch etwas mit der Verschwörung zu tun haben, dann wäre jetzt der passende Augenblick, Noel zum Märtyrer zu machen.

Hester kam sich vor, als würde ihn sein innerer Zwiespalt jeden Moment von oben bis unten entzweireißen. Er musste sich entscheiden: entweder den Sarkophag unter dem Ritter von Duiske öffnen und nach Fiona suchen oder in die Kirche laufen und Noel retten.

Er entschied sich für das Letztere, nicht um einen Menschen dem anderen vorzuziehen, sondern weil er Annys Freund momentan in größerer Gefahr wähnte.

Sein Blick kehrte zu Henriette zurück. Vorhin, auf der Straße, hatte er sie gebeten, sie möge seine Liebste ausfindig machen. Ihm wäre nicht ernsthaft in den Sinn gekommen, dass sie ihn beim Wort nehmen würde. Warum sollte nicht, was einmal gelungen war, erneut funktionieren? »Flieg wieder zu Fiona, mein Mädchen«, sagte er. »Du musst sie irgendwie von da wegbringen, wo sie ist. Schnell, Henriette, flieg!«

Als habe sie nur auf eine neue Aufgabe gewartet, flatterte sie zum Dach empor und entschwand nach draußen. Konnte es einem kleinen Vogel wie ihr gelingen, den Bann eines Hypnotiseurs zu brechen? Würde die Elster Fiona zur Flucht bewegen können?

In der Kirche und auf den Straßen von Graiguenamanagh erscholl die Stimme des Mannes, der vor fünf Tagen mit blutenden Wundmalen unter dem Silberkreuz von Captain Casey gefunden worden war.

Hester lief zur getarnten Tür, hämmerte mit der Linken auf den roten Knopf und zog mit der Rechten sein Handy aus der Tasche. Der Elektromotor lief an. Die dünne Betonwand schob sich mit quälender Langsamkeit zur Seite.

»Ich bin's, Hester«, sagte er, als die Verbindung stand – Managhan benutzte wie üblich sein Headset; den Hintergrundgeräuschen nach zu urteilen, befand er sich in der Kirche.

»Wo waren Sie?«, flüsterte der Polizeichef.

Hester sagte es ihm und schloss mit den Worten: »Brechen Sie die Messe sofort ab, Thomas!«

»Das kann ich nicht. Wo immer der Mönch gerade ist, er würde es spitzkriegen und sein Ding sofort durchziehen. Wir haben nur eine Chance, wenn die Scharfschützen ihn ausschalten.«

Hester schloss die Augen. Managhan hatte recht. »Also gut. Dann erklären Sie Ihren Leuten mal, wie ich aussehe, damit sie nicht *mich* aufs Korn nehmen. Ich komme jetzt nämlich nach oben und helfe beim Suchen.«

»Lassen Sie die Verbindung stehen. So bleiben wir miteinander in Kontakt.«

»Ist gut. Man sieht sich.«

Inzwischen war hinter der fahrbaren Betonwand die hölzerne Behelfstür zum Vorschein gekommen. Hester versuchte sie aufzudrücken, aber sie war verschlossen. Er trat einen Schritt zurück und warf sich mit seinen einhundertzehn Kilo Lebendgewicht dagegen. Die Riegel flogen wie Schrapnelle durchs Baptisterium, als die Tür aufsprang. Mit dem Mobiltelefon in der Hand eilte er zur Treppe, über die Stufen nach oben und hinein ins Südschiff.

Er kam neben dem Orgelgehäuse heraus, so ziemlich die einzige Stelle im Gotteshaus, die nicht mit Bänken oder Stühlen zugepflastert war. Aus Gründen er Sicherheit gab es keine Stehplätze, doch die Sitzgelegenheiten waren, soweit Hester dies überblicken konnte, restlos ausgeschöpft.

Noel spielte am Pult noch seine Jeschua-Rolle. Neben ihm stand Seamus mit Hirtenstab und Handmikrofon. Er übersetzte die flammende Rede, die offenbar gerade den Höhepunkt erreichte.

»So setzt ihr durch eure eigene Überlieferung Gottes Wort außer Kraft. Und ähnlich handelt ihr in vielen Fällen«, führte er gerade die im Markusevangelium festgehaltenen Worte des echten Jesus an und wurde auch gleich konkret. »Habe ich euch nicht gelehrt, wer bei euch groß sein will, der soll euer Diener sein, und wer bei euch der Erste sein will, soll der Sklave aller sein? Ihr aber habt eine Trennung zwischen Laien und Priestern herbeigeführt, was ich euch nicht gebot. Petrus, den ihr als euren ersten Papst bezeichnet, war Fischer. Er trug keine kostbaren Gewänder und ließ sich nicht in einer Sänfte herumtragen. Ihr zwingt eure Geistlichen zur Ehelosigkeit, obwohl Paulus, den ich durch ein Wunder ins Apostelamt berief, euch warnte, dass einige vom Glauben abfallen und euch die Heirat verbieten würden ...«

Seamus fand sichtlich Freude am Übersetzen der Rede, die mit seiner tatkräftigen Unterstützung ausgearbeitet worden war. Seinen Sohn hatte er noch nicht bemerkt.

Hester dröhnte der Schädel. Vor Schmerz und ängstlicher Erwartung hatte er kaum seine Beine unter Kontrolle. Er glaubte förmlich zu spüren, wie ihm der Sand der Zeit durch die Finger rann. Während er hektisch jedes Gesicht auf den Bänken prüfte, näherte er sich dem Altarpodest. Einige erwiderten seinen Blick aus argwöhnischen Mienen. Ob sie den Mann in der Soutane für sturzbetrunken hielten, weil eine blutige Beule an seinem Kopf prangte und er mehr wankte als schritt? Er hoffte nur, dass Managhan seine Scharfschützen instruiert hatte.

Als Hester das Harmonium am Ende des Seitenschiffes erreichte, sah er die Ehrengäste in der ersten Reihe: Anny in andächtiger Bewunderung ihrem Schatz lauschend, Robert Brannock mit vergrämter Miene ...

Unvermittelt taumelte eine Erinnerung in Hesters Bewusstsein. Auf Kevins Rekorderaufnahme hatte Ivo Blesić seinem späteren Opfer von der Heimat erzählt: *Ich habe übrigens in der Kirche immer die Orgel spielen dürfen.*

Hesters Hals versteifte sich. Er widerstand der Versuchung, sich sofort umzudrehen. Das wäre zu auffällig. So als wolle er sich im Gesicht kratzen hob er die Hand mit dem darin verborgenen Telefon und flüsterte: »Thomas, können Sie den Organisten sehen?«

»Ja, was ist mit ihm?«

»Ich glaube, es ist der Franziskaner.«

»Der Mann sieht aber ganz anders aus als ...«

»Ist er schwarzhaarig und hat Schnittwunden im Gesicht?«, zischte Hester.

»Ja.«

»Dann ist es Ivo Blesić. Schnappen Sie ihn sich ...«

»Er greift in die Jacke. Ich glaube, er will eine Waffe ...«

Die Verbindung wurde unterbrochen. Wahrscheinlich war

Thomas Managhan auf eine andere Leitung gewechselt, um seine Scharfschützen zu instruieren.

Hester konnte nicht länger an sich halten. Das Telefon weiter ans Ohr drückend, drehte er sich um. Eine Stimme in seinem Schädel schrie: *Der Organist ist Blesić!*

Die Orgelbank stand etwas erhöht; um zu den Manualen hinaufzugelangen, musste man erst drei Stufen überwinden. Daher saß der Franziskaner wie auf dem Präsentierteller, hatte zugleich aber freie Schussbahn, wenn er Jeschua aufs Korn nehmen wollte. Der falsche Mönch hatte seinen braunen Habit ausgezogen und sich einen Schnurrbart angeklebt. Außerdem trug er einen schwarzen Anzug. Ob er dem echten Organisten der Abbey ähnelte oder sich über Vater Joseph als Ersatzmann empfohlen hatte, konnte Hester nur vermuten, doch augenscheinlich zog Blesić tatsächlich etwas unter seinem Sakko hervor, während er sich gleichzeitig von der Orgelbank erhob. Hester erwartete, jeden Moment eine Pistole mit langem Lauf, eine abgesägte Schrotflinte oder eine Maschinenpistole zu erblicken …

Plötzlich hallten zwei Schüsse durch das Gotteshaus.

Der Franziskaner riss die Augen auf und krümmte sich.

Nicht er hatte gefeuert, sondern ein von Managhan instruierter Scharfschütze. Wegen der raschen Aufwärtsbewegung des Ziels, hatten die Kugeln nicht, wie wohl beabsichtigt, Blesićs Kopf getroffen, sondern seinen Hals und die Brust. Der »Fangschuss« blieb dem Polizisten verwehrt, denn vom Gewehrfeuer aufgeschreckt, waren ihm einige der vor dem Franziskaner sitzenden Messbesucher mitten in die Visierlinie gesprungen. Andere warfen sich schreiend auf den Boden.

»Sie sind dem Kerl am nächsten, Hester. Machen Sie ihn unschädlich!«, hallte Managhans Stimme aus dem Handylautsprecher. Erst dadurch wurde Hester bewusst, dass er sich immer noch das Telefon ans Ohr presste. Doch anstatt sich durchs Gewühl zu kämpfen, um den Franziskaner zu entwaffnen, schwappte eine furchtbare Ahnung wie ein dunkle Welle über ihn hinweg. Sie zwang ihn dazu, genau in die andere Richtung zu blicken.

Zum Altar.

Dort sah er den Bischof. Er war von seinem Thron aufgestanden, verschoss böse Blicke auf den Juden am Rednerpult und griff zugleich unter sein Messgewand. Seamus lief um Noel herum, stieß ihn grob zurück und stürzte sich hiernach auf Begg.

»Nein!«, schrie Hester. Nie zuvor war bei ihm das Gefühl einer Vorausahnung so intensiv und so schmerzvoll gewesen wie in diesem Moment. Er wusste, was geschehen würde, konnte es aber nicht verhindern.

Der Bischof explodierte.

Es sah aus, als würde er sich in einen Kugelblitz verwandeln. Die Druckwelle schleuderte Seamus quer über das Altarpodest. Doch sein Körper hatte die größte Wucht der Detonation von Noel ferngehalten. Der, ohnehin schwach auf den Beinen, fiel zwar um, doch er schien unverletzt. Dasselbe traf auf Anny zu. Sie lief sofort zu ihm und warf sich schreiend über ihn.

»Verdammt, Hester, der Franziskaner hat einen Sender oder so was«, hallte Managhans Stimme aus dem Handy. Ein Schuss fiel, offenbar von einer Pistole. Die Leute kreischten vor Angst. Das Keuchen des Polizeichefs im Hörer vermochte die hysterischen Schreie kaum zu übertönen. »Ich habe ihn verfehlt. Bin einfach zu weit weg. Komme nicht schnell genug durch. Tun Sie doch was!«

Hester drehte sich um und kämpfte gegen den Strom panischer Menschen an, die nur daran dachten, von der Orgel wegzukommen. Sosehr er sich wünschte, nach seinem reglos daliegenden Vater zu sehen, sosehr fürchtete er, Blesić würde sich doch nicht mit der halben Rache begnügen.

Dann endlich sah er ihn. Der Attentäter lag rücklings auf den Stufen des Orgelpodestes. Vom Hals an abwärts war er rot vom eigenen Blut. Überhaupt sah er mehr tot als lebendig aus. Trotzdem griff er nach der Fernbedienung, die ihm wohl aus der Hand gerutscht und heruntergefallen war. Gerade berührte er sie mit den zitternden Fingerspitzen.

»Tun Sie das nicht!«, schrie Hester.

Der Franziskaner reckte sich und bekam den Sender zu packen. Sein Gesicht wandte sich dem herbeieilenden Gegner zu. Ein letztes Mal lächelte er auf diese diabolische Weise, die ihn mehr als alles andere wie einen Racheengel aussehen ließ. Doch es war ein gefallener Engel.

»Nein!«, rief Hester abermals.

Wieder hallte ein Pistolenschuss durchs Gotteshaus. Die Kugel traf Ivo Blesić mitten ins Herz.

Mit dem letzten Atemzug drückte er den Knopf.

Eine weitere Explosion erschütterte die Abbey. Oder waren es mehrere Sprengsätze, die gleichzeitig gezündet wurden? Jedenfalls hörte es sich ganz anders an als beim detonierenden Bischof, fast wie ein Erdbeben. Das ganze Gotteshaus erzitterte.

»Weg vom Altar!«, brüllte Hester und tat selbst genau das Gegenteil. Er stürzte zum Podest, packte seinen reglosen, blutüberströmten Vater unter den Achseln und zerrte ihn ins Südschiff. Keinen Moment zu früh.

Krachend sackte der Boden unter dem Altar nach unten.

Doch damit war die Gefahr noch nicht vorüber. Vom Dach her ertönte ein grauenerregendes Ächzen und Knirschen. Unten stoben die verängstigten Leute kreischend auseinander.

– 397 –

Wieder glaubte Hester vorauszuahnen, was gleich geschehen würde und riss die Arme hoch. Im nächsten Augenblick stürzten große Teile der hölzernen Deckenverkleidung ein.

»Genug!«, brüllte er, als könne er allein damit das Schicksal der Menschen unten zum Guten wenden. Und tatsächlich schienen die herabfallenden Trümmer seiner Stimme zu gehorchen. Bretter und Balken wirkten plötzlich so leicht wie trockenes Laub. Anstatt die Messbesucher unter sich zu begraben, taumelten sie hierhin, andere dorthin und landeten schließlich genau da, wo sie niemanden verletzten konnten. Ehe irgendjemand begreifen konnte, ob hier nur ein glücklicher Zufall oder noch ganz andere Kräfte walteten, war der bedrohliche Moment auch schon vorüber.

Hester kniff die Augen zusammen. Er war völlig außer sich. Hatte etwa *er* die Menschen vor dem Trümmerhagel gerettet? Unwillig schob er den beunruhigenden Gedanken beiseite und öffnete wieder die Augen. Als sein Blick auf den reglos daliegenden Vater fiel, übermannten ihn die Gefühle.

»Nein!«, rief er zum dritten Mal, doch nun war es ein Klageruf. Wimmernd drückte er seine Wange ans Gesicht des alten Mannes – es war bei der Explosion bis auf ein paar Kratzer unversehrt geblieben.

»Mein Junge«, hörte er plötzlich die schwache Stimme von Seamus an seinem Ohr. Überrascht hob Hester den Kopf.

»Pa, du lebst!«

Der Alte verzog den Mund zu etwas, das einem Lächeln glich. »Nicht wirklich, Junge. Mit mir ist es aus.«

»Nein, wir flicken dich wieder …«

»Lass gut sein«, unterbrach Seamus seinen Sohn mit rasselnder Stimme. »Ich glaube … ich habe gerade mein letztes Wunder vollbracht. Ich konnte spüren, was geschehen wird. Natürlich wirst du mir das nicht glauben … «

»Doch, Pa. Ich habe es in den letzten Tagen selbst mehrmals erlebt. Immer wieder. Sogar eben, als die Decke einstürzte und …« Er schüttelte zerknirscht den Kopf. »Ich habe mich immer dagegen gesträubt und konnte doch nicht verhindern, was ich kommen sah. Durch meine Sturheit ist Fiona …«

»Du machst Fortschritte«, fiel Seamus ihm ins Wort und schaffte diesmal ein etwas überzeugenderes Lächeln. Doch es war ihm anzusehen, wie viel Kraft ihn dies kostete. Seine Stimme wurde schwächer. »Wenn Noel … wenn er gestorben wäre, hätte Anny alle Hoffnung verloren. Ich denke das … Wunder gilt. Nummer … Nummer neunundneunzig müsste das gewesen sein. Bald … ist die Blutschuld unseres Ahnen Aidan für immer gesühnt. *Hester!*« Seamus riss plötzlich die Augen auf. Es sah aus, als würde sein Körper sich unter einem Stromstoß aufbäumen.

»Ja, Pa. Ich bin hier«, antwortete der Gerufene mit tränenüberströmtem Gesicht. Eine Hand legte sich von hinten auf seine Schulter. Als er sich kurz umblickte, sah er Anny – auch sie weinte – und daneben Noel.

Seamus schloss die Augen. Doch nicht zum Sterben. Er sammelte Kraft für das, was er seinem Sohn unbedingt noch sagen wollte. Dann sah er ihm wieder ins Gesicht. »Hör endlich auf, meine Fehler zu wiederholen, Hester. Halte die große Liebe deines Lebens fest und lass sie nie mehr los.«

»Aber Fiona ist …«

»Nein, ist sie nicht!«, flüsterte der Alte. »Du musst genauer auf deinen inneren Kompass achten.« Seamus sank zur Seite.

»Pa!«, klagte Hester und legte seine Wange erneut an die seines Vaters.

Mit einem Mal hörte er ein Flüstern. Es war nur ein einziges Wort.

»*Eins!*«

Der Moses von Graiguenamanagh sackte in sich zusammen, so als habe er, eben noch prall gefüllt mit Leben, all seinen Odem freiwillig an den Sohn weitergegeben.

Seamus Whelan war tot.

Einige Sekunden lang drückte Hester den leblosen Vater an sich und ließ seinen Tränen freien Lauf. Anny kniete sich neben ihn und legte ihren Arm um seine Schulter. Noel wiederum tröstete sie, indem er ihren Rücken streichelte.

Mit einem Mal begann sich Hesters Verstand aus dem Treibsand der Trauer herauszuwühlen und ihm fiel wieder die trotzige Erwiderung des Alten ein. Fiona ist nicht tot? *Du musst genauer auf deinen inneren Kompass achten.*

Ein flatterndes Geräusch drang an Hesters Ohr. Es war Henriette. Sie setzte sich auf Seamus' Schulter, so als wolle sie gemeinsam mit den anderen um ihren alten Freund trauern.

Fiona lebt!

Der Gedanke brach sich viel intensiver Bahn als die Ahnungen zuvor. Es war keine vage Vermutung. Sondern Gewissheit.

Hester ließ seinen Vater sanft zu Boden sinken, streichelte Annys Wange und erhob sich. Managhan stand hinter ihm, in der Hand seine Dienstwaffe.

»Tut mir leid, Hester. Ihr alter Herr hat wahrscheinlich vielen das Leben gerettet. Auf jeden Fall Noel.«

Hester nickte nur und lief zum ausgefransten Rand des Loches, das ziemlich genau den Umriss des ehemaligen Altarpodestes beschrieb. Er blickte kurz in das staubige Dunkel, dann wieder zu Managhan. »Ich brauche eine Taschenlampe und eine Leiter oder irgendetwas, mit dem ich da runterkomme.«

29.

Graiguenamanagh, County Kilkenny, Irland,
14. April 2009, 18.18 Uhr Ortszeit

Die Leiter war eilig aus der Wunderwerkstatt des Franziskaners herbeigeschafft worden, und die Taschenlampe hatte ein Polizist beigesteuert. Auf Bitten ihres neuen Freundes hin flog Henriette ohne Zögern in das dunkle, geheime Reich der Duiske Abbey. Hester kauerte oben und lauschte angestrengt. Sein Blick war auf das staubumwölkte Loch gerichtet. Neben ihm standen Anny und Managhan. Noel saß wieder im Rollstuhl.

Zwischenzeitlich hatten die Ordnungskräfte das Gotteshaus weitgehend geräumt. Die Sanitäter versorgten im nördlichen Seitenschiff und in den Notarztwagen gerade die Leichtverletzten, darunter auch Robert Brannock, dem ein Knochensplitter seines alten Weggefährten Eunan Begg in der rechten Hand steckte. Unter den Menschen in Graiguenamanagh und weltweit an den Fernsehbildschirmen herrschte große Betroffenheit. Wie kam ein leibhaftiger Bischof der katholischen Kirche dazu, sein Leben mit einem Sprengstoffgürtel zu beenden?

Hester glaubte es zu wissen. Ein Mann, der sogar das Wachpersonal und die Insassen einer ganzen Strafanstalt zu manipulieren vermochte, konnte auch einem Mann wie Begg seinen Willen aufzwingen und ihn zu einer wandelnden Bombe machen. Ivo Blesić hatte offenbar an alles gedacht, denn Begg dürfte so ziemlich der Einzige gewesen sein, der nicht von den Spürhunden der Polizei beschnüffelt und vom Metalldetektor abgetastet worden war.

Unvermittelt tauchte Henriette wieder auf.

Hester deutete in den hinteren linken Abschnitt des Loches. »Der Vogel ist von da gekommen. Schnell, her mit der Leiter!«

Managhan verdrehte die Augen. »Wir haben Leute, die für so etwas ausgebildet sind, Hester. Jetzt seien Sie doch vernünftig und lassen Sie uns das machen.«

»Ich war lange genug vernünftig, Thomas. Was Fiona jetzt braucht, das ist ein Wunder.« Hester richtete sich auf und schickte sich an, seine Soutane auszuziehen – darunter trug er einfache schwarze Hosen und ein weißes Hemd.

Zwei Feuerwehrleute ließen die Leiter über den Rand des Loches in die Tiefe gleiten. Nach ungefähr vier Metern traf sie auf festen Grund.

»Entweder Sie brechen sich den Hals oder werden verschüttet«, unkte Managhan. Als wisse er genau, dass er sowieso nur in den Wind redete, beauftragte er zwei seiner Beamten, in der Wunderwerkstatt hinter dem Baptisterium nach Seilen zu suchen. »Damit dieser verdammte Dickkopf wenigstens nicht ganz ungesichert in die Hölle hinabsteigt.«

Anny legte ihre Hände auf Hesters Arm. »Pa, er hat recht. Sei nicht so stur und überlass den Experten die Arbeit. Wenn Mom tatsächlich da unten ist, dann werden die Feuerwehrmänner sie finden.«

Er sah sie mit schmerzerfüllter Miene an. »Wer ist hier der Wundermacher, Schätzchen? Dein Großvater hat mir ein Vermächtnis hinterlassen. Sein letztes Wort war *Eins*!«

Ihre Augenbrauen zogen sich fragend zusammen.

»Ein letztes Mal müssen die Nachfahren des Mönches Aidan noch in trostloser Lage Hoffnung geben. Das ist jetzt *meine* Aufgabe, Anny. Ich *muss* da runtersteigen.«

»Und ich gehe mit ihm«, sagte mit einem Mal Noel.

Managhan stöhnte.

Anny schüttelte den Kopf. »Nein! Es reicht wirklich, wenn einer in meiner Familie verrückt ist.«

»Ich habe durch Francis meinen Großvater verloren, Anny. Was Hester gerade durchmacht, kann niemand so gut nach-empfinden wie ich.«

»Aber du kannst ja kaum laufen.«

Er verzog das Gesicht. »Da unten werde ich wohl eher krie-chen müssen.«

Die von Managhan ausgesandten Polizisten kamen mit einer ganzen Bergsteigerausrüstung einschließlich Helmen zurück. Hester und Noel setzten sich den Kopfschutz auf und bekamen die Geschirre umgeschnallt, die zuvor wahrschein-lich vom Franziskaner oder seinen Komplizen benutzt wor-den waren, um im Dachstuhl der Duiske Abbey herumzu-klettern. Offenkundig hatten sie dort oben aus dem in der Werkstatt gelagerten Holz eine Verblendung angebracht, um ihre Special-Effects-Technik zu verbergen. Die Explosion hatte den größten Teil der instabilen Konstruktion herabstür-zen lassen und damit die Magie des Racheengels entzaubert.

Als die Klettergeschirre an den Seilen hingen, stieg zuerst Hester über die Leiter in das Loch hinab. Der Lichtkegel sei-ner Helmlampe beleuchtete ein Trümmerfeld. Deutlich er-kannte er unter Balken und Brettern verschiedene weitere, bunt durcheinandergewürfelte Schichten: den Bodenzement der letzten Restaurierungskampagne, Fliesen aus dem 13. Jahr-hundert und bearbeiteten Fels. Offenbar hatte Blesić sein

Opfer in eine Kammer verschleppt, die sich schon seit ewigen Zeiten an dieser Stelle befand.

Noel erreichte mit schmerzverzerrtem Gesicht das Ende der Leiter.

»Geht's?«, erkundigte sich Hester besorgt.

Der Gefragte nickte. »Aus welcher Ecke ist die Elster gekommen?«

Hester stieß einen Pfiff aus und Henriette kam von oben herbeigeflattert. Sie landete auf seiner ausgestreckten Hand. »Ich brauche noch einmal deine Hilfe, mein Mädchen. Wo ist Fiona?«, sagte er im typischen Tonfall Erwachsener, die zu einem kleinen Kind sprechen.

Henriette flog zu einer wenige Schritte entfernten Stelle, an der nur ein Geröllhaufen zu sehen war. Sie schlüpfte durch ein kleines Loch und war verschwunden.

»Dahinter muss ein Hohlraum sein«, sagte Hester aufgeregt und lief zu dem Trümmerberg. Wie ein lebender Bulldozer schob er mit bloßen Händen Steinbrocken zur Seite. Bald war das Loch groß genug, um mit der Helmlampe hindurchzuleuchten.

»Ich kann sie sehen!«, rief Hester aufgeregt.

Fiona lag reglos auf dem Felsboden, teilweise von Steinen bedeckt. Ihr Oberkörper war frei, das Gesicht schräg nach oben gerichtet. Sie hatte die Augen geschlossen. So als schliefe sie nur.

Hesters Herz begann zu rasen. Immer ungestümer räumte er die Steine zur Seite. Er klemmte sich die Finger ein, stieß sich die Knöchel an, riss sich die Haut auf, aber das störte ihn alles nicht. Wütend schleuderte er alles hinter sich, was ihm im Wege lag. Noel hatte Mühe, nicht von den umherfliegenden Brocken getroffen zu werden. Dann endlich war die Öffnung groß genug, um sich hindurchzuzwängen. Mit dem

Kopf voran machte Hester den Anfang. Noel kroch – so wie er es Anny prophezeit hatte – hinterher.

Der Hohlraum hinter der Barriere war so flach, dass man nur geduckt darin stehen konnte. Hester kniete sich neben die Verschüttete und räumte mit behutsamer Eile die Felsen von ihrem Körper. Noel ließ sich auf der anderen Seite nieder und half ihm dabei. Im Licht der Helmlampen machten sie eine beunruhigende Entdeckung. Fionas Haar war oben am Scheitel voller Blut. Neben ihrem Kopf lag ein Brocken, so groß wie Hesters Faust. Es sah aus, als sei sie gesteinigt worden. Die zynischen Worte des Franziskaners hallten in seinem Kopf. *Sollte man sie nach ihrem Ableben finden, wird es wie ein himmlisches Gericht an der Hure Fiona aussehen.*

»Ist sie am Leben?«, fragte Noel. Er wollte die Untersuchung der Verletzten offenbar dem Mann überlassen, der mehr als jeder andere um sie bangte.

Hester nahm Fionas Handgelenk. Er kniff die Augen zusammen, damit ihm nicht das kleinste Pochen ihrer Schlagader entging. »Ich kann keinen Puls fühlen«, sagte er mit bebender Stimme. Verzweifelt legte er sein Ohr an ihre Brust und lauschte angestrengt. Ihr Herz hatte aufgehört zu schlagen.

»Sie ist tot«, schluchzte er. »Ich bin wieder zu spät gekommen.«

Noel ergriff Fionas Hand, schloss die Augen und begann zu beten; nur seine Lippen bewegten sich.

Hester brach in Tränen aus und richtete den Blick nach oben. »Das ist nicht gerecht, Gott. *Ich* bin es, der deinen Zorn verdient. *Ich* habe mich blenden lassen, wollte mich in meinem verletzten Stolz an meinem Vater rächen, habe deshalb sogar dieser Frau, die ich mehr als jeden anderen Menschen liebe, so schrecklich wehgetan. Nimm *mein* Leben, Vater im

Himmel, aber nicht das ihre. Lass bitte nicht zu, dass der Böse über dich triumphiert ...« Hierauf versiegten seine Worte, Hester sackte kraftlos in sich zusammen und seine Seele drohte in bitterer Trauer zu versinken.

Doch dann, ganz unerwartet, blitzte in seinem Sinn ein Hoffnungsschimmer auf. Wie lautete noch das im letzten Atemzug ausgehauchte Vermächtnis seines Vaters?

Eins!

Er beugt sich wieder über die leblose Gestalt seiner Liebsten und schickte ein Stoßgebet zum Himmel: *Himmlischer Vater, wenn du meinen Ahnen Aidan und seine Nachkommen zu Werkzeugen der Heilung und des Trostes gemacht hast, dann bitte lass mich dieses Vermächtnis erfüllen. Nur noch ein letztes Mal gib bitte die Kraft, in trostloser Lage Hoffnung zu spenden. Dann nimm den Fluch von unserer Familie.*

Hesters Stirn sank auf Fionas Brust. Er war erschöpft. Es kam ihm so vor, als sei mit den Worten des Gebets auch alle Kraft aus ihm herausgeflossen. Vielleicht hatte er das letzte der einhundert Wunder ja schon vollbracht, als die Kirchendecke einstürzte und die Menschen darunter zu erschlagen drohte ...

Plötzlich fühlte er etwas. Nicht in der betäubten Seele, sondern an der Stirn.

Es war Fionas Herz, das schlug.

Sein Kopf fuhr nach oben.

Noel öffnete die Augen und sah ihn fragend an.

»Sie lebt!«, hauchte Hester.

Nun schlug auch Fiona die Augen auf. Blinzelnd blickte sie in die blendenden Lichter der Helmlampen.

»Fiona, mein Liebling!«, schluchzte Hester vor überschäumendem Glück. Während er ihr Gesicht mit Küssen bedeckte, schrie Noel die gute Nachricht heraus, und wie in einem

Wechselgesang der Freude hallten wiederum aus der Kirche Begeisterungsrufe zu ihnen herab.

Wenig später entstand Unruhe an der Steinbarriere. Weitere Helfer waren in das Loch hinabgestiegen und räumten die Trümmer aus dem Weg. Als sie eine Trage in den Hohlraum hineinschaffen wollten, lehnte Fiona ab. Ihr gehe es gut, sagte sie.

Tatsächlich hatte sich die Platzwunde an ihrem Kopf auf wundersame Weise verschlossen und auch die von den herabfallenden Steinen erlittenen Prellungen schienen wie weggeblasen. Aus eigener Kraft kletterte sie in die Kirche empor. Oben wurde sie von Anny empfangen und in die Arme geschlossen.

Noel erzählte unterdessen Thomas Managhan, wie sie Fiona aus der Unterwelt der Duiske Abbey ins Licht des Lebens zurückgebracht hatten.

»Sie war gar nicht tot«, sagte der Superintendent.

»Und wenn doch?«

»Dann wäre es das größte aller Wunder. Fragt sich nur, wer es gewirkt hat. War es der alte Seamus mit seinem letzten Atemzug? Oder der ungläubige Hester? Oder waren Sie es, Jeschua von Nazareth? Ich fühle mich irgendwie wohler, wenn ich mir darüber nicht den Kopf zerbrechen muss.«

Noel lächelte verständnisvoll. »Als Wissenschaftler ging es mir lange genauso. Wer Wunder nicht wahrhaben *will*, wird immer eine ›vernünftige‹ Erklärung finden und sie anzweifeln. Das ist ja das Wesen des Glaubens: Man muss sich auf ihn einlassen.«

30.

Graiguenamanagh, County Kilkenny, Irland,
14. April 2009, 19.05 Uhr Ortszeit

Hester und Fiona verließen eng umschlungen die Duiske Abbey. Dicht hinter ihnen schob Anny den Rollstuhl mit Noel heraus. Die Menschen hinter der Polizeiabsperrung, die das dramatische Geschehen der letzten Stunden zum großen Teil live auf den Großbildleinwänden hatten mitverfolgen können, brachen in spontanen Beifall aus. Hester wollte das dankbare Lächeln, das in einer solchen Situation wohl angemessen gewesen wäre, nicht recht gelingen. Zu groß war die Trauer um seinen Vater.

In der Duiske Abbey wurden die Leichname von Seamus und Ivo Blesić gerade auf Tragen gelegt. Die sterblichen Überreste des toten Bischofs waren im Großen und Ganzen bereits abtransportiert worden. Vor dem Gotteshaus befanden sich noch einige der Honoratioren. Der Schock stand allen ins Gesicht geschrieben. Die Ehrengäste schickten sich gerade an, den Schauplatz des Schreckens zu verlassen. Niemand würde diese Messe je vergessen.

Robert Brannock stand zwischen den Grabsteinen, die außerhalb des Friedhofs an der Nordfront aus dem Kies ragten und gab ein Interview für seinen eigenen Sender. Die verbundene Hand hielt er angewinkelt nach oben, damit sie mit

– 408 –

ins Bild kam. Seine Miene wirkte versteinert, während er seine Betroffenheit in wohlgesetzte Worte fasste.

Managhan gesellte sich zu Hester, Fiona, Anny und Noel. Er drückte ihnen noch einmal förmlich sein Mitgefühl aus. Einem hartgesottenen Polizisten wie ihm fiel das nicht leicht, aber es gelang ihm recht gut. Augenscheinlich ging auch ihm der tragische Tod des wunderlichen Alten sehr nahe.

»Ich hätte Bischof Begg niemals zugetraut, dass er sich mit einem Sprengstoffgürtel in die Luft jagt«, richtete der Polizeichef danach das Wort direkt an Hester.

»Er dürfte kaum realisiert haben, was er da unter dem Messgewand trug. Und wenn, dann hat es ihn nicht weiter beunruhigt. Dafür wird Ivo Blesić schon gesorgt haben.«

»Sie meinen, durch Hypnose?«

Hester nickte.

Managhan schüttelte mürrisch den Kopf. »Ich *hasse* solche Fälle. Bringen Sie das mal einem Staatsanwalt oder Richter bei. Die erklären Sie für verrückt.«

»Das schaffen Sie schon, Thomas. Sie sind ein guter Polizist. Im Übrigen bin ich überzeugt, dass Eunan Begg in dieser Geschichte auch keine ganz makellose Weste hat. Er wird Robert Brannock nicht von ungefähr die Exklusivrechte am Wunder von Graiguenamanagh überlassen haben. Die beiden kennen sich seit ihrem gemeinsamen Noviziat in Kilshane. Von einer Wallfahrtskirche Duiske Abbey als Ort des größten Wunders aller Zeiten hätten beide profitiert.«

»Nicht zu vergessen Pater O'Bannon«, pflichtete der Polizeichef seinem klerikalen Kollegen bei. »Denken Sie, die zwei haben mit Francis gemeinsame Sache gemacht? Wer von den dreien wäre dann der Kopf gewesen? Wer hat alles ins Rollen gebracht?«

Der Gefragte griff unbewusst in die Hosentasche, wo seine

Hand den Kompass umschloss. Er war an einem Scheideweg angelangt. Wie sehr vermisste er doch den Rat seines Vaters! Hester brauchte Orientierung, nicht nur in der Frage nach dem Drahtzieher der Verschwörung. *Quo vadis…?* Unvermittelt vibrierte sein Handy in der anderen Hosentasche. Die Nummer von Fra Vittorio wurde angezeigt.

»Ich hab's im Fernsehen mitbekommen«, meldete sich der Augustiner. »Herzliches Beileid, Monsignore.«

»Danke, Vittorio. Bist du noch im Spiritanerarchiv?«

»Ja. Und ich habe etwas ausgegraben, das … na ja, ziemlich heikel ist.«

Der Chef der Brannock Media Corporation hatte sein Interview beendet und schickte sich gerade an, den Schauplatz zu verlassen, als Hester nach ihm rief.

»Robert! Kann ich Sie kurz sprechen?«

Auf der Stirn des Medienmoguls bildete sich eine steile Falte. »Lässt sich das nicht auf später verschieben, Hester? Ich muss dringend ins Krankenhaus, um die Verletzung richtig versorgen zu lassen.«

»Nur auf ein Wort, Robert. Bitte!« Hester deutete über die Straße. »Lassen Sie uns ins Pfarrhaus gehen. Da sind wir ungestört.«

»Sie sind eine Nervensäge, Hester.«

Der grinste. »Das sagt der Heilige Vater auch immer.«

Brannock seufzte. »Na schön. Eine Minute.«

»Warte bitte hier auf mich, Fiona. Ich bin gleich wieder bei dir«, flüsterte Hester ihr ins Ohr, küsste sie auf die Schläfe und gesellte sich zu Brannock.

Die Polizisten schufen eine Gasse, damit sie zum Eingang des Pfarrhauses gelangen konnten. Hester schloss die rote Tür auf und ließ dem BMC-Chef den Vortritt.

»Gehen wir ins Wohnzimmer. Es ist am Ende des Flurs.«

Kurz darauf saßen sie sich an einem ovalen Tisch gegenüber, auf dem ein Spitzendeckchen lag. Durchs Fenster drang
das warme Abendlicht der Sonne; die dunklen Wolken waren
weitergezogen. Hester hatte im Ohrensessel Platz genommen
und Brannock auf dem Sofa, direkt unter den Jagdtrophäen
und der Schrotflinte. Äußerlich war der Medienmagnat immer noch der distinguierte Mittsiebziger, der in jedem Katalog für Trauermode eine gute Figur gemacht hätte, doch er
wirkte angespannt.

»Ich will wirklich nicht drängen, Hester«, sagte er, »aber
könnten Sie mir jetzt endlich sagen, was so dringend ist, dass
es nicht bis morgen warten kann?«

»Eigentlich hatte ich gehofft, *Sie* würden *mir* etwas erzählen
wollen.«

»Ich wüsste nicht, was.«

»Vielleicht möchten Sie Ihre Seele erleichtern. Ich bin zwar
nicht Ihr Beichtvater, aber dies wäre der richtige Augenblick.«

Brannocks Augen verengten sich. »Worauf wollen Sie hinaus, Hester?«

»Lassen Sie mich Ihnen eine goldene Brücke bauen, Robert.
Auf unserem Flug nach Dublin haben Sie mir freimütig erzählt, die Verbindung von Geschäft und Glauben sei so alt wie
die Religion. Sie haben keinen Hehl daraus gemacht, was für
eine Riesenstory das Wunder von Graiguenamanagh für die
BMC ist. Kann es sein, dass Sie selbst es inszeniert haben?«

Der Gefragte verschränkte die Arme vor der Brust. »Keine
Ahnung, wovon Sie reden.«

»Wirklich nicht? Immerhin haben Sie von Bischof Begg die
Exklusivrechte an der Geschichte erworben.«

Brannock schnaubte. »Sie wissen überhaupt nichts, Hester.«

– 411 –

»Dann klären Sie mich auf.«

Keine Antwort.

»Wie eng war Ihr Verhältnis zu Eunan Begg?«, hakte Hester nach. »Immerhin nannten Sie ihn James. Diese Vertraulichkeit hat er nur ganz wenigen zugestanden. Menschen mit einer besonderen Beziehung zu ihm.«

»Sie würden kaum glauben, wer sich bei mir nicht alles lieb Kind machen will.«

»Man kann dem Bischof vieles vorwerfen, aber ein Schmeichler war er nicht. Kann es sein, dass er über Kilshane Bescheid wusste?«

Der BMC-Chef erblasste. »Kilshane?«

»Das Priesterseminar. Sie waren dort, nicht wahr? Zusammen mit James und Pompom.«

Brannocks Blick bekam etwas Lauerndes. »Ich weiß nicht, wovon Sie reden.«

»O doch! Das wissen Sie ganz genau, Robert. Hören wir endlich auf, um den heißen Brei herumzureden. Joseph O'Bannon und Sie waren ein Paar. Sie hatten in Kilshane eine homosexuelle Beziehung ...«

Brannock fuhr vom Sofa hoch. »Das ist eine infame Lüge! Solche Verdächtigungen muss ich mir nicht gefallen ...«

»Setzen Sie sich«, unterbrach ihn Hester kühl.

»Einen Teufel werde ich tun. Ich höre mir das nicht länger an.« Brannock schickte sich an, den Raum zu verlassen.

»Mir liegen unanfechtbare Beweise vor, dass Sie beide damals bei mehreren Schäferstündchen ertappt worden sind«, fuhr Hester unbeirrt fort. »Aber der Vorfall wurde vertuscht. Wissen Sie noch, wie man Sie dort nannte, Robert?«

Der Gefragte sank auf das Sofa zurück und nickte mit versteinerter Miene. »Der gefallene Engel.«

Hester schüttelte den Kopf, weil er sich so lange hatte an der

– 412 –

Nase herumführen lassen. Die Nachricht von der Liebesaffäre zweier Novizen überraschte ihn gar nicht einmal so sehr, sein Unverständnis galt vielmehr der eigenen Beschränktheit. »Ich hatte bis vor ein paar Minuten noch geglaubt, Ivo Blesić sei der *fallen angel* – der gefallene Engel –, wegen seiner Vergangenheit als Mönch. Wir wissen von dem Decknamen, unter dem eine Drohne und ein Hochenergie-Laser ins Land geschafft worden sind. Nicht der Franziskaner war der Auftraggeber, sondern Sie, Robert, nicht wahr? Ich hatte den Drahtzieher des Ganzen buchstäblich von Anfang an – seit Rom – vor der Nase gehabt und es nicht bemerkt.«

Brannock saß steif unter dem Hirschgeweih, sein Gesicht blieb ausdruckslos, so als gingen ihn Hesters Schlussfolgerungen nichts an.

»Möchten Sie nicht Ihr Gewissen erleichtern, Robert, und mir die ganze Wahrheit sagen?«

Einen Moment lang sah es so aus, als wollte der BMC-Chef dem bohrenden Blick seines Gegenübers noch ewig standhalten, aber dann fiel er plötzlich in sich zusammen wie ein Soufflé nach dem Backen. Hatte er seinen Widerstand endlich aufgegeben? Er nickte müde, seine Augen wurden glasig und dann erzählte er.

»Joe und ich sind zusammen nach Kilshane gegangen. Es stimmt, wir waren ein Paar. Er hat mich dazu überredet, die Priesterlaufbahn einzuschlagen. Natürlich wussten wir beide, dass unsere Beziehung von der Kirche nicht gebilligt wurde. Wir wollten mit Gott ins Reine kommen. Jedenfalls glaube ich, dass Joe so dachte. Er sagte, wir müssten uns dem Zölibat unterwerfen. So könnten wir, wenn schon nicht in der Liebe zueinander, doch wenigstens in der Seelsorge Erfüllung finden.«

»Und mein Vater war Ihr Novizenmeister. Er wusste über

– 413 –

Ihre homosexuellen Neigungen und Ihr Liebesverhältnis Bescheid.«

Brannock nickte. »Er hatte uns beiden die Beichte abgenommen.

»Mein Vater hat sich bis zuletzt an seine Schweigepflicht gehalten. Und fast hätte auch ein anderer Ihr Geheimnis mit ins Grab genommen.«

»Sie meinen Seán Meaney?«

Hester nickte. »Der spätere Bibliothekar in Kilshane. Er war mit Ihnen auf dem Priesterseminar und hatte Sie beide mehrmals beim Turteln gesehen. Dadurch wurde sein Gewissen belastet und er gab die Vorfälle zu Protokoll. Sie hatten beide eine ernste Rüge bekommen. War das der Zeitpunkt, an dem Sie sich für einen anderen Lebensweg entschieden haben?«

Brannock wirkte bestürzt. Offensichtlich hatte er nicht damit gerechnet, dass die ganze Wahrheit über ihn und seinen Geliebten ans Licht kommen könnte. Er nickte. »Ich wollte lieber mit Joe zusammenleben, als meine Liebe zu ihm aufzugeben.«

»Und was war mit ihm?«

»Er machte mir Vorwürfe wegen meines Wankelmuts und sagte, die Priesterlaufbahn sei seine Bestimmung und er werde diesen Weg gehen, mit mir als Bruder im Glauben oder ohne mich. Es kam zu einem heftigen Streit: verletzende Worte, Beschuldigungen, Beschimpfungen – alles, was dazugehört. Schließlich habe ich, der gefallene Engel, Kilshane verlassen und eine weltliche Karriere eingeschlagen.«

»Und sind zu einem der mächtigsten Medienmogule Europas geworden.«

Brannock lächelte gequält.

»Haben Sie Vater Joseph wegen seiner Entscheidung gehasst? Wollten Sie ihn vernichten?«

»Die Antwort lautet Nein und Ja zugleich. Joe hat weiter beharrlich seinen Weg verfolgt. Er verpflichtete sich zur Ehelosigkeit und Keuschheit. An dem Tag, als er die Priesterweihen empfing, schwor ich Rache. Nicht an ihm, an meinem Joe, wollte ich Vergeltung üben, sondern an der Kirche, die mir meinen Geliebten genommen hatte.«

»Jetzt wird mir klar, warum Sie nie müde wurden zu betonen, was für ein guter Katholik Sie sind.«

Brannock schnaubte verächtlich. »Ja. In Wahrheit dachte ich genau umgekehrt. Ich wollte der Welt zeigen, wie hohl und verlogen die Kirche ist. Der Zölibat ist kein biblisches Gebot, sondern nichts als berechnende Kirchenräson. Mir war allerdings klar, dass man zur Bloßstellung der Heuchelei des Klerus etwas Größeres brauchte, als nur ein Verbot, um das sich viele Priester sowieso mit ihren Haushälterinnen oder durch klandestine Ehen herummogeln …«

»Und da kam Ihnen die Idee mit der Wiederkunft Christi.«

»Das können Sie nicht beweisen.«

Dessen war sich Hester durchaus bewusst. Er hatte zwar eins und eins zusammengezählt, war sich sogar sicher, damit richtig zu liegen, aber vor einem Gericht würde er mit seinen Schlussfolgerungen kaum bestehen können. Es sei denn, Brannock legte ein umfassendes Geständnis ab.

»Ihre Verteidigung steht auf tönernen Füßen, Robert.«

»Das sagen Sie.«

»Sie haben sich mit den falschen Leuten eingelassen. Der taktische Hochenergie-Laser, den Francis für den Bühnenzauber in eine Drohne eingebaut hatte, wurde vor einem Jahr aus einem Labor von Northrop Grumman gestohlen. Seitdem verfolgen die Ermittler die Spur des THEL. Anfangs ist ihm nur die Defense Intelligence Agency gefolgt – der US-Militärgeheimdienst –, und seit einiger Zeit auch der irische G-2.«

»Sie bluffen, Hester.«

»Was glauben Sie, woher ich den Decknamen *Fallen Angel* kenne? Ich habe dem Dienst Informationen über Ivo Blesić geliefert und dafür hat der G-2 mir verraten, wer der mutmaßliche Drahtzieher hinter allem ist. Soll die Nachwelt Sie so in Erinnerung behalten? Will der ›gute Katholik‹ Robert Brannock tatsächlich als verurteilter Waffenschieber sein Leben in einem Zuchthaus beschließen?«

In den dunklen Augen des gefallenen Engels glomm ein gefährliches Feuer, so als wolle er jeden Moment die Schrotflinte über seinem Kopf von der Wand reißen, um damit auf Hester zu schießen. Doch zu einer solchen Kurzschlussreaktion kam es nicht. Stattdessen sank er jäh in sich zusammen, noch viel gründlicher als zuvor. Von einem Augenblick zum nächsten war der stolze Chef der Brannock Media Corporation nur noch ein gebrochener Mann. Er nickte schwach.

»Sie haben recht.«

»Womit?«

»Mit der Wiederkunft des Messias. Ich habe mich gefragt, wie wohl die Geistlichkeit reagieren würde, wenn Jesus heute auf die Welt käme, wenn er sie genauso schonungslos wegen ihrer Scheinheiligkeit verurteilte wie seinerzeit die jüdischen Pharisäer und Oberpriester: ›Tut und befolgt also alles, was sie euch sagen, aber richtet euch nicht nach dem, was sie tun; denn sie reden nur, tun selbst aber nicht, was sie sagen.‹«

Hester atmete tief durch. »Ich nehme an, Vater Joseph wusste nichts von Ihrem großen Vergeltungsfeldzug.«

»Nein. Der fromme Joe wollte nur seine Gemeinde zum irischen Lourdes machen. Ich dachte, wenn ich ihn bis auf die Knochen blamiere, dann würde er vielleicht sein Priesteramt ablegen und zu mir zurückkehren.«

»Dann haben Sie ihn bis zuletzt geliebt?«

Brannock nickte betrübt. »Ja. Ich hätte nie zugelassen, dass Francis ihm ein Leid zufügt. Aber dieses Ungeheuer hat uns alle getäuscht.«

»Was ist mit Bischof Begg? Mir gegenüber haben Sie ihn einmal den ›frommen James‹ genannt. Ich hätte damals schon hellhörig werden müssen. Er war Ihr Komplize, nicht wahr?«

»Er ist erst später auf den fahrenden Zug aufgesprungen. Wegen der Exklusivrechte hat er mich ziemlich unter Druck gesetzt.«

»James hat *Sie* dazu gedrängt?«, wunderte sich Hester.

»Ja. Er wusste aus Kilshane von meiner Beziehung zu Joe und hat mich damit erpresst. Hätte er unser Liebesverhältnis in die Öffentlichkeit gezerrt, wäre mein ganzer schöner Plan womöglich geplatzt. Also habe ich ihm die Rechte für ein Vermögen abgekauft. Er hoffte, damit seine hoch verschuldete Diözese sanieren zu können. Dass die Brannock Media Corporation selbst tief in den roten Zahlen steckt, behielt ich für mich. Ich hoffte, mit der Story des Jahres vom wiedergekehrten Heiland würde sich die Lage entspannen.«

»Wie kommt es, dass James so plötzlich vom Wundergegner zu dessen Befürworter wurde?«

»Francis hat ihn manipuliert. Er war ein begnadeter Hypnotiseur. James glaubte, der Gekreuzigte sei ihm im Traum erschienen und habe seinen Gehorsam eingefordert.«

»Wussten Sie von dem Sprengstoffgürtel?«

Brannock seufzte. »Nein. Ich wollte niemanden umbringen. Das müssen Sie mir glauben, Hester. Ich habe sogar ausdrücklich mit Francis vereinbart, dass niemand körperlich zu Schaden kommen darf. Ich bin kein Mörder, sondern ein Mann der Medien. Das Wunder von Graiguenamanagh sollte ein Meisterstück moderner Spezialeffekttechnik werden …«

»Wie haben Sie das mit dem Silberkreuz gedeichselt?«

»Es ist eine perfekte Kopie aus dreihundert Jahre altem Silber.«

»Das hätte das Kölner Institut aber trotzdem bemerkt.«

»Wir hatten einen Mitarbeiter des Labors geschmiert. Er musste die Ergebnisse geringfügig manipulieren, damit alles echt aussieht. Genauso war es bei der Dornenkrone, nur ein Fake. Erkauft mit Geld. Jeder hat seinen Preis, Hester, und ich habe ihn gezahlt.«

»Aber der Patient im künstlichen Tiefschlaf ...«

»Im St Luke's Hospital mussten wir eine Doppelstrategie anwenden, Bestechung und Hypnose. Jeschua und der alte Mann haben tatsächlich an das Wunder geglaubt. Ein paar Ärzte und Laboranten waren bestochen.«

Hester schüttelte ungläubig den Kopf. Er war ja schon oft getäuscht worden, aber das übertraf alles bisher Dagewesene. »Wahrscheinlich sind Sie noch stolz auf Ihre Leistung, was?«

»Am Anfang war ich es. Aber jetzt, nachdem mir alle Hoffnung genommen ist ... Dabei ging es mir einzig darum, ein paar Leute bis auf die Unterwäsche zu blamieren. Und Joe für mich zurückzugewinnen.«

»Dann haben Sie sich mit Ivo Blesić den falschen Partner ausgesucht. Ihn dürstete nämlich genauso nach Rache wie Sie, Robert, nur sind seine Methoden weniger human gewesen. Ihr Ränkespiel hat viele Menschen das Leben gekostet.« Hester staunte, wie wenig Groll in seinem Resümee mitschwang.

»Was werden Sie jetzt tun, Sherlock Holmes? Gehen Sie gleich zu Superintendent Managhan und berichten ihm von Ihrer Auflösung des Falls?«

Hester zog die Augen zu engen Schlitzen zusammen und musterte sein Gegenüber eindringlich. Konnte er ihm glauben? Er schöpfte tief Atem, ehe er antwortete: »Ich denke, Sie haben bei der Sache alles verloren, was Ihnen lieb und teuer war. Entscheiden Sie selbst, welche Lehre Sie daraus ziehen wollen. Ich werde drei Tage warten. Dann informiere ich Managhan über die Hintergründe des Betrugs.«

»Das ist sehr nobel von Ihnen«, bemerkte Brannock mit einem müden Lächeln. Er deutete träge auf Hesters angeschwollene Schläfe. »Das sollten Sie schleunigst verarzten lassen. Ist zwar nur eine Schramme, aber auch kleine Verletzungen führen manchmal zum Tod.«

Die seltsame Bemerkung ignorierend, erhob sich Hester aus dem Sessel. »Leben Sie wohl, Robert. Ich jedenfalls gedenke, von nun ab genau das zu tun.« Ohne ein weiteres Wort verließ er das Haus.

Draußen sah er – immer noch von Polizisten umringt – Fiona, Anny, Noel und Managhan. Er lief zu ihnen und schloss die Frau, die er über alles liebte, in die Arme.

Plötzlich erscholl aus dem Pfarrhaus ein donnernder Schuss.

»Was hat das zu bedeuten?«, fragte Fiona entsetzt.

»Das war eine Schrotflinte«, knurrte Managhan.

Hester seufzte. »Ich glaube, der gefallene Engel ist gerade vor seinen Richter getreten.«

Epilog

Graiguenamanagh, County Kilkenny, Irland,
17. April 2009, 9.00 Uhr Ortszeit

Die Beisetzung von Seamus Whelan war die größte, die Graiguenamanagh seit Jahrzehnten gesehen hatte. Auch die kleine, von ihm auf so wundersame Weise ins Leben zurückgeholte Marilyn stand an seinem Grab, ebenso Fra Vittorio Mazio, der aus Dublin herübergekommen war.

Hester und Fiona hielten sich an den Händen. Beide waren sehr gefasst.

Anny und Noel umarmten sich, als wollten sie nie wieder damit aufhören. Inzwischen fand Hester, dass sie ein sehr schönes Paar waren. Seine Tochter würde am Ende doch noch ihren Jesus heiraten, wenn auch nicht den, von dem sie als Kind geträumt hatte.

Die Pfarrei war schnell bereit gewesen, ihrem Moses von Graig einen Platz auf dem alten Friedhof der Duiske Abbey zuzugestehen. Nun lag Seamus an der Seite von Mary McAteer, der großen Liebe seines Lebens. Im Tod hatten die zwei also doch noch zueinandergefunden. Für Hester ein tröstlicher Gedanke.

Das Kondolieren am offenen Grab dauerte fast eine Stunde. Als nur noch die engsten Angehörigen des Verstorbenen vor der Grube standen, umfasste Fiona mit beiden Händen den

Arm des Mannes an ihrer Seite, sah ihn forschend an und fragte: »Wirst du mich jetzt wieder verlassen?«

Hester schüttelte den Kopf und blickt dem jungen Augustiner nach. »Der Vatikan hat noch andere Wundermacher außer mir. Ich glaube, ich werde einen mehr als geeigneten Nachfolger haben.«

»Und was ist mit dem Zölibat?«

»Den hat Gott nie befohlen. Er hat Mann und Frau zusammengejocht, heißt es in der Heiligen Schrift, damit sie nicht mehr zwei, sondern *ein* Fleisch seien.«

Ihre Augen wurden groß. »Willst du damit sagen ...?«

Er nickte. »Ich bin ein gehorsamer Sohn und höre auf meinen Vater. Kurz bevor Pa starb, rückte er mir noch den Kopf zurecht und sagte, ich solle die große Liebe meines Lebens festhalten und nie mehr loslassen.« Hester hob die Pranke, in der Fionas Hand lag und lächelte. »Siehst du, ich habe schon damit angefangen. Und wenn wir uns erst das Jawort gegeben haben, dann mache ich es wie die beiden.« Er deutete mit dem Kopf auf Anny und Noel, die sich immer noch fest umschlungen hielten.

»Das wird in Rom aber für einigen Wirbel sorgen. Eigentlich ist es ja unmöglich für einen Priester, dieses Glück aus vollen Zügen zu trinken«, gab Fiona zu bedenken, wobei ihr Einspruch wenig enthusiastisch klang.

Hester lächelte. »Wer behauptet das? Ich finde, wir sollten auf den Ordensgründer der Franziskaner hören. Franz von Assisi sagte: ›Tu erst das Notwendige, dann das Mögliche, und plötzlich schaffst du das Unmögliche.‹«

Nachwort

»Wunder gibt es immer wieder«, sang 1970 Katja Ebstein. Der Schlager wird heute nicht mehr so oft gespielt, aber ich sehe das immer noch so. Unsere Welt ist voll von Wundern. Vielleicht sind es nicht immer solche, von denen in diesem Roman die Rede ist, doch Mirakulöses findet sich an allen Ecken und Enden. Leider nehmen wir davon im Alltag oft kaum Notiz. Wir sind zu beschäftigt. Zu abgelenkt.

Mich bewegen diese Erstaunlichkeiten unserer Welt seit Jahren, und sie finden Eingang in meine Geschichten: mal sind es Menschen, die zwölftausend Bücher im Kopf haben, dann solche, die Musik sehen können, oder andere, die weder Mann noch Frau und doch beides zugleich sind.

Immer wieder erstaunt mich allerdings die Diskrepanz zwischen dem Verschließen der Augen vor den wahren Wundern einerseits und der geradezu hysterischen Begeisterung, mit der allzu Fragwürdiges aus dem vermeintlichen Reich des Übernatürlichen beklatscht wird. Manchmal muss man sich schon wundern, welche Narreteien Gott da untergeschoben werden. Und auch der Aberglaube treibt, selbst im 21. Jahrhundert noch, die erstaunlichsten Blüten. Kaum eine Zeitung, die ohne Horoskop auskommt. Dabei hat einmal jemand ausgerechnet, dass bei der Geburt die Anziehungskraft der Hebamme auf das Kind bedeutend größer ist als die von Jupiter und Saturn.

Kommt es also in Wahrheit gar nicht darauf an, ob ein Wunder echt ist oder nicht, sondern nur auf unser Wohlbefinden? Sicher verschwenden viele keinen Gedanken an die Frage, ob es auch echte Wunder gibt, weil sie nur im Zusammenspiel mit dem Wirken messbarer Naturkräfte Behagen empfinden können. Für sie endet das Mögliche da, wo ihre Vorstellungskraft aufhört. Andere sind auf der ständigen Suche nach Übernatürlichem, so als seien sie vor etwas anderem auf der Flucht – vielleicht vor der Frage nach dem Sinn ihres Lebens.

In dieser Gedankenwelt ist auch der Fatalismus angesiedelt. Tagtäglich begegnet uns der Es-hat-nicht-sollen-sein-Faktor. Frei nach dem Alten Fritz: Jeder soll nach seinem eigenen Fatum selig werden. Selbst gestandenen Atheisten gehen die Worte ganz leicht über die Lippen: »Es hat nicht sollen sein.« Unglücke lassen sich so bequem Schicksalsgöttern in die Schuhe schieben. Aber auch die eigene Unzulänglichkeit ist mit dem Glauben an die höhere Fügung viel leichter zu ertragen. Anstatt selbst etwas zu ändern, sieht man sich lieber als wehrloses Opfer von Klotho, Parze, Moira oder wie auch immer diese manipulativen Frauenzimmer aus dem Pantheon heißen mögen.

Nicht von ungefähr lehnt sich Jeschuas Geschichte an wahre Begebenheiten an. Mitte der 1990er-Jahre hatte die weinende Madonna von Civitavecchia die katholische Kirche vor ein ähnliches Dilemma gestellt, wie wir es im Roman beschrieben finden. Wer in seiner Internetsuchmaschine »Civitavecchia Medjugorje« eingibt, erhält Tausende von Treffern. Die Menge sagt natürlich nichts über die Qualität der Fund-

stellen aus, aber sicher einiges über den emotionalen Sprengstoff des Wunder-Themas.

Ausdrücklich möchte ich darauf hinweisen, dass die im
Roman beschriebenen Personen und Ereignisse – insbesondere die Wunder – reine Fiktion sind. Es liegt mir fern, mit
dem vorliegenden Buch den Glauben der Gläubigen zu unter-
graben oder den Unglauben der … Nein, das zu schreiben
wäre wohl nicht *political correct*. Will sagen, der Autor stört
sich nicht daran, wenn sein Buch den Blick einiger Leser neu
justieren hilft. Muss man Gott denn unbedingt in den blutigen Tränen einer billigen Gipsfigur suchen? Kann uns andererseits ein wenig mehr Ehrfurcht vor dem Leben und der
Schöpfung wirklich schaden? Jeder muss da seinen eigenen
Weg finden. Über diese Fragen nachzudenken lohnt allemal,
es ist auf jeden Fall besser, als sich von einem abgeschmackten
Hokuspokus blenden zu lassen.

Die Handlung des Romans nach Irland zu verlegen war
übrigens ein großer Glücksfall für mich. So bin ich 2008 endlich einmal auf die Grüne Insel gekommen. In diesem Zusammenhang muss ich meinen innigsten Dank Philip und
Mary Cushen aussprechen, die mir ihr Graiguenamanagh gezeigt haben. Die im Buch namentlich erwähnten Pubs gibt es
wirklich. Und auch manchem skurrilen Zeitgenossen bin ich
dort drüben begegnet – der Mann, der Feen füttert, ist keine
Erfindung von mir.

Philip hat es tatsächlich geschafft, den Tresor der Duiske
Abbey für mich aufzubekommen – nicht mit dem Schneid-
brenner, nicht einmal persönlich, aber er kannte die richtigen
Leute mit den richtigen Schlüsseln. So konnte ich das silberne
Kruzifix von Captain Casey genau unter die Lupe nehmen
(ich bin mir allerdings keineswegs sicher, ob man die silberne
Jesusfigur nicht doch abmontieren kann). Auch manch an-

dere knifflige Frage brachte Philip nicht aus seinem heiteren Gleichgewicht.

Mein Dank gilt auch Mrs Ann Butler, die uns in ihrem Haus am Barrow mit herzlicher Gastfreundschaft aufgenommen und damit einem Schauplatz des Romans ein Gesicht gegeben hat. Sie ist, wie der Name vermuten lässt, tatsächlich eine Nachfahrin jener Lady Anna aus dem bedeutenden irischen Adelsgeschlecht der Butlers, die der Duiske Abbey einen Silberkelch schenkten, welcher im Roman Erwähnung findet.

Andrea und Roman Hocke halfen mir einmal mehr, in der vor architektonischen Wundern überquellenden Ewigen Stadt den Überblick zu behalten. Ich stehe tief in Eurer Schuld.

Last but not least möchte ich Prof. Dr. med. Arndt Büssing vom Lehrstuhl für Medizintheorie & Komplementärmedizin der Universität Witten/Herdecke für seine fachliche Beratung in medizinischen Fragen danken. Wenn ich auf seinem Fachgebiet trotzdem irgendwo gepatzt habe, dann trifft die Schuld allein mich.

Mea culpa muss ich auch ausrufen, wenn es an irgendeiner Stelle zwischen meiner fiktiven und der realen Welt knirschen sollte. Obwohl ich mich nach bestem Vermögen bemüht habe, die Handlung in die echten Orte und die Historie einzubetten, musste hier und da die künstlerische Freiheit bemüht werden. Dies trifft vor allem auf die handelnden Personen zu. Sollte hier oder dort eine Namensgleichheit entstanden sein, bleibt die Romanfigur trotzdem fiktiv.

Bei den baulichen Besonderheiten hinter der Betonmauer im Baptisterium der Duiske Abbey habe ich etwas mogeln müssen. In Wahrheit ist hinter der provisorischen Tür tatsächlich nur ein verwunschener Garten.

Ebenso verhält es sich mit den geheimen Gängen unter der Kirche. Auf einem alten Foto von der Restaurierung habe ich zwar einen Weg in die Tiefe gesehen (der heute nicht mehr nachzuvollziehen ist), doch ob da tatsächlich jemand den Hochaltar unterhöhlt hat, überlassen wir der Klärung durch zukünftige Archäologengenerationen.

Nun mag sich so mancher fragen, ob ich bei dem einhundertdreijährigen Seamus Whelan nicht doch etwas an der Glaubwürdigkeit vorbeigeschlittert bin. Mitnichten! Beim Schreiben des Romans las ich eine Meldung über den Österreicher Leopold Engleitner, der als »weltweit ältester KZ-Überlebender« seine Biografie auf der Frankfurter Buchmesse 2008 vorstellt – er wurde 1905 geboren. Und sogar in Graiguenamanagh hatte es eine alte Lady gegeben, die bewies, wie die Fiktion ganz leicht von der Wirklichkeit überholt werden kann: Am 25. Mai 1989 wurde Bridget O'Malley (»Mother Bernardine«) von den Barmherzigen Schwestern 106 Jahre alt.

Also, bitte nicht immer gleich die Nase rümpfen. Wunder gibt es immer wieder.

Ralf Isau (im Oktober 2008)

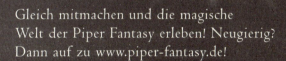

Ralf Isau
Die Dunklen
Thriller. 608 Seiten.
Piper Taschenbuch

Die berühmte Pianistin Sarah d'Albis verfügt über eine besondere Gabe: Sie »sieht« Töne als Farben und Formen. Während der Aufführung eines Musikstücks von Franz Liszt in Weimar offenbart sich ihr eine unheimliche Botschaft. Sarah kommt auf die Spur des gefährlichen Geheimbunds der Dunklen. Seit Jahrhunderten sind sie auf der Suche nach einem Musikstück, dessen Besitz unendliche Macht über die Menschen verspricht. Gemeinsam mit dem zwielichtigen Russen Oleg Janin setzt Sarah alles daran, um diesen Plan zu vereiteln. Denn die Zukunft unserer Welt hängt davon ab, wer die Partitur zuerst entdeckt ...

»Hoch spannend und fesselnd bis zur letzten Zeile.«
Focus

Ralf Isau
Der Mann, der nichts vergessen konnte
Thriller. 464 Seiten.
Piper Taschenbuch

Tim Labin kann, was sich viele Menschen wünschen: Er vergisst nichts, was er erlebt, sieht oder liest. Diese außergewöhnliche Fähigkeit hat ihn zum hochbegabten Wissenschaftler, Sprachgenie und Schachweltmeister gemacht. Nur an ein Ereignis aus seiner Kindheit kann Tim sich nicht erinnern – an die Nacht, in der seine Eltern ermordet wurden. Als er der faszinierenden Computerspezialistin JJ begegnet, führt sie ihn auf die Spur seiner Vergangenheit. Ein Geheimnis liegt darin verborgen, das von mächtigen Institutionen gehütet wird und dessen Enthüllung unsere Welt vollkommen verändern würde. Tim ist der einzige Mensch, der alle Puzzleteile zusammenfügen kann – falls er lange genug überlebt.

Thomas Finn

Weißer Schrecken

Roman. 496 Seiten.
Piper Taschenbuch

Fans von Stephen Kings »Es«, aufgepasst – dies wird der Winter des Schreckens! Die kalte Jahreszeit in Perchtal, einem einsamen Dorf im Berchtesgadener Land, scheint besinnlich wie immer. Bis eine Gruppe Jugendlicher einen grauenhaften Leichenfund macht: Ein junges Mädchen treibt unter dem Eis eines Sees, und es ähnelt den Zwillingen Miriam und Elke auf verblüffende Weise. Doch die beiden wissen nichts von einer Verwandten ... Bei ihren Nachforschungen stoßen die Freunde auf ein blutiges Geheimnis, das der Pfarrer des Dorfs hütet. Und sie schrecken dabei eine uralte Macht auf, die ihre Rückkehr in unsere Welt vorbereitet.

Thomas Plischke

Kalte Krieger

Thriller. 464 Seiten.
Piper Taschenbuch

In Portland verschwindet eine junge Frau spurlos, Menschen erfrieren im Hochsommer – als die Psychologiestudentin Amy Marsden dort ihr Pflichtpraktikum absolvieren will, gerät sie in eine Verschwörung von unüberschaubarem Ausmaß. Gemeinsam mit dem Psychologen Michael Beaumont findet sie heraus, dass sie über besondere Fähigkeiten verfügt. Denn es gibt sie wirklich: Menschen mit Superkräften! Und sie leben mitten unter uns. Amy muss sich entscheiden, ob sie auf der Seite der Guten oder der Bösen stehen will. – Der fesselnde neue Thriller von Thomas Plischke.